COTOCO

John van de Ruit

Cotoco

tradução de Marcelo Mendes

intrínseca

Publicado originalmente na África do Sul por
Penguin Books (SA) (Pty) Ltda. em 2005.

TÍTULO ORIGINAL
Spud

CAPA
African Icons

IMAGEM DE CAPA
GreatStock/CORBIS-Farrell Grehan

PREPARAÇÃO
Leny Cordeiro

REVISÃO
Maria de Fátima Maciel
Antônio dos Prazeres
Joana Milli

DIAGRAMAÇÃO
Editoriarte

CIP-BRASIL. CATALOGAÇÃO-NA-FONTE
SINDICATO NACIONAL DOS EDITORES DE LIVROS, RJ

V315c

Van de Ruit, John
Cotoco / John van de Ruit ; tradução Marcelo Mendes. – Rio de Janeiro : Intrínseca, 2010.

392p.
Tradução de: Spud
ISBN 978-85-98078-85-4

1. Apartheid – África do Sul – Ficção. 2. Internatos – Ficção. 3. Família – África do Sul – Ficção. 4. Ficção sul-africana (Inglês). I. Mendes, Marcelo. II. Título.

10-1617. CDD: 028.5
CDU: 087.5

[2010]

EDITORA INTRÍNSECA LTDA.
Rua dos Oitis, 50
22451-050 – Gávea
Rio de Janeiro – RJ
Tel./Fax: (21) 3206-7400
www.intrinseca.com.br

À minha família, que me ensinou a rir.

Agradecimentos

Ao longo da jornada de três anos, que se passaram desde os primeiros rabiscos até a conclusão deste livro, diversas pessoas guiaram direta e indiretamente as minhas viagens e as de Cotoco.

Uma estrondosa salva de palmas à maravilhosa equipe da Penguin Books, pela fé, pela generosidade e pelo absoluto profissionalismo, especialmente a Alison Lowry, a Jeremy Boraine e a minha editora, Jane Ranger. Agradeço também a Hayley Scott e a Claire Heckrath; ao amigo, agente literário e guru para assuntos de teatro Roy Sargeant, pelos valiosos conselhos e por acreditar em mim; a Tamar Meskin, pela inestimável contribuição editorial nos rascunhos iniciais, sem quem este livro jamais teria sido escrito, e, naturalmente, a Dave, Roz, Cathy e Ash, meus alicerces.

Obrigado também a Sue Clarence, Julia Clarence, Anthony Stonier, Murray McGibbon, Ben Voss, DMR Lewis, Rich (Fuse) Mylrea, Janet Stent, Guy Emberton e Vampy Taylor.

John van de Ruit

Dramatis personae

Família	Mamãe Papai Wombat
Os Oito Loucos	John Milton (Cotoco) Robert Black (Rambo) Charlie Hooper (Cachorro Doido) Simon Brown Vern Blackadder (Rain Man) Henry Barker (Lagartixa) Sidney Smitherson-Scott (Barril) Al Greenstein (Esponja)
As meninas	Sereia Amanda Christine
Os monitores	P. J. Luthuli (monitor-chefe) Julian Bert Grant Edwards (Minhoca) Gavin, o monitor esquisito que mora debaixo da escada
Os professores	Diretor — sr. Glockenshpeel (Marimba) Inspetor-chefe — sr. Wilson (Costelinha) Inglês — sr. Edly (Guv) História — sr. Crispo Teatro — sra. Wilson (Eva) Diretor da peça — sr. Richardson (Viking)
Os professores de educação física	Técnicos das equipes sub-14D e E de rúgbi — sr. Lilly e sra. Bispo (mulher do Reverendo Bispo)

Quando medito em minha luz perdida,
Nesta tão vasta e mais sombria terra,
E que esse dom que só a Morte cerra
Inútil mora em mim, embora a vida

N'alma me seja ao Criador rendida
E a mais prestar-lhe a conta que não erra,
A quem, negada a luz, a treva encerra,
Calcula Deus a quotidiana lida?

*Sobre a sua cegueira**
John Milton

---

*Tradução de Jorge de Sena, em *Poesia de 26 séculos*, 1º vol., Porto, Editorial Inova Limitada, 1971. (*N. do E.*)

1990

Segunda-feira, 17 de janeiro

4h30 Estou acordado. Os primeiros raios de luz começam a aparecer pelas frestas laterais das cortinas antigas do meu quarto. Acho que estou passando mal. O lençol debaixo das minhas pernas está grudento, e no peito meu coração retumba feito um bongô. Ainda não consigo me levantar.

4h48 Ao que parece, os cachorros dos vizinhos são os únicos seres acordados também, pois estão latindo feito doidos para o sol nascente.

4h50 Papai acordou. Acabei de ouvir um grito vindo da janela do quarto dele. Os cachorros agora latem ainda mais alto. Papai atravessa o corredor pisando forte, resmungando consigo mesmo. (Ele detesta nossos vizinhos porque eles parecem não se incomodar com os latidos de seus cachorros durante toda a noite. Está sempre ameaçando processá-los ou partir para a ignorância.)

5h A vizinhança inteira acorda assim que papai dispara a máquina infravermelha supersônica de borrifar inseticida nas roseiras, que faz um ruído parecido com o de uma lancha atropelando um banco de areia na velocidade máxima. A máquina é tão poderosa que arrancou do solo a roseira da Wombat (minha avó) na primeira vez que foi testada. Papai, usando apenas o short do pijama das Feras do Críquete (meu presente de Natal para ele) e uma máscara para se proteger dos produtos químicos tóxicos que agora está lançando na atmosfera, aponta o borrifador de inseticida para o quintal dos vizinhos e começa a dançar feito um maluco no gramado, bem em frente à janela do meu quarto. Ir para o internato talvez não seja uma ideia tão ruim no fim das contas.

5h01 Pela janela vejo mamãe invadir o jardim usando sua camisola cor de maracujá e berrar alguma coisa no ouvido do papai, que interrompe a dança maluca, desliga o borrifador de rosas supersônico e a segue até dentro de casa. Pelo visto, foram os cachorros que deram a última palavra, ou latida.

5h30 Papai ficou exausto depois de seu surto matinal. Posso ouvi-lo roncar alto enquanto mamãe xinga os policiais que estão no portão. A visão de mamãe em sua camisola cor de maracujá deve tê-los assustado, porque eles encerraram a discussão com um sincero pedido de desculpas e partiram apressados rumo à segurança do camburão.

6h Chegou a hora. Levanto da cama. Perto da porta estão meu enorme baú de metal do exército, o saco de críquete e meu leal e guerreiro edredom. O uniforme está pendurado num velho cabide de arame. Eu me esforço para alcançar o paletó, que parece quente e pesado.

8h Corajosamente tento engolir um bocado dos ovos mexidos (as cascas, inclusive) meio esverdeados. Eu teria jogado tudo pela janela caso mamãe não estivesse me vigiando feito uma águia, dizendo que eu preciso comer alguma coisa antes de sair para o internato. Mamãe é famosa pelas comidas horríveis que costuma preparar. Papai não quer tomar o café da manhã: ainda está se recuperando do piriri depois do porco assado de ontem à noite (acho que era porco assado). Quanto a mim, estou nervoso demais para comer e dou um jeito de raspar o prato no guardanapo de papel e enfiar o embrulho no bolso para depois despejar tudo na privada.

8h30 Papai deu um jeito nas costas quando foi tentar colocar meu baú na mala do carro. Levou as mãos às costas como se tivesse sido apunhalado bem ali, desabou na grama e ficou se contorcendo de dor. Com a ajuda da Innocence, nossa fiel empregada, arrasto e espremo o baú no banco de trás. Mamãe lança um olhar de rabo de olho quando Innocence planta um grande beijo de despedida nos meus lábios (mamãe acha que ela administra um bordel clandestino sob o mogno do nosso jardim).

8h36 Papai recebeu ordens para trocar de roupa, pois tudo indica que rolou sobre algo fedorento durante sua dramática contorção na grama.

Já estamos atrasados. Mamãe bate os dedos no relógio e me fulmina com o olhar, como se eu fosse culpado. De repente fico mais aterrorizado do que agitado e começo a achar que o melhor mesmo seria esquecer toda aquela história de internato e voltar para a cama.

8h42 Tudo pronto. Mamãe em sua bata vermelha, papai num terno de tweed com gravata-borboleta, e eu de uniforme novo: paletó azul, calças pretas, gravata vermelha e camisa branca (que na loja parecia grande demais, mas agora está me enforcando). Papai mete a mão na buzina enquanto dá marcha à ré na nossa perua Renault 1973, e os cachorros dos vizinhos respondem à altura com latidos ferozes. Ele joga a cabeça para trás, dá uma risada de louco e sai cantando pneus. Agora não tem mais volta.

11h Um guarda africano nos cumprimenta com uma continência e em seguida abre os gigantescos portões brancos da escola. Entramos e seguimos pela Pilgrim's Walk, uma avenida ladeada de árvores, muito bonita, que conduz aos enormes prédios do campus, todos de tijolos vermelhos completamente cobertos de musgos e heras verdes. Papai está tão entretido mostrando à mamãe um casal de cachorros cruzando que passa direto sobre o quebra-molas, quase destruindo o chassi da perua. Seguimos aos solavancos até a escola e estacionamos entre um Rolls-Royce e um Mercedes-Benz. Para anunciar sua esplêndida chegada, nosso calhambeque enferrujado vomita alguns litros de óleo nos antiquíssimos paralelepípedos do pavimento.

Somos recebidos por dois garotos mais velhos, de gravatas vermelhas iguaizinhas à minha. Eles se apresentam como Julian e Bert. Julian é bem magrinho, de olhos azuis e cabelos ondulados; não parece tímido: tem um andar saltitante e um ar alegre. Já o Bert... esse é enorme, grande mesmo (parece tão velho quanto o papai); tem os dentes tortos, um olhar vazio e uma gargalhada ruidosa. Julian explica que eles são monitores no prédio em que vou ficar.

Enquanto eles carregam meu enorme baú, atravessando um arco gigantesco e entrando num quadrado de grama perfeitamente aparada, mamãe desfia uma longa lista de meus incríveis talentos. (Bolsista, astro do críquete, representante de turma no ensino fundamental...) Quando ela menciona minha linda voz de soprano, Julian lambe os beiços e diz que tem uma especial consideração pelos coralistas. Bert solta uma de suas risadas esquisitas e dá uma cotovelada nas costelas de Julian, que deixa o baú cair no pé esquerdo do papai. Com um gemido agudo engraçado, papai assegura a todos que ele é "duro feito madeira" e diz "estar ótimo". Faço o que posso para passar despercebido, mas tenho a sensação de que as pessoas nos olham como se o circo tivesse acabado de chegar à cidade.

O gramado principal é cercado de prédios que lembram aqueles castelos medievais que a gente vê nos antigos livros de história do ensino fundamental. Seguimos na direção de um desses prédios, aparentemente mais antigo que os outros: o vermelho dos tijolos já desbotara para uma espécie de alaranjado, e a hera e os musgos estão tão crescidos que parecem uma cerca viva. Guiados pelos monitores, subimos por uma escadaria estreita, atravessamos um dormitório comprido, com umas quinze camas vazias, e chegamos a um segundo dormitório, escuro e sinistro, com vigas de madeira muito baixas e paredes de tijolo escuro. O lugar é apertado, mal cabem oito camas. É de dar medo, e o cheiro é uma mistura de chulé com cera de chão. Uma dessas oito camas é a minha.

Divisórias de madeira, de mais ou menos um metro e meio de altura, separam o dormitório em quatro cubículos. Cada cubículo abriga duas camas de madeira, dois criados-mudos, dois armários, dois baús, colchão, travesseiro e cobertor. Embaixo de cada cama, há duas gavetas com puxadores dourados que lembram aquelas argolas de bater na porta. Alguns novatos, usando também as tais gravatas vermelhas iguais à minha, guardavam suas roupas sob o olhar atento das respectivas mães.

Chegamos a um cubículo cujo armário tinha meu nome pendurado à porta. Na cama ao lado estava escrito Blackadder. Pelo menos eu tinha uma janela.

Papai, ainda mancando, e mamãe, ainda ofegando por causa da escada, começam uma enorme discussão sobre qual das gavetas deverá alojar minhas meias, e qual, as cuecas. Todos os outros pais param o que estão fazendo para assistir. Ajoelhado no chão, finjo que estou guardando alguma coisa no baú.

Voltando pela mesma escadaria, passamos pelo ser humano mais branco que eu já vi em toda a vida. Na penumbra, a brancura dele parece reluzir de um modo estranho. Ele também está de gravata vermelha e observa atentamente o chão enquanto passo por ele.

Depois de mais uma briga entre meus pais diante de umas vinte pessoas à porta do prédio, seguimos para o Auditório Principal, onde somos recebidos por diversos VIPs, entre eles um representante do governo local, o porta-voz da escola, Marshall Martin, e nosso diretor, um sujeito ligeiramente assustador chamado Marimba. De início achei que o nome do homem fosse uma piada, mas a julgar pela expressão no rosto dele, não havia piada alguma. O tal Marimba sempre se refere à escola como "instituição" e aos alunos como "elementos". Além disso, volta e meia fala sobre disciplina e punição severa para os elementos que se comportarem mal. Papai, que não para de sacudir a cabeça em sinal de total concordância, de repente deixa escapar um embaraçosamente sonoro "Bravo!". Isso faz com que haja um momento de hesitação enquanto as quatrocentas pessoas do auditório se viram em nossa direção. Mais vermelho que um pimentão, tento arrumar um jeito de sumir na poltrona. O capelão da escola, que atende pelo nome de Reverendo Bispo (sinal de um futuro brilhante?), faz um discurso sobre a disseminação do cristianismo nas escolas e a necessidade de se manter a mente e o coração abertos. Papai e mamãe acham que o Reverendo Bispo ou é gay ou é comunista; talvez as duas coisas ao mesmo tempo.

13h Ainda mais constrangimento no almoço organizado no gramado em frente à biblioteca. Papai, depois de sete doses de gim-tônica, solta um estrondoso espirro e pega a bolsa de mamãe em busca de um lenço de papel. Mas, quando abre o zíper, três enroladinhos de salsicha, dois pepinos em conserva, uma série de salsichas pequenas e alguns sanduíches de ovo despencam direto na grama, bem à vista do nosso diretor, que tosse educadamente e finge que não está vendo nada. Quanto a mim, vou me aproximando de outro casal, procurando deixar bem claro que eles, sim, são meus verdadeiros pais.

15h Enfim meus pais vão embora, papai agora no banco do carona e mamãe espremida ao volante, um pedaço da bata vermelha preso na porta. Depois de uns 150 metros de empurrões, o motor finalmente pega. Eles desaparecem numa curva da Pilgrim's Walk. E eu fico ali, parado sobre os paralelepípedos, encarando a avenida. Depois olho a meu redor, para os prédios enormes e árvores muito altas que parecem me cercar. Nunca me senti tão pequeno em toda a minha vida.

18h Julian conduz os oito novatos da nossa ala até a sala comunitária do andar de baixo (carpete roído pelas traças, alguns sofás vermelhos bem surrados, aparelho de TV, quadro de avisos). Lá está um garoto chamado Sidney, que deve pesar mais de 150 quilos, além do brancão reluzente que eu já tinha visto na escada (o cara parece que está à beira da morte; aliás, acho que há cadáveres com aspecto mais saudável que o dele). Graças ao brancão, não sou o menor da ala. O nome do reluzente é Henry Barker. O chefe da nossa ala é P. J. Luthuli, um garoto negro incrivelmente sério que se veste de modo impecável. Ele nos passa algumas informações importantes sobre a escola, coisas como "Não pode correr no pátio", ou "Não pode pisar na grama". Depois manda a gente se preparar para dormir. Acho que é a primeira vez que recebo instruções de uma pessoa negra.

21h Luzes apagadas. Minha primeira noite longe de casa. Um garoto falante e grandalhão, de olhos e cabelos muito escuros, parece ter se autoproclamado o rei do dormitório. Ele se chama Robert Black. De cada dez palavras que fala, mais da metade é palavrão, para deixar bem claro que não está de brincadeira e que espera o respeito e a adoração de todo mundo, como se fosse algum herói.

Meu companheiro de cubículo é um esquisitão chamado Vern Blackadder, que parece ligeiramente retardado. Tem o péssimo hábito de arrancar tufos enormes dos próprios cabelos.

Deitado na cama, fico escutando os ruídos do dormitório: roncos e resmungos diversos, o barulho esquisito de Vern se descabelando, o interminável burburinho do Pedro Mijão (uma estátua de cimento de são Pedro, orgulhosamente erguida no lago de peixes do quadrado e de cuja ponta da espada jorra água continuamente).

Terça-feira, 18 de janeiro

6h15 Fui acordado por uma terrível sirene. Pulei da cama e, antes que pudesse me conter, berrei "Manhêêê!". Graças a Deus ninguém ouviu. Entrei na longa fila de garotos que seguiam aos tropeços para os chuveiros. Quando cheguei ao sopé da escada, uma porta se abriu, revelando um quartinho minúsculo e esfumaçado, cheio de velas. Um garoto de aspecto bem estranho cambaleou para fora, peladão, com uma toalha enrolada na cabeça e o bilau apontando para o teto. Al Greenstein, um menino de rosto espinhento, disse que o tal garoto era Gavin, um monitor meio esquisito que mora debaixo da escada.

O pântano (nosso banheiro) consiste em dez chuveiros, chão de concreto, seis pias e quatro cabines com privadas. O piso é grudento, e o cheiro, de embrulhar o estômago. Julian e Bert, os dois monitores de plantão, ficaram vigiando nosso banho, e Julian fez comentários sobre o bilau de todo mundo. O meu foi descrito assim: "Um casulo de bicho-da-seda nanico e anoréxico." Fiquei chocado ao perceber que todos os meninos já tinham pelos, menos eu. Até o brancão reluzente tinha alguns fiapos pretos na região da virilha. Bert berrou algo que pareceu "Tempo escrotado!", o que significava que nosso tempo de banho tinha acabado, e eu saí correndo do chuveiro, com as costas ainda cheias de sabão.

Robert Black tinha o maior bilau de todos. Quando ouviu o "tempo escrotado" do Julian, nem deu confiança, e o Julian precisou berrar de novo: "Cai fora, charutão!", para deleite do Bert, que começou a cantar uma música engraçada. Todo mundo se escafedeu na mesma hora.

6h30 Chamada. (Todos os dias começam com uma chamada, para ver se ninguém fugiu ou morreu durante a noite.)

Quase não cheguei a tempo, pois um garoto mais velho tinha dito que a chamada seria feita na sala comunitária e que eu deveria ir para lá imediatamente. Encontrei a sala completamente vazia. Burro que sou, sentei numa das poltronas vermelhas, achando que tinha sido o primeiro a chegar, quando na verdade a chamada estava sendo feita do lado de fora do prédio, no quadrado. Por sorte ouvi dois garotos correndo escadaria abaixo, apavorados, e segui atrás deles até encontrar a fila da nossa turma. Ao que parece, quando nosso nome é chamado, a gente tem de berrar "Demente!" em resposta (ninguém sabe explicar por quê). P. J. Luthuli chamava um nome e depois encarava o dono, antes de chamar o seguinte. Esperei aflito até que ouvi: "John... Milton?"

"Demente...", miei. E todo mundo riu.

Luthuli tem a língua ligeiramente presa e passou um aperto danado quando teve de pronunciar o nome de um gordão chamado Sidney Smitherson-Scott. Depois de algumas tentativas fracassadas, encarou o garoto e arrumou um apelido para ele na mesma hora: Barril. (Quase todo mundo tem um apelido nesta escola. Não sei direito quem inventa esses apelidos, nem se já me deram um também.) A chamada passou para a turma dos mais velhos, e eu comecei a ficar nervoso com a ideia de ter de achar o refeitório outra vez.

Simon Brown, um louro alto com aparelho nos dentes, contou uma história nojenta sobre um abatedouro enquanto a gente comia os ovos e as salsichas do café da manhã. O brancão reluzente (que se chamava Henry, mas já havia sido apelidado de Lagartixa) ficou verde, saiu correndo e vomitou em um canteiro de flores. A galera da nossa mesa quase explodiu de tanto rir, e um professor com uma cara deprimida sentado na cabeceira nos lançou um olhar duro.

Bert, Julian, Luthuli e Gavin (o monitor esquisito que mora debaixo da escada) passaram o dia mostrando a escola para a gente e explicando o significado de cada coisa. O programa educacional se divide em Primeiro Ano, Segundo Ano, Terceiro Ano, Pré-universitário 1 e Pré-universitário 2. Os alunos do Pré-universitário só estudam as matérias de que precisam para entrar na universidade e praticam esportes. A escola tem sete alas de dormitório. Cada ala tem quatro monitores e um monitor-chefe. O porta-voz da escola é sempre um aluno do Pré-universitário 2, que passa a maior parte do tempo fazendo discursos, conversando com ex-alunos e pais de alunos, e levantando dinheiro para reforçar os cofres escolares.

Ao que parece, cada sala tem um codinome, e todos os gramados são quadrados e idênticos (só para confundir os novatos, aposto). Nosso quadro de horários parece que foi escrito com hieróglifos; tive de pedir a Julian que escrevesse minhas aulas numa folha separada. Minha primeira aula é de inglês, e começa amanhã, às 6h40.

17h Todos os alunos da nossa ala se reuniram na sala comunitária. Mais ou menos cinquenta garotos encaravam o inspetor da ala, o caricato sr. Wilson, que mais parece um duende. Ele tem os olhos enormes e esbugalhados, um dos quais é estrábico, e parece que algo ou alguém arrancou um bom pedaço do ombro dele. Fala com voz rouca, espremendo as palavras entre os dentes encardidos. Apesar de franzino, mete um medo danado na gente. Com um rodopio da bengala, ele anunciou os sete mandamentos da ala:

1. Não desobedecerás às autoridades.
2. Não te comportarás de modo depravado.
3. Não atormentarás meu gato. (Um siamês chamado Roger, pelo que me disseram.)
4. Não desperdiçarás papel higiênico.
5. Não brincarás contigo mesmo (nem com os outros) depois que as luzes se apagarem.
6. Não nadarás à noite.
7. Não jogarás dardos. (O que é estranho, já que não há nenhum alvo para dardos por aqui.)

Robert Black, que se autoapelidou Rambo, nos contou, depois que as luzes se apagaram, que o apelido do sr. Wilson é Costelinha e que um leão selvagem do Parque Nacional de Kruger tinha arrancado metade do ombro dele na juventude. Os médicos, então, tiraram uma das costelas para consertar o ombro. Todo mundo ficou impressionado com a história.

Vern, meu vizinho de cubículo, adquiriu o terrível hábito de ir ao banheiro a cada meia hora para fazer xixi e beber água. Isso não seria um problema se o despertador dele não tocasse a cada vez.

Um tribunal de cinco pessoas — o Barril, o Simon, o Rambo, o Al "Esponja" Greenstein e eu — julgou o Vern culpado de comportamento estranho e confiscou seu despertador. O Esponja (um sujeito ensebado, dentuço e que sofre de um caso sério de acne) também limitou o Vern a três visitas noturnas ao banheiro. Vern preferiu não se defender, e entregou o despertador.

Não consigo dormir. Estou com saudades de casa, até das gororobas da mamãe! Tenho a impressão de que tem um pedaço de chumbo na minha barriga. Minha nova casa é como uma zona de guerra, e embora eu fique aliviado por haver no nosso dormitório duas vítimas mais vulneráveis que eu (o Lagartixa e o Vern), tenho a preocupante sensação de que a minha hora ainda vai chegar. Cada vez que a sirene toca, fico apavorado: ao contrário de todo mundo, nunca sei o que vai acontecer em seguida. Passo quase o tempo inteiro procurando e seguindo rostos conhecidos na escola, na esperança de que eles estejam mais bem-informados do que eu. Fico pensando o que será que meus pais fariam caso eu abrisse mão da minha bolsa de estudos e voltasse para casa. Amanhã começam as aulas. Talvez eu morra durante o sono e não precise comparecer.

Sonhei que havia leões tentando arrancar meu ombro.

Quarta-feira, 19 de janeiro

5h50 Vern fez xixi na cama durante a noite. Sua tentativa desesperada de trocar os lençóis antes da sirene de despertar foi frustrada por Charlie Hooper (mais conhecido como Cachorro Doido), que voltava, estilingue em punho, de uma caçada a morcegos na madrugada. O cara não fica muito tempo no dormitório; parece que está sempre caçando. O Cachorro Doido roubou o lençol manchado de xixi e pendurou nas vigas do teto, fora do alcance do Vern, antes do toque da sirene.

Quando o Lagartixa voltou da sala do telefone, o rosto encharcado de lágrimas depois de falar com a mãe, viu o lençol sujo pendurado em cima da cama e saiu correndo para o banheiro, tapando a boca com uma das mãos. O Cachorro Doido e o Rambo trocaram um gesto de "toca aqui" e uma risadinha.

6h30 Chamada. Bert chamou Vern de Vern Bexiga Solta, e a chamada virou uma bagunça só. Mas a confusão foi interrompida por um berro estridente do Costelinha, que parecia prestes a massacrar alguém.

6h40 Nossa primeira aula foi de inglês, com um professor muito bacana chamado sr. Edly (ou "Guv", apelido que recebeu ainda garoto, quando era aluno na nossa escola). Ele tem um sotaque britânico bem legal, e anda com a ajuda de uma bengala, sempre xingando alguém ou alguma coisa como um louco. As pernas compridas e os olhos esbugalhados lhe dão o aspecto de um louva-a-deus gigante. Durante a aula ele deu umas broncas bem espetaculares (não haviam se passado nem cinco minutos quando ameaçou furar a testa do Esponja com um tiro de espingarda). Mas o ponto alto foi quando jogou uma pilha de livros de Henry James janela afora e chamou o autor de "bicha enjoada". Todo mundo aplaudiu. Ele agradeceu com uma mesura e falou para a gente se mandar.

Gostei do Guv — e, por incrível que pareça, acho que ele gostou de mim também. Pediu que eu esperasse um pouquinho depois da aula e, olhando por cima dos óculos (daqueles bem caretas, de aro de tartaruga), me examinou da cabeça aos pés.

"Então, Milton", disse, "bem-vindo ao paraíso perdido". Deu uma sonora gargalhada e falou que um xará do maior escritor de todos os tempos decerto tinha literatura no sangue. Depois me presenteou com uma peça de teatro chamada *Esperando Godot*, escrita por um irlandês chamado Samuel Beckett. Empurrou o livro com a ponta do dedo e disse: "Nada acontece na história, meu caro Johnny, mas é muito divertida. Agora dê o fora e vá tomar seu café."

Não pude deixar de sorrir, pois foi a primeira vez que alguém me chamou pelo nome desde que cheguei aqui. (Todo mundo me chama de Cotoco, porque meu bilau ainda é bem pequeno e meus testículos ainda não se desenvolveram.) Depois vou pesquisar sobre John Milton, o escritor meu xará, e esse livro dele, o *Paraíso perdido*.

8h30 O Cachorro Doido falou que estávamos na mesma turma de matemática. Fui andando atrás dele por uma série de corredores até que chegamos à nossa sala. O professor era um cara que parecia legal, chamado sr. Rogers. Mas logo descobri que estava no lugar errado: aquela era a turma das aulas de reforço. O Cachorro Doido enfiou a cabeça na mochila e riu baixinho, enquanto eu arrumava minhas coisas, pedia licença e saía, apavorado, procurando pela sala certa. Os prédios e os jardins desta escola são tão parecidos que é muito fácil se perder. E é claro que eu me perdi.

Dez minutos se passaram no meu velho relógio Remex. Eu sentia um grande nó na garganta, já estava quase chorando. Queria voltar para casa. Minha vontade era sair correndo dali e continuar correndo até me ver diante do portão enferrujado e da enorme acácia do nosso jardim. De repente, lá estava o P. J. Luthuli, marchando ao longo do corredor, com ares de autoridade. Meio soluçando e meio ofegando, perguntei-lhe o caminho para minha sala. Ele deu um tapinha no meu ombro e se ofereceu para me acompanhar até a aula de matemática.

Ao entrar na sala, deparei com o mais tenebroso silêncio. Olhei para a figura de beca diante do quadro-negro e logo reconheci quem era: o professor de cara amarrada e ar infeliz do café da manhã de ontem. Ele arreganhou um sorriso malvado e depois, bem devagarzinho, com uma voz fria, disse: "Milton, você está atrasado. Compareça ao banheiro dos professores depois do almoço." E, com um floreio da beca, voltou à explicação de álgebra que estava dando antes. Esse é o sr. Sykes, também conhecido como o Sykopata.

16h20 Depois de passar a tarde inteira limpando o banheiro dos professores com uma escova e uma cueca velha (com o nome Brett Ballbag escrito a caneta), voltei para nossa ala, que estava absolutamente deserta. Quase tive um treco: o que será que perdi dessa vez? Então vi a mensagem no quadro de avisos:

Rúgbi recreativo às 16h no Trafalgar!

Onde diabos ficava Trafalgar?

Por fim consegui chegar ao campo de rúgbi depois de me perder outra vez e ir parar na oficina da escola. Um mecânico mal-encarado, com um macacão azul, me indicou o caminho.

O campo é cercado de plátanos enormes e tem um delicioso cheirinho de grama recém-cortada. E nele estava rolando o maior jogo de rúgbi de toda a história, no mínimo uns cinquenta jogadores de cada lado. Juntei-me a um dos times sem que ninguém percebesse. O único rosto conhecido que vi por perto foi o do Lagartixa, que tentava desesperadamente ficar fora da confusão, fugindo da bola o mais rápido que permitiam os palitos que ele tem no lugar das pernas.

Depois do que pareceu uma eternidade, a bola foi arremessada para o nosso lado do campo e, por obra de um estranho milagre (bota estranho nisso!), foi parar bem nas mãos do Lagartixa. Na mesma hora ele traçou uma reta, talvez nem se desse conta de que estava com a bola, e passou voando entre dois caras do terceiro ano. O circo logo se armou quando uns vinte garotos partiram para cima do apavorado Lagartixa, que ia correndo em zigue-zague na direção da piscina. Foi o Cachorro Doido quem por fim conseguiu derrubá-lo, pulando sobre o coitado já fora do campo, a poucos metros da casa de bombas. O Lagartixa caiu no chão com um baque surdo e começou imediatamente a se contorcer sobre o concreto e a uivar de dor. O Bert o ajudou a ficar de pé, e só então vimos o braço esquerdo dele, mole e dependurado, formando um ângulo reto no cotovelo. Bert levantou-o e disparou para a enfermaria.

18h O Lagartixa quebrou o braço esquerdo. O Cachorro Doido voltou para o dormitório depois de uma série de "reuniões" com o Costelinha. Parecia meio deprimido. Amanhã de manhã ele vai ter de falar com o diretor da escola, o Marimba. Acha que vai ser expulso. Segundo o Esponja, o Cachorro Doido está prestes a bater o recorde de expulsão mais rápida de todos os tempos: depois de apenas três dias de aula.

Não consegui dormir por causa dos lamentos e gemidos do Cachorro Doido.

Quinta-feira, 20 de janeiro

8h O Cachorro Doido ainda está entre nós. O Marimba deu uma bronca terrível nele e mandou que ele escrevesse uma carta de desculpas para os pais do Lagartixa.

8h45 Tivemos nossa primeira aula de história com o sr. Crispo. Ele é muito, muito velhinho. Simon calcula que ele deve ter uns 90 anos. O sr. Crispo nos contou que combateu na África do Norte durante a Segunda Guerra Mundial e resolveu passar um vídeo bem antigo sobre a batalha de Dunquerque, muito embora o assunto deste semestre seja a Guerra Anglo-Zulu de 1878 a 1879. Lá pela metade do vídeo, ele assoou o nariz fazendo um barulho como se fosse a buzina de um navio e depois balançou a cabeça, resmungando alguma coisa para si mesmo. Terminado o vídeo, desligou a televisão e deixou que a gente saísse cinco minutos mais cedo. De onde eu estava pude ver que os olhos dele estavam cheios de lágrimas.

14h30 Eliminatórias de críquete. Embora eu tivesse sido o melhor jogador de críquete da minha outra escola (o que não chega a ser nenhum mérito, já que havia muito mais meninas que meninos lá), fiquei muito nervoso com esse meu primeiro contato com o críquete no ensino médio. O técnico da equipe sub-14 é o Guv (para meu grande alívio). Ele andava de um lado para o outro com seu cachimbo e um banquinho dobrável, fazendo comentários malucos como "Greenstein, essa sua barreira está tão furada quanto as calçolas de uma prostituta!". Simon é um excelente jogador e rebateu meu primeiro arremesso, mandando a bola lá para longe, por cima das redes até o campo vizinho. Para meu desespero, constatei que a bola tinha ido parar bem no meio do treino da equipe principal da escola. Todos os deuses do críquete pararam para me olhar enquanto eu recolhia a bola. Consegui apenas grunhir uma desculpa qualquer e voltei correndo para o nosso campo.

O Cachorro Doido é um excelente arremessador (rápido e inteligente). Quase matou o Vern de susto com um inesperado arremesso de ricochete. Já o Rambo parte para o arremesso cheio de marra, parecendo um touro brabo, mas é lento na hora de lançar a bola. Teve uma hora em que o Guv mandou ele tirar a geladeira de cima das costas, e todo mundo caiu na gargalhada. O Rambo me fulminou com o olhar, e imediatamente fiquei sério (esta escola está me transformando num covarde). Terminado o treino, o Guv disse que a gente era o pior time de críquete que ele já tinha visto em toda a vida. Nosso primeiro jogo vai ser neste fim de semana, e a escalação dos times será anunciada na sexta-feira. Até lá, dedos cruzados.

18h30 Nossas noturnas (as duas horas que toda noite a gente tira para fazer os deveres) foram interrompidas por um peido do Barril, que fez todo mundo sair da sala. O Barril ficou lá, jurando que a culpa não era dele, mas sim da carne do estrogonofe que estava estragada. O Bert ficou tão pálido que mandou o Barril calar a bocal e, depois, usando um apagador, começou a bater com força nos dedos do garoto. Esse tipo de tortura é chamado de "soca-dedo".

O Cachorro Doido pediu que eu desse uma olhada no primeiro rascunho da carta de desculpas para os pais do Lagartixa. Só porque ganhei uma bolsa de estudos, ele acha que sou a pessoa certa para revisar o trabalho dele. Era isto que estava escrito no papel:

Prezado sr. e prezada sra. Lagarticha,

Cinto muito com o que acontesseu com seu filho Lagarticha. Foi cem querer que quebrei o braço dele durante o jôgo. Não tenho culpa se o filho de vocês é um fracote magricela, mais pesso desculpas por ter quebrado o canisso que ele tem no lugar do braço.

Atensiozamente,
Cachorro Doido

21h15 Disse ao Cachorro Doido que a carta não estava lá muito boa, e juntos escrevemos uma nova versão. (O Cachorro Doido segurou a lanterna, e eu bolei o novo texto.)

Prezados sr. e sra. Barker,

Gostaria de me desculpar por ter quebrado acidentalmente o braço do nosso querido Henry. No entanto, apesar de todos os danos sofridos por ele, ainda estou convencido de que o poupei de um acidente ainda pior, talvez até com risco de morte. Acredito que o Henry tenha entrado em pânico ao receber a bola, e por isso saiu correndo cegamente na direção da piscina. Tive de pular em cima dele antes que algo mais grave pudesse acontecer. Lamentavelmente, isso foi meio dolorido para ele.

Mais uma vez, desculpem-me.

Atenciosamente,
Charlie Hooper

P.S.: Caso Henry esteja por perto, digam-lhe para voltar o mais rápido possível. Esta escola não é a mesma na ausência dele.

O Cachorro Doido ficou muito impressionado com a nova versão. Gostou em particular do trecho sobre a piscina, que dava a entender que ele tinha salvado a vida do garoto. Ficou meio na dúvida quanto ao P.S., porque todo mundo sabia que o Lagartixa estava na enfermaria, e não em casa. Falei que se tratava de um perfeito exemplo de chantagem emocional. Mais impressionado ainda, ele prometeu que dali em diante só ia me chamar de "Crânio" e, como agradecimento, me convidou para caçar pombos com ele às cinco da manhã. Quando fui dizer que não, muito obrigado, ele fechou a cara e eu tive muito medo. Então, falei que adorava carne de pombo, mas que estava meio gripado e minha garganta ameaçava inflamar.

A caminho da cama, o Cachorro Doido derramou um copo d'água sobre o lençol do Vern e depois acordou o dormitório inteiro; todo mundo começou a zoar o pobre do Vern enquanto ele trocava a roupa de cama. Fiquei calado e depois passei horas me sentindo culpado pela covardia de não ter saído em defesa do meu companheiro de cubículo.

Sexta-feira, 21 de janeiro

O Vern tropeçou no pé de alguém durante o café da manhã, o que fez com que ele e seu sanduíche de carne moída voassem pelos ares. Todo mundo caiu na gargalhada, e a baderna só foi interrompida quando o sr. Cartwright, um professor de biologia velho e ranzinza, bateu o martelo e anunciou que ficaríamos sem temperos durante dois dias. O Barril quase morreu só de pensar em ficar tanto tempo sem manteiga para passar no pão, ou geleia, mel, sal, vinagre e molho de tomate. Ele jurou que ia se vingar do pobre Vern.

11h Fui à biblioteca pesquisar sobre John Milton. Na verdade, antes de chegar lá, entrei por engano na sala dos professores — apenas para dar de cara com um professor barbudo jogando amendoins para dentro da boca. Ele me olhou com cara de poucos amigos, então fechei a porta e saí correndo dali. Bem, descobri que Milton é um velho poeta do século XVII, e que *Paraíso perdido* não é um romance, mas um poema longo e chato, que não parece fazer muito sentido.

11h30 Consegui! Fui escalado para a equipe sub-14A de críquete! Acho que vou ser o décimo a rebater. Simon é o capitão. O Cachorro Doido também foi escalado para o nosso time; já o Rambo foi chamado para a equipe B. Telefonei para os meus pais para dar a boa notícia. Mamãe falou que papai passou a noite na cadeia e que ela estava indo para lá pagar a fiança! Não deu nenhuma explicação sobre por que ele foi preso. Será que o papai matou alguém?

12h Nossa primeira aula de teatro foi com a mulher do Costelinha, a sra. Wilson, que recebeu o apelido de Eva. (Eva, como se sabe, foi criada a partir de uma costela de Adão.) Ela tem seis argolas nas orelhas e mais uma no nariz. Está de tranças nos cabelos e usa um vestido comprido em tons de terra, pingentes barulhentos e grossas pulseiras de prata. Parece pelo menos dez anos mais nova que o Costelinha. (Mal posso acreditar que uma mulher tão linda, que parece uma fada da floresta, tenha se casado com ele.) O Esponja, definiu os peitos dela como incríveis. Tenho que admitir que são impressionantes mesmo. Não pude deixar de ver o Esponja ajeitando as calças disfarçadamente enquanto olhava com olhos vidrados para os seios da professora.

A aula foi o máximo. Fizemos um monte de coisas engraçadas, como fingir que éramos animais, tempestades e até pregos. Depois de perder a timidez, todo mundo se divertiu à beça. Até o Vern, quem diria, fez uma brilhante interpretação de uma cobra dando à luz uma cegonha.

Infelizmente, tudo foi por água abaixo quando a Eva mandou a gente dar as mãos a um colega e dizer que ele era uma pessoa importante, que a gente o amava. Ver o Esponja e o Simon de mãos dadas foi demais para o Rambo, que fugiu da aula enojado. Eva se desmanchou em lágrimas e disse que a nossa turma tinha um carma ruim (o que também explicava o braço quebrado do Lagartixa). Depois foi atrás do Rambo e o levou para a sala dela, para tentar ensiná-lo a meditar.

19h30 O Barril está à beira do suicídio. Hoje tivemos hambúrguer com batata frita no jantar (nada de sal, vinagre ou molho de tomate). Ele passou a refeição inteira olhando torto para o Vern e murmurando xingamentos com seu bafo de bode. Por fim, ele deixou o refeitório sem sequer tocar nas batatas. Pode ter sido uma ilusão de ótica, mas sou capaz de jurar que vi um risinho de felicidade escapando da boca do Vern.

22h45 Bert me acordou dizendo que alguém lá embaixo estava berrando que tinha um telefonema urgente para mim. Meu coração parou quando me lembrei do meu pai. (Seria seu último telefonema antes da prisão?) Corri atabalhoadamente até a sala do telefone e dei de cara com um bilhetinho grudado no aparelho: "Me encontra no depósito debaicho da escada. Cachorro Doido." (Com uma ortografia dessas, ele nem precisava ter assinado.)

Passei pelo quarto ocupado por Gavin, o monitor esquisito que mora debaixo da escada, e abri a porta rangente do depósito, que mais parecia uma masmorra. Uma chama ardia nos fundos do cômodo, e ao lado dela estava o Cachorro Doido, cercado de penas, segurando um espeto com o corpo esturricado de um pássaro sobre um fogareiro a gás.

"Você disse que gostava de carne de pombo", ele falou baixinho, e aproximou o espeto da minha boca. Dei uma mordida bem pequenininha. O Cachorro Doido sacudiu a cabeça como se aprovasse alguma coisa, e eu sacudi também, e a gente ficou ali, sob as escadas, no meio da noite, sacudindo a cabeça e comendo a carne dura de um pombo esturricado.

Sábado, 22 de janeiro

Acordei com um pouco de enjoo — não sei se por causa do pombo esturricado ou do nervosismo com meu primeiro jogo de críquete.

10h Depois de horas de agonia, nossa equipe sub-14 de críquete finalmente entrou em campo, de uniforme branco e boné azul. Nosso adversário era a equipe do Westwood College, que parecia não dar muita bola para essa coisa de restrição de idade. (O capitão deles chegou dirigindo o próprio carro, pouco antes do início da partida.)

O primeiro lance do entusiasmado Cachorro Doido mandou um jogador para a enfermaria com uma costela quebrada. Infelizmente, o tal jogador não era um dos rebatedores do Westwood, mas nosso fraco meio-campista, Steven George, atingido por uma forte bola rebatida que voou por cerca de 2 metros no campo e o acertou no peito enquanto ele olhava para o outro lado. Estávamos amargando 126 corridas para adversários, e eu havia perdido minha primeira casinha pela escola.

Os temperos foram devolvidos na hora do almoço. Felicíssimo da vida, o Barril se fartou com cinco porções de lasanha e ainda roubou o pudim de pão do Vern como vingança.

Sou o décimo rebatedor, o que para mim está bom. Rebater me deixa apavorado, especialmente quando tenho pela frente um arremessador muito veloz. O Guv, depois de uma manhã inteira como juiz (e de algumas arbitragens duvidosas), procurou um banco debaixo de um grande carvalho para fumar seu cachimbo e assistir ao restante da partida. Ele fez uma entusiasmada preleção ao time após o almoço, e até citou uma passagem inteira de Shakespeare, com a fala do rei Henrique V antes da batalha de Ajancur. Também ameaçou nos castrar se a gente perdesse o jogo.

O capitão adversário (o tal do carro) é o arremessador mais veloz que já vi na vida. Ele eliminou nosso primeiro rebatedor, o Stubb, na segunda bola, e o Adam Leslie em seguida. Simon contrabalançou o jogo, mas infelizmente as casinhas não paravam de cair do outro lado. Outra notícia ruim foi que Steven George não estava em condições de jogar e que portanto eu iria rebater na nona posição.

Com um total de 100 corridas, e a apenas 27 da vitória, Simon parecia imbatível: ele já havia marcado 76 pontos e estava prestes a marcar outros tantos quando veio o desastre. Uma enorme explosão distraiu nosso melhor jogador no exato momento em que o adversário lançava seu arremesso, e fez com que Simon instintivamente olhasse para os lados. Aquele segundo de hesitação foi o que bastou para que a nossa defesa ficasse desprotegida e nossa casinha fosse derrubada. Levei as mãos à cabeça. Havíamos perdido nosso astro, e agora era minha vez de rebater. Pior que isso, eu sabia que um barulho daquela magnitude só poderia ter sido produzido por uma perua Renault 1973 verde-ervilha. Meus pais tinham acabado de chegar.

Guv fulminou-os com o olhar enquanto eles desciam do carro (certamente lamentando não ter trazido uma espingarda para o campo). Mamãe, com um microvestido laranja-cheguei, foi logo acenando e berrando meu nome. Fingi que não ouvi e continuei abotoando minhas luvas de rebatedor.

Mas não dava para deixar de ouvir os berros de "Vai, Johnny!" enquanto eu caminhava para o meio do campo. Os malucos, que haviam se sentado em cadeiras de praia e agora abriam uma garrafa de vinho, só podiam ser os meus pais. Eu estava morto de vergonha e, o que é pior, com vergonha por estar com vergonha.

Depois de perder as quatro primeiras bolas (que nem cheguei a ver), milagrosamente consegui rebater e marcar quatro corridas. O arremessador grandalhão do Westwood foi para o centro do campo e ficou me encarando, e só então percebi que o cara já tinha até umas entradas na testa. O arremesso seguinte foi um ricochete fulminante que passou zunindo pelo meu nariz e sobrevoou a cabeça de um jogador da defesa. Cento e dez pontos, a 17 da vitória. Depois de mim, só faltava o Cachorro Doido para rebater. Àquela altura a pequena plateia de garotos à beira do campo já havia engrossado consideravelmente, e cada ponto marcado era saudado com uma grande algazarra. Vi o Guv escondido atrás de uma árvore, sugando o cachimbo e espiando feito um esquilo amedrontado.

Lenta mas progressivamente, nosso alvo foi ficando cada vez mais próximo: com uma tacadinha de efeito aqui, outra acolá, eu e Shaun Grey, meu parceiro de rebatidas, conseguimos chegar aos 123 pontos. A galera aplaudia a cada corrida, e toda a apreensão da última semana desapareceu quando senti o delicioso gostinho do sucesso! Pelo menos até ver nossa casinha ser estraçalhada pelo mais velho garoto de 14 anos que eu já vi. Meu coração parou, e o público resmungava enquanto eu me arrastava na direção do vestiário. Quando olhei para os meus pais, vi o Guv sentado ao lado deles, numa terceira cadeira de praia, apontando vigorosamente com uma das mãos e segurando uma taça plástica de vinho com a outra. De repente todo mundo estava acenando e berrando para mim: "Volta, Cotoco, volta!" Virei para trás e vi o sr. Moodley (professor de biologia e árbitro de críquete nas horas vagas) com o braço esticado para a frente, dizendo: "Arremesso inválido!"

Eu não estava fora. Por obra de um milagre, fora salvo pelo rabugento sr. Moodley. Corri de volta para o centro do campo, e fui recebido por um bando de garotos do Westwood resmungando "marmelada". Aceitei agradecido minha segunda chance, derrubando uma casinha com a perna e correndo para o outro lado. Por azar, Grey havia sofrido uma punição, e os muxoxos da plateia eram sinal de que o Cachorro Doido estava entrando para rebater comigo. (Àquela altura todo mundo já sabia que o Cachorro Doido não tinha boa coordenação motora nem era um jogador dos mais inteligentes.)

O Guv deu uma boa golada no vinho e balançou a cabeça, dando como certa a derrota do nosso time. O placar indicava três corridas restantes e só mais uma casinha disponível. O Cachorro Doido parecia nervoso e rebateu a primeira bola feito um maluco, por pouco não derrubando a casinha. De repente me vi correndo de um lado para outro e gritando: "Vai, Cachorro Doido, corre!" Um jogador do Westwood arremessou a bola na direção da nossa casinha, mas não acertou. Eu estava salvo. Mais um rebuliço na plateia. O Guv agora andava de um lado para outro, fumando e bebendo, e o restante da nossa equipe estava sentado no banco, todos juntos, aconchegados em seus casacos, protegidos da chuvinha fina que começava a cair entre as árvores. Então o veloz arremessador do Westwood entrou em campo e fez um arremesso incrivelmente rápido. Balancei meu taco, rebati e corri. A bola alçou voo, mas na direção de um jogador perfeitamente posicionado para pegá-la. Continuei correndo e correndo e de repente vi o Guv, seguido dos outros jogadores, correndo na minha direção com os braços abertos, berrando feito um maluco.

A gente tinha vencido! O jogador adversário havia deixado cair a bola, que rolou até a linha de fundo. Detesto admitir, querido diário, mas eu sou um herói.

Depois de muitos cumprimentos, o Guv nos levou até o vestiário e mais uma vez recitou o discurso de Ajancur. Infelizmente, por causa do excesso de vinho, ele estava arrastando a língua e esquecendo certos trechos, que substituía quase sempre por palavrões. Simon foi eleito o melhor jogador da partida. O Guv me abraçou e disse: "Seu destino é a grandeza, Milton. Você tem uma sorte dos diabos!"

17h30 Acabei descobrindo que papai tinha sido preso por atentado ao pudor. Ele se recusa a dar detalhes, mas, ao que parece, foi pego pelado no jardim dos vizinhos às três da madrugada. Diz que é tudo mentira e que já contratou o melhor advogado do país para defendê-lo. Mamãe ficou muda enquanto ele se explicava comigo e, de uma hora para outra, saiu na direção do carro, dizendo que eles precisavam ir embora. Papai recolheu as cadeiras, apertou minha mão e entrou no carro. Depois de metade do nosso time empurrar a banheira velha por uns 200 metros, houve uma explosão do motor e nuvens de fumaça, e então o carro pegou a estrada.

Se eu tivesse dinheiro, dava uma Mercedes-Benz de presente de Natal para os meus pais.

20h Assisti a *Uma linda mulher*, com a Julia Roberts, na sala comunitária. Ela é realmente perfeita. Fiquei com uma inveja danada do Richard Gere. Depois de me formar, vou sair pelas ruas procurando prostitutas feito a Julia.

Pela primeira vez nesta semana não fiquei preocupado antes de cair no sono. Eu mal acredito que faz só seis dias que cheguei aqui — parece uma eternidade.

Domingo, 23 de janeiro

7h30 Fui acordado por sinos absurdamente barulhentos, que pareciam estar tocando dentro do meu escaninho. Após uma inspeção mais detalhada, descobri que o campanário da capela fica bem pertinho da minha janela. Tão perto que o Cachorro Doido acertou um dos sinos com uma pedra do estilingue, produzindo um barulho terrível no meio da Ação de Graças.

8h Missa com a presença de toda a escola. O Reverendo Bispo declamou uma série de versos em latim que pareciam dizer "Falador desonesto, mate o gato", mas, como sempre, achei melhor não perguntar nada. Simplesmente tentei parecer sério e o mais santo possível. A capela é linda, parece uma daquelas catedrais góticas bem antigas, com vitrais nas janelas e um altar impressionante, com a escultura de um cara enfiando a espada num lagarto gigante.

Um peido barulhento na nossa fila fez com que o Marimba interrompesse a segunda leitura, um trecho do Evangelho segundo são João. Simon deu um risinho, o Barril ficou vermelho, e o Rambo deu uma cotovelada nas costelas de Esponja. Então, os quatro olharam para o Vern, que inocentemente baixou a cabeça, envergonhado. Marimba parou, a capela ficou em silêncio, e por alguns instantes pareceu que ele ia perder o controle, mas após algumas respirações profundas, e com um olhar zangado, ele prosseguiu com a leitura sobre o perdão.

Aos domingos, todos os alunos têm de deixar a escola no período da tarde (exceto os pré-universitários). A isso eles chamam de "porteira aberta". Segundo o Luthuli, o motivo dessa porteira aberta dominical é incentivar que a gente explore os arredores da escola. Mas, na opinião do Esponja, o real motivo dessa história toda é dar um pouco de sossego aos professores e permitir que eles usem as quadras de tênis. Ainda não sei direito o que fazer, nem para onde ir. Será que vou me perder novamente e nunca mais achar o caminho de volta para a escola? Acho que vou atrás do pessoal e ver aonde isso leva.

Passei a tarde nadando na barragem. Um inocente jogo de polo aquático com uma bolinha de tênis acabou virando uma guerra de lama entre os alunos das diferentes alas. Com a valentia dos soldados dos velhos filmes de guerra do sr. Crispo, a gente bombardeou os calouros da ala Barnes, obrigando-os a se esconder na mata de juncos. Só de verem o Rambo, o Barril e o Cachorro Doido liderando o ataque, os covardes da Barnes picaram a mula. Inacreditável. Vern acertou uma bola de lama no olho de um dos inimigos, e o chorão teve de ser carregado para a enfermaria. O Rambo deu um tapinha de parabéns nas costas do Vern, e o esquisitão do meu vizinho de cubículo sorriu feito um psicopata.

17h O Lagartixa voltou da enfermaria com o braço engessado e uma tipoia em torno do pescoço. O Cachorro Doido ficou tão aliviado em vê-lo que recebeu o recém-chegado com um amigável tapinha nas costas, que infelizmente arremessou o coitado contra o armário mais próximo. Luthuli levou o contundido, dolorido e agora ensanguentado Lagartixa de volta para a enfermaria.

O Cachorro Doido arrumou sua mala e fez as últimas despedidas. Está convencido de que esta será sua última noite na escola. Com os olhos marejados, ele me deu de presente o estilingue mortífero, dizendo que eu era o melhor amigo dele. A gente apertou a mão um do outro, meio envergonhado.

Sonhei com a Julia Roberts.

Segunda-feira, 24 de janeiro

6h20 O Cachorro Doido ainda não foi embora. O Rambo falou para o P. J. Luthuli que o Cachorro Doido tinha esbarrado no Lagartixa acidentalmente e depois inventou a história maluca de um rato que tinha invadido o dormitório. O Luthuli engoliu a conversa, meio desconfiado. A teoria do Rambo é a seguinte: já que é para mentir, então mente direito! O Rambo agora é o melhor amigo do Cachorro Doido, e o Cachorro Doido pegou seu estilingue de volta.

12h A Eva (a sra. Costelinha) mandou a gente fazer a cena da morte de *O Senhor das moscas*, de William Golding. Fui o escolhido para fazer a vítima que é agredida por uma turma de jovens loucos. Ela me deu uma camiseta velha para usar e disse ao grupo que a camiseta era uma metáfora para o meu corpo. Depois de uma tremenda surra com muitos chutes nas minhas costelas, ficou claro que ninguém sabia o que significava "metáfora".

Então ela disse para a gente entrar em contato com nosso lado feminino e brincar com nossos chacras. O Esponja está convencido de que ela mandou a gente fazer alguma indecência.

Depois da aula, Eva cuidou de meus arranhões com algodão e desinfetante. Quando ela se debruçou sobre mim, senti o cheirinho gostoso de seu hálito e não pude deixar de notar os belos peitões que apontavam na minha direção. Senti um arrepio estranho no corpo inteiro — juro que quase mijei nas calças! Enquanto a gente saía da aula, o Rambo se aproximou e perguntou a Eva se tinha algum livro sobre William Golding para emprestar. Emocionada, ela o convidou até sua sala.

17h15 Os calouros foram convocados para uma reunião com os monitores, que informaram que nossa semana de moleza tinha chegado ao fim e que nossa vida ia ficar difícil. Disseram que agora a gente era "escravo" deles (o que significava fazer pequenos serviços e se comportar como serviçais), e que os trotes iriam começar. Disseram também que respeito e honra eram coisas muito importantes, e que era imoral dedurar os outros ou confessar qualquer sujeira ou trote que a gente recebesse. Parece que vamos ser escravos mesmo.

Fui designado a um monitor muito alto e magricela chamado Grant Edwards (o apelido dele é Minhoca, mas sou obrigado a chamá-lo de sr. Edwards). O Minhoca é inteligentíssimo e joga no principal time de críquete da escola.

Um cara do terceiro ano, feio pra dedéu, chamado Pike, acordou a gente no meio da noite para informar que ele era nosso pior pesadelo. Declarou aberta a temporada de caça aos calouros, mijou na nossa lata de lixo e saiu.

Terça-feira, 25 de janeiro

Meu primeiro dia como escravo. Segue abaixo a lista das minhas obrigações, que o Minhoca escreveu com caneta verde, vermelha e azul e fixou na parede do quarto dele.

6h20 Servir o chá do lorde Minhoca: dois cubos de açúcar, sem leite
6h22 Engraxar sapatos
7h30 Limpar o quarto, fazer a cama e organizar os livros
7h50 Levar a roupa suja para a lavanderia
10h45 Fazer mais chá e uma torrada — com molho de carne, sem manteiga

13h45 Limpar o quarto
14h Buscar a roupa lavada
14h12 Limpar os tênis de críquete
17h30 Limpar o quarto, mais chá, arrumar a cama após a soneca da tarde
20h45 Guardar os livros, mais chá (agora com leite), preparar livros para as aulas da manhã seguinte

O Minhoca não fala muito, mas me observa feito uma águia enquanto limpo o quarto dele. Talvez seja um psicopata. (Ele e o Vern formariam uma bela dupla.)

O Vern e o Lagartixa são os escravos do Luthuli; o Cachorro Doido e o Barril, do Bert; o Simon e o Esponja, do Julian. O Rambo não está nem um pouco feliz de ser o escravo do Gavin, o monitor que mora debaixo da escada; segundo ele, o cara fede e passa quase o tempo todo criando baratas e soprando um tubo enorme chamado *didgeridoo*.

Sonhei que minha mãe era a Julia Roberts e depois acordei com muitas saudades dela. Fiquei com uma vontade danada de fugir daqui, pegar o trem noturno e voltar para casa.

Quarta-feira, 26 de janeiro

6h20 Fui duramente repreendido pelo Minhoca por ter feito a cama dele com os botões do edredom virados para cima. Ele disse que os botões frios não o deixam dormir e provocam brotoejas.

6h40 O Guv nos ensinou que as escritoras lésbicas devem ser lidas com desconfiança. Falou que elas são "sapatões sexualmente frustrados, com sovacos cabeludos" e que, portanto, a gente não deveria dar muita bola para os livros de mulheres como Virginia Woolf, Mary Renault e Agatha Christie.

O Rambo perguntou então se a gente devia estudar Shakespeare, já que ele era boiola. O Guv falou que o Rambo estava sendo homofóbico e que ele, o Guv, não tinha nada contra as sapatas e os veados. Disse até que não se importaria de dar uma boa bimbada na Martina Navratilova.

Descobri que o discurso de Henrique V foi proferido antes da batalha de Azincourt (e não Ajancur), que é uma cidade da França.

14h30 Testes para o coral. Embora seja considerada uma coisa meio brega, cantar em coral consegue ser menos ruim do que aqueles alunos que trabalham de cadetes na escola e ficam marchando para lá e para cá debaixo do sol escaldante. Todos os calouros são obrigados a fazer teste para o coral. A regente, srta. Roberts, ficou felicíssima com a minha voz e me colocou no naipe dos sopranos (também conhecido como o naipe do Cotoco). O Julian é o principal solista, e canta no naipe dos tenores. Ele fez um carinho nos meus cabelos e disse que gostou muito da minha voz, que ia me botar debaixo da asa dele. (Não fosse pelo risinho de sarcasmo que se seguiu, até que eu teria gostado da oferta.)

O Simon é o único garoto do meu dormitório que também entrou no coral. O Barril passou perto, mas acho que o fato de ele babar enquanto canta pode ter pesado contra ele.

23h15 O Rambo informou que está planejando um mergulho noturno totalmente ilegal, e que nós todos estamos convidados a participar. (Convidados, na verdade, quer dizer obrigados.) Depois de alguns protestos, decidimos ouvir o plano. Assim que ele casualmente mencionou os guardas de segurança armados e seus ferozes pastores alemães, foi bombardeado com uma nova onda de reclamações, lideradas pelo Esponja e por mim. A ordem logo foi restabelecida quando o Rambo ameaçou assassinar todos os covardes. (Não preciso dizer que todos nós, covardemente, ficamos quietos.) A teoria do Rambo era a seguinte: se todo mundo participasse do mergulho, então não teria ninguém para dedurar depois. Sexta-feira foi o dia escolhido como o dia D.

Fiquei horas observando o Vern papear com seus objetos de higiene pessoal. Parece que cada um tem um nome diferente. Fingi que estava dormindo, mas fiquei ouvindo as maluquices que ele sussurrava. Será que sou a única pessoa que sabe que ele é doido? Será que eu sou doido por ficar espiando?

Depois do que pareceu uma eternidade, ele deu boa-noite para todos os objetos, apagou a lanterna e foi dormir.

Quinta-feira, 27 de janeiro

11h30 Hoje testemunhei a primeira surra da minha vida, durante a aula de africânder. A peidação do Barril fez que o sr. Van Vuuren perdesse o controle e desse duas pancadas violentas nele com um taco de hóquei, na frente de toda a turma. Foi uma experiência chocante. Barril foi muito valente e aguentou apanhar sem demonstrar medo. Isso irritou ainda mais o sr. Van Vuuren, que mandou o Barril ficar de castigo depois da aula e passou deveres adicionais para a turma inteira.

Passei toda a tarde lendo *Esperando Godot*. É uma peça de teatro sobre dois vagabundos que moram numa vala e ficam esperando por um cara chamado Godot, que não aparece nunca. Eles encontram um palhaço chamado Pozzo e o escravo dele, Lucky, que vêm e que vão, depois vêm de novo, e por fim deixam os vagabundos sozinhos naquela espera sem fim. A peça é muito esquisita. (Irlandesa?) Não sei por que o Guv mandou eu ler isso.

Uma briga eclodiu quando o Pike (escondido nas vigas do dormitório) cuspiu na cabeça do Simon enquanto ele ouvia o walkman. Simon partiu para cima do cara e mordeu o braço dele, e então o Pike sacou um canivete suíço e tentou furar a perna do Simon. Luthuli separou a briga e impôs a ambos três sessões de trabalho pesado (lavar o carro do Costelinha e cortar lenha para a lareira).

22h Preparativos finais para o mergulho noturno. Nos cálculos do Esponja, a gente vai levar quatro tacadas, cada um, caso descubram a gente. (Ao que parece, o Costelinha é meio sádico. Sem dúvida sempre querendo se vingar do trágico encontro com o leão.) Vern pareceu mais aterrorizado do que nunca, e começou a arrancar tufos dos próprios cabelos.

Sexta-feira, 28 de janeiro

5h30 Acordei e dei de cara com o Vern trocando os lençóis outra vez — fingi que estava dormindo. Resolvi que vou ser legal com o Vern. (Meu tio Aubrey certa vez me disse para sempre tratar bem as pessoas malucas.)

8h Descobri uma pequena nota no jornal sobre o julgamento do papai. Recortei o artigo (desse e de todos os outros jornais da sala), e queimei tudo na torradeira da sala dos monitores. Era isto que dizia a nota, que copiei antes de queimar:

Tribunal de Justiça, Durban.
Peter Edward Milton apresentou-se hoje ao Tribunal de Justiça, sob acusação de atentado ao pudor. Não foi solicitado a se pronunciar, e o caso foi adiado para o dia 6 de março. Milton foi encontrado nu na propriedade de vizinhos. O juiz Leighton encaminhou-o a uma clínica, não divulgada, para uma avaliação psiquiátrica.

Ótimo. Meu pai é muito mais doido do que eu imaginava! Por que será que tenho a sensação de que estou cercado de gente maluca? Dizem que o primeiro sintoma da loucura é achar que os doidos estão por toda a parte... (Estou muito preocupado.)

Acho que estraguei a torradeira dos monitores.

11h Não fui limado do time de críquete. O Rambo foi convocado para substituir o Steven George, que se machucou.

Li mais uma vez *Esperando Godot* e acho que compreendi melhor. Na verdade achei bem legal. Talvez eu esteja mesmo ficando doido! (Preciso notar se ando falando sozinho por aí...)

Lagartixa voltou da enfermaria, de novo. Estava com o mesmo aspecto de sempre (gesso, tipoia, rosto enfaixado e cor de defunto). Vi o pavor em seus olhos quando o Cachorro Doido, preocupadíssimo, veio correndo para se desculpar novamente. Mas ele parecia feliz em me ver e contou várias histórias sobre suas aventuras por diferentes hospitais, clínicas e enfermarias.

Sábado, 29 de janeiro

1h15 Todos acordados e prontos para o mergulho noturno. Por mais que tivesse suplicado desesperadamente para ficar de fora, o pobre coitado do Lagartixa também foi obrigado a participar. O Rambo insistiu (num sussurro ameaçador): "Não pode haver testemunhas."

O Rambo nos guiou na fuga através da janela, do dormitório e sobre o telhado da sacristia. Não tive coragem de olhar para o quadrado lá embaixo, a uns 6 metros de distância, e atravessei o precipício agarrado ao elástico da cueca do Esponja. O velho telhado de zinco rangeu bem alto quando o Barril (que cuidava da retaguarda) por fim se juntou a nós. Simon ia puxando o apavorado Lagartixa pelo braço enquanto nosso intrépido grupo avançava pelo telhado, rumo à janela da capela. Depois de muito empurrar, espremer e cutucar, conseguimos fazer que o Barril cruzasse a janela e saltasse à galeria da capela. Com uma única vela acesa, o lugar estava assustador. Eu podia ouvir meu próprio coração bater feito um tambor, acima da respiração ofegante do Barril logo atrás de mim.

O Rambo nos conduziu escadaria abaixo e através da nave da capela. Enquanto passávamos pelo altar de 134 anos, o Rambo subiu ao púlpito, abriu os braços como se fosse o papa e disse: "Senhoras e senhores, sejam bem-vindos ao inferno!" Isso apavorou ainda mais o Lagartixa, que tentou cair fora, mas logo foi agarrado pelo Vern, que naquela sua voz de doido varrido sussurrou: "Sem testemunhas, Lagartixa."

Não sei por que, todo mundo caiu na gargalhada. (Nem o Lagartixa conseguiu se conter, e soltou uma risada esquisita e estridente, que só fez aumentar a risadaria geral.) Vern também ria descontroladamente. Na verdade, não dava para dizer se ele estava rindo ou chorando, pois lágrimas desciam por suas bochechas e seu corpo se sacudia todo, como se estivesse em convulsão.

Depois que todo mundo se acalmou, o Rambo nos levou para a cripta embaixo da capela, que estava um breu. É lá que acontecem as reuniões de segunda-feira da Irmandade Cristã (os religiosos fanáticos), e também é lá, segundo dizem, que mora o fantasma da escola. A risadaria foi logo esquecida enquanto engatinhávamos pelo carpete de lã rumo a uma segunda porta, que dava para o jardim de rosas da escola. Depois desse jardim havia uma cerquinha, e por trás dela, o gramado da casa do Marimba. Sua enorme mansão de dois andares parecia um gigantesco monstro contra a luz da Lua minguante, mais ou menos como aqueles castelos dos filmes de vampiro.

Agrupados sob a copa do limoeiro do Marimba, o Rambo nos passou as últimas instruções. Estávamos só de cuecas, batendo o queixo de medo. A noite estava escura, silenciosa e úmida; a oeste, ouviam-se ao longe os trovões que retumbavam nas montanhas Drakensberg, o que deixava a coisa toda ainda mais tenebrosa.

Depois de sussurrarmos uma contagem regressiva, saímos todos juntos através do campo de rúgbi (a parte mais perigosa da aventura) e dos arbustos próximos ao lodaçal (que contorna o terreno). Pulamos uma cerca de arame farpado e pronto, a barragem estava bem à nossa frente, bela e tranquila sob a luz do luar.

Um a um fomos entrando na água fria (menos o Lagartixa, que não podia molhar o gesso), sentindo a lama se espalhar entre os nossos dedos dos pés. Nadamos em completo silêncio até que o Cachorro Doido e o Rambo começaram a brincar de afogar um ao outro. Isso logo virou uma guerra de caldos, com todo mundo tentando afogar o colega mais próximo. Quase consegui afundar o Simon, mas ele retaliou e me prendeu por uns três minutos debaixo d'água.

De repente o Esponja fez "psiu", pedindo silêncio. A luz de uma lanterna piscava do outro lado da represa. Então outra lanterna se acendeu, e depois outra... Ficamos estáticos na água, morrendo de medo. Silêncio. Houve um rugido de trovão, e o vento começou a soprar com um assobio estranho e assustador. E então os cachorros começaram a latir...

Todos juntos, saímos correndo da água e chispamos de volta para a cerca e para o campo de rúgbi. Os guardas decerto haviam soltado os cachorros, pois de uma hora para outra os latidos e rosnados estavam por toda a parte ao nosso redor. O Rambo não parava de gritar, e o Cachorro Doido tentava acertar os cães com o estilingue. Tive a impressão de que acertou um deles, pois ouvi um uivo terrível. Apesar do gesso e da tipoia, o Lagartixa saltou a cerca como se fosse um antílope e se embrenhou nos arbustos feito louco. Com sebo nas canelas, atravessamos o campo de rúgbi, o jardim de rosas, a cripta, a nave da capela e as escadas da galeria. Por fim, pulamos a janela, atravessamos o telhado de zinco e voltamos para o dormitório, cada um para sua cama, pés enlameados e tudo o mais.

E então... silêncio absoluto, exceto pelo som das respirações ofegantes, pelas estranhas fungadas vindas da cama do Lagartixa, e pelo barulho dos trovões. A distância, era possível ouvir os guardas assobiando para seus cães. Depois de mais ou menos uns cinco minutos de pânico, todo mundo caiu na gargalhada e no falatório. Sabíamos que o perigo já tinha passado, que a gente havia se safado. Animados relatos pessoais sobre a aventura percorriam o dormitório, histórias sobre a perseguição dos cães, cada uma mais horripilante que a outra. Quando chegou a vez de o Rambo falar, os cães de guarda da escola faziam o cão dos Baskerville parecer um poodle manco e desdentado.

O Lagartixa tinha certeza de que um pastor alemão selvagem tinha mordido a bunda dele. Depois de inspecionarmos seu traseiro com a ajuda da lanterna do Vern, chegamos à conclusão de que o Lagartixa havia sido vítima do estilingue do Cachorro Doido, e não de um cão mordedor de bundas. O Cachorro Doido negou a acusação e o Lagartixa também se recusou a acreditar que tinha sido ferido com uma pedra.

Só após uma meia hora de falatório demos pela falta de alguém. O Barril não estava entre nós. O Rambo deduziu que ele havia sido preso pelos guardas, o Simon achava que ele provavelmente estava escondido em algum lugar. Tentamos nos lembrar onde o tínhamos visto pela última vez. Lembrei-me do caldo que eu tinha dado nele na represa, mas depois disso...

O Cachorro Doido se ofereceu para ir em busca dele, mas o Rambo, mais uma vez, insistiu para que fôssemos todos juntos. Os olhos do pobre Lagartixa quase pularam para fora só de pensar em ter de repetir tudo aquilo. Pela segunda vez, pulamos a janela do dormitório e saltamos no telhado da sacristia, agora todo molhado, e então paramos. Nossa missão estava concluída... quer dizer, quase.

A lanterna do Vern iluminou um gigantesco traseiro enganchado na janela da capela, semicoberto por uma cueca azul toda esfarrapada. O Barril tinha ficado preso ao passar pela janela. (Ainda não sei direito por que ele estava voltando para a capela.) Depois de alguns risos abafados e alguns comentários cruéis, fomos tentar ajudá-lo a se soltar. Nós sete puxamos as pernas dele algum tempo, e nada. Então o Cachorro Doido concluiu que o único jeito de tirar o Barril dali era empurrando-o para a frente, de volta para a capela (vai entender!). Mas o gordão infelizmente não se mexeu nem um centímetro. A cada empurrão ele urrava de dor, e para piorar as coisas, a chuva voltou a cair.

Uma reunião de emergência foi realizada no dormitório a fim de resolvermos o problema do Barril. O Cachorro Doido se ofereceu para arrancar a janela inteira. O Simon ofereceu seu gel de cabelo para lubrificar o Barril e fazê-lo escorregar para fora. O Cachorro Doido sugeriu que amarrássemos a ponta de uma corda no pé do Barril e a outra ponta no ônibus da escola, que puxaria o garoto para fora. Depois de esgotarmos todas as possibilidades, decidimos trabalhar em turnos, duas pessoas por turno, enquanto os outros dormiriam. O Vern e eu assumimos o primeiro turno.

5h45 O Rambo convocou outra reunião. As coisas agora estavam ficando sérias. Faltava só meia hora para a sirene da alvorada, e estávamos metidos numa terrível encrenca. Barril estava apavorado, e já havia perdido a sensibilidade em ambas as pernas. A chuva ainda caía forte.

6h Ficou decidido que vamos todos negar o mergulho, e o Rambo foi escolhido como nosso porta-voz. Ele foi se deitar a fim de pensar numa história que explicasse aquele circo todo. O Esponja e o Cachorro Doido disseram ao Barril que o Rambo estava bolando uma explicação, e eu fui enviado para chamar o P. J. Luthuli.

O mal-humorado chefe da nossa ala não ficou nem um pouco surpreso ao ser acordado. E ficou menos surpreso ainda quando viu o traseiro do Barril enganchado na janela da capela. Ele olhou firme para a gente, soltou um suspiro e depois disse: "Vocês estão fritos!". O Lagartixa lamuriou alguma coisa, e o Vern arrancou um tufo de cabelo.

Uma sequência de eventos, vista da minha janela

6h07 Os monitores e o Costelinha estão parados no quadrado principal, olhando para o Barril lá no alto, balançando a cabeça e apontando de vez em quando. O Costelinha não parece feliz.

6h16 A sirene da alvorada fez com que uma pequena multidão se juntasse no quadrado; todos olham estupefatos para a janela da capela.

6h36 A chamada é cancelada, já que quase toda a escola está no quadrado, admirando o traseiro do Barril. Comentários maldosos são feitos à medida que aumenta a confusão por toda a escola. Vendo aquelas pessoas todas ali, debaixo da chuva, começamos a nos dar conta da gravidade da nossa situação. Ainda nenhum sinal do Rambo.

6h42 O zelador da escola, Rogers Halibut (esse é o seu nome verdadeiro), espirra no Barril um spray de óleo lubrificante e tenta soltá-lo. O Barril nem se move.

6h48 O Rambo emerge do seu cubículo, pisca para a gente e diz: "Senhores, tenho um plano." Em seguida, deixa o dormitório, desce ao pátio, passa pela multidão de professores e funcionários e entra na capela.

6h55 O Rambo sai da capela, fala alguma coisa para o Costelinha, e os dois vão para a sala dele.

7h13 A brigada de incêndio chegou. Não sei como, mas eles conseguiram entrar com o carro no gramado e erguer uma enorme escada até o Barril, que a essa altura já não sente nada no corpo inteiro.

7h16 O Rambo deixa a sala do Costelinha, e eles vão direto para a sala do diretor, o Marimba.

7h23 O Reverendo Bispo é convocado à sala do diretor.

7h42 Os bombeiros conseguem soltar o Barril e começam a descê-lo com a ajuda de um guincho.

7h43 O Marimba, o Costelinha, o Reverendo Bispo e o Rambo estão no quadrado para receber o Barril. O garoto é colocado numa maca. O Reverendo Bispo segura a mão dele e faz uma oração. O Marimba olha para ele com uma cara azeda; o Costelinha lhe dá um tapinha no ombro. Enquanto levam o Barril para enfermaria, o Rambo se debruça na maca e cochicha alguma coisa em seu ouvido. O gordão abre um sorriso e então é levado dali.

7h50 O Rambo realizou um milagre, sem exagero. Um garoto de 14 anos conseguiu convencer o capelão da escola de que o Barril tinha passado por uma impressionante conversão religiosa durante a noite. Segundo a história dele, o Barril, depois de "falar em línguas" (seja lá o que for isso), tirou as roupas e tentou entrar na capela pela janela, quando então foi confrontado pelo Espírito Santo. Depois da conversão espiritual, ele tentou voltar ao dormitório para contar a grande novidade, mas infelizmente ficou preso na janela.

O Rambo nos instruiu a dizer que estávamos dormindo e que não fazíamos a menor ideia do que tinha se passado durante a madrugada. Ele acha que o Costelinha e o Marimba não engoliram a tal história e sabem que a gente foi nadar na represa, mas não tiveram coragem de desapontar o Reverendo Bispo depois que viram o pateta chorando lágrimas de alegria na sala do diretor.

8h A história se espalhou feito rastilho de pólvora. No café da manhã, vários garotos mais velhos vieram à nossa mesa cumprimentar o Rambo e pedir a ele que recontasse os improváveis acontecimentos na sala do diretor. A cada vez que era recontada, a história ia se tornando mais exagerada e, quando terminamos de comer nossos ovos com bacon, ela já havia alcançado proporções épicas.

Em razão da chuva, todos os treinos de críquete foram cancelados. Apesar do meu desempenho heroico da semana passada, fiquei bastante aliviado. Minha ideia é passar o dia dormindo e descansando.

O Pike nos acordou pouco antes do almoço para dizer que sabia do nosso mergulho noturno e que pretendia desmascarar o Rambo. Coçou o saco e saiu do dormitório com um sorriso diabólico entre os lábios, deixando a gente com essa última e desagradável imagem.

O Rambo recolheu 5 rands de cada um e chispou do dormitório. Ele subornou os guardas para que ficassem de bico calado. O Rambo achava que eles eram o único buraco na história.

17h15 Fomos visitar o Barril na enfermaria e levamos de presente uma barra de chocolate e alguns biscoitos. Sentado ao lado da cama, o Reverendo Bispo sussurrava alguma coisa para o Barril, que parecia dormir. O Reverendo se levantou quando nós chegamos e nos encarou com orgulho, como se fôssemos os discípulos do Barril. Tão logo ele foi embora, o Barril abriu os olhos e disse que o capelão idiota não tinha saído do lado dele o dia inteiro. Falou também que preferia ter levado uma surra do Marimba a ter de ficar ali, escutando as maluquices do capelão.

Mas aparentemente já estava melhor, pois devorou o chocolate e os biscoitos sem nem mastigar. Disse que teria alta na manhã seguinte. Depois de alguns minutos, ninguém tinha mais nada a dizer, e então nos despedimos e fomos embora.

Telefonei para casa a fim de saber como andava o processo do papai e como havia sido a visita ao hospital psiquiátrico. Surpreendentemente, ele estava de bom humor. Contou que os vizinhos haviam retirado a queixa, dizendo que já tinham conseguido o que queriam. Papai disse que estava pensando em fazer sua própria defesa no tribunal. Ele se convenceu de que saberia o que dizer depois de assistir a três episódios de antigas séries policiais. Infelizmente, o juiz ordenou que ele frequentasse uma terapia de controle da raiva durante seis meses. Durante esse período, ele está proibido de mudar de endereço e sair do país.

Mamãe chorou quando ouviu minha voz e prometeu que iria assistir ao próximo jogo de críquete. Quando desliguei o telefone, tive mais uma das minhas crises de querer fugir, mas logo fui interrompido pelo Minhoca, que apareceu para mandar que eu fizesse um chá com torradas e arrumasse a cama dele.

20h Nossa ala se reuniu na sala comunitária para ver o filme de sábado à noite, que foi *Rain Man*, com Tom Cruise e Dustin Hoffman. Hoffman estava ótimo no papel do irmão retardado que consegue somar números mais rápido que uma calculadora. Depois de uns vinte minutos de filme, alguém gritou: "Olha só, é o Vern Blackadder!" Houve uma breve pausa, e então a sala veio abaixo de tanta risada. O pobre do Vern fingiu que estava dormindo num canto escuro, mas todo mundo sabia que ele estava acordado. Finalmente meu vizinho esquisitão ganhou um apelido.

Domingo, 30 de janeiro

Milagrosamente, consegui não acordar com o barulho ensurdecedor dos sinos da capela, bem na frente da minha janela, e continuei dormindo até as dez horas.

O Barril apareceu para almoçar conosco; estava meio estranho, deixou a mesa após se servir pela segunda vez e recusar a terceira. Não tinha nada para dizer e respondia às perguntas com grunhidos.

Acabei de reler *Esperando Godot*. Achei genial. O Costelinha passou pela sala onde a gente faz as noturnas e me viu gargalhando feito uma hiena. Balançou a cabeça e seguiu adiante, lamuriando consigo mesmo. No prefácio do livro está escrito que a peça é do Teatro do Absurdo, o que me deixou meio preocupado — para mim pareceu perfeitamente normal.

Missa noturna (chamada de Missa Cantada) e minha estreia como coralista. Vestiram a gente com uma batina vermelha ridícula, com uma coisa chamada sobrepeliz por cima. (Tudo muito brega!) O Pike tentou me fazer tropeçar no meio do corredor, mas acabei atropelando o pé dele e pisando no calcanhar do garoto à minha frente, que perdeu o sapato. A procissão dos coralistas teve de parar enquanto ele calçava o sapato outra vez.

O Reverendo Bispo fez um sermão inflamado sobre a descoberta do Senhor, e a importância de abrir a porta quando Ele bater. Depois chamou o Barril para contar diante da escola inteira a história de sua milagrosa conversão. A escola inteira assistiu a um mortificado Barril balbuciar sobre como ele teve uma visão de Jesus, tirou a roupa, e começou a falar em línguas. Ele leu de um papel e em nenhum momento levantou os olhos. (Nem mesmo quando o Cachorro Doido deu uma risada e tentou fingir que era um espirro). Assim que o Barril terminou seu relato, o Reverendo Bispo o abraçou com os olhos marejados de lágrimas. Depois rezamos para agradecer a Deus pelo milagre realizado. Notei que o Marimba não fechou os olhos.

23h10 O Rain Man adormeceu com uma meia cáqui na boca. Espero que esteja limpa.

Segunda-feira, 31 de janeiro

6h15 Quando cheguei aos chuveiros, dei de cara com o Julian examinando o traseiro do Lagartixa. Ele piscou para o Bert e depois disse que o Lagartixa precisava voltar para a enfermaria imediatamente. A ferida está infeccionando e o Lagartixa ainda acha que foi mordido por um cachorro, então o Rambo disse a ele que tomasse cuidado, e não dissesse à enfermeira que foi mordido por um dos pastores alemães da escola, mas sim por um cachorro qualquer durante os feriados de fim de ano.

6h30 O Rain Man não estava presente durante a chamada. A cama dele estava feita, mas ninguém sabia onde ele se encontrava.

8h A notícia do sumiço do Rain Man se espalhou pela escola. Cada um tem sua própria teoria. O Cachorro Doido acha que ele está escondido em algum lugar nas montanhas. O Rambo diz que ele poderia estar no porão de um dos prédios, e o Simon está convencido de que ele é um alienígena e que nunca existiu de verdade.

O Esponja fez uma grande sacanagem com o sr. Crispo durante a aula de história. Depois de assistirmos mais uma vez ao vídeo sobre Dunquerque, o Esponja, falando bem alto, fez uma pergunta ao nosso jurássico e gentil professor. O Crispo imediatamente ajustou o aparelho auditivo, mas então o Esponja sussurrou algo, e o Rambo começou a fazer a mesma coisa, e dali a pouco a aula se transformou numa grande bagunça. O coitado do sr. Crispo ficou tão chateado que arrancou o aparelho do ouvido, jogou-o no chão e começou a pular em cima dele, num acesso de fúria cega. (Ou seria fúria surda?) Depois, triste, dispensou a gente mais cedo. Mais uma vez pude ver os olhos dele ficarem cheios d'água enquanto a gente saía da sala.

Depois da aula de inglês, devolvi *Esperando Godot* ao Guv e disse o quanto tinha adorado o livro. Ele ficou emocionado ao saber que eu havia gostado, e tivemos uma longa conversar sobre os temas e personagens da peça. Ele perguntou quem, na minha opinião, era o personagem mítico Godot. Respondi que achava que era um mercador de escravos.

A teoria do Guv é que o tal Godot na verdade é Deus, e que a peça é sobre o homem moderno, falido espiritualmente. Segundo ele, os seres humanos estão sempre esperando que alguma entidade espiritual dê sentido a suas vidas. Não entendi muito bem se ele estava falando de Deus mesmo ou de outras coisas como fantasmas e espíritos, mas não tive coragem de perguntar: achei que ele fosse rir de mim e me chamar de cretino. O Guv falou que essa peça é uma alegria de duplo sentido, e me disse que tomasse nota dessa expressão e a usasse sempre que possível.

Nossa conversa durou uma eternidade, e a certa altura percebi que tinha perdido o horário do almoço. Então o Guv me convidou para ir até a casa dele, onde sua esposa (uma mulher simpática, de olhos azuis e sorriso caloroso) havia assado um pernil de cordeiro. O Guv insistiu em que eu aceitasse meia taça de vinho, dizendo que não era todo dia que recebia em casa o famoso John Milton para almoçar! Quando terminei de beber minha metade da taça, o Guv já estava na segunda garrafa de um Boschendal Cabernet Sauvignon 1987 e recitava os sonetos de Shakespeare com sua gata, a aterrorizada Ofélia, pendurada à lã do suéter.

Terminada essa segunda garrafa, ele me levou até seu escritório, cujas paredes eram inteiramente cobertas de livros, e me entregou um exemplar de *O apanhador no campo de centeio*, escrito por um americano chamado J. D. Salinger. Mandou que eu lesse até o fim da semana. Mandou também que eu lavasse a boca com pasta de dentes antes de sair e não contasse a ninguém a respeito do vinho. Voltei para a escola apertando meu livro contra o peito e tentando não respirar.

O Minhoca ameaçou me punir por ter faltado com as minhas obrigações da tarde.

18h Ainda nenhum sinal do Rain Man. O Costelinha telefonou para a mãe dele. (Segundo o Esponja, o pai do garoto morreu quando ele era pequeno, o que talvez explique sua maluquice.)

20h O Costelinha nos convocou à sala dele, um por um, para fazer perguntas sobre o Rain Man. Falei que o garoto era muito quieto e meio esquisito, que na noite anterior eu o tinha visto comendo a meia, mas que não achava que ele estava à beira de um ataque de nervos (o que é mentira, mas não tive coragem de contar que ele é completamente lelé). O Costelinha quis saber se o Vern já tinha sofrido algum tipo de abuso, físico ou emocional. Fiz que não com a cabeça. (Outra mentira. Este lugar está me transformando num mentiroso completo!)

O Pike fez sua visitinha noturna e falou que a culpa do desaparecimento do Rain Man era nossa. Achava que o garoto tinha se suicidado e que o fantasma dele voltaria ao dormitório para se vingar. Escarrou uma gosma verde na parede e saiu fazendo barulhos de fantasma.

Sobrevivi ao mês de janeiro. Um mês a menos; agora só faltam dez!

Terça-feira, 1º de fevereiro

Ainda nada do Rain Man. O Costelinha aparentemente passa o dia inteiro em reuniões com o Luthuli e o Marimba. O Reverendo Bispo até fez uma oração na cripta da capela para ver se meu vizinho de cubículo aparece. Todos nos sentimos na obrigação de comparecer, o que, como era de se esperar, fez o Reverendo se desmanchar em lágrimas. Ele ficou especialmente feliz em ver o Barril e resolveu chamá-lo para fazer uma leitura da Bíblia.

Depois de muitas horas debruçado sobre o gigantesco dicionário da biblioteca, acabei descobrindo que a palavra que o Guv me mandou memorizar se escreve "alegoria". E quer dizer parábola, símbolo ou metáfora.

Na hora de apagar as luzes, o Julian nos informou que haviam tirado uma pedra enorme do traseiro do Lagartixa no hospital de Pietermaritzburg. Pediu que a gente tivesse bastante cuidado com o traseiro do Lagartixa, traseiro pelo qual ele tinha especial carinho, acrescentou, com um risinho. Só então apagou as luzes e foi embora, cantarolando a música "Gimme Gimme Gimme (A Man After Midnight)", do ABBA.

Quarta-feira, 2 de fevereiro

Ainda nenhuma notícia do Rain Man. A escola está dividida com relação a isso. Metade dos garotos concorda com o Pike e acha que ele está morto. A outra metade está com o Simon, para quem o Rain Man é um alienígena e nunca existiu de verdade. Quanto a mim, acho que ele deu no pé e fugiu para casa, mas quando se trata de Rain Main aprendi a esperar qualquer coisa.

Todos os alunos foram instruídos a comparecer à sala comunitária de suas respectivas alas porque o novo presidente, F. W. de Klerk, estava fazendo seu discurso de abertura do Parlamento. O africânder careca anunciou que ia mudar a África do Sul e acabar com o apartheid. Com um simples estalo dos dedos gorduchos, ele pôs fim à interdição do Congresso Nacional Africano (CNA) e declarou a libertação de Nelson Mandela. Para a maioria dos garotos brancos diante da TV, isso não parecia lá muito importante, mas a julgar pelo rosto dos quatro garotos negros, incluindo o chefe da nossa ala, o Luthuli, era uma coisa importantíssima e inacreditável. Depois do discurso, os garotos mais velhos se reuniram em grupinhos do lado de fora, com as mãos nos bolsos, conversando sobre o discurso. Gavin, o monitor que mora debaixo da escada, parecia irritado e conversava baixinho com Greg Anderson ao mesmo tempo que acarinhava distraidamente seu sapo de estimação, Barry. Luthuli e os outros garotos negros andavam pelo quadrado em grupo, conversando animadamente uns com os outros. Um vento quente soprava folhas e papéis ao longo das arcadas; a atmosfera parecia úmida, nervosa.

15h Tivemos um jogo-treino contra a equipe sub-15A. Derrubei quatro casinhas com arremessos incríveis. O técnico dos sub-15 é ninguém menos que o Costelinha, que aparentemente ficou de queixo caído com meu desempenho. Mas não ficou tão impressionado assim quando fui rebater. (Fui eliminado logo no primeiro arremesso dos adversários, e dessa vez não teve nenhum juiz para me salvar.) Perdemos nossa última casinha aos 56 pontos, e o Simon jogou até o 41º. O Guv disse que a gente tinha dado o nosso melhor, e perdido para um time mais forte, com garotos mais velhos. Mas disse também que, se nós perdêssemos para o Drake College no sábado, seríamos expulsos e decapitados.

Fiz meus deveres às pressas para poder voltar à leitura de *O apanhador no campo de centeio*. É um livro bem bacana sobre um garoto que não se encaixa em lugar nenhum e foge da escola. Isso me faz lembrar do Rain Man. Onde será que ele está agora? Será que nesse lugar ele está mais feliz do que era aqui? Seria fácil fazer como Holden Caulfield, o cara do livro que fugiu para se aventurar na vida. Minhas ideias malucas foram interrompidas por uma súbita gritaria, o Bert desafiando o Rambo para uma queda de braço. O Rambo venceu, e o Bert, morto de raiva, mandou que ele escrevesse uma redação de quinhentas palavras sobre o assunto.

Quinta-feira, 3 de fevereiro

O Marimba convocou uma assembleia de emergência no Auditório Principal. Tínhamos certeza de que era alguma coisa sobre o Rain Man, e então fomos para o auditório já preparados para o pior. Mas, em vez disso, o diretor deu o maior esculacho na gente por causa de alguns atos de vandalismo e destruição de propriedade que tinham acontecido. Soltando fogo pelas ventas, ele encarou cada uma das fileiras de alunos à sua frente. Ninguém conseguia olhar de volta, como se todos tivéssemos culpa no cartório. Ele rugiu que alguém tinha enfiado uma banana no cano de descarga do Toyota Cressida dele, e quando ele ligou o carro, o motor explodiu. Olhei para o chão, com medo de encarar alguém e cair na risada. Os professores e funcionários sentados no palco acompanhavam seriamente a bronca do diretor, mas não pude deixar de notar o sorriso que ameaçava escapar da boca do Guv, que, como todos nós, estava doido para cair na gargalhada.

O Marimba exigiu que o vândalo imediatamente levantasse o braço e recebesse seu castigo como homem. Claro que ninguém em sã consciência ia levantar o braço diante daquele louco. Um longo silêncio se seguiu enquanto todo mundo olhava em volta, à procura do culpado. Constatando que nenhuma confissão estava por vir, o enfurecido Marimba sentou numa cadeira e disse que ninguém ia sair dali até que o criminoso se declarasse.

9h Nenhum sinal do vândalo. A escola toda mergulhou num silêncio embaraçoso, menos o Guv, que na maior displicência abriu um jornal e começou a ler. O lado bom da coisa é que já perdemos vinte minutos da aula de matemática do Sykopata.

9h45 Ainda esperando. Muita inveja do jornal do Guv. Quem dera o *Apanhador* estivesse aqui comigo. Sessenta minutos sem matemática. Se o criminoso pudesse aguentar mais uns 45 minutos...

10h06 Um garoto miúdo, sentado numa das primeiras filas, levantou a mão. Quatrocentos meninos, cinquenta professores e o Marimba grudaram os olhos no garotinho aterrorizado. O Marimba ficou de pé. "Pois não?"

O pobre garoto engoliu em seco e depois, numa vozinha fina, disse: "Senhor, eu preciso ir ao banheiro." O Marimba apertou as pálpebras e, sem dizer uma única palavra, recolheu seus papéis e se mandou do auditório! Os professores seguiram atrás dele, e então a tortura acabou. Nosso herói se chamava Ben Thomas, um calouro da ala Woodall, apelidado de Girino.

15h O Costelinha mandou a gente ficar no dormitório porque a polícia estava vindo para investigar o desaparecimento do Rain Man. Assim que ele saiu, o Cachorro Doido mergulhou no seu escaninho e jogou quatro cabeças de pombo janela afora. Ficou com medo que achassem que ele era psicótico e tinha matado o Rain Man.

Dois policiais enormes e bigodudos começaram a vasculhar as coisas do Vern. O que se chamava De Kock ficava me fazendo perguntas e anotando tudo. Estava muito interessado no fato de o Vern mijar na cama. O Cachorro Doido perguntou se podia disparar a arma do policial. O policial disse que não. Então ele perguntou se podia me prender na cama com as algemas. O policial disse que não. Depois perguntou se o policial já tinha matado alguém. O policial encarou o Cachorro Doido e disse que só matava gente que fazia muitas perguntas. O Cachorro Doido então (estupidamente) perguntou: "Por quê?". De Kock cutucou o parceiro e disse: "Não foi à toa que o garoto fugiu".

O Simon pegou o Esponja batendo punheta com a meia de rúgbi dele (do Esponja, não do Simon).

18h A escola inteira começou a gritar "Olha o punheteiro!" quando o Esponja entrou no refeitório. O sr. Crispo, que já não usava mais o aparelho auditivo, não ouviu nada e continuou comendo seu macarrão como se nada estivesse acontecendo à sua volta.

Pé ante pé, desci até o banheiro depois que as luzes se apagaram e examinei meu bilau diante do espelho. Ainda não tenho nenhum pelo, e não há nem sinal de que eu vá ficar igual aos outros. O Rambo disse que vai me dar um apelido novo quando meus bagos descerem. Quando será que eu vou poder bater uma punheta também? Puxei meu bilau algumas vezes, mas nada aconteceu, então voltei para a cama, me enfiei debaixo do edredom e, usando a lanterna do Rain Man, li mais um capítulo do *Apanhador*.

Sexta-feira, 4 de fevereiro

O Lagartixa voltou do hospital. Não consegue se sentar, então tem de comer e assistir às aulas de pé. Todo orgulhoso, ele nos mostrou a pedra que tiraram do seu traseiro, mas ainda está convencido de que é um dente de cachorro.

A história do sumiço do Rain Man foi parar na primeira página do jornal, que publicou uma foto grande e colorida em que ele aparece com um bizarro gorro de Papai Noel. Muito brega. O artigo criticou a escola tentando culpá-la pelo desaparecimento de Vern. Dizia: "É inconcebível que um garoto possa fugir de uma das mais prestigiosas escolas privadas do país sem deixar sequer uma pista. Que tipo de estabelecimento será esse, uma escola ou um hotel de luxo?" (Se eles acham que isto aqui é um hotel de luxo, estão muito, muito enganados.)

18h15 O Pike levou seis chibatadas do Costelinha depois que o Luthuli pegou ele fumando na rouparia. Aplaudimos cada pancada e rimos feito doidos quando ele saiu da sala do Costelinha esfregando a bunda. Num acesso de fúria, ele saiu correndo atrás do Esponja, mas tropeçou e se estabacou no chão. (Às vezes tenho certeza de que Deus existe mesmo!)

Faz uma semana desde o nosso épico mergulho noturno, e o Barril ainda não voltou a ser aquela criatura esfuziante que era antes. Todas as tardes ele se emburaca na sala de arquivos e fica lá, revirando páginas e mais páginas de recortes de jornais, artigos e fotos. Perdeu o apetite e não conversa mais com a gente. Talvez tenha se convertido mesmo.

Sábado, 5 de fevereiro

Depois de ganharmos o cara ou coroa, nosso time partiu para rebater e marcou 183 corridas contra o Drake College. Consegui oito corridas antes de ser eliminado e substituído pelo Rambo, que não aceitou nenhuma parcela de culpa por ter exigido uma corrida suicida e ainda por cima me disse que corresse mais rápido da próxima vez. Simon mais uma vez foi nosso maior pontuador, com 78 corridas. Quando fomos para o arremesso, a equipe do Drake conseguiu apenas 89 corridas, e euzinho aqui derrubei quatro casinhas. O Guv (que parecia bêbado desde o início da partida) tomou umas decisões bem esquisitas durante o jogo. Uma delas foi tão ruim que o batedor pediu uma explicação. O Guv se recusou a explicar o que quer que fosse e mandou o cara sair de campo antes que ele, o Guv, arrancasse o saco do infeliz com um pé de cabra enferrujado.

Terminado o jogo, nosso técnico fez uma entusiasmada citação de um rei inglês medieval chamado Ricardo Coração de Leão (pelo menos foi isso que ele disse; tenho a impressão de que inventou a coisa toda). Fui eleito o melhor jogador da partida, e portanto fiquei com a bola de presente. Pena que meus pais não estavam lá para ver esse meu momento de glória.

O Guv falou que a gente tem potencial para se tornar a melhor equipe sub-14 de toda a história da escola, mas que, para chegar lá, a gente tem de vencer a poderosa equipe do Kings College, contra a qual vamos jogar no último trimestre do ano. Infelizmente, ele logo nos deu um banho de água fria, dizendo que a gente tem mais chance de engravidar via polinização do que vencer o Kings. Não conheço esse pessoal do Kings, mas já estou quase borrando as calças.

17h Liguei para os velhos para contar sobre minhas façanhas no arremesso. Mamãe falou que o papai estava na garagem e que andava se comportando de um jeito meio estranho desde que De Klerk anunciou que ia legalizar o Congresso Nacional Africano e libertar o Nelson Mandela. Eles acham que a África do Sul vai pegar fogo.

Esponja disse que ouviu uma história sobre o Rain Man no rádio. (Ele sempre ouve no rádio os resultados da primeira divisão do campeonato inglês de futebol. É um torcedor fanático do Manchester United.)

Assistimos à *Vingança dos nerds*, que fez todos rolar no chão de tanto rir. (O Bert até quebrou um pedacinho do dente depois de dar uma cabeçada, por engano, num cara do terceiro ano chamado Guy Emberton.) O pobre do Lagartixa teve de ficar de pé o tempo todo por causa do traseiro inflamado.

Descoberta estranha: o saco de lavanderia do Rain Man está cheio de roupas sujas. Tenho certeza de que estava vazio ontem. Os pijamas, a escova de dentes e a lanterna dele também sumiram. Posso jurar que usei a lanterna na noite passada... Alguém deve estar usando as roupas dele! O Rambo acha que só pode ser o Julian: todo mundo sabe que ele gosta de usar as roupas dos outros. (Na segunda-feira ele ficou zanzando pelo banheiro com o short de dormir do Lionel Jarman na cabeça.)

23h20 Ainda acordado e pensando no sumiço do Rain Man. Também ando pensando no que vai acontecer à África do Sul. Como será esse tal de Mandela? Será que é mesmo comunista? (Para falar a verdade, nem sei direito o que quer dizer comunista, mas o papai morre de medo deles.) Levei o *Apanhador* para o pântano, para ler um pouquinho.

Domingo, 6 de fevereiro

2h15 O Minhoca me pegou lendo no pântano e mandou que eu refizesse sua cama, servisse seu chá e limpasse seus tênis de críquete.

Voltei para a cama, mas não consigo dormir por causa dos roncos do Cachorro Doido. Parece até que uma manada de búfalos está pastando no nosso dormitório. Arremessei um dos sapatos do Rain Man contra ele, mas acertei o Simon por engano. Ele pulou da cama gritando de pavor. Na mesma hora fingi que estava dormindo e soltei um ronco de boca aberta, bastante realista: tinha até um fiapinho de baba escorrendo pelo queixo.

8h Julian fez um belo solo do hino litúrgico "Permaneça em mim". Ele tem uma voz impressionante. Confesso que fiquei arrepiado. O Reverendo Bispo falou sobre o Rain Man e contou a história da ovelha desgarrada e do pastor. Depois rezamos por ele e pelo seu retorno em segurança. Fiz uma oração adicional, só para garantir, caso o cara lá de cima não esteja na mesma frequência do Reverendo Bispo.

21h15 Dei pela falta dos travesseiros do Rain Man. Fiquei na dúvida se devia chamar um dos monitores — pois não queria dedurar alguém por engano —, então resolvi ficar na minha.

Terminei de ler *O apanhador no campo de centeio* no prazo que o Guv me deu. Um ótimo livro, na minha opinião.

22h45 O Rambo e o Esponja estão fazendo imitações dos professores. Se a gente fechar os olhos, dá até para acreditar que o Rambo é o Guv. O Esponja inventou uma cena inteira envolvendo o Crispo e o aparelho auditivo dele: uma grande sacanagem, mas engraçado pra dedéu.

Segunda-feira, 7 de fevereiro

Faz uma semana que o Vern sumiu. Ninguém tem a menor ideia de onde ele se meteu.

O Guv me convidou de novo para almoçar. Dessa vez foi estrogonofe de carne, uma delícia. Mais uma vez tomamos vinho e falamos sobre política e literatura.

Na opinião do Guv, o discurso do De Klerk foi um dos momentos mais incríveis da história da África do Sul. Falou que eu devia guardá-lo na memória e refletir sobre ele ao longo dos anos. Contei que escrevia um diário. O Guv ficou muito impressionado e disse que eu estava no caminho certo para me tornar um grande escritor, como o meu xará famoso. Depois falou que estava ansioso para ver a cara do Nelson Mandela. (Ele ficou preso por 27 anos, acusado de sabotagem.) O Guv tem quase certeza de que ele vai ser o nosso próximo presidente. Fiquei pensando como será ter um presidente negro.

Conversamos horas a fio sobre *O apanhador no campo de centeio*. Ele falou que esse é o único livro importante do Salinger, e que depois o homem se afastou por completo da sociedade. (Acho que um dia vou me tornar um escritor recluso feito o Salinger; também vou me casar com a Julia Roberts e morar numa mansão perto de um pântano.) Depois de esvaziar a segunda garrafa de vinho, o Guv recitou aquela famosa fala do Hamlet, a do "ser ou não ser". Foi bem bacana. Infelizmente, quando chegou àquela parte do "dormir e sonhar", ele abriu os braços e derrubou um abajur, que se espatifou no chão do escritório. A mulher dele limpou a bagunça e disse que já era hora de eu ir embora. Enquanto saía, eu a vi arrastando o Guv para a cama.

17h O Minhoca me castigou com uma sessão de soca-dedo com o apagador do quadro-negro por eu negligenciar minhas obrigações de escravo. Acho que meu dedo médio está quebrado. Não demonstrei nenhuma dor, embora tivesse a sensação de que os ossinhos de todos os dedos tinham virado pó. Em vez disso, olhei bem nos olhos esbugalhados do Minhoca enquanto ele me torturava. Acho que foi o vinho que me deu essa força.

O Esponja tem uma revista de mulher pelada, mas se recusa a dizer onde foi que conseguiu. Todo mundo ficou babando com as peitudas de calcinha, fazendo pose. O Rambo falou que eu estava perdendo meu tempo porque meu bilau era pequeno demais, e só com uma pinça eu ia conseguir bater uma punheta. Todo mundo caiu na gargalhada. Fiquei roxo de vergonha, mas me esforcei para rir também. Depois voltei para o meu cubículo, arrasado e humilhado.

Terça-feira, 8 de fevereiro

6h15 Acordei e descobri que o edredom do Vern agora sumiu também. Não sei o que deu em mim, mas fiquei assustado e gritei bem alto para os outros garotos, que vieram correndo ver o que era. Depois todo mundo ficou imaginando o que poderia ter acontecido. O P. J. Luthuli, numa de suas rondas pelo dormitório, ouviu a bagunça e ficou sabendo dos mistérios sobre a cama do Rain Man. Me deu a maior bronca por não ter contado nada antes, e saiu para falar com o Costelinha.

Durante o café da manhã, o Barril contou que tinha desenterrado umas coisas bem interessantes nos arquivos sobre um professor de inglês que se enforcou na capela em 1944. Disse que vai dar todos os detalhes mais tarde, depois que as luzes se apagarem.

O Guv não apareceu na escola hoje. O professor substituto, sr. Linton, era igualzinho a uma galinha; ele informou que o Guv está gripado. (Aposto que é ressaca.) O sr. Linton nos contou tudo sobre o Nelson Mandela (que vai sair da prisão amanhã). Ele falou como se o tal Mandela fosse um santo, um deus ou qualquer coisa parecida, mas alertou que qualquer homem trancafiado por 27 anos só porque fez o que julgava certo seguramente deve estar muito puto. Ele nos aconselhou a não sermos covardes, e a encararmos a nova fase da África com esperança e mente aberta.

Na aula de teatro, a Eva disse que durante toda a vida tinha lutado pela liberdade na África do Sul e que agora essa liberdade tinha chegado. Falou que a gente devia tomar cuidado com as opiniões de certas pessoas (inclusive outros professores), que poderiam tentar envenenar nossa cabeça com relação aos negros e à nova África do Sul. Depois mandou a gente dar as mãos e ensinou a letra de uma canção de liberdade chamada *Nkosi Sikelele*. A letra era em zulu, portanto ninguém tinha a menor ideia do que estava cantando. (Tenho absoluta certeza de que o papai ia chamar a Eva de comunista de carteirinha.) O Rambo se recusou a ficar de mãos dadas com quem quer que fosse, então a Eva pediu que ele ficasse depois da aula. O Rambo acha que ela acha que ele é "afetofóbico" e que meteu na cabeça que vai curá-lo das suas inibições.

Na ausência do Guv, foi o Costelinha que assumiu o posto de técnico no nosso treino de críquete. Ele parecia pálido e distraído. O que não é de surpreender: com toda aquela história do Barril, o sumiço do Rain Man, o ataque do leão e ainda por cima com uma mulher comunista em casa.

O Reverendo Bispo celebrou uma cerimônia com velas para o nosso país. Também acendeu uma vela específica para o Rain Man e pediu a Deus que abençoasse a alma dele. Pelo visto, até a galera de Deus já está perdendo as esperanças de que o Vern ainda esteja vivo. Na escola ninguém fala de outra coisa a não ser do Rain Man e do Mandela. O pai do Cachorro Doido (o Cachorrão) telefonou para dizer a ele que a guerra civil vai começar amanhã.

O Barril ainda está colhendo informações sobre o professor que se enforcou, e disse que só vai contar tudo quando tiver certeza de que já esgotou todas as fontes possíveis. Parece muito interessante. O Rambo começou a chamar o Barril de Jessica, por causa da Jessica Fletcher, a detetive do seriado de TV. Às vezes acho que o Barril está enrolando a gente com essa história toda e que na verdade não teve enforcamento nenhum.

Quarta-feira, 9 de fevereiro

11h Todo mundo se apertou na sala comunitária para ver a libertação do Nelson Mandela. Do lado de fora da penitenciária Victor Verster, na Cidade do Cabo, uma multidão começou a berrar quando um senhor de rosto simpático e um sorrisão na boca atravessou os portões em liberdade, de mãos dadas com a mulher dele, Winnie. (Papai falou que essa Winnie é pior que o capeta.) Fiquei engasgado de emoção: não dava para acreditar que aquele velhinho sorridente fosse um terrorista comunista. Ao meu redor, os garotos brancos simplesmente arregalavam os olhos para a TV. Luthuli chorava rios de lágrimas.

De repente o Pike arremessou um livro de ciências contra a TV e berrou: "Lá se vai o nosso país!" Então o Luthuli saltou o sofá, partiu para cima dele e o empurrou com força contra a parede. Por um instante todo mundo achou que ele ia cobrir o Pike de porrada, mas de repente ele relaxou, sorriu e voltou para o seu lugar. (Tomara que o Mandela também seja generoso assim com os brancos.)

Agora estou me sentindo culpado por ser branco. Só tenho 13 anos, mas queria que alguém me tivesse contado tudo sobre o apartheid, queria ter participado da luta ao lado da Eva. O Rambo contou que, durante uma das sessões de meditação, ela disse que tinha sido presa quando ainda era estudante, na década de 1970.

15h Papai ligou apavorado. Ele abasteceu nossa casa com comida suficiente para um ano, pregou as portas e as janelas para se proteger dos comunistas e disse que agora só vai andar com uma pá na mão, caso precise cavar um buraco para fugir, assim como fizeram os judeus na Alemanha nazista. Também despediu nossa empregada, a Innocence, que na opinião dele poderia ser uma terrorista. Depois soltou um berro, falou que os comunistas selvagens estavam batendo na porta e desligou o telefone na minha cara.

15h02 Papai ligou de volta para dizer que não eram os selvagens, mas a mamãe, que não conseguia entrar em casa. Ele alertou que os comunistas estão por toda a parte, e que a anarquia está para chegar. Contei a ele que minha professora de teatro tinha lutado pela liberdade. Mais uma vez ele soltou um berro e desligou o telefone na minha cara.

15h03 Mamãe ligou para dizer que o papai tem andado muito estressado ultimamente e que não era para eu prestar muita atenção nas maluquices que ele andava dizendo. Pediu desculpas por não ter comparecido ao jogo de críquete, mas papai estava ocupado cavando uma trincheira no quintal da nossa casa.

O Esponja entrou esbaforido para dizer que eles tinham encontrado o Rain Man vivo. Corremos para fora e vimos o Luthuli e o Costelinha conduzindo o Rain Man na direção da enfermaria. O gato do Costelinha, Roger, seguia logo atrás deles, o rabo levantado igual a uma antena de TV. O Rain Man estava enrolado num cobertor, o rosto todo sujo, os olhos mais vidrados do que nunca.

O Esponja soube pelo Luthuli que o Rain Man havia sido encontrado na cripta. Ele estava vivendo ali na maior sujeira, buscando restos de comida no depósito de lixo. Às vezes, durante a noite, esgueirava-se até o dormitório para buscar coisas no escaninho. Ao que parece, passou os nove dias inteirinhos na cripta, só com o Roger como companhia. O Esponja acha que o psicólogo da escola, um sujeito esquisito chamado dr. Zoodenberg, levou o Rain Man para o hospício de Town Hill para ficar em observação.

Quinta-feira, 10 de fevereiro

Não ando falando com o Minhoca ultimamente. Cumpro minhas obrigações de escravo em absoluto silêncio e só respondo às perguntas dele com gestos da cabeça ou com resmungos. Ele parece muito culpado e até me ofereceu uma mordida do sanduíche de atum — que eu corajosamente recusei.

8h15 Uma gritaria interrompeu a oração de abertura do Marimba durante a assembleia. Gordon Wrexham, um aluno do último ano, teve um ataque epiléptico e sem mais nem menos caiu no mais profundo sono. Ninguém ficou muito preocupado (parece que isso acontece com frequência). Simplesmente o esticaram no corredor, e o Marimba seguiu adiante.

O Marimba informou que Vern Blackadder estava bem e que só precisava de um pouquinho de descanso. Também falou, de um jeito bem formal, que a nossa escola, que sempre apoiou a multirracialidade e o liberalismo, aprovava a libertação de Mandela e antevia um futuro brilhante para a África do Sul. Eva aplaudiu de pé, os braços cheios de balangandãs tilintando feito chocalhos. Alguns professores se recusaram a aplaudir, incluindo o medonho sr. Wade (apelidado Norm), o sr. Van Vuuren e o sr. Crispo, que estava sem o aparelho auditivo e evidentemente não fazia a menor ideia do que estava acontecendo.

O Marimba pôs fim aos aplausos com um horrível balançar de sua beca. Parecendo um urubu gigante debruçado sobre a carcaça, lembrou a todos que ainda estava à caça do vândalo da banana e que não descansaria enquanto o criminoso não fosse apanhado.

Durante o almoço, o Guv jogou um livro no meu colo, um livro chamado *Ardil 22*, de Joseph Heller. Os garotos ao meu redor (o Barril, o Rambo e o Esponja) ficaram me zoando, dizendo que eu era o queridinho do professor. Tomara que eles nunca fiquem sabendo dos almoços de segunda-feira.

Dentro do livro, o Guv deixou um bilhete que dizia:

Caro Milton,

Desculpe meu péssimo comportamento nesta última segunda. Que foi que eu disse sobre o camarada Mandela, hein? Um futuro brilhante pela frente, pode apostar. *Ardil 22* é uma obra-prima: engraçado, absurdo, chocante. Divirta-se! Espero você para mais debates na próxima segunda.

Guv

22h O Esponja desconfia que o Vern está recebendo uma lavagem cerebral no hospício. Disse que provavelmente ele está amarrado numa camisa de força. O Rambo chegou de repente, e os dois fizeram uma encenação maluca de uma conversa do Rain Man com o psicólogo. Quase mijei nas calças de tanto rir, e depois fiquei me sentindo culpado.

Sexta-feira, 11 de fevereiro

Innocence, nossa ex-empregada, procurou a Justiça do Trabalho e pretende processar o papai por demissão sem justa causa. Papai está apavorado.

11h O Rambo foi substituído pelo Steven George (que já se recuperou das costelas quebradas). Amanhã a gente vai jogar contra a Arlington High, uma escola de Pietermaritzburg, e todo mundo está dizendo que a gente vai ganhar de lavada. O Guv nos alertou sobre o excesso de autoconfiança. Disse que vai eviscerar todo mundo com uma faca de cozinha enferrujada caso a gente perca. O Cachorro Doido perguntou o que significava "eviscerar". O Guv disse que era a mesma coisa que arrancar as tripas, igual a gente faz com um peixe. O Cachorro Doido ficou muito impressionado.

Na aula dupla de teatro (minha parte preferida), a Eva mandou a gente fazer improvisações (inventar na hora um personagem e uma história qualquer). O Esponja foi excelente. Fingiu que era um médico bêbado tentando amputar a perna esquerda do Barril. Quanto a mim, fingi que era um colecionador de borboletas e que estava na floresta amazônica procurando uma espécie muito rara. O Rambo falou que era um tarado sexual e saiu correndo atrás da Eva, que gritava e ria feito uma menininha. No fim da aula, numa tentativa de fazer a gente botar para fora toda a nossa raiva e frustração, ela mandou a gente berrar o mais alto possível. O sr. Lilly, o professor de educação artística, cujo ateliê fica logo abaixo da sala de teatro, apareceu de repente com um kit de primeiros socorros, achando que tinha acontecido um terrível acidente.

16h Jogo de rúgbi. Até o Costelinha participou e marcou quatro gols; em alguns momentos, no entanto, tive a impressão de que os outros jogadores corriam *para longe* dele e não *atrás* dele. Dessa vez ninguém se machucou (mas o Simon e o Pike quase se pegaram quando o Pike deu um tapão nas costas do Simon). O Julian adquiriu o hábito de apertar a bunda do adversário em vez de dar o tapinha no ombro que todo mundo costuma dar — ainda bem que joguei no time dele.

Passei o resto do dia lendo o *Ardil 22*, que é ridículo, porém engraçado. Acho até que é mais absurdo que o *Godot*. É sobre os pilotos de um esquadrão da Força Aérea durante a Segunda Guerra Mundial. Em diversas passagens tive de tapar a boca com a mão para não rir alto.

O Rambo está furioso porque foi eliminado do time de críquete e agora não quer falar com o Simon nem com o Cachorro, nem comigo. O Esponja disse que o Rain Man foi mandado de volta para casa, e que é a sra. Blackadder quem vai decidir o futuro do filho. O Esponja disse também que o Costelinha e a Eva estão muito preocupados com o gato Roger, que parou de comer desde que o Vern foi para o hospício e todo dia volta para a cripta da capela e fica lá, miando e uivando.

Sábado, 12 de fevereiro

10h O Cachorro Doido fez um "chapéu de três pontas" (derrubou três casinhas com três bolas consecutivas), o que é raríssimo na história da escola. O mais impressionante foi que ele repetiu o mesmo tipo de arremesso todas as três vezes, sem mudar nada. Os rebatedores da equipe de Arlington, coitados, ficaram tão impressionados com o desempenho dele que os dois últimos só entraram em campo depois que o técnico os ameaçou com uma morte lenta e dolorosa.

Meus pais chegaram dez minutos depois do término do jogo, às 11h05. Tiraram as cadeiras dobráveis e as garrafas de vinho do porta-malas do carro, e começaram a celebrar nossa vitória. A visão de meus pais abrindo uma garrafa de vinho foi demais para o Guv, que atravessou o campo correndo e foi se juntar a eles, seguido do Costelinha, que também parecia ansioso para festejar. Achei que ia ser mico demais ir até lá e me sentar com eles, então fiquei jogando rúgbi com o Simon no campo de críquete deserto.

Dali a pouco, papai abriu mais duas garrafas de vinho, e o Marimba apareceu de repente para se juntar ao grupo. De onde eu estava, podia ver mamãe contando uma longa história que fazia todo mundo rir. Papai gargalhava tanto que sua cadeira virou, e ele se ensopou todo de vinho. O Costelinha e o Marimba uivaram de tanto rir e depois ajudaram papai a se levantar.

Em seguida chegou o Luthuli, e o Costelinha o apresentou a meus pais. (Vi papai se afastando de mansinho para conferir se o carro estava trancado. Ele acha que todos os negros são ladrões.) O Luthuli cochichou algo no ouvido do Costelinha; ambos se despediram dos meus pais e voltaram imediatamente para a escola. O Marimba deu um último gole no vinho, despediu-se também e foi embora. Só então tive coragem de ir lá cumprimentar os velhos.

Acontece que papai e o Guv tinham acabado de descobrir que haviam morado no mesmo dormitório nos tempos da universidade. O Guv se formou e foi fazer sua pós-graduação em Oxford; já o papai caiu fora antes da formatura e entrou no ramo das lavanderias. Então o Guv, meio medindo as palavras, começou a relembrar o dia em que ele e o papai tinham ido visitar um bordel de beira de estrada. Essa foi a deixa para que eu me escafedesse e deixasse os velhos ali, com meu professor de inglês, a cara cheia de vinho, trocando histórias sobre os bons e velhos tempos em que alguns centavos pagavam o jantar, o cinema e o táxi de volta para casa.

18h A caminho do jantar, ouvi a inconfundível explosão da nossa perua Renault ressuscitando dos mortos. Meus pais passaram sete horas bebendo com meu professor de inglês! Acho que vou ter de me entregar para adoção.

20h O filme deste sábado é um thriller chamado *Fio da suspeita*, com Glenn Close. Todo mundo acha ela sexy porque (segundo informou o Esponja), ela pagou um boquete para o Michael Douglas no elevador em

Atração fatal. Mas, para decepção de todos, ela nem tirou a roupa nesse filme. A certa altura, o assassino estilhaçou uma janela com o próprio punho. Todo mundo levou o maior susto, mas o Lagartixa foi o único que gritou. Todo mundo caiu na pele dele, claro, mas o Pike rosnou e mandou a gente calar a boca. Lagartixa, que só agora estava conseguindo voltar a se sentar por causa do traseiro inflamado, ficou vermelho como um pimentão e precisou se conter para não chorar.

Encontrei uma barra de chocolate na minha cama com um bilhete do Minhoca que dizia:

Desculpa pelo soca-dedo. Eu estava mal-humorado aquele dia.

Venci!

Domingo, 13 de fevereiro

Passei o dia lendo o *Ardil 22*. Algumas passagens são tão engraçadas e absurdas que a gente não consegue deixar de rir em voz alta. À tarde, durante a porteira aberta, fui para o outro lado da linha de trem, deitei à sombra dos pinheiros e continuei a ler. Minutos depois vi o Esponja pulando a cerca escondido, levando consigo a revista de mulher pelada. Ele olhou para os lados, desconfiado, e depois sumiu entre uns arbustos. Fiz que não vi.

Meio da noite. Acordei com uma gritaria histérica. Me desvencilhei do edredom e descobri que o Simon estava pegando fogo. O Pike tinha incendiado ele com um isqueiro e um spray de desodorante. E logo depois o comparsa do Pike, um cara chamado Devries, jogou uma lata de lixo cheia de água em cima do nosso capitão de críquete, antes de dar no pé, rindo e zoando com o Pike.

O Simon, o Rambo e o Cachorro Doido se reuniram para bolar uma vingança. Quando me juntei ao grupo, o Rambo parou de falar, me encarou e disse: "Não me lembro de ter chamado você aqui." Engoli em seco e, vermelho de vergonha, voltei para o meu cubículo, me sentindo humilhado.

Segunda-feira, 14 de fevereiro

Faltam quatro dias para o feriadão.

Dia dos Namorados. Todos os garotos esperam ansiosamente por cartas e cartões. Não conheço nenhuma menina, então me juntei àqueles que fingiam ter alguma coisa para fazer durante o recreio.

O Simon recebeu cinco cartões; o Rambo, dois; e o Cachorro Doido, um, muito embora, a julgar pelos erros de ortografia, o mais provável é que ele tenha enviado um cartão para si mesmo. No envelope estava escrito:

Presado Cachorro Doido

E também não tinha selo nenhum.

Um dos cartões do Simon era erótico. A garota dizia que queria dar uns amassos nele. O cartão cheirava a perfume e estava assinado assim: "Uma admiradora gostosa." O Esponja perguntou ao Simon se podia ficar com o cartão. O Simon disse que não. O Esponja perguntou se podia tomar o cartão emprestado só por uns minutinhos. O Simon disse que não. Então o Esponja ofereceu ao Simon acesso irrestrito à revista de mulher pelada. O Simon entregou o cartão.

Mais um almoço com o Guv. Dessa vez ele bebeu apenas uma taça de vinho. Disse que gosta muito dos meus pais e falou que eles são pessoas humildes. Acha que o dinheiro corrompe as pessoas mais do que qualquer outra coisa. Conversamos sobre o *Ardil 22*, e ele pediu que eu lesse uns trechos em voz alta. A gente riu à beça com a história do Major Major e com a hilária esperteza de Yossarian.

Andando de volta para o dormitório, vi o gato Roger rondando a cripta. Parecia um monstrengo. Está pele e osso e metade de seu pelo caiu.

Todo mundo está falando sobre o que cada um pretende fazer durante o fim de semana. (Na sexta-feira será o nosso recesso de meio de período, e vamos todos passar o feriado prolongado em casa.) O Rambo, o Simon e o Esponja vão voltar para Johannesburgo. O Cachorro Doido vai para Moçambique, pescar com o irmão mais velho (o Cachorro Mau). O Barril e eu vamos voltar para Durban, e o Lagartixa vai ficar na escola, porque os pais estão fora do país. O Rain Man ainda está em casa, e o Esponja acha que ele nunca mais vai voltar. Eu sinto um pouco de falta do estranho barulho de cabelos sendo arrancados e da maluquice geral do meu companheiro de cubículo.

Terça-feira, 15 de fevereiro

Faltam só três dias!

8h O Marimba convocou uma assembleia de emergência. Quando ele entrou no auditório, a beca preta esvoaçando para trás, não pude deixar de notar a pontinha de sorriso que escapava dos seus lábios. Depois das orações de praxe e de alguns avisos, ele contou a toda a escola sobre o chapéu de três pontas do Cachorro Doido no jogo do último sábado, e depois o chamou ao palco para receber os cumprimentos. Depois de apertar a mão do diretor, o Cachorro fez uma reverência engraçada, e recebeu da plateia algumas risadas roucas e algumas vaias. Infelizmente não foi a reverência engraçada que fez todo mundo rir, mas o fato de que o zíper das calças dele estava aberto e ele usava um cuecão vermelho por baixo.

Terminada a bagunça, o Marimba olhou sério para a gente e depois disse bem devagarzinho: "Creio que minhas investigações sobre o vandalismo da banana chegaram a bom termo. Stott e Emberton, por obséquio, dirijam-se à minha sala imediatamente." Dito isso, ele rodopiou e saiu do auditório com passadas largas, um ar de triunfo estampado no rosto. Depois de um silêncio sepulcral, todo mundo começou a cochichar uns com os outros. Emberton, um cara do terceiro ano da nossa ala, sorria e fazia o V da vitória em sinal de desafio. Stott, um terceiranista da ala King, parecia pálido e apavorado.

No recreio, ficamos sabendo que o Emberton e o Stott foram delatados por um calouro chamado Peter Scrawley (agora apelidado de Dedo-Duro e coisa muito pior), também da ala King, que viu os dois saindo no meio da noite com um cacho de bananas. Os dois suspeitos passaram a manhã inteira na sala do Marimba.

18h O Emberton e o Stott foram suspensos com expulsão iminente. Isso quer dizer o seguinte: eles foram mandados para casa até que a expulsão seja discutida numa reunião do conselho da escola.

Corre o boato de que o tal Scrawley foi encontrado inconsciente no banheiro da ala King. Parece que alguém acertou a cabeça dele com um taco de críquete. O Esponja falou que ele foi mandado para casa.

22h O Emberton, já sem uniforme, está conversando baixinho com o Cachorro Doido no cubículo dele. (O Esponja falou que eles são primos em segundo grau.) Os cochichos vararam a madrugada.

Quarta-feira, 16 de fevereiro

Faltam só dois dias!

Durante a assembleia, o Marimba informou que o Emberton e o Stott estavam suspensos e que os pais deles já tinham vindo buscá-los na escola.

O Cachorro Doido baixou a bandeira da nossa ala a meio mastro depois da assembleia. O Costelinha viu tudo e botou ele de castigo.

13h Um enorme folheto foi espetado no quadro de avisos da nossa casa, que dizia:

TEATRO ACADÊMICO: A peça que vamos encenar este ano será Oliver. *Os testes para cantores serão realizados amanhã à tarde, no centro de música.*

A aula de teatro foi cancelada, e nós tivemos de ler três capítulos sobre história do teatro medieval sob a atenta vigilância do sr. Cartwright. Eva precisou levar o Roger ao veterinário depois que ele despencou na cripta enquanto esperava por Rain Man.

O Pike mijou no Lagartixa durante o banho. O Devries já estava preparado com a câmera quando o Lagartixa correu para a privada com a boca tapada. Embora o Bert estivesse presente, a cena foi muito, muito engraçada.

O Cachorro Doido disse que ia caçar morcegos e escapuliu do dormitório. Da janela, vi ele se esgueirar pelas arcadas do quadrado até a porta externa da cripta.

Uns dez minutos depois, não mais, o Cachorro Doido apareceu de volta no dormitório, pálido e nervoso. Disse que não tinha encontrado nenhum morcego e que não estava se sentindo bem. Hoje de noite fiquei me sentindo meio esquisito — pensando no Vern, no gato Roger e na expulsão do Emberton. Ele parecia um cara legal, para cima e sempre bem-humorado.

Quinta-feira, 17 de fevereiro

Só mais um dia!

Acordei molhado. A chuva estava entrando pela minha janela aberta. O friozinho do outono já chegou, e pela primeira vez vou poder vestir minha blusa de gola rulê.

Terceira assembleia seguida. O Marimba entrou no auditório espumando de raiva. Outra banana tinha sido colocada no cano de descarga do carro dele. Mas dessa vez ele viu a armadilha antes de cair nela. Estava tão furioso que ameaçou expulsar a escola inteira se fosse preciso. E foi embora sem mais dizer, deixando a gente lá, de olhos arregalados e tremendo nas bases.

15h Medo muito maior eu tive quando me deparei com a enorme fila de garotos que esperavam para fazer o teste do musical. Depois de uma hora de espera, por fim chegou minha vez. Entrei numa salinha onde estavam a Eva, o sr. Richardson (apelidado Viking) e a srta. Roberts, sentada ao piano. Eva me cumprimentou sorrindo. No colo dela, o semicareca Roger lançava um olhar perdido para o teto.

O Viking disse: "Pois bem, Mestre Milton, vejamos o que o senhor é capaz de fazer." Em seguida pediu que eu cantasse uma música chamada "I'll Do Anything", da qual eu me lembrava vagamente dos tempos do primário. De repente fiquei apavorado, e minha voz saiu fraquinha e trêmula, como se estivesse saindo de outro lugar que não a boca. Depois de alguns versos, o

Viking ficou de pé e berrou: "Muito obrigado. Próximo!" Com isso, minhas esperanças de seguir uma carreira como cantor foram destruídas. No minuto seguinte eu estava do lado de fora, caminhando lentamente sob o céu cinzento e chuvoso, em direção ao dormitório. Eu me sentia arrasado: meu primeiro e único teste tinha sido um desastre. Fui para a sala comunitária, afundei numa poltrona e tentei ver as novelas.

O Esponja acha que o Emberton e o Stott talvez não sejam expulsos. Eles não estavam na escola ontem, portanto agora têm um forte argumento para provar sua inocência. (Além disso, o pai do Emberton é um poderoso usineiro de açúcar que já doou milhares de dólares para a escola. Ouvi dizer que está furioso e quer levar o caso aos tribunais.)

Acho que sei quem foi que colocou a banana de ontem.

22h30 O Barril pirou de vez. Ele nos disse que estava pronto para revelar tudo sobre o professor que se suicidou. Convocou todo mundo para uma reunião no cubículo dele, acendeu duas velas e as colocou sobre o escaninho. Nós seis nos esparramamos em volta dele, hipnotizados pelo macabro ritual. Antes de começar, o Barril pediu que a gente não desse nem um pio até ele terminar. Depois fechou os olhos, respirou fundo e, falando baixinho, começou:

O ano era 1944. O mundo estava em guerra. Toda semana uma missa era celebrada na capela da escola em memória de um ex-aluno que havia morrido em combate. Numa dessas missas, durante o sermão da Eucaristia, um dos alunos olhou para cima e viu o corpo do professor de inglês, Miles Macarthur, balançando de uma corda. O capelão à época, um velho fóssil chamado Faulkner, enxergava tão mal que pensou que o cadáver fosse parte da decoração de Natal. A escola ficou em polvorosa. Os alunos foram mandados de volta para casa, e a escola fechou uma semana antes das férias de fim de ano. Faulkner e o diretor, Aubrey Thomas, pediram demissão, embora afirmassem que a decisão deles nada tinha a ver com a morte de Macarthur. O jornal local fez apenas uma breve referência ao professor que havia morrido em circunstâncias suspeitas.

"O interessante", disse o Barril, criando suspense. "O interessante é que... a história toda foi varrida para debaixo do tapete. Não encontrei nenhum recorte de jornal, nenhum relatório de polícia, nenhum atestado de óbito nos arquivos da escola. Há uma grande lacuna nos dias e semanas depois do acontecido. Se você for consultar outros períodos, vai encontrar registros quase diários, recortes de jornal, anotações. Mas entre o fim de 1944 e começo de 1945 há enormes buracos. A escola estava tentando abafar o caso, disso eu tenho absoluta certeza!" O Barril deu um murro no escaninho e nos olhou triunfante, como se tivesse acabado de solucionar o mistério do assassinato do presidente Kennedy.

Ele encarou cada um de nós e depois disse: "Tem algo de errado, de muito errado nessa história. Um mistério que a gente tem de desvendar. Esse cara, o tal Macarthur, não se matou à toa. E nada vai me impedir de encontrar a verdade!" Sob a luz das velas, os olhos do Barril pareciam em chamas, sua mandíbula estava crispada. Ninguém duvidou que ele ia conseguir o que queria.

Um longo silêncio se instalou, todo mundo ainda hipnotizado pelo fogo e pela história. O Simon assobiava, o Rambo ronronava, e o Cachorro Doido parecia perdido numa reflexão profunda (embora eu não tenha certeza de que isso seja possível). Só o Esponja não parecia lá muito impressionado. Com uma fungada desafiadora, ele disse: "E daí? A escola tentou abafar o caso para não ficar malvista, qual o problema?"

O rosto do Barril brilhou mais ainda, e ainda sussurrando ele respondeu: "Tem razão, Esponja. A escola ia ficar malvista, muito mal. Mas talvez eles tenham abafado o caso por causa dos motivos do suicídio."

Depois de mais um momento de silêncio, o Lagartixa abriu a boca para dizer algo (uma raridade, já que normalmente ele só abre a boca para vomitar) e falou, acho que pela terceira vez no mês: "E se não foi suicídio? E se ele foi assassinado?" Todo mundo caiu na gargalhada. O Rambo, o Simon e o Esponja ficaram gozando com a cara dele, mandando ele deixar de ser criança.

Mais silêncio sepulcral até que o Cachorro Doido disse: "Com certeza ele precisou de uma escada, ou então de alguém para ajudar ele a subir. A não ser que tenha entrado pelo telhado."

"Nenhuma palavra sobre isso nos arquivos", disse o Barril. "Na verdade, também não há nada no arquivo morto do *Guardian*. Só buracos negros e páginas sumidas. Ou o jornal não publicou nada, ou os microfilmes foram escondidos."

"Mas por que o *Guardian* teria interesse em não publicar nada?", perguntou o Esponja. "Eles adoram pegar no pé da nossa escola."

"Porque", disse o Barril, "minhas pesquisas no arquivo morto do jornal revelaram uma informação de fundamental importância." Ele fez uma pausa e cravou a bocarra no que parecia ser uma fatia de broa; depois ficou ali, mastigando devagarzinho, olhando a seu redor como se a qualquer instante o fantasma do morto fosse atravessar uma das paredes.

"Anda logo com isso, gordão", rosnou o Rambo. "Que porcaria de informação é essa?"

"É o seguinte", respondeu o Barril, cuspindo farelos de broa entre os dentes. "Entre 1936 e 1952, o editor-chefe do *Guardian* foi ninguém menos do que Ron Walsh, ex-aluno da escola e, por coincidência, chefe do conselho de diretores entre 1942 e 1944!" Comecei a sentir falta de ar à medida que a conspiração ficava cada vez mais real na minha cabeça. Seria possível que um bando de calouros tivesse tropeçado em algo assim tão grande?

"E então?", perguntou o Simon, os olhos arregalados feito dois pires. "Como é que gente vai fazer para descobrir o que aconteceu com esse tal de Macarthur? Deve ter um jeito de desvendar esse mistério."

O Barril fez que sim com a cabeça e, solene, prometeu que não ia descansar até encontrar todas as respostas. Disse que daria uma olhada nos arquivos dos jornais de Durban durante o feriado, além de interrogar parentes, amigos e outros possíveis informantes. Inclinou-se para a frente para dizer mais alguma coisa, e todo mundo ficou mudo para ouvir.

"Nem uma palavra dessa conversa pode sair deste dormitório."

Todo mundo concordou. Com seu bafo de onça, o Barril soprou as velas e deu a reunião por encerrada.

Há algo de podre no reino da Dinamarca! (Mas quem se importa? Amanhã estou indo para casa!)

Sonhei que estava pendurado por uma corda no teto da capela, acompanhando o sermão do Reverendo Bispo. Alguém me viu lá em cima, e de repente todo mundo começou a rir e a apontar para o alto. Alunos, professores...

até o Marimba. Eu não estava morto, mas sem calças. E todo mundo ria por causa do meu bilauzinho.

Sexta-feira, 18 de fevereiro

Fim de semana prolongado.

11h Centenas de carros de luxo lotavam a Pilgrim's Walk. E à sombra de umas árvores à esquerda da entrada principal se encontravam dois ônibus caindo aos pedaços, talvez mais velhos que o sr. Crispo. Entrei no ônibus com destino a Durban e através da janela empoeirada vi o Rambo sendo abraçado pelo pai, um cara forte e de cabeça raspada; os dois entraram num carrão esporte verde e foram embora. Sentei ao lado do Barril (e quase caí da pontinha do banco que sobrou para mim). A viagem de 158 quilômetros parecia interminável. O Barril caiu no sono e ficou ali, soprando para o alto aquele hálito de patê de peixe que ele tem. Não liguei muito, porque afinal estava voltando para casa, mas resolvi que na viagem de volta, na segunda-feira, eu iria sentar o mais longe possível dele.

Mamãe foi me buscar no shopping center de Westville, encalorada, irritada e nem um pouco feliz em me ver. Falou que papai estava insuportável e que tinha saído para comprar umas armas. Achava que o pavor que ele tinha dos comunistas já estava passando dos limites, mesmo para os padrões do apartheid. Quando cheguei em casa, vi que ela não estava exagerando. Papai tinha transformado nossa casa num bunker do exército. A cerca do jardim agora é de arame farpado, os portões têm 3 metros de altura e todas as portas e janelas foram reforçadas com tábuas. Papai impôs um apagão desde o anoitecer até o nascer do Sol (claro, quem é que vai acender a luz durante o dia?). Dezenas de velas iluminavam a sala, que mais parecia a tenda esotérica de uma cigana qualquer. Segundo papai, a primeira coisa que os terroristas fazem é cortar a eletricidade da gente.

Levei uma eternidade para escalar até o telhado com as sacolas nas costas e depois me espremer através do alçapão para descer. Mamãe só fazia balançar a cabeça e resmungar, dizendo que a loucura a perseguia por tudo que era lado. Depois de descermos mais uma escada, aterrissamos no banheiro dos meus pais, onde um lampião a gás se empoleirava na caixa-d'água da privada.

Sentado à mesa da sala de jantar, papai tentava furiosamente juntar as peças do rifle novo, que ele tinha acabado de desmontar. Na luz fraca das velas, estava com um aspecto terrível: cabelos imundos, barba por fazer, roupas amarrotadas e uma expressão de gente doida no olhar. Acho que nem me reconheceu, porque olhou de relance para mim e disse: "E aí, Bob", e depois voltou para sua arma.

Apesar de toda a bizarrice, foi legal voltar para casa e curtir um pouco de paz, longe daquelas sirenes e sinos que tocavam a cada meia hora. Infelizmente, essa paz foi pro beleléu lá pelas quatro da tarde, quando mamãe mandou o papai tomar um banho e parar de se comportar feito um idiota. Suas amigas do clube de leitura chegariam às sete, e ela queria que ele arrancasse as tábuas das portas para que as convidadas não tivessem de subir no telhado e descer pelo banheiro para entrar na casa. Percebendo que não ia conseguir convencê-la do contrário, papai correu para o banheiro e se trancou lá dentro. Mamãe continuou a berrar todo tipo de obscenidades através da porta fechada, mas papai permaneceu mudo, achando por bem não retaliar.

18h50 Papai retirou as tábuas de segurança das portas e das janelas, mas se recusou a tomar banho. Falou que agora a gente estava vulnerável a um ataque e passou o resto da noite vigiando o jardim, trajando seu velho uniforme do exército, o rifle novo a tiracolo. Quando saí para bater um papo com ele, encontrei-o arrastando-se feito um leopardo junto à cerca viva, ouvindo a conversa de algumas pessoas na rua. Depois de um tempo, ele ficou de pé e disse que não era nada, só umas empregadas falando sobre os horários do ônibus. Papai me contou sobre diversas técnicas de inteligência que ele havia aprendido no exército (papai era ótimo no exército, tanto que foi promovido a soldado raso). Perguntei se o rifle ainda funcionava, considerando que tinham sobrado três peças em cima da mesa de jantar. Ele falou que, para combater os terroristas, o mais importante era o fator intimidação. Enquanto esquentava uma lata de feijão num fogareiro a gás entre os arbustos do jardim, ele me deu uma verdadeira aula sobre as técnicas de sobrevivência na selva. Ele acha que a gente vai ter de aprender a viver da terra quando o país for para as cucuias. Depois de vinte minutos tentando abrir a tampa da lata com uma faca de manteiga, e até com os dentes, ele desistiu e saiu pisando duro na direção da cozinha para buscar o abridor de latas.

19h As amigas da mamãe entraram em fila, cada uma falando mais alto que a outra. Mamãe me pôs para servir os drinques (uma tarefa cansativa). Toda vez que eu entrava com mais drinques, elas ficavam quietas, e assim que eu saía, o falatório começava outra vez. (Como se eu não soubesse que elas estavam falando de sexo e dos maridos delas.)

Lá pela vigésima vez que voltei à sala com uma bandeja de drinques, fui surpreendido por uma visão tão linda, tão... irreal, que por pouco não deixei a bandeja se espatifar no chão. Bem ali na minha frente estava uma sereia (sem a cauda), uma garota tão linda que uma comichão atravessou meu corpo inteiro e fez minha perna esquerda formigar.

"Johnny, esta é a Debbie, filha da Marge." Foi mamãe quem fez a apresentação, mas a voz dela parecia a muitos quilômetros de distância. Aquela criatura de pele dourada, olhos grandes e verdes, longos cabelos louros, sorria para mim com dentes perfeitos e reluzentes. De repente ela disse uma palavra que, de tão linda, quase me derrubou: "Oi."

"Jean, prometi a Debs que ela podia dar um mergulho na sua piscina, se não for incômodo", disse Marge à minha mãe. Mamãe abriu os braços num gesto atabalhoado, jogando uísque em todo mundo, e disse: "Incômodo nenhum. Johnny, pegue uma toalha para Debbie e a acompanhe até a piscina." Engoli em seco, tentando a todo custo não olhar para a criatura à minha frente. Eu podia sentir as bochechas queimando e sabia que meu rosto estava tão vermelho quanto um sinal de trânsito. Por fim consegui balbuciar alguma coisa, e a criatura subiu para o meu quarto para se trocar. Fiquei de pernas bambas só de pensar nela tirando a roupa lá dentro. Lembrei que minha cueca de aviãozinho e trenzinho estava jogada no chão, bem à vista. Quase vomitei. Queria que uma câmera escondida registrasse aquele momento para o resto da vida, só para provar para todo mundo que aquilo tinha acontecido de verdade. (Além disso, acho que descolaria uma bela grana vendendo uma cópia da fita para o Esponja.)

Levei séculos para escolher a toalha certa para Debbie e depois fiquei esperando por ela no corredor, num completo estado de terror. Não precisei esperar muito. Ela passou saltitando por mim, arrancou a toalha errada das minhas mãos e sumiu pela porta da cozinha, entrando na piscina antes que eu tivesse tempo para pensar ou mesmo me beliscar.

"Vem, Johnny, está quentinha!", falou, rindo e jogando água em mim. Fiz a única coisa que um garoto de 13 anos poderia fazer numa situação daquelas, tentei pular na piscina com um salto olímpico bem macho. Mas o resultado foi uma catastrófica barrigada na água (ou melhor, uma virilhada, para ser mais específico). Cheguei ao fundo da piscina, e soltei um berro de dor. Fui voltando devagarzinho para superfície — e lá estava ela. A Sereia. Os olhos verdes arregalados na minha direção. E depois... risos, a música dos anjos. Ela estava rindo de mim, mas não daquele jeito sacana dos garotos da escola. Eram risos doces, suaves, que lembravam as notas de uma flauta. Então comecei a rir também, e o mundo voltou a girar, mas agora eu tinha certeza de que não estava sonhando, de que não ia acordar de uma hora para outra no meu cubículo apertado, com uma sirene berrando nos meus ouvidos. Eu estava em casa.

Sábado, 19 de fevereiro

6h Mamãe me acordou e mandou que eu fosse procurar pelo papai no jardim.

Encontrei-o dormindo entre uns arbustos perto da cerca, nos fundos do jardim. Ao lado dele havia duas garrafas de vinho vazias e um balde do KFC, cheio de ossos de frango. (Não estou bem certo se beber vinho e pedir frango pelo telefone pode ser considerado "viver da terra".)

Mamãe jogou um balde de água em cima dele e mandou que ele fosse tomar banho. Depois de se desvencilhar do mato, papai se arrastou de volta para casa, balançando a cabeça e falando sozinho.

Voltei para a cama e tentei relembrar todos os detalhes da noite passada. Infelizmente, tudo se misturou numa grande névoa. Tentei recordar o rosto da Sereia. Acho que estou apaixonado. (Não me sinto assim desde aquele dia em que assisti a *Uma linda mulher.*)

Passei a tarde vendo críquete na TV. Infelizmente, por causa do apartheid a gente não é convidado para participar dos campeonatos internacionais (às vezes um time de fora vem jogar aqui, mas não é a mesma coisa). O jogo de hoje é entre o Transvaal e a Western Province, um jogo que vai durar quatro dias, e tudo acontece muito devagar. Papai veio se sentar a meu lado. Surpreendentemente, ele parecia uma pessoa normal outra vez. Pediu desculpas pelo seu comportamento recente e resmungou alguma coisa sobre o estresse.

Vamos sair para jantar em família. Com certeza o papai quer provar sua sanidade para a gente. Mamãe parecia mais feliz do que nunca e até deu um beijinho nele antes de sairmos.

Chegamos a um restaurante chamado Mike's Kitchen. Papai informou que dali para a frente ia dar uma oportunidade aos negros e, ao abordar o garçom, tentou falar no dialeto zulu. Infelizmente, nosso garçom era um indiano de pele escura, que saiu xingando baixinho e nunca mais apareceu na nossa mesa.

Tentei incluir casualmente a Sereia na conversa, mas meus pais piscaram um para o outro, e mamãe disse: "Acho que o nosso pequeno Johnny tem uma paixonite." Vermelho como um pimentão, eu já ia tentando mudar o assunto quando vi que Pike, o Terrível, estava sentado do outro lado do restaurante com os pais dele e o irmão mais novo (tão feio quanto ele). Fiz que não vi ninguém e afundei a cabeça no cardápio.

Lá pelas tantas, levantei os olhos e dei de cara com o monstro, parado ao lado da nossa mesa, um risinho malvado escondido nos lábios. Eis aqui a conversa que se seguiu:

Pike:	E aí, Johnny, que surpresa!
Eu [murmurando]:	Oi, Pike.
Pike:	E estes devem ser os seus pais. Olá, sr. e sra. Milton. Sou Leonard Pike, colega de escola do Johnny. [Eles apertam as mãos]
Papai:	[Derruba a taça de vinho] É sempre um prazer conhecer os amigos do Johnny.
Pike:	Ah, o Johnny é famoso naquela escola. Todo mundo adora ele. Bem, agora preciso ir. [Esfrega uma faca de carne nas minhas costas] A gente se vê na segunda à noite, não é, Johnny? Até mais, sr. e sra. Milton. Foi um grande prazer conhecê-los.

Com isso ele voltou à mesa dos pais. Os velhos ficaram encantados com a educação do meu amigo. Mordi os lábios e não disse nada. Ainda faltam dois dias para segunda-feira, e dois dias são uma eternidade.

Domingo, 20 de fevereiro

A Innocence está de volta. Assim que chegou, deu um selinho na minha boca e mandou que papai carregasse as malas dela para o quarto. Papai engrolou alguma coisa e obedeceu. Ao que parece, com a lei do lado dela, a Innocence agora está numa espécie de posição de poder aqui em casa. Mamãe e papai decidiram ganhar tempo até pegarem ela fazendo alguma coisa relacionada ao bordel para então mandá-la embora de uma vez por todas. Estou adorando que ela tenha voltado, e espero que não faça nenhuma besteira — afinal, foi a Innocence quem me carregou nas costas nos quatro primeiros anos da minha vida.

12h30 Almoço com Wombat, mãe da minha mãe e castigo do meu pai. Por algum motivo desconhecido, o tempo todo ela chamava o papai de Roy e a mim de David. A mais ou menos cada dez minutos, apontava para mim e dizia à mamãe que eu era lindo, que felizmente não parecia nada com o papai.

Papai demorando uma eternidade para acender a churrasqueira, assobiava bem alto para si mesmo.

12h38 Papai conseguiu a façanha de atear fogo em si mesmo depois de derramar parafina nas brasas da churrasqueira. Tudo que ouvi foi um berro de arrepiar os cabelos e o barulho da água quando ele se jogou na piscina. Parecia uma cena do filme *Máquina mortífera*. Corri para socorrer papai caso tivesse se machucado, mas ele parecia bem e conseguiu sair sozinho da parte funda da piscina e subir até a margem. Mamãe, sem ao menos perguntar como ele estava, mandou que ele parasse de fazer bobagem e fosse trocar a camisa estorricada.

Enquanto mastigava um pedaço muito duro de carne, temperado com parafina, Wombat informou que alguém tinha invadido o apartamento dela e deixado uma nota de 10 rands na mesa da sala de jantar. Por mais que a gente tentasse convencê-la de que nenhum ladrão de respeito deixa dinheiro na cena do crime, a velha gagá se recusava a escutar e dizia que Buster Cracknell (o síndico do seu prédio) era o principal suspeito.

Depois do almoço, a conversa tomou o rumo da política. Desde o discurso de De Klerk e da libertação de Nelson Mandela esse tem sido o principal assunto da família Milton. Wombat disse que esperava morrer antes que os negros tomassem o poder. Papai falou que ele também. Quase pude ouvir o queixo da mamãe se esborrachar na grama. Papai já tinha voltado para seu estado normal: o destrambelhamento.

Recebi um telefonema estranho de alguém de vozinha fina, que desligou logo em seguida. Juro que parecia a voz do Lagartixa, mas também podia ser alguém passando trote ou, pior ainda, o Pike.

Segunda-feira, 21 de fevereiro

Acordei deprimido. Hoje à noite volto para a escola, e me sinto mal só de pensar nisso. Papai saiu para trabalhar pela primeira vez em muitos dias, e mamãe me arrastou para o shopping com ela. Meu coração deu um salto quando ela disse que ia se encontrar com Marge para tomar chá, mas depois lembrei que a Sereia estuda numa escola pública e que àquela hora provavelmente estaria no meio de uma aula de geografia. Enquanto mamãe tomava seu chá com a amiga, fui a uma loja de material esportivo e fiquei lá, experimentando diferentes tacos de críquete.

A caminho de casa, engoli o orgulho e perguntei à mamãe se a Marge tinha falado alguma coisa sobre mim e a Sereia. Mamãe gaguejou um pouco, depois disse que a Sereia tinha gostado muito de mim. Meu coração murchou — mamãe mente mal pra caramba.

17h30 No ônibus, o Barril pediu para trocar de lugar com o cara que estava sentado do meu lado para que a gente pudesse conversar. Por sorte, o grandalhão não estava fedendo a patê de peixe dessa vez. Falou que tinha desenterrado mais algumas informações sobre Macarthur nos arquivos dos jornais de Durban, mas que só ia contar para a gente dali a alguns dias.

O ônibus foi cabriolando colina acima pelo interior da província de Natal; as luzes na paisagem piscavam fraquinhas, e a cada quilômetro eu ia me sentindo cada vez mais pesado. Fiquei pensando na Sereia e na mentira da mamãe. Será que ela me achou um bobo, ou muito feio, ou será que nem ligou para mim? Um garoto mais velho, sentado na minha frente, contava aos amigos que tinha transado com a amiga da irmã dele. A história que ele contava não tinha lá muito pé nem cabeça; os amigos logo falaram que ele estava blefando e começaram a acusá-lo de ter transado com a própria irmã.

Quanto mais o ônibus se aproximava da escola, eu ia ficando mais e mais aflito com o que iria encontrar por lá. Que será que o Pike ia fazer comigo? Eu ainda teria minha cama no dormitório? O que teria acontecido com os outros garotos? Fechei os olhos e mais uma vez pensei na Sereia, o que só serviu para aumentar as saudades de casa. Tão logo senti as lágrimas ameaçando brotar, mordi os lábios, fechei as mãos com bastante força e disse a mim mesmo para deixar de ser criança. Por sorte, a essa altura o ônibus já estava bem escuro, e ninguém testemunhou meu momento de fraqueza.

21h Depois de horas de agonia, a chegada à escola não foi tão ruim quanto eu havia imaginado. Todo mundo se reuniu para contar o que tinha feito durante o fim de semana prolongado e trocar histórias. Segue um breve resumo.

Proezas do fim de semana

Rambo	Conseguiu entrar numa boate.
Simon	Passou a mão nos peitos de uma garota.
Cachorro Doido	Pescou um tubarão Zambezi de 50 quilos em Moçambique.
Barril	Investigou o caso Macarthur.
Esponja	Voltou com uma revista mais pesada ainda.
Lagartixa	Teve intoxicação alimentar e uma crise da laringite; voltou para a enfermaria.
Cotoco	Conheceu a menina mais linda do mundo.

Parece que o supervisor da escola não foi informado de que um dos garotos da nossa ala não ia viajar·e então trancou todas as portas e janelas com o Lagartixa lá dentro. Segundo contou o Esponja, o pobre do Lagartixa berrou até perder a voz e depois comeu o que parecia ser um pedaço de carne ressequida que ele tinha encontrado no escaninho do Cachorro Doido. O Cachorro Doido falou que nunca guardou carne no escaninho, mas admitiu que talvez tivesse deixado algumas carcaças de pombo por lá.

O Simon estava contando sobre o tamanho dos peitos da tal garota, e sobre como eles eram gostosos, quando as luzes se acenderam de repente. O dormitório foi invadido por uma forte luz branca, revelando a horrorosa presença do Costelinha. Era tarde demais para fugir para a cama, então ficamos congelados onde estávamos em cima do escaninho do Simon, olhando com cara de culpados para o diretor.

"Conversa fiada depois do toque de recolher, hã?", disse o Costelinha. "Claro que vocês estão cheios de histórias para contar." Ele entrou no cubículo e se empoleirou em cima do escaninho do Barril. "Eu só queria informar", continuou, "que Vern Blackadder volta para a escola amanhã. Todo mundo aqui sabe que ele passou por maus bocados, e foi muita coragem dele decidir voltar. Vim aqui pedir a vocês que sejam legais com ele, para que ele se sinta bem acolhido. E, por favor, em nenhuma hipótese toquem no assunto do... bem, do pequeno sumiço dele. Obrigado, meninos". Dito isso, ele apagou as luzes e sumiu na escuridão.

Assim que o Costelinha se foi, todo mundo começou a cochichar sobre a volta do Vern. Fiquei bastante feliz com o retorno dele. É muito chato não ter um vizinho de cubículo, e o Vern tem sempre uma esquisitice para quebrar a monotonia. O Esponja fez uma clássica imitação do Vern, e todo mundo caiu na gargalhada, apesar dos pedidos do Costelinha.

Continuamos a falar do nosso fim de semana, e contei à turma sobre a Sereia. O Esponja mal pôde acreditar que eu não tivesse espiado pela fechadura enquanto ela trocava de roupa, e todo mundo falou que eu devia ter beijado ela. O Simon ficou especialmente interessado no meu encontro com o Pike no restaurante sábado à noite. O Barril se recusou a contar o que tinha descoberto em Durban; falou que precisava verificar mais detalhes antes de revelar as novas informações sobre o mistério de Macarthur.

Fiquei acordado, ouvindo o barulhinho do Pedro Mijão e o chocalhar de um trem que passava ao longe. Ao meu redor, só a respiração pesada da galera dormindo, um ou outro ronco do Cachorro Doido e do Barril. Adormeci, e no meu sonho vi o Pike e a Sereia de mãos dadas. Ela sorria, e depois, lentamente, eles se afastavam.

Terça-feira, 22 de fevereiro

8h O Marimba irrompeu na assembleia mais furioso do que nunca. Informou que o Emberton e o Stott não iam mais ser expulsos porque "novas provas tinham vindo à tona". Falou que o caso contra o vândalo da banana ainda não estava encerrado e advertiu que qualquer deslize da nossa parte teria graves consequências. Então, seu tom mudou abruptamente, e sua voz parecia calma e amigável ao anunciar que o sr. Crispo iria se aposentar depois de 53 anos de dedicação à escola. Os alunos se levantaram para aplaudir o professor de história, e seus olhos se encheram de lágrimas.

O sr. Crispo também se levantou para falar, e todo mundo riu quando ele agradeceu à escola pelo prazer de ter dado aulas para a gente, para os pais da gente e para os avós da gente, mas que agora a surdez o impedia de continuar. Depois começou a decantar as belezas da nossa escola, mas, engasgado de emoção, parou de repente, sorriu, e bateu continência. Todo mundo aplaudiu freneticamente, e o velhinho se sentou de novo, enxugando as lágrimas com um lenço azul. (Ele nunca usa lenço branco, porque significa rendição.)

O Emberton cumprimentou todos a seu redor, e disse que o Marimba só podia ter comido banana demais para acusá-lo de uma macaquice daquelas. Falou que era a justiça divina o dedo-duro do Scrawley ter levado uma pancada na cabeça e não ter voltado para a escola.

Numa coisa o Emberton tem razão: nesta escola, dedurar alguém é o mesmo que assinar a própria sentença de morte.

Crispo informou que, nas quatro semanas de trabalho que ainda lhe sobravam, ele ia continuar falando sobre a Segunda Guerra, muito embora o assunto do programa fosse outro. Passou um filme em preto e branco sobre a Batalha da Grã-Bretanha. A certa altura dos acontecimentos, um avião alemão é atingido. Assim que ele começou a despencar, deixando uma esteira de fumaça no céu, o Crispo deu um salto na cadeira, esmurrou a mesa e berrou: "Morra, alemão bastardo, morra!" E quando o avião se espatifou no chão e explodiu, ele socou o ar com alegria e riu triunfante, como se tivesse sido ele o autor da façanha.

17h Hoje é a Terça-feira Gorda. Como sempre ninguém sabe ao certo o que isso significa, a não ser que todos os anos, nesse dia, nossa escola realiza a Corrida da Panqueca pelas arcadas em torno do quadrado principal. Um garoto de cada ano e o monitor-chefe de cada ala formam as equipes de revezamento, e cada corredor tem de completar uma volta do quadrado antes de entregar para o corredor seguinte a frigideira com uma panqueca dentro. Segundo as regras, a cada esquina das arcadas o corredor tem de jogar a panqueca para o alto e virá-la. Quase sempre a panqueca cai, claro. Aí o corredor tem de recolhê-la do chão, jogá-la de novo para o alto e, se conseguir pegá-la, sair correndo para recuperar o tempo perdido. O restante dos alunos fica no meio do quadrado, torcendo pelas equipes de suas respectivas alas.

O Rambo foi o escolhido entre os calouros para o representar a nossa ala; ele abriu o revezamento e deixou uma boa vantagem. O Costelinha também foi incrivelmente veloz; quando ele entregou a frigideira para o Bert, o último corredor, tudo indicava que a gente ia vencer com folga. Infelizmente o Bert, que é bom de velocidade mas péssimo de coordenação motora, deixou a panqueca cair em todas as esquinas, e a nossa ala terminou em penúltimo lugar.

Enquanto as pessoas se dispersavam, avistei uma figura solitária sentada próximo à fonte, observando os peixinhos dourados do lago. A careca no alto da cabeça era sinal quase certo de que se tratava do nosso bom e velho Vern Blackadder. Vi o Esponja e o Rambo rindo disfarçadamente do alto da janela da sala comunitária. Então me aproximei e dei um tapinha nas costas do Vern. Ele se virou lentamente e eu levei um susto danado ao constatar que ele parecia um velhinho. Estendi a mão, e ele me cumprimentou. "Bem-vindo de volta, Vern", falei. Ele abriu seu sorriso de doido e depois se virou novamente para o lago. Sentei do lado dele, e a gente ficou ali um tempo, em silêncio, observando os peixes.

Quarta-feira, 23 de fevereiro

No café da manhã, o Esponja informou que o Lagartixa estava se recuperando bem da intoxicação por pombo e que deveria receber alta na sexta-feira.

"Ótimo", disse o Rambo. "A tempo de participar do nosso mergulho noturno."

Todo mundo ficou mudo, a não ser o Barril, que se engasgou com a salsicha de porco.

"Ficou maluco?", disse o Esponja, recuperando-se do susto e me ajudando a bater nas costas do Barril. "A gente não vai fazer isso de novo! Da última vez foi aquela catástrofe!"

"Não pedi sua opinião, Esponja", devolveu o Rambo. E sorrindo para a gente, falou como quem não quer nada: "Sexta-feira à noite, senhores, sexta-feira à noite." Isso posto, deu uma última mordida na torrada e saiu do refeitório, deixando todo mundo boquiaberto.

11h No quadro de avisos da sala comunitária, um bilhete informava:

TESTES PARA OLIVER*: Segunda audição! 14h30 no centro de música.*

Abaixo seguia uma longa lista de garotos convocados para a segunda rodada de audições. Saí pulando feito um canguru depois de ver meu nome no penúltimo lugar. Meu sonho de virar ator não foi para o brejo! Ainda!

14h30 Um grupo menor, de mais ou menos trinta garotos, esperava do lado de fora do centro de música. Dessa vez o Viking falou que tinha umas palavrinhas a dizer e mandou que a gente entrasse na sala de ensaios da orquestra. Ele falou aos berros e cuspindo muito, como se tivesse sido mordido por um cachorro raivoso.

"Senhores", ele rugiu, "parabéns por terem chegado à segunda fase! Esta peça... se vocês forem escolhidos... deverá ocupar a cabeça de vocês o tempo inteiro, o ano inteiro! Sou perfeccionista! Se não consigo a perfeição, posso ficar violento, não é, Barnes?" Um garoto franzino, amparado por duas muletas, com uma perna engessada, fez que sim com a cabeça, assustado. "Fui claro?" Feito um bando de zumbis, todo mundo respondeu que sim com a cabeça. Esse tal de Viking é um sujeito gordo e barbudo, com olhos verdes e aparência selvagem.

Ele começou a andar de um lado para o outro feito um leão enjaulado: "Um ator nunca dá espaço para o medo! Nem para a modéstia! E muito menos para o ego! Só quem tem ego aqui sou eu, entenderam?" Mais uma vez a gente concordou com a cabeça. "Ótimo!", ele berrou tão alto que a srta. Roberts levou um baita susto e martelou o piano sem querer. "Então vamos lá!"

Todos nós saímos da sala e esperamos ser chamados. Assim como da outra vez, a srta. Roberts fazia o acompanhamento no piano enquanto o Viking marchava pelo palco fazendo anotações numa prancheta. Assim que entrei ele berrou: "Milton, o Poeta!", e depois mandou que eu cantasse "I'll Do Anything" de novo.

Dessa vez cantei melhor. Minha voz saiu fácil, e eu estava mais seguro. O Viking não me interrompeu e fez várias anotações enquanto eu cantava. Quando acabei, ele me encarou um tempão e só depois disse: "Obrigado, Milton. Mande entrar o Stopfield."

Ah, agora sim! Finalmente pude mostrar o meu valor. Posso não conseguir um papel grande, mas pelo menos devo ter um lugarzinho no coro.

No caminho de volta para o dormitório, reencontrei o Vern, que por sua vez reencontrou Roger, o gato. O bichano estava deitado no colo dele, ronronando feliz da vida. Ambos pareciam sobreviventes de um campo de concentração, como aqueles que a gente tinha visto no filme sobre Auschwitz do Crispo.

18h10 Gavin, o monitor que mora debaixo da escada, mandou que todos os calouros interrompessem o jantar para sair à procura de Albert, seu ratinho de estimação. Foi o Cachorro Doido quem encontrou o bicho atrás da geladeira na sala dos monitores. O Rambo falou que esse tal monitor é bem esquisito e cultiva baratas para alimentar Albert e Victoria, a cobra que ele cria no quarto.

21h30 O Pike e o Devries colocaram doze ovos debaixo das cobertas do Rambo, e é claro que os ovos quebraram todos quando ele se sentou na cama. Depois de se limpar, o Rambo exigiu que nosso dormitório declarasse guerra mortal contra a dupla, e propôs que um ataque a qualquer de nós fosse considerado um ataque à turma inteira. Todo mundo concordou na mesma hora, inclusive o Vern, que sacudiu a cabeça todo sério, como se tivesse acabado de se alistar no exército.

O Cachorro Doido confessou que foi ele quem colocou a segunda banana no escapamento do Marimba e falou que tinha feito isso para salvar a pele do primo. Também falou que o Stott e o Emberton tinham sido os responsáveis pela primeira banana. Todo mundo deu os parabéns pela coragem dele e disse que ele era quase um herói. Mas, na opinião do Cachorro Doido, foi a grana do pai do Emberton o que mais pesou na decisão do conselho da escola.

Foi então que o Barril se levantou, bem devagarzinho, e disse: "Naquele conselho só tem malandro. Podem acreditar, senhores, tenho provas do que estou dizendo." Sem mais dizer, soltou um peido bem alto e deu a reunião por encerrada.

O gato Roger entrou pela janela do meu cubículo e se acomodou na cama do Vern. Mais doido que nunca, o Vern começou a conversar com o bichano numa língua estranha, e o gato respondia ronronando e esfregando a cabeça no queixo dele. Apesar dessa esquisitice, o Roger talvez seja o único motivo pelo qual o Vern voltou para a escola, portanto não me importo nem um pouco com esse falatório em língua de gato do meu lado. Depois de um tempo, tudo que é esquisito fica normal.

Quinta-feira, 24 de fevereiro

6h20 O Rambo deu um soco na boca do Devries durante o banho. O Julian, que estava de plantão, saiu correndo e chamou o Bert para ajudar a apartar a briga. Mas, quando o Bert por fim deu as caras, o Devries já estava esborrachado no chão de cimento do banheiro, completamente fora do ar, um fiapo de sangue escorrendo do canto da boca. O Rambo lavava a mão ensanguentada na pia como se nada tivesse acontecido. O Julian ficou tão apavorado que o Bert teve de levá-lo até a enfermaria para tomar um calmante.

Luthuli fisgou o Rambo durante o café da manhã e saiu para conversar com ele no quadrado. Quando o Rambo voltou, disse que o monitor não ia contar nada ao Costelinha, mas exigia que a nossa pinimba com o Pike e o Devries fosse resolvida logo. O Rambo falou então que a gente só ia atacar se eles atacassem primeiro. O Luthuli prometeu que ia conversar com o Pike. (Com o Devries não ia dar para conversar: ele estava com o queixo enfaixado.)

O Lagartixa foi recebido com um misto de vivas e vaias quando chegou à nossa mesa. Ele apertou minha mão antes de se jogar num prato de Sucrilhos com leite. Parecia contente com a volta do Vern, porque depois eles ficaram conversando baixinho na ponta da mesa. (Atendendo ao pedido do Costelinha, a gente resolveu que não ia chamar o Vern de Rain Man por pelo menos uma semana.)

12h O Guv passou os dois horários da aula de inglês falando sobre sexo. Ele acha que o mundo inteiro gira em torno do sexo, e que se não fosse pelo sexo nenhum livro jamais teria sido escrito. Um garoto chamado Nelson Johnson, da ala King (que participa do grupo de jovens cristãos), ficou de pé irritado, e desafiou o Guv dizendo que a Bíblia era exemplo de um livro totalmente puro e sem sexo. O Guv caiu na gargalhada e falou que a Bíblia está cheia de sodomia e incesto e que deveria ser proibida para menores de 18 anos. Johnson quase chorou; sentou novamente e ficou lá, balançando a cabeça e resmungado.

Depois da aula, o Guv disse que eu tinha de terminar a leitura do *Ardil 22* até segunda-feira. Falou que o próximo livro que vai me emprestar será uma das grandes obras-primas da literatura mundial, mas não quis dizer que livro era.

15h O Minhoca pediu que eu arremessasse para ele no treino de críquete. Explicou que, já que era o arremessador do time principal da escola, ele nunca tinha de rebater contra outro arremessador durante os treinos. As quadras de treino do time principal são de grama, e não daquele troço que parece esponja das outras quadras. Fiquei achando que estava pisando num campo sagrado enquanto arremessava para o meu monitor. Depois do treino, ele comprou um refresco e um chocolate para mim na lanchonete e falou que eu tinha um enorme potencial como arremessador. (Infelizmente não pude falar o mesmo sobre o potencial dele como rebatedor.)

Quando voltei para o dormitório, Simon tentou disfarçar a inveja pelo fato de eu ter jogado na quadra do time principal. Quis saber de todos os detalhes. Nossa conversa foi interrompida pelo Esponja, que chegou com a foto de uma mulher pelada, sentada no que parecia ser a metade de um cassetete policial.

22h Depois de silenciar uma pequena manifestação de protesto, o Rambo expôs os planos para o mergulho de amanhã à noite. A rota vai ser a mesma, só que dessa vez o Barril terá de se arriscar a descer e atravessar o quadrado principal. O Barril balançou a cabeça, mas não disse nada. Só de pensar em ter de enfrentar tudo aquilo de novo, o Lagartixa ficou mais pálido do que nunca, mas também não disse nada.

23h20 O Roger arranhou o vidro da minha janela. Parece que o Vern nunca mais vai dormir sozinho aqui na escola. Fechei os olhos e fiquei pensando na Sereia e na peça da escola (as duas esperanças da minha vida). Quem sabe ela não se apaixona por mim quando me vir no palco?

Sonhei com a Sereia pelada, sentada no que parecia ser a metade de um cassetete policial.

Sexta-feira, 25 de fevereiro

Aula de canto coral com a escola inteira. O Reverendo Bispo deixou o hino da escola por último. Todo mundo sabia a letra de cor, então ele nem precisou informar a página do hinário. Quatrocentas vozes cantando juntas quase ejetaram o telhado do prédio centenário. Fiquei todo arrepiado ao ouvir todos os garotos cantando com o máximo de emoção. Foi impossível não sentir como se a gente fosse um bando de irmãos prestes a partir para a guerra e acabar com o inimigo. Esse sentimento de união e entusiasmo durou exatamente seis minutos. É impressionante como uma aula de ciências pode sugar a última gota de vida da alma da gente.

23h Mergulho noturno. O Barril foi mandado lá para baixo há mais ou menos meia hora. Foi instruído a dizer aos monitores que estava se sentindo mal e que precisava de ar fresco. Assim que o caminho estivesse livre, o plano era que ele se esgueirasse pelo quadrado, passasse pela cripta, atravessasse o roseiral e fosse até o limoeiro do Marimba. Lá ele deveria dar o pio de coruja que o Cachorro Doido ensinou. Esse seria o sinal para a gente avançar.

Todo mundo ficou mudo, esperando pelo sinal. O Rambo andava de lá para cá no corredor do dormitório, resmungando baixinho. No fundo, no fundo, eu torcia para que o Barril não desse sinal nenhum e o mergulho fosse cancelado. Mas por fora eu dizia a todos que não via a hora de enfrentar os guardas e os cachorros da escola.

O Roger já tinha se acomodado na cama do Vern e parecia bastante irritado com toda aquela agitação. Ficava miando para o Vern, que respondia de volta naquela sua língua maluca. Talvez eu tenha me enganado, mas estou quase certo de que ouvi o Vern perguntar ao estojo de lápis se ele queria ir nadar também.

23h16 Finalmente ouvimos o pio da coruja (que mais parecia o uivo de um lobo gripado) e entramos em ação. No meio da correria, o Lagartixa tentou sair de fininho e fugir do dormitório, mas o Cachorro Doido o pescou de volta. Tiramos a roupa, ficando só de cueca, e seguimos pelo tortuoso caminho até a represa.

Chegamos ao limoeiro sem nenhum sobressalto e encontramos o Barril comendo um pedaço de pão velho encontrado na lixeira da cozinha dos monitores. O Rambo conduziu a gente pelo campo de rúgbi, e depois foi só pular a cerca para chegar à represa. Dessa vez não teve bagunça nenhuma: todo mundo ficou de olho na escuridão à procura de uma possível lanterna. O Lagartixa ficou enrolando na beira da água, prontinho para bater em retirada em caso de necessidade. A água estava mais fria que da outra vez, e não havia Lua. À nossa volta, só silêncio, a não ser pelo barulhinho da água que pingava da gente.

O Rambo sussurrou o comando "Polvo", e a gente saiu da água e tomou o rumo de casa. Sem a emoção da perseguição ou o risco de perigo, a aventura do mergulho ficou meio sem graça, sem sentido.

Segundo o plano do Rambo, a gente deveria percorrer o mesmo itinerário para voltar ao dormitório e o Barril ficaria esperando até secar e depois voltaria ao limoeiro do Marimba para se vestir. O Cachorro Doido daria o pio da coruja para avisar quando o caminho estivesse livre. O Rambo achava o seguinte: se o Barril fosse pego com a boca na botija, a primeira coisa que os monitores iam fazer era inspecionar o dormitório; ninguém seria burro de achar que o Barril faria um mergulho noturno sozinho...

Nosso retorno foi tão simples quanto a ida. Nada de guardas, monitores ou cachorros — nem mesmo um gatinho perdido. Pulei minha janela e aterrissei na minha cama, e então pisei em alguma coisa comprida e grossa. De início achei que fosse o saco de críquete, mas depois o volume se mexeu debaixo de mim. Era muito maior que o gato Roger e além disso tinha braços, que agora me apertavam, quase me sufocando. De repente eu estava levando uma surra com o saco de roupa suja. Berrei apavorado. Outras pessoas também berravam e xingavam, e então as luzes do dormitório se acenderam. Parado junto à porta iluminada estava o Luthuli. E o volume na minha cama era o Bert. Monitores e outros garotos mais velhos começaram a surgir do nada, rindo e gritando.

"Acho que os senhores estão oficialmente ferrados!", exclamou o Bert. Até o Minhoca parecia todo orgulhoso carregando o Lagartixa nos ombros feito um saco de batatas. "Espero que o Barril não esteja engastalhado na janela outra vez", ironizou nosso monitor-chefe. Ninguém falou nada; não havia nada para falar.

O Julian perguntou ao Rambo onde estava o Barril, e antes que ele pudesse responder qualquer coisa, falei: "Ele está na enfermaria!"

"É mesmo?", perguntou o Luthuli, sem acreditar em mim. "E ele foi para a enfermaria por quê? Será que teve outra conversão?" Feito um pateta, fiz que não com a cabeça. O Luthuli esfregou as mãos e disse: "Senhores, amanhã nós cuidaremos de vocês, a menos que o sr. Black tire da manga mais uma de suas mentiras cabeludas."

Em seguida ele apagou a luz e saiu acompanhado dos outros monitores. Houve um longo silêncio. Alguém assobiou baixinho. Foi então que o Rambo rosnou: "A gente caiu numa cilada. Alguém cantou a bola para o Luthuli, e, confiem em mim, quando eu descobrir quem foi, vou acabar com ele." Rambo estava espumando de raiva. Parecia que a humilhação com o fracasso do plano o incomodava mais do que qualquer problema mais grave que tivéssemos de enfrentar. Outro longo silêncio se seguiu. Dessa vez tão longo que cheguei a achar que todo mundo tinha ido dormir. Mas depois concluí que todo mundo devia estar pensando na severa punição que a gente ia ter de enfrentar.

"Espero que você tenha um plano na manga, Rambo", disse o Esponja, otimista. O Rambo refletiu um pouco, depois disse baixinho: "Plano nenhum, Esponja. Estamos ferrados. E vamos receber nosso castigo feito homens."

"O que será que eles vão fazer com a gente?", perguntei, surpreso comigo mesmo. Foi o Esponja quem respondeu: "São duas opções, Cotoco. A primeira é os monitores cuidarem da gente, e aí provavelmente será uma combinação de diferentes castigos. Ou então eles nos entregam ao Costelinha, que vai dar quatro chibatadas em cada um." Ouvi o Vern engolir em seco do meu lado. A ideia de levar quatro chibatadas do Costelinha decerto embrulhava o estômago dele tanto quanto o meu.

"Podem acreditar: eles vão falar com o Costelinha", disse o Rambo, como se tivesse grande conhecimento de causa. "Tecnicamente os monitores não têm permissão para bater na gente, e vão ficar com medo de serem denunciados."

As tábuas do assoalho rangeram quando o Barril entrou. "Muito obrigado pelo pio da coruja, valeu mesmo", ele foi logo latindo. "O Luthuli me pegou quando eu estava voltando para casa."

"O que foi que você disse a ele?", perguntou o Simon.

O Barril cuspiu janela afora e tateou no escuro até o seu cubículo: "Disse que estava passando mal e que fui para enfermaria."

"E o Luthuli, falou o quê?", interveio o Rambo. A essa altura, o Barril já tinha encontrado alguma coisa para comer no escaninho, e respondeu com a boca cheia: "Falou que tudo bem, que eu era um filho da mãe sortudo."

"Você *é* um filho da mãe sortudo!", exclamou o Rambo. "Acabou de escapar de uma enorme roubada!" Ele e o Esponja se incumbiram de contar a parte da história que o Barril tinha perdido. O Barril ficou ouvindo de olhos arregalados, mastigando alguma coisa que, pelo barulho, parecia de metal.

Quando o Rambo terminou de contar, o Barril soltou um arroto, vestiu o pijama e disse: "Bem, vocês estavam me devendo uma depois da última vez."

O Rambo contra-atacou numa voz acusadora: "O que você quer dizer com devendo uma?"

"Bem...", gaguejou o Barril. "Livrei a cara de todo mundo com aquela história de conversão, não livrei?"

"Acontece que se esse seu bundão enorme não tivesse ficado preso na janela, tudo teria dado certo, sua anta!" O Rambo já estava espumando outra vez. Ajoelhado na cama e espiando a cena sobre a divisória, pude perceber que ele só estava esperando uma vítima para descarregar a raiva, e o Barril tinha acabado de se oferecer para o sacrifício. "Nosso lema é 'Um por todos, todos por um'. Se a gente se der mal, você se dá mal também!", rugiu o Rambo.

"Bem, eu não vi nenhum de vocês subindo ao púlpito na capela para me ajudar", reclamou o Barril, quase miando.

"Seu verme ingrato!", berrou o Rambo. "Quem você acha que tirou você daquela enrascada toda?"

"A mesma pessoa que me meteu na enrascada!", devolveu o Barril, levantando para enfrentar o Rambo, que lentamente tinha se aproximado do cubículo dele. Pela primeira vez nosso dormitório foi cenário de uma briga de verdade. O que aconteceu depois foi de arrepiar. O Rambo deu um soco na cara do Barril, que caiu para trás, em cima do escaninho. O Cachorro Doido irrompeu no cubículo e avançou contra o Rambo, que arrancou um pedaço do ombro do Cachorro com os dentes. Um bando de garotos mais velhos entrou correndo no nosso dormitório, com o Luthuli, que acendeu as luzes e conseguiu apartar a briga. Tinha sangue para todo lado, e o Barril soluçava feito um bebê. Tive vontade de ajudá-lo. Queria colocar alguma coisa no nariz dele para fazer o sangue parar de correr. Ele estava esparramado no chão feito um animal moribundo, cercado de curiosos. Fiquei de estômago embrulhado. O nariz do coitado jorrava sangue feito o Pedro Mijão. Uma hora atrás era "Um por todos, todos por um"; agora era a lei da selva, a sobrevivência do mais forte.

Sábado, 26 de fevereiro

6h Manhã com gosto de ressaca. As manchas de sangue no chão me fizeram lembrar de ontem à noite. O Barril está na enfermaria com o nariz quebrado, o Cachorro Doido saiu para caçar e o Rambo foi visto descendo para os chuveiros, a cara amarrada em sinal de desafio.

No café da manhã, o Esponja nos informou preocupado que o Luthuli tinha entregado a gente para o Costelinha. Como é fim de semana, ninguém sabe quando será a nossa surra. Parece que agora não tem mais como voltar atrás, nem como cair fora. Não há nada que a gente possa fazer além de ficar esperando pelas chibatadas. Seria muito melhor se eu pudesse ficar livre disso logo e não tivesse de viajar para Durban (para o jogo de críquete contra a Lincoln High School) com essa nuvem negra pairando em cima de mim.

No ônibus, conversei com o Cachorro Doido sobre ontem à noite. Ele falou que não estava nem aí para a surra, e que o Rambo é um babaca infantil que quer mandar no dormitório e transformar todo mundo em seus adoradores. Fiz que sim com a cabeça, mas não disse nada. Queria ter a coragem do Cachorro Doido no que diz respeito à surra. Ele deve ter lido meus pensamentos, porque deu um tapinha no meu ombro e disse: "Confie em mim, Cotoco. Quando você estiver lá, levando as chibatadas do Costelinha, feche os olhos e pense na melhor coisa que já aconteceu na sua vida. Se conseguir se concentrar, nem vai sentir a dor." Acho difícil que essa teoria do Cachorro funcione, mas, infelizmente, é o único plano que tenho até agora!

Foi um grande alívio ver os velhos já acampados no gramado quando chegamos. As cadeiras de praia estavam armadas, e o vinho já estava rolando... ou quase. Eles nem viram quando nossa equipe desceu do ônibus. Papai estava com uma garrafa de vinho presa entre as pernas, e mamãe puxava com toda a força o saca-rolha. Ambos grunhiam por causa do esforço. Quando passamos por eles, papai estava de costas para a gente, então ficou parecendo que eles estavam fazendo alguma indecência. Todo mundo ainda estava rindo quando chegamos ao vestiário. Ainda assim, a vergonha foi um preço pequeno a pagar diante da alegria que senti ao ver aquelas pessoas que têm como ocupação oficial me amar.

Fomos os primeiros a rebater mas, graças aos cem pontos marcados pelo Simon, não fui convocado para entrar em campo, então fui sentar com os velhos, e a gente ficou conversando sobre bobagens, como o cachorro dos vizinhos e a eterna luta do papai para que a água da nossa piscina não fique verde.

Quando completamos 225 corridas e três casinhas derrubadas, o Simon e o Guv decidiram que era hora de arremessarmos. Entramos no campo para receber os aplausos educados dos outros pais, e os assobios e vivas escandalosos dos meus. Papai chegou a ponto de fazer uma dança engraçada em torno da cadeira para incentivar a gente. Depois que as risadas se acalmaram, o Cachorro Doido pegou a nova bola e arremessou mais rápido e mais forte do que nunca.

Eu estava em minha posição, na grande área, quando avistei, do outro lado do campo, uma garota linda, de cabelos louros e compridos, atravessando os portões da escola e seguindo para as arquibancadas. Meu coração começou a retumbar: será que era ela? Eu estava longe demais para ter certeza. Eu me desconcentrei e perdi uma bola simples para grande desgosto de todo mundo.

Meu arremesso, por outro lado, foi inspirado. Até poderia dizer que foi por causa do treino extra que fiz com o Minhoca durante a semana, mas a verdade era que eu estava jogando para a Sereia.

Já tinha derrubado cinco casinhas quando a garota loura se levantou e foi falar com meus pais. Só podia ser ela! Eles não conheciam nenhuma outra garota loura. Comecei a ficar nervoso e agitado. Imaginei o que eles poderiam estar falando de mim. Como eu deveria me comportar quando a gente se encontrasse? O que os outros achariam dela? E de mim? Eu já nem me importava mais com as casinhas que eu derrubava, só queria que a Sereia gostasse de mim.

Depois de derrotarmos a Lincoln nos arremessos por 106, sendo que eu havia derrubado seis casinhas e feito 42 corridas, o Guv juntou a equipe inteira num grande abraço coletivo e disse que agora éramos uma máquina, e nos parabenizou por nossa vitória "precisa". Quando levantei a cabeça do abraço coletivo, a Sereia já tinha ido embora. Em vez de ir para o vestiário, corri na direção dos portões, mas não havia sinal dela. Fui falar com os velhos, que saltaram da cadeira e vieram me abraçar. Papai estava completamente chapado e chorava lágrimas de alegria. (Ele tem certeza de que um dia vou jogar na equipe da África do Sul.) Não havia nenhum outro jeito de fazer a pergunta, então falei apenas: "Quem era aquela loura que estava falando com vocês?"

Mamãe ficou calada, confusa. Pude ler os pensamentos dela, que eram sobre a razão da minha pergunta. E por fim ela disse: "Só uma garota que veio pedir um isqueiro emprestado, por quê?" Não respondi. A garota não era a Sereia, e isso era tudo que eu precisava saber. Me despedi dos meus pais, que não entenderam nada, e fui para vestiário.

21h Todo mundo no ônibus, ainda esperando o Guv terminar a bebedeira pós-jogo com os professores da Lincoln. Por incrível que pareça, meus pais também foram convidados para a festinha. Fico arrepiado só de pensar em quão bêbados eles devem estar a essa altura. O Cachorro Doido conseguiu surrupiar uma garrafa de vinho vagabundo de algum lugar e ela passou de mão em mão no ônibus. A garrafa foi se aproximando e eu sabia que teria que tomar uma decisão. Beber e correr o risco de ser expulso, ou não beber e parecer um bobo. A garrafa ia passando de mão em mão, e cada garoto fazia sua escolha. O Simon e o Cachorro Doido tinham bebido, mas o George, o Stubbs e o Leslie haviam recusado. Por fim chegou minha vez. Pensei na Sereia que não era a Sereia. Pensei no mergulho noturno. Pensei no Rambo. Pensei em como seria viver na pele do Vern, sem pai nem amigos. Dei um gole profundo. O vinho tinha gosto de vinagre. O Cachorro Doido acertou um tapão nas minhas costas e disse: "É isso aí, garoto! Esse vinho dos seus velhos é bom pra caramba!"

Domingo, 27 de fevereiro

2h10 Finalmente voltamos, e eu fui direto para a cama. Silêncio mortal no dormitório (a não ser pelo Roger, que ronronava feito uma máquina de costura).

8h30 Acordei para a missa matinal fedendo a suor e vinho, ainda metido no uniforme de críquete. Tomei meu banho e fui para a sacristia, onde encontrei com os outros garotos do coral e vesti minhas "roupas de gala". Caí no sono duas vezes durante a missa: uma na primeira leitura, e outra no sermão do Reverendo.

Voltei ao dormitório para ler o *Ardil 22* (só faltavam 56 páginas). A atmosfera estava terrível. Ninguém falava com ninguém. O Barril já estava de volta, com o nariz enfaixado, e o único barulho era o do Simon limpando os tênis de críquete.

Passei um tempo no quarto do Minhoca, conversando sobre críquete. Ele derrubou quatro casinhas ontem, numa vitória esmagadora do time principal. Descrevemos nossas melhores jogadas, e depois declaramos que ontem foi o dia do arremesso imbatível! O Minhoca deixou que eu preparasse um chá para mim, e me emprestou suas revistas de críquete.

Porteira aberta. Fui com meu livro para o bosque de pinheiros, determinado a chegar ao fim daquela obra-prima de Heller. O Esponja se espremeu através da cerca e sumiu no mato com sua nova revista de sacanagem. (Na verdade, um domingo como outro qualquer...)

De repente fiquei com frio e só então percebi que o Sol já tinha baixado. As luzes da escola piscavam ao longe. Acho que caí no sono. Já tinha perdido a chamada havia muito tempo, então disparei para o dormitório, apavorado. (Num único fim de semana, eu tinha sido flagrado num mergulho noturno, bebera vinho no ônibus da escola e perdera uma chamada!) Quase atropelei o Minhoca no corredor. Antes que ele pudesse falar qualquer coisa, contei minha história. Ele sorriu e bagunçou meu cabelo, dizendo: "Não esquenta, Cotoco. Hoje quebrei o seu galho." E com isso ele sumiu na sala dos monitores. Suspirei aliviado e desci para os chuveiros.

21h30 O Rambo convocou a gente para uma reunião no cubículo dele. Pediu desculpas ao Barril e ao Cachorro Doido, e disse que era para todo mundo fazer as pazes uns com os outros. Trocamos apertos de mão como membros da ONU, e enfim nosso dormitório voltou a ser o que era antes. O Simon contou aos outros sobre o vinho no ônibus, e fomos calorosamente parabenizados pelo nosso total descaso com as regras da escola.

Como era de se esperar, foi o Esponja quem nos trouxe de volta à dura realidade da surra que estava por vir. O Rambo contou que tinha visto o Costelinha jogando squash, e que o diretor havia piscado para ele e dito que estava aquecendo para amanhã.

O Lagartixa choramingou alguma coisa e sentou em cima do Roger, que também tinha comparecido à reunião. O gato chiou, o Lagartixa deu um berro, e todo mundo caiu na gargalhada.

O Pike e o Devries apareceram para debochar de nosso mergulho noturno e tentar assustar a gente com histórias de algumas surras brutais anteriores. Devries tentou dizer alguma coisa mas, por causa do queixo enfaixado, ele falou igualzinho a um retardado. Todo mundo desandou a rir, e eles acabaram desistindo. O Pike baixou as calças, fez um bundalelê para a gente, e então eles saíram guinchando feito porcos.

Segunda-feira, 28 de fevereiro

8h Nada de surra ainda. Essa espera está me matando. Acho que a pior coisa de uma execução deve ser o terror da espera.

Hoje não tivemos aula de história porque o Crispo não apareceu. Aproveitei o tempo livre para ler as 18 páginas finais de *Ardil 22*. Fiquei meio decepcionado com o fim, que me pareceu um tanto abrupto. Tive de dar uma conferida para ver se não tinha pulado uma página. Essa eu vou ter de perguntar para o Guv. (Aposto que ele vai ter alguma explicação espertalhona.)

13h45 A mulher do Guv deixou uma deliciosa lasanha no forno para a gente. Ele abriu uma garrafa de vinho tinto e, como sempre, serviu meia taça para mim. Falou que eu parecia triste e distraído. Contei sobre o mergulho noturno e a briga que aconteceu depois. Meu professor de inglês abriu um sorriso e disse: "Um dia, meu amigo, você vai ter uma bela história para contar."

O Guv achava que o *Ardil 22* não poderia ter um final clássico. "São narrativas isoladas, inusitadas demais, criativas demais para terminar de um jeito normal." Ainda acho que a última frase do livro é muito esquisita.

Depois do almoço com o Guv, fiz uma caminhada pelos parques da escola. Em todo lugar, havia garotos jogando críquete, arremessando bolas de rúgbi ou dando tacadas de golfe, enquanto outros tomavam sol ou simplesmente olhavam para o nada. Lá longe, enormes nuvens coroavam as montanhas Drakensberg. Tudo estava limpo, calmo e perfeito, como na foto de capa do folheto que eles tinham me mandado pouco antes do Natal.

Pensei nos meus pais e tentei descobrir para que lado ficava nossa casa. (O que serviu apenas para aumentar as saudades e me deixar desorientado, e um pouquinho tonto.)

Jantar: ainda nenhum sinal do Costelinha e da nossa surra. Será que ele resolveu relevar?

Que nada! A gente estava nas noturnas quando ele apareceu na sala e chamou todo mundo (menos o Barril e o Vern). Minha perna direita começou a tremer quando entramos na sala dele. O Costelinha se sentou do outro lado da mesa e nos olhou com uma mistura de raiva e vontade de rir. (Claro, podia ser apenas por causa do seu olho vesgo).

"Muito bem", ele disse, esfregando as mãos. "Nossos intrépidos nadadores da madrugada." Ele encarou cada um de nós separadamente. Meu corpo inteiro tremia a essa altura. Achei que fosse desmaiar. O Lagartixa, que estava do meu lado, quase caiu. O Cachorro Doido o segurou com a mão esquerda.

"Resolvi liberar Vern Blackadder do castigo, em razão da fragilidade de sua saúde", continuou o Costelinha. "Alguma objeção?" Todo mundo fez que não com a cabeça, e por um breve instante desejei ser o Vern Blackadder, que, agora, se encontrava no conforto de uma sala de aula, e não John Milton, vulgo Cotoco, frente a frente com meu carrasco. Então lembrei que o Vern não tinha pai e não batia muito bem da cabeça (então eram elas por elas). O Costelinha abriu um armário e de lá tirou três chicotes. Depois de pensar um pouco, ficou com o mais fino e devolveu os outros.

"Senhores", ele falou, com um suspiro forçado. "Nadar na represa à noite não é uma falta menor. Para vocês, talvez seja apenas uma brincadeira, uma aventura, mas para nós, professores, é um perigoso desatino. Saibam que vocês estão sob meus cuidados nesta escola, e, para evitar novos episódios dessa natureza, farei deste grupo um exemplo para todos os demais."

A sirene berrou indicando o término das noturnas, e de repente a gente ouviu a gritaria e a correria da garotada nos corredores. Perto da sala do Costelinha, alguém tropeçou e se esborrachou no chão. Seguiu-se uma risadaria. E então... alguém bateu na porta. "Que foi?", berrou o Costelinha. Depois de um momento de silêncio, a porta se entreabriu com um rangido, e do outro lado dela estava o Vern Blackadder, encarando a gente, o rosto branco de pavor. O Costelinha abrandou o tom: "Ah, Vern, você não foi chamado. Por enquanto você está no período de carência."

O Vern não se moveu. Ficou parado onde estava, os olhos grudados no Costelinha. Depois do que pareceu uma eternidade, ele baixou o rosto e disse: "Desculpa, senhor, mas é todos por um." Silêncio total, todo mundo de queixo caído. O Rambo sorriu e acenou para o Vern com uma expressão de grande respeito.

"Pois bem, então. Quatro chibatadas em cada um, um de cada vez. Vamos logo com isso." Enquanto a gente se arrastava para fora da sala, o Costelinha puxou uma cadeira e tirou o paletó. O Rambo (que tinha sido escolhido para ser o primeiro) ficou para trás. A porta se fechou. Depois de uns dez segundos a surra começou. Parecia realmente terrível. Cada chibatada parecia mais forte que a anterior. O Rambo saiu da sala andando como se nada tivesse acontecido, mas não conseguia esconder a dor no seu rosto. O Cachorro Doido foi o segundo a apanhar, e saiu sorrindo. Uma multidão de garotos, muitos de outras alas, havia se juntado para assistir ao espetáculo. Depois foi o Esponja quem saiu da sala, esfregando o traseiro. E, para deleite da plateia cada vez maior, ele baixou as calças e foi esfriar a bunda nos tijolos frescos da parede. A essa altura eu já estava pronto para fugir dali ou talvez mijar nas calças. Foi então que o Lagartixa deixou a sala, berrando, e vomitou na sarjeta.

Entrei na sala em pânico, e pude ouvir o rebuliço do lado de fora. "Mãos na cadeira, Milton, e dentes cerrados", disse o Costelinha, como se estivesse me oferecendo uma xícara de chá e um biscoito de chocolate. Agarrei o espaldar da cadeira e fixei o olhar no céu estrelado do outro lado da janela. O conselho do Cachorro Doido ecoava na minha cabeça. "Pense na melhor coisa que já te aconteceu na vida, e você não vai sentir a dor."

Então pensei na Sereia. Nós dois na piscina... POW! Seus lindos olhos brilhando, as gotas d'água pingando do rosto... POW! "Vem, Johnny, está quentinha..." POW! "Prende a respiração, Johnny, segura na minha mão..." POW!

Então saí correndo. Meu traseiro em chamas. Ao sair da sala, não pude deixar de notar a expressão de pavor nos olhos do Vern. Ele era o último da fila. A multidão ria e assobiava. Continuei correndo e correndo e correndo, até que comecei a rir e a berrar. Pessoas que eu nem conhecia se aproximavam e batiam nas minhas costas, rindo. O Rambo apertou minha mão, e o Cachorro Doido passou o braço pelos meus ombros. E lá estavam o Simon, o Esponja, o Vern e o Lagartixa, todo mundo rindo, falando bobagem. A gente tinha voltado a ser companheiros de guerra.

Terça-feira, 1º de março

6h20 O Julian enfileirou a gente durante o banho para examinar os nossos traseiros. Sem nenhuma pressa, ele e o Bert foram passando de traseiro em traseiro, fazendo observações e, vez ou outra, cutucando a bunda de alguém com a ponta da escova de dentes do Bert. O traseiro do Lagartixa estava todo roxo e o Julian deu a ele o primeiro prêmio. Uma luz espocou de repente, e só então percebemos que ele, o Julian, tinha fotografado nossas bundas peladas. (Aposto que essa foto vai aparecer em alguma revista de fofoca quando eu ficar rico e famoso.)

Depois do banho (e da foto), fomos para a chamada no gramado. Todo mundo olhava como se a gente fosse celebridade (exceto o Pike e o Devries, que estavam ocupados demais tentando espetar Roger, o gato, com uma garrafa de Coca-Cola quebrada.)

12h No quadro de avisos: *AUDIÇÕES PARA* OLIVER. Abaixo vinha uma lista de dez nomes, entre os quais o meu. As audições são amanhã, às três da tarde.

Durante o jantar, o Guv passou pela minha mesa e disse que queria trocar uma palavrinha comigo. Saímos do refeitório, atravessamos as arcadas e tomamos o caminho que levava aos campos. O Sol estava se pondo, e o azul pálido do céu era cortado por riscos em tons de rosa e laranja. Depois de andarmos em silêncio por algum tempo, o Guv acendeu o cachimbo e disse: "Não lhe dei um livro ontem." Por causa de toda aquela confusão depois do mergulho, acabei esquecendo. "Estou achando você distraído e pouco à vontade." Falei sobre a surra, e ele deu um risinho.

Dobramos uma curva e devagarzinho fomos contornando o campo de críquete. À luz do crepúsculo, ele ficava bem diferente, um pouco solitário. "Johnny, você precisa saber que este é, sem sombra de dúvida, o melhor livro que um ser humano já escreveu. Na minha opinião, esta obra é a prova cabal de que Deus existe. E, acredite, quem está dizendo isso é um fervoroso ateu!" Ele abriu a mochila e dela retirou o livro mais gordo que já vi na vida.

Quase tive um troço. É claro que o Guv não ia me dar a Bíblia para ler. (Não tenho nada contra a Bíblia, mas não gostaria de ter de ler a Bíblia inteira.) A capa do livro era verde-clarinho, com uma grande águia sobrevoando uma montanha coberta de neve. "Cuide muito bem deste livro, Milton. Ganhei dos meus pais quando fiz 21 anos." O Guv deu um tapinha nas minhas costas e foi embora, em meio à fumaça do cachimbo. À luz fraquinha do entardecer, corri meus dedos cautelosamente pelas páginas. O livro se chamava *O senhor dos anéis.*

Quarta-feira, 2 de março

Gavin, o monitor que mora debaixo da escada, jogou uma carta no meu colo enquanto eu tentava encontrar o livro de matemática. Não reconheci a letra no envelope, e cheguei a achar que tinha sido um engano (até então eu nunca tinha recebido uma carta na escola). Abri bem devagarzinho, tentando não rasgar o envelope. Uma letra bonita e caprichosa escorria pelo papel de carta pêssego clarinho. Meus olhos imediatamente pularam para a última linha, onde estava escrito:

Carinhosamente, Debbie.

Acho que quase desmaiei. Meu coração retumbava feito um gigantesco bongô. Rapidamente joguei os livros na mochila e disparei escada acima, rumo à tranquilidade do dormitório vazio. Abri a carta e comecei a ler.

Querido Johnny,

Desculpa não ter escrito antes, mas as coisas têm andado meio corridas com a nossa mudança. Meu quarto novo é muito maior do que o outro, e agora tenho uma linda vista do mar. A escola é a mesma chatice de sempre (a não ser pelas aulas de arte e história).

Achei bem legal aquela noite na sua casa, e volta e meia eu me lembro de você. Quando você vai visitar seus pais de novo? Acho que a gente podia nadar juntos outra vez.

Tudo de bom pra você.

Carinhosamente,
Debbie

P.S.: Já ouviu o último disco do INXS? (É ótimo.)
P.P.S.: Meu novo endereço é
4 Strathmore Avenue
Durban North
4051

O sinal tocou indicando o fim do recreio. Dobrei a carta, guardei-a com todo o cuidado no bolso de trás da calça e corri para a aula de africânder, mais orgulhoso e feliz do que nunca.

15h Com toda pompa, o Viking anunciou que nós dez estávamos sendo cogitados para o papel principal em *Oliver*. Depois mandou que a gente fizesse uma fila do lado de fora da sala de música. (Eu ainda estava com a carta da Sereia no bolso — devo ter lido mais ou menos umas trinta vezes em quatro horas.) Eu era o penúltimo da fila, e a notícia que chegou até mim foi a de que a gente teria de cantar uma música chamada "Consider Yourself". É uma daquelas músicas que a gente conhece e nem sabe direito como foi que aprendeu.

Li minha carta uma última vez antes de entrar na sala. É impressionante o que a garota mais linda do mundo pode fazer pela gente. Uma hora a gente está se sentindo menor que um anão esmagado, e dali a pouco já é o rei da montanha.

O Viking me cumprimentou formalmente. "Muito bem, Milton", falou. "Chegou entre os dez finalistas." Coçando a barba, ele me examinou cuidadosamente. "Gostei muito da sua última audição. Meio apagado na expressão facial, mas a voz foi sensacional. 'Consider Yourself' provavelmente é a música mais conhecida de todo o repertório da peça. É uma canção alegre, cheia de vitalidade, e pela primeira vez na peça, vislumbramos uma vida melhor para Oliver."

Decidi ser o mais expressivo que podia, e me joguei na canção como um louco. Depois do primeiro verso, o Viking mandou que eu parasse e falou que eu estava parecendo um retardado.

Ao todo, fez que eu repetisse a canção cinco vezes, e a cada tentativa, pedia que eu acrescentasse alguma coisa nova ou parasse de fazer outra que eu tinha acrescentado da última vez. Por fim ele se deu por satisfeito e, antes de me dispensar da sala, mandou que eu ficasse de olho no quadro de avisos. Voltei para o dormitório, percorrendo o caminho de sempre, e pela primeira vez achei que tinha uma chance real de ganhar o papel de Oliver. Enquanto saltitava pelo caminho feito uma fada, quase atropelei o Devries, que estava indo para a enfermaria trocar o curativo da boca.

No fim das contas, um dia perfeito na vida de John Milton, vulgo Cotoco.

Quinta-feira, 3 de março

Minha maré de sorte continuou quando o garoto que senta ao meu lado na aula de inglês (Geoff Lawson) me convidou para visitar a fazenda dos pais dele no domingo. Prometeu que ia me levar para pescar. Agradeci o convite, e a gente combinou de se encontrar nos portões da escola pontualmente às sete horas. (Ele falou que a fazenda fica a mais ou menos uma hora de caminhada da escola.)

22h Nosso dormitório foi violentamente atacado por um bando de invasores do segundo ano, todos armados com travesseiros. A gente estava se divertindo até que um cara do segundo ano chamado Michael Jack levantou o travesseiro para atacar o Lagartixa e acabou acertando as lâmpadas de neon. As lâmpadas se soltaram dos soquetes e explodiram ao despencar no escaninho abaixo delas. O Barril e eu continuamos a massacrar um segundanista chamado Carruthers, que tentava entrar no escaninho do Vern para se proteger da saraivada de travesseiros. (Ao primeiro sinal de confusão, o gato Roger guinchou apavorado e se escafedeu janela afora.) Dali a pouco percebi que a guerra tinha sido interrompida e que todo mundo encarava a figura pavorosa de um garoto todo ensanguentado, que nos olhava de volta em silêncio. Se não fosse pelo pijama de ursinho, eu jamais teria imaginado que a vítima mais uma vez era o pobre Lagartixa, que lembrava um ET com um tubo de vidro espetado na cabeça!

Nunca vi o Luthuli tão branco, e enquanto o Gavin, o monitor que mora debaixo da escada, carregava o Lagartixa para a enfermaria, os caras do segundo ano que tinham começado a guerra de travesseiros levavam a maior esculhambada do nosso monitor-chefe. O peito e as costas do Simon estavam roxos. Aparentemente o Pike entrou na guerra com um travesseiro recheado de chuteiras de rúgbi. Luthuli mandou que o Vern, o Barril e eu limpássemos o sangue do Lagartixa.

Sexta-feira, 4 de março

Durante a assembleia, o Minhoca recebeu uma medalha por seu desempenho no críquete. Fiquei muito orgulhoso quando meu monitor subiu ao palco e apertou a mão do Marimba.

22h30 Reunião sobre Macarthur: as velas foram acesas, todo o dormitório se reuniu (menos o Lagartixa, que ainda estava na enfermaria retirando da cabeça a lâmpada espetada). O Barril respirou fundo três vezes e só então começou:

"Todo mundo aqui sabe que o Macarthur cometeu suicídio." Depois de uma breve pausa, ele desdobrou a fotocópia de um artigo de jornal e começou a ler, falando baixinho, numa voz intensa:

"*Daily News*, 6 de dezembro de 1944. O professor Miles Macarthur foi encontrado enforcado na capela da escola no domingo. A hipótese de assassinato foi descartada. Fontes revelam que Macarthur, um professor de inglês, vinha sofrendo o estresse de um divórcio recente e da participação do filho único nos conflitos na África do Norte." O Barril dobrou o papel e guardou-o novamente no bolso. Depois parou e ficou olhando para a chama de uma vela. Fiquei sem saber se a grande novidade era só aquilo mesmo ou se ainda tinha alguma coisa por vir. O Barril parecia perdido numa espécie de transe esquisito.

A atmosfera de filme de terror finalmente foi interrompida quando o Simon disse: "Então a gente sabe que foi suicídio mesmo. O cara ficou deprimido porque levou um pé na bunda da mulher e o filho foi para a guerra. Caso encerrado."

"Não é bem assim", retrucou o Barril, falando como aqueles detetives dos seriados de TV de antigamente. "Algumas perguntas ainda precisam ser respondidas. Por exemplo: o que aconteceu com o filho dele? Por que ele se enforcou logo na capela? Por que escolheu uma morte assim, tão pública? Não, não, senhores, tenho a impressão de que a gente só desvendou a pontinha desse iceberg."

"Concordo", disse o Rambo. "Essa história ainda vai feder. Cara, isso é muito sério! A gente pode acabar explodindo esta escola, sabia?"

O Barril apagou as velas e, no breu do dormitório, falando feito um fantasma, sussurrou: "Senhores, não vou parar até desvendar esse mistério. Estou investigando diversas pistas, e devo ter mais notícias na semana que vem." Depois deu uma escarrada nojenta e voltou para o cubículo dele.

Sábado, 5 de março

O jogo contra o Howard College de Pietermaritzburg não aconteceu. O Guv disse que o motivo oficial foi que o ônibus deles quebrou — embora ele ache que na verdade eles fugiram de medo! Depois de fazer um discurso emocionado sobre o medo, a covardia e as gaivotas de Brighton, disse que vai organizar uma partida no meio da semana para manter o time em movimento. Felizmente, meus pais ficaram em casa no fim de semana. (Mamãe organizou uma venda de tortas na igreja e papai precisou trocar o óleo do carro.)

Peguei *O senhor dos anéis* e fui para o campo assistir ao jogo do time principal. Minhoca derrubou três casinhas e rebateu com impressionante precisão. O campo do time principal é lindo, cercado de árvores, e com um enorme placar mostrando os nomes dos jogadores. Eles usam magníficos bonés listrados de vermelho e branco e camisas com nome do patrocinador.

O senhor dos anéis é um livro fascinante. Fala sobre criaturas chamadas hobbits, que vivem num lugar chamado Shire. No primeiro capítulo, um hobbit de nome Bilbo Bolseiro dá uma grande festa para comemorar seu centésimo décimo primeiro aniversário (111 anos) e desaparece dramaticamente em sua própria festa. Já foram quarenta páginas, só faltam 1.002.

Escrevi 12 cartas para a Sereia. Ainda não sei qual delas mandar.

20h O filme de sábado à noite foi *Dias de trovão*, com Tom Cruise. Tudo ia bem até que um grande trovão provocou um corte de energia. Uma gritaria tomou conta da escola quando tudo ficou escuro. Rogers Halibut trouxe um pequeno gerador que fazia muito barulho e pouca claridade. O filme foi cancelado e nós fomos mandados para a cama.

Domingo, 6 de março

7h Encontrei o Geoff Lawson nos portões da escola, e juntos fomos caminhando pela estrada. Geoff parecia preocupado, aflito, olhando desconfiado para todos os carros que passavam. Depois de uns dez minutos de caminhada, ele me puxou para fora da rodovia e me conduziu por uma estradinha de terra que levava a uma casa de fazenda na colina. Dali a pouco, uma caminhonete branca caindo aos pedaços veio descendo a mil por hora pela estrada e parou do nosso lado. Geoff pulou na carroceria, e eu pulei atrás dele. Um homem negro de uniforme branco saltou da boleia e nos cobriu com um pedaço de lona. A caminhonete fez uma manobra rápida e voltou pela mesma estradinha. O Geoff explicou que aquilo que a gente estava fazendo era altamente ilegal, mas que era muito melhor do que andar 10 quilômetros até a fazenda dele. O homem negro que foi nos buscar era o caseiro deles, cujo nome inglês era Joseph. (Geralmente os africanos têm um nome inglês porque os brancos não conseguem pronunciar os nomes zulus.)

Depois de uns vinte minutos a caminhonete parou, e quando Joseph puxou a lona, fui presenteado com uma visão extraordinária, inimaginável. Eu estava diante de uma mansão daquelas que a gente só vê nos filmes de Hollywood. Uma enorme casa branca com teto de colmo, cercada de plátanos e carvalhos. Tudo era perfeito, e a fazenda (se é que a gente pode chamar aquilo de fazenda) era bem parecida com a imagem que eu sempre fiz do céu.

"O café está na mesa, sr. Geoff", disse Joseph com um sorriso gentil, e depois nos levou para dentro da casa. A sala de jantar era maior que a nossa sala, cozinha e sala de jantar juntas, e a gente encheu a pança com ovos, bacon, tomate, torradas e geleia de figo.

Geoff e eu passamos o dia remando um barquinho na represa, pescando, rindo e falando besteira. Geoff conseguiu fisgar uma pequena truta arco-íris, mas eu só pesquei um galho de árvore e a corda da âncora. A gente conversou sobre a escola, sobre as aulas de inglês e sobre a vida nos nossos respectivos dormitórios. Ele ficou bastante interessado nas coisas que andavam acontecendo na nossa ala, especialmente na verdade sobre a conversão do Barril e na saga do sumiço do Vern. Falou que a ala dele é bem chata, e que as pessoas andavam chamando a turma do nosso dormitório de os "Oito Loucos". Segundo ele, todo mundo, inclusive alguns professores, acha que a gente tem vários parafusos a menos. Talvez eles tenham razão.

Geoff contou ainda que os pais dele moram em Johannesburgo, mas também têm casas em Montreal e Londres, e que raramente vêm à fazenda, a não ser para visitá-lo. Por um instante ele pareceu triste, mas então mudou logo de assunto.

Ele ficou muito impressionado quando soube que eu estava lendo O *senhor dos anéis*. Falou que já tinha retirado o livro uma vez na biblioteca, mas que tinha ficado com medo de abri-lo.

17h O Joseph deixou a gente no mesmo lugar da estradinha de terra e se despediu com um aceno de mão. Cansados, satisfeitos e empanturrados de comida boa, atravessamos os portões da escola e seguimos pela Pilgrim's Walk rumo aos imponentes prédios de tijolos vermelhos à nossa frente.

Segunda-feira, 7 de março

Ainda agonizando por causa da Sereia. Já devo ter rabiscado umas vinte cartas para ela, mas não gostei de nenhuma. Se não colocar nada no correio até amanhã, ela vai achar que não estou interessado. Estou doido para vê-la de novo, nem que seja numa fotografia. Passei a noite inteira escrevendo a vigésima primeira carta em três dias.

Querida Sereia,

Penso em você o tempo todo. Eu te amo tanto que você ocupa cada momento da minha vida, desde a hora que eu acordo até quando vou dormir. Quero ver você, ficar olhando para você, beijar você (e, se eu não fosse um cotoco, faria muito mais). Tive a impressão de ter visto você semana passada enquanto jogava críquete, e virei uma pilha de nervos. Li sua carta 124 vezes e vasculhei cada linha à procura de significados escondidos, de alguma pista sobre o que você sente por mim. Vai ser horrível se você não me amar.

De todo coração,
Johnny

P.S.: Confesso que sonhei com você pelada com meio cassetete entre as pernas. Desculpe.

Depois de ler rapidamente, decidi que a carta estava talvez honesta demais, e optei por uma abordagem menos radical. Além disso, não posso chamar a garota de Sereia assim, logo de cara. Ela vai achar que sou infantil ou doido!

Querida Debbie,

Obrigado por sua carta. Foi bom ter notícias suas outra vez. Eu me diverti bastante naquela noite na piscina, e espero que possamos repetir a experiência. A escola é ótima, e tenho me saído muito bem. Gosto das aulas de teatro, de história e especialmente das de inglês (principalmente porque o professor é doido de pedra). Fora isso, estou concorrendo a um papel em *Oliver* numa montagem aqui da escola e já passei pelas primeiras baterias de teste.

Tudo de bom para você.
Espero vê-la de novo nos feriados.

Um abraço,
Johnny

P.S.: Escreva logo.

Depois de reler todas as vinte e duas versões da carta, acabei decidindo colocar essa última no correio de manhã.

Terça-feira, 8 de março

Mandei a carta. Minhas mãos tremiam quando empurrei o envelope para dentro da caixa. Depois fiquei na dúvida se devia ter escrito ou não, e quando tentei fisgar a carta de volta, levei uma bronca do porta-voz da escola, Marshall Martin, que achou que eu estava tentando roubar alguma coisa. Falei que só queria conferir se tinha colocado o selo. Ele olhou torto para mim e mandou que eu caísse fora.

Quando será que vou receber uma resposta? O Costelinha me viu falando sozinho e olhou para mim de um jeito estranho com seu olho vesgo. Depois balançou a cabeça e seguiu em frente. Acho que ele me considera um caso perdido.

O Crispo destrambelhou de vez. Chamou o Esponja na frente da sala para demonstrar uma estratégia de interrogatório nazista. Fez o que pôde para parecer mau, mas seu péssimo sotaque alemão fez com que todo mundo risse. Até o Esponja soltou uma risadinha diante da interpretação canastrona do velhinho. Mas a risada do Esponja se transformou num grito hesitante quando o Crispo buscou um aparelho de aspecto perigoso, que ele chamou de Máquina de Salsicha. Ligou a engenhoca na tomada e depois mandou o Esponja baixar as calças para que ele pudesse prender os eletrodos velhos e enferrujados nos testículos dele. Um silêncio de pavor percorreu a sala quando percebemos que o velho maníaco não estava brincando.

Felizmente, farejando o perigo, o Esponja pensou rápido e se levantou para informar ao Crispo que o sinal já tinha batido e que a aula havia terminado. O velhinho olhou para o relógio e balançou a cabeça, confuso.

O Guv cancelou nosso almoço por causa de uma reunião de professores. Passei a tarde com o Cachorro Doido, tentando acertar uns passarinhos com o estilingue dele.

Mais uma vez deixei os cadernos de lado e passei as noturnas lendo *O senhor dos anéis*. Esse livro ainda vai acabar com a minha bolsa de estudos.

Quarta-feira, 9 de março

21h45 O Barril acendeu as velas e assobiou para si mesmo — um sinal inconfundível de que ia haver uma reunião sobre Macarthur. Nós nos amontoamos em torno do escaninho dele e esperamos por outra peça do quebra-cabeça. Depois das respirações pesadas e dos longos silêncios de costume, o Barril pediu ao Vern que fosse buscar a lanterna, e o Vern obedeceu alegremente, parecendo feliz por desempenhar um papel tão importante na reunião.

Com todo cuidado, o Barril abriu um grande envelope marrom e de lá tirou uma velha fotografia em preto e branco (e amarelo). Segurou-a contra o peito e encarou a gente, sério. Então ele colocou a foto cuidadosamente sobre a cama e mandou a gente dar uma espiada. Um de cada vez, examinamos a foto enquanto o Vern segurava a lanterna com a mão trêmula. A foto era de um grupo grande de homens muito sérios que olhavam para o nada, quase todos com gigantescos bigodes que lembravam o guidom de uma bicicleta. Os homens variavam de rapazes de vinte e poucos até um senhor que devia ter uns 100 anos. Depois que examinamos a foto, o Barril limpou a garganta e disse: "Senhores, esta é a foto oficial do corpo docente de 1944. Se vocês olharem para o segundo homem da esquerda para a direita na última fila, estarão encarando Macarthur."

Houve uma luta louca pela fotografia, e o Rambo rosnou para o Simon antes de dar a primeira olhada. Finalmente tive minha chance, e pude contemplar a imagem de um homem de meia-idade, com cabelo preto e um farto bigodão. Ele parecia sério, mas nem um pouco deprimido. Tentei imaginar a cara dele pendurado lá no alto da capela, a língua para fora, os olhos revirados e o pescoço quebrado. Aparentemente todo mundo estava pensando na mesma coisa, já que ninguém dava um pio no cubículo. Até o Roger parecia em estado de transe.

"O rosto do falecido", repetiu o Barril para enfatizar. "Mas tem mais." Ele estava adorando ser o centro das atenções, e claro que ia tentar espichar o suspense tanto quanto possível. "Senhores, há mais coisas nesta foto do que apenas Macarthur. Esta imagem nos dá a pista que talvez nos leve à solução de todo esse mistério. Portanto, peço aos senhores que deem mais uma olhada." O Barril falava de um jeito extremamente formal durante essas reuniões, mas por algum motivo parecia natural que eles nos chamasse de "senhores" e tagarelasse como se tivesse o dobro da nossa idade.

Mais uma vez a fotografia passou de mão em mão. Muita gente só resmungou e balançou a cabeça. Mas de uma hora para outra o Cachorro Doido deu um pulo e um grito e apontou para a foto com sua unha encardida.

"Já sei! É óbvio! Saca só este sujeito aqui!" De novo ele espetou a foto com o indicador. "Este aqui, estão vendo?" Todo mundo se juntou em torno dele, e alguém mandou o Vern parar de tremer e firmar o foco da lanterna. "Este camarada aqui é a chave do mistério." O Cachorro falou triunfante; ele também estava adorando os holofotes. "Olha só, ele não está olhando para a câmera, está olhando para Macarthur, como se estivesse curioso, como se suspeitasse de alguma coisa. Esse cara sabia que alguma coisa estava para acontecer e estava olhando para o Macarthur em vez de olhar para a câmera."

Na verdade, a teoria do Cachorro Doido demandava certa imaginação. O homem em questão parecia estar olhando para o chão, e não para Macarthur e, num exame mais apurado, até podia ser vesgo, já que o olho direito não apontava exatamente para o mesmo lugar que o esquerdo. Mas o Cachorro fincou o pé, e só quando o Barril falou que a foto havia sido tirada oito meses antes do suicídio foi que ele deu o braço a torcer.

Depois de destruir a teoria do Cachorro Doido, o Barril recolheu a fotografia e mais uma vez a levantou para que todos vissem. Em seguida, falando bem devagar, disse: "O homem capaz de resolver o mistério está na segunda fila de cima para baixo. É o quarto da esquerda para a direita."

Pela décima vez a gente olhou a tal fotografia. O homem era um dos professores mais jovens, não aparentava mais que 30 anos, e tinha cabelos louros e olhos castanhos grandes. Sorria simpaticamente para a câmera e por algum estranho motivo parecia familiar. O Esponja falou que pensava já ter visto aquele rosto antes, e os outros falaram que ele tinha pirado, que o tal professor não parecia com ninguém; na opinião do Cachorro Doido, ele parecia um boiola.

"Senhores", disse o Barril, solene, "esse homem é ninguém menos do que John Riley Crispo, nosso professor de história". A gente levou um baita susto, e o burburinho logo se formou: todo mundo queria dar mais uma espiada na fotografia. O Barril estava certo. Era o Crispo mesmo: o rosto tinha mudado, os cabelos agora estavam brancos e os olhos cheios de rugas, mas o sorriso era o mesmo. Algo nele permanecia igual.

"Parece incrível", continuou o Barril, "mas este aí é o Crispo, recém--chegado da África do Norte com um ferimento de guerra no ombro". Ele arregalou os olhos e acrescentou: "É Crispo quem pode abrir essa caixa de Pandora!"

"Quem é Pandora?", perguntou o Cachorro Doido, franzindo as sobrancelhas.

"Sua mãe", respondeu o Rambo sem pestanejar. E antes que fosse interrompido por outras perguntas estúpidas, o Barril foi logo dizendo: "Portanto, minha sugestão é a seguinte: um de nós vai ter de se aproximar do Crispo e tentar arrancar a verdade dele. E eu sugiro que essa pessoa seja o Cotoco!"

"Por quê?", perguntei com uma voz aguda. Ao meu redor, todo mundo parecia concordar com a escolha.

"Porque", respondeu o Barril, "você é o melhor da turma, ele gosta de você, e você é o único garoto que ele não acha que é alemão".

De repente todo mundo estava olhando para mim. O Barril sacudia a cabeça lentamente, como se estivesse me encorajando a responder. O Esponja exibia um risinho de sarcasmo, como se esperasse que eu agisse feito um covarde; já o Rambo quase torcia para que eu amarelasse, só para despejar um monte de desaforo em cima de mim.

"Tudo bem", falei num rompante de coragem. "Deixem o Crispo por minha conta." Depois de mandar que eu fizesse um relatório na quarta-feira seguinte, o Barril encerrou a reunião, peidou e apagou as velas. O grupo (assim como o ar fresco) se dissipou. Seguiu-se um longo silêncio, e logo fiquei com a impressão de que era o único que estava acordado. Adormeci ouvindo o barulho da água na fonte da escola e planejando minha estratégia de ataque ao formidável coronel Crispo.

Quinta-feira, 9 de março

17h45 O Rambo me contou que um garoto do Pré-universitário 2, chamado Greg Anderson, tem uma irmã que era campeã de atletismo pela África do Sul. Ele disse que ela é a recordista africana nos 100 metros rasos. Falou que o cara adorava conversar sobre o assunto e que eu devia ir lá perguntar para ele em quanto tempo a garota corria os 100 metros. Achei a ideia um tanto bizarra, mas na esperança de fazer um amigo novo, me aproximei do grandalhão, que lia um jornal na sala comunitária. Ele sorriu quando o cumprimentei e perguntou como eu estava. Depois perguntei em quanto tempo a irmã dele corria os 100 metros. Ele me encarou perplexo e de repente ficou com os olhos cheios d'água. Virou o rosto, enxugou as lágrimas na camisa e balançou a cabeça, triste. De um segundo a outro, o jornal que ele lia caiu no chão e eu me vi suspenso no ar e arremessado contra a parede. O ar escapou dos meus pulmões como se eles fossem dois balões furados. Mal conseguindo respirar, deparei-me com o rosto enfurecido de um animal selvagem.

Gavin, o monitor que mora debaixo da escada, largou o *didgeridoo* que vinha tocando e tentou acalmar o Anderson, que mandou ele ficar de fora. Gavin simplesmente deu de ombros e voltou ao instrumento. O Anderson ficou me encarando durante um tempo e depois, com a voz embargada, disse: "Minha irmã perdeu as pernas num acidente de carro no ano passado, seu filho da mãe!" Com isso ele me largou e saiu da sala pisando forte e batendo a porta. O primeiro rosto que vi foi o do Pike, que balançava a cabeça e sorria com malícia. "Você acaba de virar o pior inimigo de um jogador de rúgbi do time principal da escola. Você está ferrado. No seu lugar, eu arrumava as malas agora mesmo e dava o fora antes de ser morto." Ainda sem respirar direito, saí me arrastando da sala e dei de cara com o Rambo, rolando de rir nas arcadas. Tentei soltar os cachorros em cima dele, mas ele apenas riu e foi se afastando com o Esponja rumo ao refeitório.

Nunca me senti tão mal em toda a vida: triste, envergonhado, com saudades de casa. Voltei para o dormitório e comecei a arrumar minhas coisas para ir embora.

Sexta-feira, 10 de março

6h30 Depois de uma noite maldormida, decidi enfrentar o capeta de frente e pedir desculpas ao Greg Anderson. Também decidi arrumar minhas coisas de volta no escaninho e partir para a briga, se fosse necessário.

7h30 O Anderson recusou minhas desculpas. Falou que estava zangado demais para falar comigo e que nunca mais queria me ver pela frente. Saí do dormitório dele com o coração partido. Mas, em vez de ficar chorando as mágoas, resolvi ser proativo e confrontar o Rambo durante o café da manhã. Infelizmente, ele apenas riu e disse que estava brincando, que qualquer pessoa um pouquinho menos burra teria percebido isso. Depois do café, redigi um bilhete de desculpas e deixei sob a porta do Anderson.

Mamãe ligou contando que papai tinha atropelado um dos cachorros dos vizinhos e agora tentava a todo custo convencer os coitados de luto de que tudo não havia passado de um acidente, que ele não tinha tentado assassinar bicho nenhum. Mamãe falou que a coisa tinha sido feia e que depois da colisão a perua tinha começado a fazer um barulho esquisito; e que por causa disso era bem provável que eles não viessem me visitar amanhã. Ela perguntou se eu estava bem. Menti e disse que estava ótimo. Ao que parece, o dia não foi nada bom para a família Milton.

Sábado, 11 de março

Ainda nenhuma palavra de Greg Anderson. Sei que ele ficou muito ofendido. Como se isso não bastasse, no jogo de hoje contra a St. Julius, fiz três faltas e não marquei nenhum ponto quando fui rebater. Por sorte, estávamos perto de um empate quando, lá pelas três da tarde, começou a cair uma chuva fininha e uma neblina. O Simon e o Cachorro Doido lutavam bravamente no rebate até que o Guv parou o jogo e mandou que todo mundo saísse de campo, alegando que não enxergava um palmo diante do nariz. O técnico adversário não ficou nem um pouco satisfeito ao ver o jogo interrompido por causa de uma chuvinha à toa, mas o Guv o tomou pelo braço e foi com ele para a sala dos professores, afogar as mágoas. Na certa as mágoas eram muitas, porque os garotos da St. Julius assistiram a um filme inteirinho com a gente (*Wall Street*) e só foram embora às dez da noite.

Ainda estou me sentindo culpado por causa daquela história com o Anderson, que desde então me fulmina com o olhar toda vez que me vê.

Resolvi que na missa de amanhã vou fazer uma prece especial para ele e por sua pobre irmã.

Domingo, 12 de março

9h O sermão do Reverendo Bispo foi como um soco no meu estômago! Falava sobre humilhação e sobre usar palavras duras com as pessoas. O Reverendo disse que a gente não devia abrir a porta para Satanás; depois, com um movimento busco da mão, derrubou um vaso de rosas, que se espatifou no chão próximo ao púlpito. Ele olhou para os cacos e berrou: "Vade-retro, Satanás! Saia da casa de Deus!" Parecia tão furioso que ninguém riu, exceto o Pike, que rapidamente fingiu que estava limpando a garganta. O Reverendo esbravejou por mais uma meia hora, e então deu um belo gole no vinho da taça da comunhão e ofereceu um pouquinho para o Marimba, que também parecia estar com sede.

Geoff me convidou para ir à fazenda dele outra vez. Fiquei tentado a aceitar, mas estava tão deprimido que menti e falei que tinha de estudar.

Passei a tarde de porteira aberta lendo, mas nem mesmo o melhor livro de todos os tempos foi capaz de me animar.

Senti uma urgência desesperada de telefonar para a Sereia, mas amarelei no último minuto.

18h30 Ri pela primeira vez neste fim de semana enquanto assistia a um programa na National Geographic sobre os babuínos. Um macho grandalhão, com um saco enorme, batia no próprio peito tentando meter medo nos outros quando o Emberton gritou: "Ei, olha lá o Marimba!" Todo mundo caiu na gargalhada, especialmente quando o babuíno tentou acasalar com uma apavorada babuína bem menor que ele, de bumbum cor-de-rosa.

Eu estava sozinho no banco diante da nossa ala quando um vulto enorme se sentou do meu lado. Meu coração deu um pulo de medo quando percebi que era o Greg Anderson e que na certa tinha vindo buscar vingança.

"Cotoco", ele disse calmamente. "Preciso te falar uma coisa." Meu coração parou. Com certeza ele iria falar sobre a dor e a angústia que estava sentindo, ou pior ainda, contar todos os detalhes do acidente da irmã. Ele me encarou por alguns segundos que pareceram uma eternidade. Eu pude ver nos olhos dele o horror que era ter uma irmã mutilada. Se também tivesse uma irmã mutilada, acho que ia querer protegê-la e ajudá-la o tempo todo. Ele se inclinou para a frente e disse:

"Não tenho irmã alguma."

Com isso ele se levantou e sumiu no interior do prédio. Fiquei sem palavras. Primeiro senti o maior alívio que alguém pode sentir no mundo, e depois morri de raiva. Meu fim de semana inteiro tinha sido arruinado por causa de uma brincadeira estúpida. Eu estava prestes a matar alguém (uma ideia perigosa para um calouro baixinho como eu). Por sorte, o primeiro que eu vi foi o gato Roger, e então o persegui até o jardim do Costelinha, gritando enlouquecidamente (acho que estou cada vez mais parecido com o papai). Quase atropelei o Reverendo Bispo, que saía de uma sessão de oração na cripta. Contrariado, ele resmungou alguma coisa e seguiu em frente. Pensando em retrospecto, ainda bem que o Vern não estava por perto: era bem possível que ele surtasse e me fincasse uma tesoura quando me visse atormentando o Roger.

Esta noite deve ser lembrada pela quebra do recorde de peido mais longo. (Simon cronometrou a façanha do Barril: 28,6 segundos de peido.) O Barril falou que vai tentar quebrar o próprio recorde da próxima vez que tiver feijão com molho de tomate no jantar.

Segunda-feira, 13 de março

A arapuca já está armada. Fui falar com o Crispo depois da aula de história. Ele contava freneticamente as tachinhas de uma caixa e ergueu a mão para que eu não o interrompesse. Depois de contar todas as tachinhas da caixa, ele fechou a tampa ruidosamente e esmurrou a mesa. "Fabricado na Alemanha, e veja só... estão faltando duas!", esbravejou. "Também, o que é que se pode esperar de alemães?" Balancei a cabeça como se estivesse diante de uma grande tragédia e resolvi não lembrá-lo de que mais ou menos no meio da aula ele havia usado duas tachinhas para pregar um mapa da Grã-Bretanha na parede.

Perguntei se podia bater um papo sobre a Guerra. Seus olhinhos brilharam de felicidade, e ele imediatamente me convidou para o chá da tarde. Aceitei educadamente e corri para a aula de matemática, planejando meu ataque vespertino.

O almoço com o Guv foi ótimo. Conversamos durante horas sobre o primeiro livro de *O senhor dos anéis*. Ele fez uma excelente interpretação do Gandalf, e juntos relemos a passagem em que os hobbits fogem dos Cavaleiros Negros. Quando o Guv abriu a segunda garrafa de vinho tinto, começou a falar sem parar (sobretudo a respeito do que estava por vir nos capítulos seguintes). A certa altura ele parou e me encarou. "Johnno", disse, enrolando ligeiramente a língua, "se pudermos confiar no que tenho ouvido por aí, muito em breve você fará sua estreia como ator." Senti uma corrente elétrica percorrer o corpo inteiro. Implorei por mais detalhes, mas o Guv se negou a dizer qualquer outra coisa, mudando rapidamente de assunto, preferindo falar sobre meu lamentável desempenho no último jogo de críquete. Expliquei que naquele sábado eu estava muito preocupado por causa da brincadeira estúpida com a irmã imaginária e mutilada do Anderson. O Guv soltou uma gargalhada e aplaudiu alegremente. Disse que tinha sido vítima da mesma brincadeira 35 anos antes. Só que eles tinham deixado ele sofrer por um mês inteiro antes de contar a verdade! Difícil imaginar o Guv como aluno (e monitor-chefe). A impressão que tenho é a de que ele nunca se encaixaria — talvez as coisas fossem diferentes naquela época.

15h15 Fui obrigado a interromper o Guv no meio de uma arrebatada interpretação de todos os sonetos de Shakespeare quando percebi que já estava quinze minutos atrasado para o chá com o Crispo. Saí em disparada e por fim cheguei a uma casa antiga coberta de hera e cercada de arbustos espessos. Lá estava nosso professor de história, sentado numa cadeira de balanço na ampla varanda.

15h17 "Se estivesse no exército, jovem Milton, você seria executado por deserção." Ele abriu um sorriso de sarcasmo e emendou: "Claro. Dezessete minutos é mais ou menos o tempo que alguns países aguentaram antes de abrir a boca feito um bando de covardes chorões. Mas vamos deixar esses malditos italianos para depois, hã?"

"Desculpe o atraso, senhor, mas é que..." O Crispo me interrompeu com um grunhido e um gesto de sua mão esquelética. A empregada dele, Gloria, apareceu com uma bandeja de chá e biscoitos e me cumprimentou com um sorriso simpático.

"Adorável garota, essa Gloria", disse o Crispo assim que ela saiu. "Cuida de mim desde que minha Sybil se foi. Veja só os lindos copos-de-leite que ela plantou. Depois de certa idade, Milton, são as pequenas coisas que nos deixam felizes." Pela primeira vez notei um enorme canteiro de flores brancas, cada uma com um espeto amarelo no meio. O Crispo tinha razão: só de olhar para essas flores a gente fica feliz.

"Pois bem", ele disse de repente, cuspindo um jato de farelos de biscoito sobre o casaco, "o que é que você quer saber exatamente, e por onde devo começar?" Antes que eu pudesse dizer qualquer coisa, ele se lançou na Guerra, começando pela ascensão de Hitler no início da década de 1930. A tarde foi escorregando enquanto a gente bebia chá e comia biscoitos, e eu ia me perdendo num distante e terrível mundo. De vez em quando eu tentava fazer uma pergunta, ou exclamava alguma coisa, surpreso de verdade ou fingindo, mas aquele era o "show do Crispo", e parar o velhote seria tão difícil quanto parar o Barril diante de uma loja de doces.

A tarde virou noite. Faltava pouco para o jantar e para as noturnas, e eu não estava nem perto de introduzir o assunto do professor Macarthur. (Na verdade, depois de quase três horas de conversa, ainda estávamos na primavera de 1941!) A contragosto, pedi licença para ir embora, mas o Crispo se recusou a me deixar partir. "Quem é o inspetor-chefe da sua ala?", ele perguntou.

"O Costel... o sr. Wilson", eu disse. O Crispo chamou a Gloria, e ela trouxe o telefone. Ele discou para o Costelinha e informou que eu passaria a noite na casa dele, estudando. E assim foi. A Gloria trouxe um cobertor e cobriu as pernas do patrão a fim de manter o frio do outono longe dos ossos dele, e lá fomos nós, para o sombrio ano de 1942.

Depois de me esbaldar com o segundo rosbife do dia, a gente passou para o conforto da lareira, na sala de estar. O cômodo estava coberto de mapas, diagramas e lembranças da Guerra. Finalmente, aproveitando um momento de confusão sobre a data de início da invasão russa, puxei o assunto de volta para a escola. Crispo ficou feliz da vida quando mencionei a foto do corpo docente de 1944. "Ah, sim, 1944. Naquela época eu carregava meia tonelada de munição no ombro. Espantoso... Eu tinha 32 anos, e ainda estou por aqui." Seguiu-se um longo silêncio enquanto os anos iam se passando na memória do velhinho. Era agora ou nunca.

"Senhor, o que foi que aconteceu com o professor Macarthur?"

Por um momento, o rosto de Crispo pareceu confuso, como se ele estivesse à procura de algo, então de repente seus olhos pareceram mais escuros diante da luz do fogo.

"Trata-se de uma lembrança enterrada no passado, meu jovem Milton. Por que está perguntando isso?" Então foi a minha vez de ficar assustado. Gaguejei alguma coisa, mas mais uma vez o Crispo não esperou que eu respondesse. "Era um homem bom. Um homem... complexo. Um bom amigo. Costumávamos conversar — o filho dele também estava servindo na guerra." Mais um longo silêncio se seguiu, o Crispo ficou olhando para o fogo, aparentemente perdido nos próprios pensamentos.

"Por que ele cometeu suicídio?" Preferi ir direto na jugular (com perdão da piada). Crispo me encarou com um olhar estranhamente inquisidor. "Suicídio?", perguntou. "Foi isso que você disse, Milton? Eu... Eu... bem..." Então ele ficou mudo. Será que ia dizer que a morte do Macarthur não tinha sido por suicídio? Teria sido um acidente, ou um assassinato? Meu coração estava disparado: lá estava eu, Milton, vulgo Cotoco, prestes a resolver o mistério de Macarthur.

Foi então que o Crispo falou: "Eu não o vi morrer, felizmente. Quando tudo aconteceu, eu já havia voltado para a África do Norte. Sempre me lembrarei dele como um homem vigoroso e altivo. Um homem bom." Outro longo silêncio. Eu queria pressioná-lo para obter mais detalhes, mas não sabia como. À luz do fogo, seu rosto de repente pareceu cansado, exaurido. Nesse momento eu me lembrei do que Bilbo Bolseiro fala para Gandalf em *O senhor dos anéis*, na passagem que eu o Guv tínhamos lido mais cedo. O velho hobbit fala para o mago: "Estou cansado, Gandalf. Sinto-me esticado como manteiga que foi espalhada num pedaço de pão muito grande."

De repente o Crispo voltou a falar, porém numa voz baixa, monocórdia. "Dizem que o fantasma dele ainda ronda a escola. Alguns alegam tê-lo visto na capela, bem como nos prédios mais antigos. Como seu dormitório, Milton. Uma alma penada à procura de descanso... ou talvez de um ponto final... quem há de saber? Quanto a mim, nunca acreditei nessas coisas..."

Ficamos olhando para o fogo juntos, um velhote cheio de histórias e lembranças e um garoto com histórias ainda por conquistar. Depois de um tempo ele se virou para mim e disse: "Ouvi dizer que o chamam de Cotoco." Fiz que sim com a cabeça, sentindo o sangue ferver nas bochechas. Então ele sorriu e disse: "Também era assim que me chamavam. Custei a desabrochar." Olhei para o Crispo e tentei imaginá-lo como um pré-adolescente. Impossível. Ele era velho demais.

Seguiu-se mais um longo período de silêncio, e depois o Crispo falou de novo. Dessa vez nem sequer despregou os olhos das labaredas douradas que crepitavam na lareira; falou com uma voz estranhamente distante, uma voz que costumava ser dele mas que já havia desaparecido há muito tempo. "Lembre-se, menino: Deus nos deu o maior presente de todos. Não estou falando do amor, nem da saúde, nem da beleza, tampouco da vida. Estou falando do poder de escolha. É esse o maior presente que Deus nos deu."

Ele me encarou por um instante e depois voltou a atenção para o fogo. O relógio de pêndulo repicou mais uma vez. Caramba, onze horas da noite! Pulei da cadeira e agradeci ao Crispo pela hospitalidade. O velhote, que parecia perdido no fogo, simplesmente sacudiu a cabeça e nem sequer olhou para mim. Eu já estava na porta quando ele chamou: "Volte mais vezes, meu amigo! Ainda tenho muitas coisas para contar!" Agradeci de novo e fui embora, deixando-o sozinho com o fogo. A noite estava escura, e de repente me vi correndo de volta para o dormitório, olhos e ouvidos bem abertos, com medo de Macarthur!

Terça-feira, 14 de março

8h Passei ao Barril um relatório completo da minha conversa noturna com o Crispo. Ele falou que eu tinha de revelar minhas descobertas para o resto da turma amanhã à noite, no dormitório.

12h No quadro de avisos:

AUDIÇÕES PARA OLIVER. *Smith, Winter e Milton, por favor compareçam à sala de música às 17h.*

Uhu! Agora somos apenas três, quem será que vai levar?

Passei o dia deslumbrado. Toda hora eu me pegava pensando num jeito de matar o Winter e o Smith e ficar com o papel principal.

17h Os três adversários se encontraram do lado de fora da sala de música. O tal de Smith era um garoto mais ou menos alto, com uma cara prepotente e um jeito afetado. Falou que os testes não passavam de uma farsa, uma vez que o Viking já tinha prometido a ele o papel de Oliver. Era inacreditavelmente arrogante para um calouro. (Tenho certeza de que uma única noite no nosso dormitório bastaria para apagar aquele sorrisinho marrento da boca dele.) Já o Winter era pequenininho e frágil, e muito parecido com uma garota. Tinha cabelos louros, olhos azuis e uma cara bem oliveresca. Com meus cabelos escuros e olhos cor de azeitona, devo confessar que tive sérias dúvidas quanto às minhas chances.

O Viking nos conduziu até a sala da banda, e como sempre lá estava a srta. Roberts, sentada ao piano, que nos presenteou com um sorriso amável e assoou o nariz, por causa da alergia, num lenço rosa.

"Pois bem, senhores, como vocês podem ver, chegamos à reta final. Não vou torturar vocês. Um dos três ficará com o papel de Oliver. Mas a pergunta de um milhão de dólares é: *qual* dos três?" O Smith deu um risinho e passou os dedos pela vasta cabeleira loura. Eu já estava começando a odiar o garoto. O Winter parecia nervoso e arregalava os olhos como dois pires; o que o fazia parecer ainda mais perfeito para o papel. Só Deus sabe como eu estava, mas minha boca estava seca, e eu suava.

Durante uma hora cantamos sem parar. Às vezes cantávamos todos juntos, e outras vezes, em dupla ou sozinhos. Cantamos todo tipo de música e experimentamos diferentes vozes. O Viking também mandou que a gente recitasse poesia e lesse um monólogo. Logo ficou evidente que a voz do Winter não era lá muito boa, mas a aparência era perfeita. O Smith tinha muita segurança e coragem, mas sua voz era apenas mediana. Eu tinha uma voz boa, mas nem de longe tinha cara de Oliver.

A caminho do refeitório, o Smith ficou tirando a maior onda, falando das coisas que já tinha feito como ator, e disse até que já havia feito um comercial para a televisão, anunciando uma marca de margarina diet da qual o Winter e eu nunca tínhamos ouvido falar. Mais uma vez ele garantiu que o papel já era dele, e que o Winter e eu estávamos disputando apenas a vaga de substituto. Quando estávamos quase chegando ao refeitório, um garoto alto e magro, que parecia ter uns 23 anos, veio correndo, chutou a bunda do Smith e mandou que ele arrumasse seu quarto. A mudança no jeito do Smith foi inacreditável. A valentia acabou na mesma hora, e ele saiu correndo feito um cordeirinho para limpar o quarto do monitor. Puxa, difícil não gostar dessa vida!

Quarta-feira, 15 de março

21h O Lagartixa, com a cabeça toda enfaixada de gaze branca, fez mais um triunfal retorno de sua segunda casa, a enfermaria. Todo mundo aplaudiu quando ele entrou no quarto, e o Lagartixa respondeu com uma ginga do corpo, como se quisesse desviar da lâmpada que estava em cima dele, só para mostrar que não tinha perdido o senso de humor.

O Barril permitiu que eu acendesse as velas em seu cubículo, e, feito robôs pré-programados, seis garotos e um gato irromperam na penumbra para ouvir o relatório da minha visita ao Crispo. Contei aos Oito Loucos como o chá da tarde virou jantar, e depois virou uma longa conversa noturna. Dava para ouvir um alfinete caindo quando falei que o Crispo não achava que a morte do professor Macarthur tinha sido suicídio. Começou então a maior discussão, e o Cachorro Doido insistiu na sua teoria de que Macarthur tinha sido brutalmente assassinado. O Lagartixa (que também sempre apostou no assassinato) sacudiu a cabeça em sinal de apoio. À luz das velas, ele parecia um astronauta com aquela cabeça enfaixada.

Como qualquer bom contador de histórias, deixei a parte do fantasma para o final. Vi até o Rambo ficar de queixo caído quando falei que o fantasma do Macarthur perambulava pelos prédios da velha escola e gostava de passear na capela e no nosso dormitório (que no passado fazia parte da capela). O Vern ficou apavorado. Talvez fosse a luz das velas, mas tive a impressão de que o Roger estava com o pelo todo eriçado, parecendo um porco-espinho. O Esponja deu um risinho e falou que fantasmas não existiam. O Barril, que até então tinha ficado mudo, por fim limpou a garganta. E novamente todo mundo se calou para receber suas palavras de grande sabedoria.

"É verdade. Há registros de centenas de aparições desse fantasma nesta escola. O apelido dele é Mango, mas até então eu nem desconfiava que podia ser o fantasma do Macarthur!" Notei o Simon olhando desconfiado ao seu redor, como se o fantasma pudesse ter entrado sorrateiramente no cubículo durante a nossa reunião. E de repente o Roger se escafedeu pela janela, dando um susto em todo mundo. O Barril deu uma mordida num torrone enorme e continuou.

"Sugiro que cada um de nós tente descobrir alguma coisa sobre esse fantasma. Conversem com os monitores, ou com os professores, se puderem. O Cotoco vai falar de novo com o Crispo e tentar arrancar mais coisas dele. A gente tem de desvendar esse mistério antes das férias!"

Depois que o Barril apagou as velas e a gente se misturou à escuridão, fui tomado por uma grande sensação de alívio. Em nove dias chegam as férias da Páscoa. Três semanas em casa. O paraíso.

Sonhei que estava nadando com a Sereia num mar azul com praias de areia branca e enormes palmeiras. Mesmo dormindo, eu podia sentir que estava sorrindo, às vezes até rindo, mas só pela manhã constatei que tinha babado no travesseiro.

Quinta-feira, 16 de março

Recebi um telefonema urgente do papai, que parecia exultante. Ele disse que havia estourado uma guerra entre o CNA e o Partido da Liberdade Inkatha (PLI). Ele acha que não vai ter problema nenhum enquanto os negros estiverem matando uns aos outros, e não aos brancos. Ele decidiu desmontar a barricada lá de casa e doar todo o estoque de comida enlatada para o Exército da Salvação. Outra notícia boa era que nossos vizinhos não podiam processar o papai já que não havia ninguém para testemunhar que ele tinha assassinado o cachorro deles, e então seria a palavra do papai contra a do cachorro defunto. Ao que parece, foi o papai quem latiu por último.

Ele também contou que seu irmão, o tio Aubrey, convidou a gente para passar uma semana durante as férias na fazenda dele na Namíbia, mas tudo depende da mamãe, que talvez insista em levar a Wombat na viagem.

Durante o recreio, o Julian veio correndo para o meu lado e disse: "Ora, ora, ora. Olha quem está apaixonado!" Ele jogou um envelope vermelho no meu colo. Eu imediatamente reconheci a letra da Sereia e corri para o dormitório para ler a carta. O lugar estava deserto, a não ser pelo Roger, que dormia sob um facho de sol na minha cama. Ele pareceu bastante irritado com minha chegada, e arreganhou os dentes para mim.

Querido Johnny,

Obrigada por sua carta. Foi ótimo ter notícias suas. Estava preocupada, achando que você não fosse responder. Fico feliz de saber que as coisas vão bem na escola, aposto que você vai ter um monte de histórias para contar quando a gente se encontrar. Quando você vem para casa? O tempo está esfriando, e se você demorar muito, a temporada de natação já vai ter terminado.

Minha amiga Liezl e eu começamos a fazer aulas de balé moderno. Um dia ainda vou ser uma dançarina e cantora tão famosa quanto a Madonna. A escola está chata, como sempre, e estou contando os dias para as férias. O que você pretende fazer?

Não sei se já te contei, mas os meus pais estão se divorciando. Eles brigam o tempo todo. Papai saiu de casa e o Bruce e eu só vemos ele no fim de semana. Fico muito triste com tudo isso e ainda tenho a esperança de que eles vão se acertar e o papai vai voltar para casa. A gente só percebe quanto é bom ter uma família normal depois que a gente perde a nossa.

Agora preciso ir. Tenho de fazer o dever de matemática (argh) e dar comida para o Brutus (nosso bóxer).

Saudades.
Carinhosamente,
Debs

Cuidadosamente dobrei a carta depois de lê-la pela quinta vez e, inchado de orgulho, saí do dormitório.

Sexta-feira, 17 de março

Quatro cuecas minhas sumiram. A lavanderia fala que não perdeu nenhuma. (Ficar só com duas cuecas vai me obrigar a perder muito tempo com as lavagens, ou vou ter uma semana bem pouco higiênica até as férias.) Pensei em contar o problema para alguém, mas depois amarelei: talvez acabasse pondo alguém em apuros e levando uma tacada na cabeça feito o verme do Scrawley.

14h10 Enquanto limpava os tênis de críquete do Minhoca, dei um jeito de falar sobre o Macarthur durante a nossa conversa. O Minhoca disse que achava que a história do enforcamento na capela era mentira e ficou ligeiramente surpreso (o Minhoca nunca fica completamente surpreso) quando revelei algumas das descobertas do Barril. Tomei o cuidado de parecer vago, porque o Barril já tinha alertado a gente para não dar bandeira demais. O Minhoca já conhecia o fantasma apelidado de Mango; contou que Brett Harvey, o primeiro rebatedor do time principal, tinha visto ele rondando a ala Woodall no meio da noite.

Pouco antes das noturnas, o Rambo chamou a gente e falou que hoje era aniversário do Esponja. O malandrinho não tinha contado para ninguém porque estava com medo de levar trote (uma das tradições da escola é infernizar o aniversariante tanto quanto for possível). Depois das noturnas, o Rambo e o Cachorro Doido pularam em cima do Esponja e derrubaram ele no chão. Eu e os outros pegamos um braço e uma perna cada um (eu fiquei com a perna esquerda) e fomos arrastando o infeliz, que não parava de gritar, na direção do banheiro. Foi nojento. Carregamos ele até uma das cabines de privada, e o Rambo afogou a cabeça do Esponja no vaso, enquanto o Cachorro puxou a descarga. O Esponja engasgou e esperneou violentamente, mas a gente era muito mais forte. Uma vez libertado, ele vomitou e desabou no chão do banheiro, quase botando para fora o estômago de 14 anos recém-completados. Todo mundo que estava por perto se virou para rir. Fiquei morrendo de pena do Esponja, além de um tanto culpado por causa da minha participação na história toda. Então corri para o dormitório, peguei a toalha e algumas roupas do Esponja e voltei para o banheiro. Os curiosos já tinham ido embora, e o Esponja estava choramingando num banco próximo aos chuveiros. Entreguei as coisas dele, e pensei em consolá-lo, mas fiquei com vergonha: só dei um tapinha nas costas dele e fui embora.

Subi as escadas correndo para consultar o calendário e fiquei apavorado ao constatar que meu aniversário (20 de abril) vai cair num dia de semana. Tremi só de pensar no terrível destino que me espera.

Sábado, 18 de março

9h30 Foi a maior agitação no vestiário antes da partida de hoje contra uma escola inglesa (a St. Edmunds de Surrey), que está excursionando pela África do Sul. O Guv ficou botando a maior pilha na gente com o discurso da batalha de Azincourt, que começa assim: "Se nosso destino é morrer, tanto melhor para o país que sejamos poucos; se é viver, por poucos que somos, maior será nosso quinhão de glória..." Ele ficou tagarelando mais de uma hora sobre o orgulho nacional, sobre a necessidade de destruir os canalhas imperialistas.

Infelizmente os canalhas imperialistas não ofereceram muita resistência e ficaram apavorados com o desempenho insano do Cachorro Doido. Nosso brilhante arremessador lançou uma bola de 3 metros da área, e bem na direção do Abbot, que desviou o corpo um milésimo de segundo antes de ser decapitado. O Cachorro Doido conseguiu acertar todas as bolas, e acabar com os canalhas imperialistas, que só conseguiram marcar 66 pontos. Quanto a mim, derrubei a última casinha na minha primeira bola, então não tive a oportunidade de saber se minha forma voltou ou não. Mas isso nem tem importância, já que esse foi o último jogo da temporada.

Simon completou as corridas necessárias na metade do tempo normal, e não demorou muito para que os canalhas imperialistas tomassem seu ônibus e desaparecessem. (Agora sei como os zulus devem ter se sentido depois da batalha de Isandlhwana.) O Guv organizou um churrasco de comemoração em frente ao vestiário. O pessoal da cozinha trouxe um tambor enorme, carvão e várias bandejas com carne, salada, pão e refrigerante. Todo mundo se cumprimentava por termos chegado invictos ao fim da temporada. O Guv deu a cada jogador um prêmio que ele foi inventando ali na hora. O Simon recebeu o prêmio de melhor jogador da temporada; o Cachorro Doido, o de cachorro mais doido da temporada; eu, o de filho da mãe sortudo da temporada. Steven George ganhou o troféu Costelinha, e o sr. Moodley ganhou o prêmio do maior número de arbitragens duvidosas (o sr. Moodley não estava presente). No fim da tarde a gente já estava cantando junto e festejando no melhor espírito de equipe. O Guv, que com certeza tinha calibrado o refrigerante dele com alguma birita, foi mijar no campo e depois berrou: "Missão cumprida mais uma vez! Travesseiros, aqui vou eu!" E lá foi ele, trocando as pernas de volta para casa.

20h O filme de sábado à noite se chama *A escolha de Sofia*, que todo mundo achou chato. A certa altura, talvez para dar uma animada na noite, o Pike foi para a frente da sala, fez um bundalelê para todo mundo e, como isso não bastasse, escarrou na tela. O Luthuli imediatamente pegou o controle remoto e deu um soca-dedo nele. Quando a bagunça e a gritaria pararam, ninguém sabia mais o que estava acontecendo na história, e a noite terminou num festival de brigas, discussões e brincadeiras de mau gosto. Fomos mandados para a cama depois que o Emberton deu um soco no nariz de Devries durante uma queda de braço.

Domingo, 19 de março

Um dia de perfeito descanso. Eu, Tolkien e meu bloco de anotações. Escrevi oito cartas diferentes para a Sereia. Aqui está a obra-prima escolhida:

Querida Debbie,

Faltam cinco dias para as férias. (As escolas particulares têm uma semana a mais de folga.) As coisas têm sido bastante agitadas por aqui, com muitos pontos altos e baixos. Nosso time de críquete terminou a temporada sem nenhuma derrota, e a gente fez uma grande festa ontem. Fora isso, a disputa pelo papel de Oliver se reduziu a três pessoas (um dos adversários já fez comercial de TV, então não estou muito animado). Meu dormitório está agitado por causa da história de um suicídio/assassinato que aconteceu aqui na escola há 46 anos, mas eu te conto tudo quando a gente se encontrar.

Sinto muito pelos seus pais. Quanto aos meus, não tenho lá muita certeza de que eles sejam normais, mas entendi o que você quis dizer. E então, você vai viajar nas férias? Papai quer que a gente faça uma visita ao meu tio Aubrey na Namíbia.

Até breve.
Carinhosamente,
Johnny.

P.S.: Sonhei com você ontem à noite.

Acho que consegui encaixar um pouco de tudo: novidades, suspense, interesse pelos problemas dela, paixão. Já estou ansioso pelo próximo fim de semana. Quero me encontrar com a Sereia, mas estou com medo de telefonar para ela. (Na verdade, estou apavorado.)

Segunda-feira, 20 de março

Sei que é difícil de acreditar, mas o Vern e o Lagartixa estão com sérios problemas. Ambos foram chamados na sala do Marimba e receberam seis chibatadas cada um por terem invadido o laboratório de biologia. Um segurança os pegou entrando por uma janela semiaberta no meio da noite. Como eles ainda estavam entrando, não foram acusados de roubo, apenas de invasão; caso contrário, é bem provável que fossem expulsos. A surra aconteceu durante a nossa aula de geografia, então não sei dizer se o Lagartixa chorou ou vomitou.

Assim que as luzes se apagaram, o dormitório inteiro se juntou no nosso cubículo, meu e do Vern, para ouvir a história do Lagartixa. Desde que o Vern se ofereceu para apanhar com a gente daquela vez e, agora, depois dessa última estripulia, a popularidade dele foi lá para as alturas, e o apelido de Rain Man foi definitivamente descartado. O Lagartixa estava adorando seus quinze minutos de fama: fez tanto suspense e exagerou tanto na história que até o Rambo e o Barril ficaram impressionados e pediram que ele contasse tudo de novo, o que o Lagartixa fez com todo o prazer.

Falou que eles tinham invadido o laboratório de biologia para roubar alguns dos ratinhos do sr. Cartwright e dar de comida ao Roger. Ambos mostraram os roxos no traseiro e, sem economizar nos detalhes, contaram como tinha sido o encontro com o Marimba. Nossa reunião foi interrompida quando o Julian e o Bert chegaram para fazer uma "inspeção de bunda". Depois de tirar uma série de fotos, o Bert mandou todo mundo para a cama, apagou as luzes e acertou um tapão na bunda do Julian, que deu um berro estridente. Só então os dois foram embora, gargalhando.

Antes de nos separarmos, todos nós apertamos a mão do Vern e do Lagartixa. O Rambo os parabenizou pela coragem e pela total desconsideração pelas regras da escola. Os dois ficaram lá, sorrindo feito idiotas, orgulhosíssimos do que tinham feito. Antes de apagar a lanterna, o Vern apertou a pata do Roger e disse que ele era um gato corajoso. O gato ronronou, coçou a orelha e lambeu o saco.

Terça-feira, 21 de março

Passei a tarde contando quantos segundos faltavam para as férias na calculadora do Simon. A tarefa se revelou impossível, já que o tempo não para de correr. Só aqui nesta escola é que ele dá a impressão de que está parado.

Quarta-feira, 22 de março

7h20 Vestidos com nossos melhores uniformes, lá fomos nós, os Oito Loucos, pelas arcadas do prédio. Passamos pela cripta, seguimos pelo caminho de cascalho e enfim chegamos ao portão da casa do Marimba. O Rambo parou um pouquinho sob o limoeiro e piscou para a gente.

Vamos tomar o café da manhã com o Glockenshpeel (uma tradição desde os primórdios da escola). O Luthuli tinha dado instruções claras para a gente se comportar como cavalheiros e honrar o nome da nossa ala. O Barril já tinha passado pelo refeitório para fazer uma boquinha: não queria dar vexame na casa do diretor.

A mulher do Marimba (uma senhora gorda com uma verruga no queixo) recebeu a gente na porta e nos convidou para entrar na enorme mansão do diretor. Entramos numa sala grande e muito bonita, com as paredes revestidas de madeira. À cabeceira da mesa estava o Marimba lendo o *Financial Times*. Ele levantou os olhos e disse: "Ah, enfim os Oito Loucos." O Simon riu educadamente, e, nervosos, nós nos acomodamos em torno da mesa. O Vern e o Lagartixa se afundaram na cadeira de tanta vergonha. Depois nos examinou com um olhar duro e então sorriu de modo ameaçador: "Infelizmente já tive a oportunidade de conhecer alguns de vocês em circunstâncias bem distintas." O Lagartixa tentou limpar a garganta para disfarçar o nervosismo, mas quase engasgou. Rezei para que ele não vomitasse; definitivamente não era hora nem lugar para isso.

O diretor mandou que cada um de nós se apresentasse. Quando fiquei de pé e falei meu nome, ele levantou uma sobrancelha e disse: "Então *você* é o Milton?" Olhou para mim como se estivesse desapontado com alguma coisa, e depois passou pro Esponja.

Por milagre, o café da manhã transcorreu sem nenhum problema: o Barril não repetiu a comida, o Lagartixa não vomitou, o Vern não arrancou nenhum tufo de cabelo, o Rambo foi gentil, o Cachorro Doido foi educado, o Esponja tinha tomado banho, o Simon estava apresentável como sempre, e eu estava eu mesmo. O Marimba não era tão assustador quanto eu tinha imaginado que fosse, e para falar a verdade, até demonstrou certo senso de humor. O P. J. Luthuli estava esperando na porta do dormitório, nervoso, e pareceu aliviado quando a gente garantiu que nada tinha dado errado. Ele deu um soco no ar e bufou um longo suspiro de alívio. Dava a impressão de que o chefe da nossa ala estava preocupado com esse café da manhã havia semanas.

O Barril cancelou a reunião do Macarthur porque não estava se sentindo bem. Ele teve uma tremenda diarreia e acha que foi por causa da comida do Marimba.

Quinta-feira 23 de março

A Eva pediu que o Rambo ficasse depois da aula para ensaiar uma cena que eles vão apresentar para o restante da turma em algum momento do trimestre que vem. Ao que parece, o Rambo agora é oficialmente o queridinho da professora. O Esponja acha que aí tem alguma armação.

11h Até que enfim uma notícia boa! Todo mundo se juntou em torno do quadro de avisos para ler o recado.

O veterano J. G. Cole (1982-1985) foi agraciado com uma bolsa de estudos na Universidade de Oxford, e começará a estudar egiptologia em setembro. De acordo com as tradições da escola, hoje teremos aula apenas em meio período. Não haverá aulas após as onze da manhã.

Um grande jogo de rúgbi de confraternização foi organizado na mesma hora. Cinquenta garotos desceram correndo para o campo, todo mundo feliz da vida, e durante duas horas a gente ficou jogando sobre um tapete macio de folhas laranja e marrom.

Só mais algumas horas para a liberdade!

Sexta-feira, 24 de março

Acordei muito antes de o sinal tocar. Meu pesado baú já estava pronto dentro do escaninho. Malas e sacolas se espalhavam por todo canto no dormitório. Para passar o tempo, fiquei encarando o Roger; o gato logo desviou o olhar e bateu com a cabeça no escaninho do Vern. Enfim ouvi os passos de alguém correndo no quadrado. Segundos depois a sirene tocou, e a escola inteira acordou.

8h Animados pela alegria do outono, todos os alunos se dirigiram à assembleia final. Risos e gargalhadas eram ouvidos por todo lado. Até o Marimba parecia excepcionalmente feliz. Na certa estava aliviado com as três semanas de paz e sossego que estavam por vir. Depois de vários avisos, lembrou que mesmo durante as férias nós éramos embaixadores da escola e que deveríamos nos comportar da melhor maneira possível.

Em seguida abriu uma folha de papel e disse: "Como todos já devem saber, neste ano vamos realizar uma grande montagem teatral, *Oliver*, em colaboração com outra escola, a St. Catherine's. (Alguns assobios, e uma careta do Marimba.) O sr. Richardson, que dirigirá a montagem, realizou uma intensa bateria de testes ao longo das últimas seis semanas. O elenco já está pronto, e os papéis principais caberão aos seguintes alunos: o papel de Fagin será interpretado pelo sr. Edly." (O Guv vai fazer o Fagin! Minhas mãos já estão suando.) "Nancy será interpretada pela sra. Wilson." (Então a

Eva vai ser a Nancy. Meu estômago deu um salto-mortal.) "Bill Sykes será interpretado por este que vos fala." (O Marimba ia interpretar o psicopata Sykes... isso é que é estereotipar! Fiquei com uma vontade incontrolável de mijar.) "Jack Dawkins será interpretado por Lloyd Croswell." (Muitos aplausos e assobios. Por que será que meu coração está batendo na nuca?) "Por último, mas não menos importante, o papel-título de Oliver será interpretado por ninguém menos que... John Milton!" (Aplausos, alguém me dá uma cotovelada nas costelas, muitas mãos em cima de mim, e tudo ficou... ficou... em câmera lenta.)

De repente fui cercado de alunos e professores, e me encontrava do lado de fora, ao sol, apertando as mãos das pessoas e recebendo tapinhas nas costas. Dali a pouco eu estava na aula de matemática, os olhos grudados no livro em cima da carteira. Depois na de história, e o Crispo estava chorando e fazendo discursos e apertando nossas mãos. Depois eu estava arrastando meu baú para o depósito de bagagens. Depois eu estava me despedindo dos Oito Loucos, e o Minhoca estava lá também. Depois eu estava no ônibus e o Barril não parava de falar no Macarthur e eu não ouvia nada do que ele estava dizendo, só ouvia aplausos, uma gigantesca e interminável salva de palmas. Agora eu estava abraçando mamãe e as lágrimas rolavam nas minhas bochechas e eu estava fungando e o papai estava chorando e procurando pelo lenço no bolso das calças. Enfim eu estava em casa, de novo uma criancinha de 4 anos de idade, nem um dia a mais.

Sábado, 25 de março

Acordei com uma terrível dor de cabeça, ressaca da festança de ontem à noite. Papai esqueceu que só tenho 13 anos e ficou me dando copos de gim-tônica.

12h30 Ainda nenhum sinal dos meus pais. É bem possível que eles tenham morrido de tanto beber.

Tenho a vaga lembrança de, no meio da bebedeira, ter telefonado para a Sereia, mas desliguei quando um homem atendeu.

Minha extraordinária onda de sorte continuou a se manifestar quando mamãe (depois de finalmente acordar), contou que tinha convidado a Marge e a Sereia para uma reuniãozinha hoje à noite. Falou que a Marge estava passando por um período difícil por causa do divórcio e que a Sereia gostava muito de nadar (senão não seria sereia). Com um sorriso malicioso, mamãe perguntou se eu me importava de fazer sala para a menina durante a noite. Fiz o que pude para não dar bandeira, mas obviamente não consegui, porque mamãe caiu na gargalhada, bateu palmas e saiu para renovar o gelo de seu drink matinal. Fiz a única coisa que um adolescente descolado pode fazer numa situação dessas: dei meia-volta, cambaleei até o banheiro e vomitei tudo que eu tinha comido no café da manhã. (Acho que o Lagartixa teria ficado impressionado com o meu desempenho.)

Papai fundou um serviço de vigilância comunitária na vizinhança. Ele e seus companheiros ficam rodando pelas ruas na nossa perua à procura de criminosos. Papai sempre leva uma arma, mas até agora não atirou em ninguém.

18h Assim que papai saiu usando seu uniforme de exército camuflado, o rosto pintado de preto com graxa de sapato, mamãe e eu começamos a preparar a casa para receber as visitas. Ainda bem que elas só vêm de noitinha, pois assim a Sereia não vai notar que a nossa piscina virou uma sopa de ervilhas.

19h15 Depois de alguns minutos de pastelão (tentei apertar a mão da Sereia ao mesmo tempo que ela tentou me dar um abraço, e só o que consegui foi acertar o peito esquerdo dela), saímos para a piscina. A Sereia estava diferente dessa vez, sei lá, menos... sereiosa. Parecia triste, talvez até com um pouquinho de medo de mim. Mas ainda estava tão bonita quanto nos meus sonhos. A conversa fiada foi deixando a gente mais relaxado, e dali a pouco já estávamos sentados nos degraus da piscina trocando histórias e rindo feito duas hienas.

Ela adorou as histórias sobre o Guv e sobre o Cachorro Doido e pediu que eu contasse todos os detalhes sobre as audições. Falou que um dia eu ainda seria um astro do cinema e que a gente iria junto à festa do Oscar e atravessaria de mãos dadas o tapete vermelho com os flashes dos repórteres espocando na nossa cara. Antes que eu me desse conta, ela tinha entrelaçado os dedos nos meus e agora estava olhando direto nos meus olhos. Era agora ou nunca.

Fiquei com medo. Entrei em pânico e pulei de volta na piscina. Lá no fundo da água fria e esverdeada, soltei um berro de agonia — eu tinha acabado de arruinar a chance de dar meu primeiro beijo de verdade!

Domingo, 26 de março

O mundo veio abaixo quando mamãe casualmente informou ao papai que a Wombat ia com a gente na expedição para a Namíbia, prevista para a próxima terça-feira. Meu pai ficou louco de raiva e entrou na perua, bateu a porta e saiu cantando pneus pela rua. Eu me escondi no meu quarto, lendo *O senhor dos anéis* para não ter de participar daquele festival de hostilidades.

Papai voltou para casa no meio da noite, e pude ouvir quando mamãe mandou que ele fosse dormir no sofá da sala. Também ouvi quando ele tropeçou e derrubou a mesinha do telefone enquanto passava. Bem-vindo de volta à normalidade.

Segunda-feira, 27 de março

Papai está convencido de que a Innocence voltou a administrar um bordel na nossa casa. Mais ou menos a cada meia hora, um homem negro aparece na nossa porta carregando um pacote, some no quarto dela e reaparece uns vinte minutos depois. Mamãe morre de medo da Innocence, porque ela vive ameaçando processar a gente.

Paguei o maior mico quando fui acompanhar mamãe numa loja de roupas de baixo. Ela berrou meu nome a plenos pulmões (todos na loja puderam ouvir), sacudiu no ar uma cueca com estampa de oncinha e depois caiu na gargalhada, se dobrando de tanto rir. Fingi que não era comigo, mas ela continuou a berrar, cada vez mais alto, e então decidi não piorar as coisas, e engoli a vergonha. Por fim saí da loja carregando algumas cuecas normais, brancas e azuis, e corri na direção do carro.

Ainda não sei se a gente vai viajar amanhã ou não. Mamãe e papai ainda não estão falando um com o outro, mas vi papai consertando a perua, o que é um bom sinal.

Telefonei para a Sereia, e graças a Deus foi ela quem atendeu. Conversamos por quase uma hora (embora eu não faça a mínima ideia sobre o que a gente falou). Disse a ela que a gente poderia ir ao cinema assim que eu voltasse de viagem.

Terça-feira, 28 de março

6h Meus pais tiveram mais uma discussão cabeluda sobre a ida da Wombat em nossa viagem de férias. Papai diz que a Wombat é uma velha gagá, e mamãe diz que Aubrey, o irmão do papai, é um bêbado e uma péssima influência para mim. Bela reunião de família, essa que nos esperava na Namíbia! Papai também está preocupado porque o país (que ele insiste em chamar vagamente de "Sudoeste") agora é governado pelos negros e está fadado ao caos.

6h45 Mais uma discussão, dessa vez por causa da quantidade de roupas que mamãe está levando. Duas malas, uma bolsa grande e uma frasqueira para passar uma semana numa fazenda no deserto da Namíbia. Papai mandou ela reduzir a bagagem pela metade.

Mamãe aparece de volta sem a bolsa grande, mas com uma sacola. Papai balança a cabeça, salta para dentro do carro, tenta em vão ligar o motor e depois manda que eu comece a empurrar. A banheira velha finalmente pega depois de um quilômetro rua abaixo. Papai bate palmas alegremente e exclama: "Infalível!" Mamãe e eu entramos na perua, suando e ofegando feito dois tuberculosos.

7h Wombat deu a maior bronca no papai por causa do atraso de dez minutos. Papai ficou furioso quando vê a bagagem da Wombat (três malas e uma sacola). Ele empilhou tudo no teto da perua sob o olhar vigilante da Wombat, que fica dizendo: "Tenha cuidado, Roy" ou "David, vai ajudar seu pai, porque ele é fraco do corpo e ruim da cabeça." Não vou escrever aqui o que papai resmungava de volta, mas posso assegurar que não era nada gentil.

7h15 Lá vamos nós. A aventura de Páscoa da família Milton começou!

13h08 Wombat não parou de falar um minuto desde que a gente saiu de Durban. Por causa da idade, ela conta a mesma história um milhão de vezes. Mamãe não deixa a gente interromper porque isso só deixa ela ainda mais nervosa e confusa. Aos sussurros, Wombat conta pela quarta vez que anda desconfiada de que o Buster Cracknell tem roubado os iogurtes dela. Acha que ele está usando a chave reserva para entrar no apartamento e depois se esbaldar na geladeira. Todo mundo fez que sim com a cabeça, e mamãe prometeu investigar o caso. (Pelo que parece, todas as manhãs Wombat telefona para a polícia para denunciar o ladrão, e eles, achando que é trote, agora estão ameaçando processá-la.)

Depois de passarmos por Belém (uma cidadezinha na província de Orange Free State, seguramente não o lugar onde nasceu Jesus), papai desandou a cantar uma ária de ópera assim que Wombat ameaçou contar a história do iogurte pela quinta vez. Ela falou que ele era um grosseirão e que devia fazer um esforço para ser mais agradável, assim como o David (eu?). Mamãe balançou a cabeça e fincou as unhas na perna do papai, que na mesma hora parou de cantar.

Depois de onze horas de puro suplício, finalmente chegamos ao Holiday Inn de Kimberley, na província de Cabo Setentrional. Wombat contou que o pai dela tinha feito uma enorme fortuna na mineração de diamantes na grande cratera da região. (Acontece que a mina de Kimberley tinha fechado em 1908, quando o pai dela devia ter uns 14 anos.) Mamãe lembrou a Wombat que o pai dela tinha sofrido um colapso e morrido depois de um ataque de espirros, e que ele trabalhava numa empresa de seguros. Ela então abriu um berreiro, dizendo que se lembrava da tragédia dos espirros como se fosse ontem.

Mais uma discussão familiar eclodiu quando a Wombat se recusou a dividir um quarto comigo. Falou que não queria que as pessoas pensassem que ela estava "fazendo indecências com um garoto de programa". Mamãe precisou lembrar-lhe que eu era seu neto, e tinha só 13 anos, mas vovó retrucou dizendo que dormir com um neto menor de idade também era de mau gosto e que tanto fazia que minhas bolas tivessem descido ou não: ela queria dormir sozinha e fim de papo. Senti as bochechas pegarem fogo, e controlei minha vontade de acertar a cabeça da vovó com o extintor de incêndio do hotel.

19h45 Desci para me encontrar com o papai no saguão e beber alguma coisa antes do jantar. Ele perguntou ao garçom se naquela hora havia algum lugar aberto onde ele pudesse comprar veneno de rato. O garçom falou que ia verificar na despensa do hotel. Em seguida, papai olhou bem fundo nos meus olhos e aconselhou que eu jamais fizesse a besteira de me casar; se isso não fosse possível, que pelo menos eu me casasse com uma órfã.

Mamãe apareceu em pânico, e disse que a Wombat tinha sumido. Papai deu vivas de alegria e pediu um uísque duplo para comemorar.

Vinte minutos depois, a Wombat foi encontrada na suíte de lua de mel assistindo à televisão na cama. Ela se recusou a sair quando um funcionário pediu que ela voltasse ao seu quarto, e chorou um rio de lágrimas quando o gerente apareceu e mandou que ela desocupasse a suíte. Depois de muito vasculhar a bolsa, ela tirou uma foto do finado marido e mostrou ao gerente, dizendo que eles tinham passado a lua de mel justamente naquela suíte. O gerente falou que o hotel tinha apenas cinco anos. Vovó fingiu que não ouviu e contou a ele a história do iogurte. O gerente logo percebeu que estava diante de um caso de hospício; resolveu arcar com o prejuízo e permitiu que ela ficasse na suíte sem nenhum custo adicional.

Papai tem certeza de que a Wombat finge que é doida para conseguir o que quer, e tentou convencer mamãe a deixá-la em Kimberley e buscá-la de novo quando estivéssemos voltando para casa. Meus pais então tiveram outra acalorada discussão na frente de todo mundo no restaurante. Pensei na escola e em como os outros garotos estavam aproveitando as férias. Com certeza estavam se divertindo mais que meus pais, Wombat e eu.

Quarta-feira, 29 de março

8h15 Papai não recebeu permissão para entrar na Namíbia porque o computador da fronteira está dizendo que ele tem antecedentes criminais. (Na verdade ele não tem — ainda —, mas está sob observação psicológica.) Depois de dirigir durante dois dias sob um sol escaldante, ouvindo não sei quantas repetições da saga do iogurte, papai ficou completamente louco e ameaçou pular da ponte com carro e tudo. Wombat, que não sabia nada sobre os problemas dele com a polícia, mandou mamãe pedir o divórcio imediatamente. Falou que sempre tinha desconfiado que ele era criminoso, e disse que ele tinha "sangue mestiço e os olhos juntos demais, iguais aos de macaco". Mamãe mandou Wombat calar a boca e entrar de volta no carro.

8h36 De uma hora para outra, a barreira da fronteira se abriu e um guarda sorridente mandou a gente passar. Papai voltou para o carro, comemorando, e gentilmente nos conduziu à Namíbia. Depois de um longo silêncio, ele disse: "Já que sou um criminoso, achei que não tinha nada demais agir feito criminoso e oferecer uma propinazinha." Wombat ficou horrorizada e disse que o Walter (meu falecido avô) devia estar se revirando no túmulo diante de um absurdo daqueles. Papai retrucou dizendo que absurdo maior era ficar 42 anos casado com ela. Felizmente Wombat não o ouviu.

Por fim chegamos à fazenda do tio Aubrey. Fomos recebidos no portão pelo tio Aubrey, a tia Peggy, um cachorro chamado Leão e uma ovelha de estimação (chamada Baa). Tio Aubrey e papai imediatamente se embolaram numa confusa troca de abraços, socos no peito e tapas nas costas. Mamãe e vovó ficaram no carro. Eu saí, abracei meus parentes. Leão deu um pulo e me derrubou. Como sempre, eles falaram que eu tinha crescido e estava cada vez mais parecido com o papai. Tio Aubrey também me deu uns socos de brincadeira, mas sem querer eu o acertei de verdade no estômago. Fiquei morrendo de culpa enquanto o papai e a tia Peggy tentavam reanimar o tio Aubrey, que estava curvado sobre a cerca. Só quando já estávamos dentro da casa foi que mamãe saltou do carro e cumprimentou meus tios. Tio Aubrey apertou a mão da mamãe, plantou-lhe um grande beijo na boca e deu um tapa em sua bunda. Mamãe ficou vermelha e logo tratou de fazer um comentário qualquer sobre as flores. Vovó se recusou a sair do carro enquanto o cachorro e a ovelha não fossem presos.

Depois de um demorado campeonato para ver quem bebia mais, papai e tio Aubrey se desafiaram numa acirrada queda de braço. Então a queda de braço deu lugar a uma brincadeira de tapas, que logo deu lugar a uma luta, que rapidamente virou boxe de mentira, que em seguida virou uma luta de boxe de verdade, que por fim desandou numa briga horrível. Papai deu um soco no nariz do tio Aubrey, e tio Aubrey empurrou papai contra o sofá, fazendo um abajur se espatifar no chão. Apaguei as luzes na tentativa de separar a briga, mas isso só piorou as coisas: papai deu de cara com uma porta de vidro e caiu durinho no chão. Mamãe entrou correndo na sala e gritou com os dois como se estivesse falando com duas crianças. Assim que papai voltou a si, ele e tio Aubrey apertaram as mãos, trocaram um abraço e foram dormir.

Sou capaz de jurar que ouvi hienas uivando e gargalhando no meio da noite. Só para me garantir, resolvi dormir com a cabeça enfiada debaixo do cobertor.

Quinta-feira, 30 de março

5h Tio Aubrey me acordou com um café bem forte e mandou que eu me preparasse para a "caçada". Suponho que tio Aubrey tenha sido uma espécie de Cachorro Doido na juventude.

Armado com uma espingarda, Tio Aubrey mandou que papai e eu entrássemos no carro, uma caminhonete Toyota bem lata-velha, e arrancou rumo ao mato. Na qualidade de irmão mais velho, tio Aubrey herdou a fazenda da família, que se esparrama por muitos quilômetros pela região semidesértica do sul da Namíbia. (Na qualidade de irmão mais novo, papai herdou as roupas velhas e a perua do vovô.) O hálito de álcool dos dois irmãos estava quase me matando, então resolvi encarar o ar frio da manhã e abri a janela. Tio Aubrey nos ofereceu um frasco de comprimidos para dor de cabeça. Papai tomou quatro.

Depois de uns cinco minutos, tio Aubrey freou bruscamente, saltou da caminhonete e atirou num antílope que pastava sob a copa de uma enorme acácia. Ele errou o alvo por muitos metros. Então andamos de carro uma eternidade sem ver bicho algum. Papai reclamou que a bunda dele estava formigando, e então a gente parou para se esticar. Tive então uma aula de tiro com meu tio, que me ensinou a mirar e falou que eu tinha de usar o ombro para absorver o coice da espingarda. Explodi um formigueiro logo na primeira tentativa. Tio Aubrey aplaudiu e falou que eu tinha muito potencial e que talvez já fosse um atirador muito melhor que o papai. Papai mordeu os lábios e deu um risinho esquisito e falso para o meu lado. Infelizmente não consegui ouvir nada do que tio Aubrey disse depois, porque o tiro da espingarda ainda ecoava nos meus ouvidos, e meu ombro parecia ter sido arrancado do resto do corpo!

Minutos depois avistamos um grande rebanho de antílopes. Papai se esgueirou para fora da caminhonete e, falando bem baixinho, mandou que a gente fosse atrás dele. Falou que daria uma demonstração de como um caçador de verdade faz para atirar num antílope.

Depois de nos conduzir ao longo de um amplo círculo, papai apontou para o rebanho e informou que estava indo contra o vento de modo que os animais não pudessem sentir o nosso cheiro. Quando comentei que não estava ventando, ele mandou que eu calasse a boca e me chamou de pirralho metido. Andando rente ao chão e espreitando através dos galhos secos das árvores, eu estava realmente me sentindo um caçador de verdade. Podia ouvir meu coração retumbando no peito. Papai assumiu a dianteira e começou a fazer sinais que nem o tio Aubrey nem eu éramos capazes de entender. Depois do que pareceu uma eternidade, a gente se agachou a uns 50 metros do rebanho. Papai apontou para um macho de chifres bem grandes e sussurrou: "Os chifres vão para a porta do meu quarto." E prosseguiu: "Observem e aprendam como se faz." Depois apontou o rifle e disparou. Houve uma grande explosão, e o rebanho de antílopes partiu em disparada, levantando uma enorme nuvem de poeira. Papai saiu correndo atrás deles, saltitando e berrando de alegria.

Então nós três paramos estupefatos. Papai soltou um gemido. Tio Aubrey estalou a língua. Eu assobiei. Ao nosso redor, a passarada cantava o amanhecer na África.

Papai tinha acertado uma saraivada de balas no para-brisa da caminhonete. Entramos no carro em silêncio e voltamos para casa.

Ao voltar encontramos um pandemônio. Wombat estava aos prantos, mamãe cuspia fumaça e Peggy preparava um chá. A terceira mala da vovó (contendo suas calcinhas, anáguas e as galochas do falecido marido) havia sido roubada durante a noite. Papai, com o rifle pendurado no ombro, displicentemente limpou os estilhaços de vidro de suas calças e informou que tinha oferecido a mala da Wombat como propina ao guarda da fronteira.

17h30 Agora sou oficialmente a única pessoa que ainda fala com o papai. Fizemos uma caminhada pelo leito seco de um rio para ver o Sol se pôr. Ele perguntou como iam as coisas na escola, e eu contei sobre o Barril e o nosso mergulho noturno e sobre o Lagartixa, o Rambo, o Esponja e o Cachorro Doido com sua mania de caçar pombos. Ele riu das minhas histórias e contou que tinha detestado o internato. (Papai estudou num internato público em Upington, na província de Cabo Sententrional.) Depois me deu um gole de sua cerveja e falou que eu nunca deveria ter vergonha de mim mesmo e que até a rainha da Inglaterra tinha que fazer cocô uma vez por dia. Eu assenti como se tivesse entendido o que ele quis dizer e fiquei lá, olhando para o crepúsculo. Depois de um longo silêncio, papai me deu mais um gole de cerveja e falou que tinha de voltar para pedir desculpas a todo mundo. Fiquei no quintal, jogando pedrinhas num velho poste de ferro, e, por um breve instante, desejei estar de volta à escola.

22h Papai milagrosamente conseguiu acalmar os ânimos da família, e a gente se reuniu alegremente diante da lareira, rindo, papeando, contando histórias. Até a Wombat saiu do quarto e se juntou ao grupo. Mamãe espertamente a sentou ao lado da tia Peggy, de modo que não precisasse ouvir mais nenhuma repetição da saga do iogurte desaparecido. Papai pediu que eu contasse a história do Barril entalado na janela da capela. Todo mundo se dobrou de tanto rir quando contei que ele teve de subir no púlpito da capela para falar de seu encontro com Jesus.

Wombat bebeu xerez demais e começou a cantar velhas canções de guerra da Grã-Bretanha. Tio Aubrey cantou uma canção em africânder, e não demorou muito para que os dois começassem a discutir sobre a guerra Anglo-Bôer de 1899-1902 entre os imperialistas ingleses e os africânderes. Vovó se recolheu para o quarto furiosa depois que tio Aubrey chamou os ingleses de "um bando de nazistas", mas voltou um minuto depois para chamar os africânderes de "um bando de porcos racistas" por terem criado o apartheid. O que se seguiu foi uma terrível discussão sobre política e Nelson Mandela. Tomado de coragem, entrei na conversa e falei que tinha ficado muito feliz com a libertação do Mandela. Após um silêncio de horror, papai falou que eu era um comuna desgraçado e me mandou ir para o quarto dormir. Fiquei me sentindo um grande revolucionário. Acho que um dia ainda vão me chamar de guerrilheiro.

Sexta-feira, 31 de março

Tia Peggy acordou antes de todo mundo e levou a caminhonete até Keetmanshoop (a cidadezinha mais próxima), para trocar o para-brisa.

Meus pais perguntaram se eu queria visitar um velho parente nosso que morava numa fazenda vizinha. Educadamente falei que não (minha cota de família já está cheia no momento). Resolvi passar o dia lendo e descansando. Wombat falou que ia fazer uma caminhada rigorosa antes do almoço para abrir o apetite (tenho certeza de que ela quis dizer "uma caminhada vigorosa"). Eu me sentei no sofá lendo *O senhor dos anéis*. Tinha lido meia página sobre as incríveis Minas de Moria quando Leão deitou em cima da minha perna e começou a lamber minha canela. Fiquei com tanto medo de mandar aquele animal enorme sair, que simplesmente sorri e fingi que não tinha notado.

9h35 Tio Aubrey levantou e preparou um café bem forte para a gente. Sentou-se em sua cadeira de balanço, acendeu um cigarro e começou a me contar histórias. Meu tio é um excelente contador de histórias: tem uma voz grave, escolhe bem as palavras e faz longas pausas enquanto traga o cigarro. Começou a falar das caçadas de sua juventude e de como ele e papai costumavam atirar em pássaros e comê-los depois. (Acho que devo apresentar tio Aubrey ao Cachorro Doido.)

12h Agora passamos a histórias sobre a Guerra Civil do Zimbábue. Tio Aubrey ainda chama o país de Rodésia.

16h Ainda no sofá ouvindo as histórias do meu tio. A primeira hora foi ótima, as duas seguintes foram legais, mas as últimas três têm sido quase insuportáveis. Fico tentando inventar uma desculpa para fugir, mas tio Aubrey sempre acaba levando a melhor. Teve uma hora que ele foi atrás de mim até o banheiro e ficou contando uma história de caçada através da porta fechada enquanto eu fingia que fazia cocô.

17h30 Tio Aubrey agora está contando histórias de pescaria no lago Kariba, no Zimbábue. Falou que lá tem um peixe chamado vundu (um tipo de bagre) que fica tão grande que pode engolir um cachorro. Contou que nos anos 1970, ele amarrou uma corda na árvore, colocou um anzol gigante na outra ponta da corda e usou um baita pedaço de carne como isca. Na manhã seguinte, quando voltou para ver o que tinha acontecido, encontrou a árvore arrancada, boiando no meio do lago. Isso foi a gota d'água. Depois de sete horas e meia de histórias e só meia página do meu livro, pedi licença e fui tomar meu banho. Se a tia Peggy já não tivesse voltado, era bem provável que tio Aubrey tivesse me seguido outra vez.

Fui acordado no meio da noite pelos meus pais, que chegaram em casa bêbados feito dois gambás, cantando "The Final Countdown" no último volume no jardim. Leão também acordou e começou a uivar com eles. Antes de pegar no sono outra vez, ouvi tio Aubrey berrar para tia Peggy ir buscar a chave da adega de vinhos.

Sábado, 1º de abril

8h30 Um pandemônio absoluto se instaurou. Wombat foi dada como desaparecida. Mamãe está em pânico enquanto papai faz o melhor que pode para parecer preocupado. Cada um foi despachado para um canto diferente da fazenda para caçar a Wombat.

Durante uma reunião de família e café na cozinha, eles se deram conta de que vovó não tinha voltado de sua caminhada de ontem. A polícia foi chamada.

Hora do almoço: tio Aubrey atacava sua torrada com feijão com molho de tomate quando subitamente ficou de pé, deu uma gargalhada e berrou: "Sua danadinha!" Parecia que tinha descoberto a pólvora. Tirou o cachimbo da boca e começou a fincá-lo feito doido no calendário da parede. "Dia da mentira!", exclamou, como se fosse a coisa mais óbvia do mundo. Nenhum de nós ficou lá muito entusiasmado com a teoria dele já que Wombat está tão senil que muitas vezes não se lembra nem do próprio aniversário.

Papai e eu passamos a tarde vasculhando a fazenda enquanto os outros esperavam pela polícia.

Hora do chá: mais café e mais discussão. A certa altura contei a história do sumiço do Vern Blackadder. Tio Aubrey me deu um tapão nas costas e me chamou de gênio. Depois, equipado com o rifle e uma poderosa lanterna, liderou a enfileirada família Milton até o porão da casa. Nada de Wombat, mas morcego era o que não faltava.

A polícia prometeu iniciar a busca amanhã de manhã caso a vovó não apareça antes disso.

18h45 Mamãe já está na quinta taça de vinho. Papai falou que só está bebendo em solidariedade à aflição dela.

Depois de dar uma de Sherlock Holmes, descobri que a escova de dentes, o pijama e a mochila da vovó haviam sumido também.

20h Tive de presidir a terceira reunião familiar do dia (porque era o único que não estava bêbado). Falei que achava que a vovó não havia se perdido em algum lugar, mas que tinha fugido. Mandei tia Peggy (a menos chapada entre os adultos) telefonar para todos os aeroportos, empresas de ônibus, hotéis e pousadas das redondezas.

O Holiday Inn de Kimberley informou à tia Peggy que uma velhinha chamada Elizabeth Windsor havia se hospedado na suíte de lua de mel no dia anterior. (Wombat acha que é a Rainha da Inglaterra, e assina a maioria de seus documentos como Elizabeth).

Telefonei novamente para o hotel e perguntei à recepcionista se a velhinha da suíte era a mesma que havia aprontado aquela confusão toda na terça-feira. A moça riu e disse que sim. Pronto. Wombat foi encontrada.

Mamãe, exalando bafo de álcool, me beijou umas cem vezes e falou que eu era um gênio (será que ela ainda não tinha percebido isso?). Papai fechou a cara, mas tentou parecer aliviado. Depois de muitos beijos e comemorações, tio Aubrey e tia Peggy falaram que tinham de fazer alguma coisa no quarto e sumiram por uns quinze minutos.

Mamãe telefonou para o hotel e começou a berrar com a Wombat. Wombat falou que tinha ficado com medo do cachorro e da ovelha e que não havia gostado nem um pouco do pessoal da fazenda. Mamãe começou a chorar e pouco tempo depois as duas já estavam se amando novamente.

Papai me chamou num canto e, cerrando os dentes, falou: "Nunca vou te perdoar por causa disso, filho ingrato." Isso posto, passou a mão numa garrafa de uísque, saiu marchando para o quarto e bateu a porta.

Acho que posso trabalhar como detetive quando crescer. Aos 13 anos já participei de dois casos, resolvi um deles e sei tudo sobre os procedimentos policiais. John "Cotoco" Milton, detetive particular. Poderia ser um seriado de TV?

Domingo, 2 de abril

Ficou resolvido que a Wombat vai ficar em Kimberley até a gente passar por lá amanhã. Os detalhes da fuga não combinam com uma velha senhora gagá, mas sim com um criminoso esperto e descolado. Ao que parece, antes de fazer sua caminhada matinal ela arrumou uma sacola, ligou para uma empresa de táxi e mandou que um carro esperasse por ela na rodovia. Então foi de táxi para Keetmanshoop e de lá pegou um ônibus para o Holiday Inn de Kimberley.

Tive uma noite ótima, e jantamos cordeiro assado com molho de menta. (O Barril teria ficado louco.) Papai e tio Aubrey ficaram relembrando histórias de sua infância na fazenda. Depois do jantar, tio Aubrey tentou organizar um jogo de críquete no quintal, mas desistiu quando o Leão fugiu com a bolinha de tênis e fez picadinho dela.

Segunda-feira, 3 de abril

5h30 Partimos, buzinando, em meio a uma grande nuvem de poeira, com o Leão perseguindo nosso carro por quase um quilômetro. (Desde ontem que não vejo Baa, a ovelha.) Todos nós estávamos de bom humor, e papai começou a cantar uma música country. Como estávamos na Namíbia, e num carro fechado, eu não fiquei com vergonha, e até contribuí com minhas infames imitações de trompete e bateria.

6h Papai ainda está cantando, agora sozinho.

Depois de usarmos mais uma mala de roupas da vovó como propina, atravessamos a fronteira sem termos de preencher um formulário nem esperar na fila. Até a mamãe achou engraçado que as malas da Wombat servissem como moeda internacional de corrupção.

O humor do papai mudou radicalmente depois de Kimberley. Wombat não parava de reclamar do péssimo atendimento dos funcionários do hotel, e do fato de eles terem roubado seus produtos de higiene. Papai não tirava o olho da estrada, as duas mãos fincadas no volante.

Depois de quatro horas ininterruptas de reclamações e infinitas repetições da história do iogurte, papai, à beira de um ataque de nervos, parou o carro diante de uma farmácia 24 horas em Ladysmith e voltou dali a dez minutos com refrigerantes e uma água gasosa para Wombat.

Wombat apagou. Jogou a cabeça para trás e abriu a bocarra, escancarando a dentadura amarela e uma língua muito branca. Papai deu uma risada de felicidade e apertou a perna da mamãe.

23h Enfim chegamos. Papai e eu tivemos de carregar a Wombat desmaiada para a cama, trancar o apartamento dela e jogar as chaves pela janela. Quando atravessamos o canteiro de flores, ele confessou que havia diluído sete comprimidos para dormir na água da Wombat e falou que ia fazer um estoque de soníferos para levar nas próximas viagens.

Assim termina a expedição namibiana de 1990 dos Milton.

Quinta-feira, 6 de abril

Completei dois dias de um merecido descanso depois de nosso estressante feriado. Avancei bastante na leitura de *O senhor dos anéis*, parando apenas para comer, nadar e falar ao telefone com a Sereia. Devorei "A irmandade do anel" e agora estou desbravando "As duas torres" com a rapidez do cavalo Shadowfax.

Mamãe disse que a Wombat ficou inconsciente por 36 horas e, quando enfim acordou, não lembrava nem que tinha viajado! Ela ligou para a polícia para denunciar o roubo de muitas roupas e malas.

19h30 Ao cabo de muitas horas de súplica, mamãe permitiu que eu acompanhasse papai na ronda noturna pela vizinhança. Prometi a ela que ficaria dentro do carro o tempo todo. Tomara que a gente pegue algum criminoso, ou pelo menos testemunhe um assassinato.

20h Papai e eu saímos juntos para a ronda. Buscamos um sujeito chamado Frank, que tem uma cara permanentemente vermelha e fala sem abrir a boca. Frank ficou tagarelando sobre uma gangue que andava "depenando" a vizinhança; achava que tinha sido eles que haviam roubado o BMW de Willy van Vuuren na noite anterior. Assim como o papai, Frank estava de roupas de camuflagem e tinha esfregado uma espécie de lama no rosto. Falou que é assim que se faz no exército americano. Papai passou mais lama no rosto e falou que estava "pronto para entrar em ação".

Nas primeiras duas horas não aconteceu nada. Aceitamos agradecidos quando o Frank ofereceu um pouco de café com leite de sua garrafa térmica, mas o leite estava azedo. Houve um momento de agitação quando um gato de rua ficou preso numa lata de lixo. Papai e Frank cercaram a lata como se ela fosse uma mina terrestre. Frank finalmente levantou a tampa, e o animal enlouquecido pulou para fora como um demônio. Papai deu um berro e buscou proteção no primeiro arbusto que encontrou e Frank berrou e disparou três tiros no ar. Os disparos serviram apenas para acordar a vizinhança inteira. Uma mulher deu um grito, e os cachorros começaram a latir por todo lado. Papai e Frank voltaram correndo para o carro, e saímos cantando pneu pela rua como se fôssemos um bando de criminosos.

Mais tarde nos encontramos com Garth e Bob (também vestidos da mesma maneira idiota); eles disseram que tinham acabado de evitar um possível assalto a uma casa. Papai e Frank morreram de inveja e redobraram a atenção na esperança de encontrar algum crime de verdade.

O grande momento chegou pouco depois da meia-noite, quando nos deparamos com um camarada bem estranho tentando abrir a porta de um carro com o arame de um cabide. O homem estava usando pijama e um roupão de cetim, e estava trabalhando freneticamente na porta do carro. Papai desligou os faróis da perua e estacionou mais adiante. Mandou que eu ficasse no carro, e ele e Frank saíram com as armas em punho e começaram a se arrastar na direção do ladrão, que ainda tentava desesperadamente abrir a porta do motorista. Ele estava sob uma luz forte, vinda do poste, e por isso eu podia facilmente acompanhar o que acontecia em segurança, do banco de trás da perua.

Usando o outro carro como escudo, papai e Frank conseguiram se aproximar sem serem notados. Com um grito, eles mandaram o ladrão largar o cabide e colocar as mãos em cima do carro. O ladrão ficou apavorado (quem não ficaria ao se deparar com dois marmanjos com lama na cara e roupas camufladas?). Papai revistou o cara, mas só encontrou uma escova de dentes, um fio dental e um tubo de pasta de dentes. Pude ouvir quando ele disse ao Frank: "É impressionante a tecnologia desses criminosos de hoje, não?"

"Levem o carro, levem tudo que quiserem!", exclamou o aterrorizado ladrão antes que Frank desse uma coronhada na nuca dele. Enquanto isso, papai voltou à perua e chamou a polícia pelo rádio, informando com toda a pompa que tinha apreendido um ladrão de carros. Ele parecia extasiado, e piscou o olho para mim antes de voltar para a cena do crime.

De repente, uma loura grandalhona, de penhoar, atravessou o portão da casa e saiu à rua. Assim que viu papai e Frank, deu um daqueles berros agudos e horripilantes. Ambos apontaram a arma para ela. A mulher deu outro berro e depois desmaiou; assim que recobrou os sentidos, partiu para cima dos dois e mandou que eles deixassem o marido dela em paz. Desconfiado, papai mandou que ela colocasse as mãos no capô também. Frank revistou a mulher e encontrou uma caixinha de M&M's (arma estranhíssima para uma cúmplice de roubo). Papai parecia um daqueles soldados da Guerra do Vietnã depois de ter capturado um líder vietcongue. Mantinha a arma apontada para os criminosos o tempo todo e falava com uma voz meio rouca (uma espécie de Robert De Niro com lama na cara).

Dali a pouco chegou um furgão da polícia, e dois policiais saltaram imediatamente, apontando as armas para o papai e para o Frank. Mandaram que eles largassem as armas e deitassem no asfalto. Nessa hora, pulei para o chão da perua e fiquei acompanhando a cena através de uma fenda entre o banco do motorista e a porta. Depois de muito falatório e muita gesticulação, finalmente ficou esclarecido que os "ladrões" estavam tentando arrombar o próprio carro porque a loura grandalhona tinha batido a porta com as chaves dentro. Assim, os ladrões não eram ladrões porcaria nenhuma, mas cidadãos perfeitamente respeitáveis que cuidavam da própria vida. Por um instante achei que papai e Frank fossem ser presos por assalto à mão armada, mas por fim os policiais conseguiram fazer com que o furioso homem da pasta de dentes e sua zangada senhora com os M&M's desistissem de dar queixa. O homem finalmente concordou em deixar papai e Frank irem embora, com uma sacudida da escova de dentes. Para aumentar ainda mais a confusão, os policiais confiscaram as armas do papai e do Frank e anotaram todos os dados pessoais de cada um.

Os dois estavam soltando fumaça quando voltaram para o carro. Papai ficou falando que o país tinha ido pro brejo, e o Frank ameaçou emigrar para Fiji. Para aumentar ainda mais seus infortúnios, a perua começou a fazer um barulho muito esquisito e morreu a uns 100 metros da nossa casa. Papai desceu, lascou um baita pontapé no pneu da frente e saiu mancando rua afora. Segui alguns passos atrás dele, tentando desesperadamente não cair na gargalhada.

Sexta-feira, 7 de abril (a fatídica sexta)

Posso jurar que vi lágrimas nos olhos do papai quando o reboque passou arrastando a pobre e velha perua. Depois de ver a menina de seus olhos dobrar a esquina, papai mancou de volta para casa e soltou um berro. Eu já estava quase indo atrás dele para saber o que tinha acontecido quando mamãe me deteve e falou que ele estava apenas desabafando. De repente ouvi um barulho enorme, seguido do tilintar de vidro se espatifando. Mamãe deu um pulo e disse: "Pronto, agora chega!" Depois correu para dentro de casa e constatou que papai, num acesso de raiva, tinha arrancado da parede o armarinho do banheiro, sem se lembrar de que ali estavam todos os perfumes caros da mamãe.

O linguajar que circulou por nossa casa durante os vinte minutos seguintes teria feito o Guv corar. Por fim, papai disse que ia sair de casa: jogou umas coisas na mala, pegou as chaves do carro e saiu para garagem. Ele soltou um uivo de frustração quando se deu conta de que a perua não estava mais lá. Então resolveu ir a pé mesmo, e foi mancando rua abaixo, arrastando a mala atrás dele.

Voltei para o meu quarto perguntando por que essas coisas sempre tinham de acontecer durante as férias. Eles tiveram um trimestre inteiro para brigar! Fechei a porta, mas ainda assim podia ouvir a mamãe soluçando no banheiro.

Sábado, 8 de abril

Mamãe falou que papai foi morar com o Frank e que, no que dependia dela, o casamento deles tinha chegado ao fim. Ela não disse se era por causa dos perfumes ou porque papai tinha ido morar com outro homem.

19h30 Operação Primeiro Encontro. Sapatos pretos, jeans, camiseta branca, cabelo espetado com gel. O filme: *Ghost*, com Patrick Swayze e Demi Moore. A missão: resolver essa parada de uma vez por todas e dar meu primeiro beijo de verdade (também chamado de amasso).

Marge me buscou com seu Mazda e deixou a gente no cinema. A Sereia usava um vestido preto curto, sapatos de salto alto e estava toda maquiada, linda de morrer. Fiquei torcendo para encontrar alguém da escola, para que me vissem com ela. Eu me esforcei para pensar em algo para dizer. Estava totalmente intimidado por ter aquela deusa andando ao meu lado. Depois de um longo e angustiante momento de silêncio, a gente se sentou no Pizza Hut para tomar um refrigerante. A Sereia perguntou como tinha sido minha viagem para a Namíbia e logo eu havia prendido sua atenção, contando as histórias da Wombat e de suas roupas desaparecidas. (A Sereia adorou a história do iogurte roubado — talvez porque não ouviu tantas vezes...) Nunca me senti tão agradecido na vida por ter uma família tão esquisita. Na minha frente, a garota mais linda do mundo ria tanto que a maquiagem dela já estava toda borrada, e aquele rostinho lindo agora mais parecia o rosto de um texugo.

A maquiagem dela continuou a borrar durante o filme. Ficamos o tempo todo de mãos dadas, só larguei suas mãos duas vezes (para enxugar o suor das minhas na parte de baixo da cadeira). O filme era um dramalhão, mas decidi parecer macho e durão e manter a pose o tempo todo. Terminado o filme, ficamos conversando sobre a história enquanto tomávamos um milk-shake na praça de alimentação, e depois, de mãos dadas, saímos do shopping e sentamos à sombra de uma árvore bem grande, na beira da rua.

De repente paramos de falar. A Sereia olhou para mim do mesmo jeito intenso que tinha olhado naquele dia, nos degraus da piscina. Agora não tinha escapatória. Olhei de volta e torci para que ela não pudesse ouvir o tambor que rufava dentro do meu peito. Nossos lábios se encontraram, fechei os olhos e senti a língua dela na minha boca. Depois de um segundo de susto, minha língua encostou na dela, e a gente se engalfinhou numa enérgica e deliciosa batalha de línguas. Nosso beijo se estendeu por uma aparente eternidade, e quando tudo acabou, tive aquela maravilhosa sensação de ter realizado uma façanha. Só conseguia pensar em voltar correndo para a escola e, assim como quem não quer nada, contar para os Oito Loucos que eu tinha beijado a Sereia e que agora ela era minha namorada.

Domingo, 9 de abril (Domingo de Páscoa)

8h50 Mamãe e eu entramos na igreja de santa Margarete e encontramos papai ajoelhado num dos bancos, aparentemente concentrado nas orações. Quando ele se sentou, estava num estado lamentável. Ele estava com a barba por fazer e usava uma camisa toda amarrotada. (Fiquei achando que morar com o Frank não estava sendo tão divertido quanto deveria ser.) Gostei de ouvir os hinos, muitos dos quais eu havia aprendido no coral da escola, e aproveitei para cantar bem alto, com minha voz de soprano que em breve ficaria muito famosa. Durante o sermão, a velhota que estava sentada na minha frente virou para trás e falou que eu tinha uma esplêndida voz. O padre era muito mais simpático e tranquilo que o nosso Reverendo Bispo; além disso, não demonstrava nenhum sinal de comportamento psicótico nem ficava sacudindo os braços feito maluco enquanto pregava.

Terminada a missa, mamãe e eu voltamos para o carro que ela tinha alugado e seguimos para o apartamento da Wombat, para a tradicional caça aos ovos de Páscoa (que era bem divertida até meus 8 anos de idade, mas que agora era uma grande aporrinhação). Quando estávamos saindo do estacionamento lotado, virei para trás e vi o papai acenando pateticamente. Mamãe mordeu os lábios, fingiu que não viu e pisou fundo no acelerador.

Wombat estava muito agitada quando chegamos. Falou que tinha escondido todos os ovos na véspera, mas não se lembrava mais de onde os tinha colocado. Procurei em todos os lugares de sempre (o armarinho de biritas, a gaveta de calcinhas, o peitoril da janela, debaixo da pia), mas não encontrei nada. Mamãe teve de segurar a vovó, que já ia chamando a polícia para acusar Buster Cracknell de rapinagem de ovos de Páscoa. Garantimos a ela que os ovos acabariam aparecendo (com sorte, antes de mofarem). Afinal, a Páscoa era o dia em que as coisas voltavam à vida.

Wombat (mantendo a tradição) nos levou para almoçar no Royal Natal Yacht Club. Enquanto saboreava meu frango assado, e tentava ignorar o falatório da vovó, fiquei observando o enorme navio de cruzeiro que entrava nas águas do porto. Quatro rebocadores puxavam o gigante para o ancoradouro. Mostrei a cena para mamãe, e ela falou que devia ser o *QE2*, o navio mais luxuoso dos mares. Vovó ficou toda chorosa, dizendo que tinha passado seis gloriosos dias de lua de mel a bordo do *QE2*. Mamãe piscou o olho para mim: Wombat tinha passado a lua de mel em Margate.

Papai estava à nossa espera quando chegamos. Enquanto ele e mamãe foram para o quanto para conversar, eu telefonei para a Sereia para desejar a ela uma feliz Páscoa. Já tínhamos conversado um tempão quando papai reapareceu e começou a cozinhar e a cantar ópera na cozinha (seu método preferido para reduzir a conta de telefone). Ele preparou ovos com bacon para o jantar, e logo depois fui para o quarto, me juntar a Frodo na sua jornada rumo a Mordor.

Segunda-feira, 10 de abril

Mamãe me acordou às oito da manhã, dizendo que havia um homem ao telefone que precisava urgentemente falar comigo. Ainda meio tonto, atendi o telefone.

"Bom dia, flor do dia! Milton, isso lá é dia para dormir mais do que a cama?" Aquela voz eu conhecia muito bem: era o Viking.

"Sim, senhor, quer dizer, não, senhor, eu já estava acordado." O Viking deu uma risada e depois falou que eu podia ser um bom ator para conseguir um papel em *Oliver*, mas não era tão bom assim a ponto de enganá-lo.

"Escute, Milton", ele continuou com sua voz de trovão. "Eu queria parabenizá-lo pessoalmente por ter fisgado esse peixe! Veja só como são as coisas... Depois daquela abominável primeira apresentação, achei que você não ia ser chamado nem para cantar no coro! Foi aquela raposa que insistiu, a mulher do sr. Wilson, o inspetor-chefe da sua ala. Quer saber? Ela estava coberta de razão!"

Agradeci ao Viking pela oportunidade, mas ele me cortou dizendo: "Mas olha só, Milton, a gente precisa dar um jeito nessa sua aparência. O que você acha de cabelos louros e encaracolados?" Gaguejei alguma coisa e ele disse: "Ótimo. Então é isso: de agora em diante, nem pense em cortar o cabelo, ouviu bem? Obtive a permissão da diretoria para que você e toda a gangue do Fagin deixem o cabelo crescer. Portanto, se você fizer a besteira de cortar o cabelo, aproveite para cortar a cabeça também!" Garanti que não ia cortar o cabelo, e ele disse que os ensaios começariam assim que eu voltasse para a escola, na semana seguinte. E então, abruptamente desligou o telefone.

Minhas mãos tremiam quando desliguei o telefone. Cabelo pintado de louro, milhares de pessoas na plateia... Na boa, querido diário, daqui a alguns meses serei um astro! Fiquei quase uma hora me olhando no espelho do banheiro. Infelizmente, um rosto redondo e um nariz bulboso não são exatamente as feições de um galã. Mas talvez, quem sabe, o cabelo louro me deixe mais parecido com o Patrick Swayze!

Quarta-feira, 12 de abril

Decidi me preparar para a vida de celebridade listando as vinte coisas que o mundo certamente vai querer saber a meu respeito.

Nome:	John Howard Milton.
Idade:	13 (quase 14).
Apelido:	Cotoco.
Data de nascimento:	20 de abril de 1976.
Signo:	Áries (mas tem uns astrólogos charlatães que insistem em dizer que eu sou de Touro).
Comida predileta:	Queijo cheddar.
Bebida predileta:	Milk-shake de baunilha.
Filme predileto:	*Uma linda mulher.*
Atriz predileta:	Julia Roberts.
Ator predileto:	Eu (hahaha).
Livro predileto:	*O senhor dos anéis* (Ainda não terminei de ler, mas o Guv disse que é o melhor livro já escrito, então suponho que seja melhor que o *Ardil 22*.)
Pior livro:	*O diário secreto de Adrian Mole* (Um diário de menino escrito por uma mulher chamada

	Sue Townsend não pode ser bom.) Adrian Mole é um *nerd* da pior espécie; não duraria nem um dia no nosso dormitório. Até o Lagartixa é menos covarde que esse mané hipocondríaco, tomador de suco de groselha. (Mas até que achei o livro bem engraçado.)
Maior façanha:	Beijar a Sereia. E ganhar uma bolsa de estudos também não foi mal.
Esporte predileto:	Críquete.
Momento mais embaraçoso:	Qualquer presença pública com meus pais.
Momento mais engraçado:	Qualquer uma das aulas de inglês do Guv.
Planos para o futuro:	Uma carreira sólida como ator, escritor e acadêmico.
Algo que os pais não sabem sobre você:	Escrevo um diário.
Quem você gostaria de ser:	Namorado da Julia Roberts.
Quem você gostaria de conhecer:	Nelson Mandela.

Sábado, 15 de abril

Como já deve ter dado para notar (em vista da ausência nos últimos dias), minhas férias não têm sido tão animadas quanto eu gostaria. A Sereia viajou para um acampamento só de meninas. Papai está trabalhando, e mamãe está sempre fora de casa, ocupada com alguma coisa. Além disso, resolvi não procurar nenhum dos meus ex-amigos da escola primária (depois de tantas despedidas emocionadas, ainda não recebi nem um mísero cartão-postal de nenhum deles).

Passei os últimos dias ensaiando algumas das canções do Oliver e lendo *O senhor dos anéis*. Já estou bem adiantado na terceira parte da trilogia, "O retorno do rei". O Guv tem toda razão: é um livro tão extraordinário que nem dá para explicar direito. Merece cinco estrelas no sistema Milton de crítica literária, que ainda vai ser muito famoso.

Só agora me dei conta de que segunda-feira à noite eu volto para a escola e, por incrível que pareça, mal posso esperar. A vontade de começar a ensaiar e de saber o que a galera andou aprontando por aí fez com que eu desejasse que o fim de semana passasse voando. Além disso, depois de três semanas na companhia desta família de gente maluca, já estou desconfiado até da minha própria sanidade mental.

Domingo, 16 de abril

Papai me levou ao campo de rúgbi do Crusaders, o clube da nossa cidade, a fim de me preparar para a próxima temporada de jogos. Ao longo do caminho (na nossa perua recém-consertada), foi despejando uma batelada de conselhos do tipo "jogue limpo e pense grande" ou "quanto maior o adversário, maior a queda". Assim que chegamos, tirou do porta-malas uma bola de rúgbi caindo aos pedaços, com tiras de couro velha penduradas. Mandou que eu fosse para o outro lado do campo, arremessou a bola no ar, rodopiou sobre o pé esquerdo e se esborrachou no chão. Quando o alcancei, ele estava se contorcendo na grama, apertando a coxa esquerda e urrando de dor. Corri até a sede do clube para telefonar para mamãe, que chegou meia hora depois, no carro da Marge. Ela, a Marge e eu carregamos papai para a perua e mamãe dirigiu até em casa. Ela passou a tarde inteira aplicando gelo na perna machucada do papai, que gemeu durante horas, até que acabou com meia garrafa de Johnnie Walker e adormeceu.

Segunda-feira, 17 de abril

O fisioterapeuta disse que papai rompeu o tendão, e mandou que ele ficasse com a perna para o alto durante uma semana. Papai ficou radiante — agora ele tem uma boa desculpa para não ir trabalhar.

A Sereia apareceu com a Marge para se despedir. Conversamos durante horas no meu quarto enquanto eu arrumava as malas. A gente se beijou até nossas línguas doerem (com tanto treino, vou acabar ficando bom nisso), e depois ela chorou e disse que não queria que eu voltasse para a escola. Parecia tão triste que eu quase chorei também. De repente me deu uma vontade danada de não voltar. Meu estômago apertava mais do que nunca; eu estava terrivelmente nervoso, inseguro e confuso. Assim que a Sereia saiu, acabei de arrumar minhas coisas, tomei um banho e vesti o uniforme da escola. Pronto... ou não?

A caminho do ônibus, mamãe parou no apartamento da Wombat para que eu me despedisse (papai falou que ia ficar em casa porque a perna estava doendo demais). Assim que entrei, ela bateu palmas e disse que eu estava "muito bonito". Perguntou se eu tinha namorada, e mamãe contou sobre a Sereia. Wombat balançou a cabeça, preocupada, e falou que eu não devia estabelecer uma família assim tão cedo. Aconselhou que eu ainda "ciscasse muito por aí". Obviamente ela esqueceu que eu ainda sou um toco de gente.

Depois ela nos contou (aos sussurros) que o banco vinha roubando dinheiro de sua conta. Ela está colhendo as provas e, assim que estiver devidamente preparada, vai fazer uma denúncia no Departamento de Finanças. Mamãe se levantou de repente e disse que a gente tinha de ir.

No ponto de ônibus, em Westville, mamãe chorou ao se despedir, mas felizmente não fez nenhum escândalo, como ficar acenando um lencinho no ar ou sair correndo atrás do ônibus.

A viagem foi muito chata. O Barril não estava lá, e eu não conhecia direito nenhum dos outros garotos a bordo. Vários calouros pareciam muito tristes, e um deles desandou a chorar assim que o ônibus arrancou. A título de punição, foi obrigado a cantar todas as cinco estrofes do hino da escola, para deleite de toda a galera. Um dos garotos mais velhos falou que tinha gostado da irmã dele e perguntou se ela daria mole para todos no ônibus. O menino desabou de novo, e dessa vez foi obrigado a cantar o hino nacional com as calças arriadas. Eu murchei no banco até ficar invisível, com medo de que, sendo o segundo menor do ônibus, eu virasse a próxima vítima. Mas por sorte os garotos mais velhos se cansaram da brincadeira e largaram o chorão para lá. O coitado voltou para o banco e tirou da mochila um sanduíche aparentemente delicioso, perfeitamente embrulhado pela mãe dele em papel celofane.

Saltei do ônibus e fui recebido pelo vento frio e cortante da região. As árvores tinham perdido quase todas as folhas durante as férias. Atravessando as arcadas, cheguei ao quadrado principal e lá estava ele, o Pedro Mijão, esguichando água nos peixinhos dourados. Certas coisas não mudam nunca.

O Minhoca estava parado do lado de fora da nossa casa, todo metido, tomando uma xícara de chá. Ele me cumprimentou e me mandou desfazer suas mala e seu baú. De repente ouvi um berro, e dali a pouco o Julian, só de cuecas passou voando por mim, perseguido pelo Bert, que empunhava um mata-moscas.

O ônibus de Johannesburgo estava atrasado; por causa disso, quase nenhum dos meus companheiros de dormitório tinha chegado. Só o Vern e o Barril estavam na área. O Barril devorava uma caixa de sanduíches, e o Vern tentava desfazer as malas em meio às brincadeiras do gato Roger, que a todo instante pulava e atacava uma das meias dele.

21h30 Luzes apagadas. Nossa turma já está completa de novo e parece que a gente nunca se separou.

Pontos altos das férias dos Oito Loucos

Rambo	Malhou numa academia. Recebeu um boquete de uma garota de 25 anos. Foi a seis boates diferentes (três na mesma noite).
Cachorro Doido	Atirou numa cabra na fazenda dele.
Simon	Foi convidado para jogar na equipe júnior da província de Transvaal e conheceu Clive Rice, o capitão da seleção sul-africana de críquete.

Lagartixa	Foi para Londres visitar os pais e quase foi atropelado por um daqueles ônibus vermelhos de dois andares. Calcula que vomitou umas 17 vezes.
Barril	Bateu seu próprio recorde de número de sanduíches de queijo e tomate comidos: devorou 24 de uma sentada só. Falou também que fez alguns avanços no caso do professor Macarthur.
Esponja	Comprou uma fita de vídeo pornô.
Vern	Teve de voltar à escola no meio das férias para buscar o Roger, que mais uma vez tinha entrado em greve de fome.
Cotoco	Beijou a Sereia, que agora é oficialmente sua namorada. Viajou para a Namíbia com sua família esquisita.

Terça-feira, 18 de abril

6h15 A sirene de despertar me fez pular da cama como se eu fosse um míssil scud. O dormitório inteiro resmungou. Só quando pisei o chão frio para descer ao banheiro foi que realmente me dei conta de que as férias tinham terminado. Fomos brindados com uma aula de africânder às 6h40. Reconsiderando seriamente meu desejo de voltar para a escola durante as férias, acho que posso ter sido contaminado pela maluquice dos Milton.

Nesse trimestre temos uma matéria nova: educação religiosa, com o Reverendo Bispo, que é teoricamente uma aula na qual a gente deve discutir o cristianismo, mas, na verdade, a gente pode falar sobre o que quiser. O Rambo passou a aula inteira zoando o Reverendo, que o tempo todo achou que ele estivesse falando sério. Ele perguntou ao Capelão se o sexo oral era contra as leis de Deus. O Reverendo Bispo respondeu que não tinha problema algum desde que fosse praticado dentro de uma relação amorosa estável. Depois foi a vez de o Esponja perguntar ao coitado se era imoral uma mulher sentar no cassetete de um policial. O capelão não entendeu a pergunta e disse que as mulheres tinham o direito de se proteger. A essa altura o pandemônio já havia se instalado. Larry Radford, da ala Blake, fez tanto esforço para não cair na gargalhada que acabou tendo um acesso de tosse e precisou sair da sala. O reverendo pediu ao Barril que fizesse a oração final e deu a aula por encerrada.

11h No quadro de avisos:

REUNIÃO com TODO O ELENCO de OLIVER, *no teatro às 16h30.*

12h O Guv estava igualzinho ao papai no Domingo de Páscoa: barba por fazer, roupas amarfanhadas, olhos vermelhos. Parecia distraído e engrolava as palavras durante a aula, como se estivesse resmungando. Não fez nenhuma piadinha nem ameaçou ninguém com uma morte sangrenta. Terminada a aula, fui cumprimentá-lo. Ele disse apenas: "Como vai, Milton, foi bem de férias?", e olhou distraidamente pela janela. Logo vi que ele não estava nem um pouco interessado na minha resposta. Desapontado, pedi licença e fui embora.

16h30 Cerca de cinquenta pessoas se reuniram no teatro para o encontro com o Viking. (Os professores que iam atuar não estavam presentes.) O enorme palco preto pairava sobre a plateia de mais ou menos quinhentos assentos, e, com a galeria empoleirada lá no alto, o lugar parecia um coliseu. Uma espécie de eletricidade já pairava no ar. Notei que muitos garotos me olhavam e apontavam para mim enquanto cochichavam. Smith, o "astro de TV", virou o rosto quando sorri para ele. Winter pareceu apenas invejoso e triste.

"Muito bem, macacada. Serei linha-dura com vocês. Aliás, minha linha é mais dura que o $%&^ $ do padre!" Olhei ao meu redor. O Viking tinha mesmo dito aquilo? "Essa peça será a vida de vocês durante os próximos cinco meses. Essa peça não vai ser uma produçãozinha mambembe de grupo escolar; ela vai ser boa o bastante para ser apresentada em qualquer palco profissional em qualquer lugar do mundo. Eu exijo garra, disciplina e, acima de tudo, criatividade!"

O Viking chamou Lloyd Croswell (que vai fazer o papel de Jack Dawkins) e a mim e nos apresentou ao restante do elenco: "Estes são os nossos astros. Deem a eles toda a ajuda necessária, porque com certeza eles vão precisar!" Só então vi que Geoff Lawson também estava no elenco; ele sorriu para mim, fazendo sinal de positivo. Foi um alívio ver o rosto de um amigo naquela hora.

O Viking entregou textos e partituras para todos nós, muito embora quase ninguém soubesse ler música. Depois entregou os horários de ensaio. O elenco consiste basicamente em três grupos: os garotos do reformatório, os mais jovens e menores (como eu); a gangue do Fagin, os garotos de tamanho médio; e o coro dos cidadãos de Londres, composto sobretudo de caras do terceiro ano e pré-universitários. Cada grupo vai ensaiar duas vezes por semana. Vou ter de participar de quase todos os ensaios, mas isso não vai ser problema algum. Os ensaios serão quase sempre à noite, de segunda a sexta, a partir das oito da noite, e nos domingos o dia inteiro. Com uma permissão especial do Costelinha, fui autorizado a sair das noturnas às 19h30 toda noite e a permanecer na escola durante as porteiras abertas, aos domingos. Os ensaios começam amanhã à noite!

Ao chegar ao dormitório, pouco antes do apagar das luzes, constatamos que todos os nossos colchões tinham sido jogados pela janela e estavam sobre o teto da sacristia. Com a constante chuva fininha que vinha caindo, eles estavam ensopados. O P. J. Luthuli ficou lívido e imediatamente convocou o Pike e o Devries, que negaram qualquer responsabilidade pela brincadeira de mau gosto. O Costelinha teve de abrir a lavanderia para que, de pijamas, a gente fosse buscar novos colchões. O Luthuli prometeu matar os culpados (de forma lenta e dolorosa).

O Pike nos acordou de madrugada, perguntando se a gente tinha mijado na cama. Sem pensar duas vezes, o Rambo arremessou um tênis bem na testa do mané, que guinchou feito um porco e se escafedeu na escuridão. Todo mundo aplaudiu e assobiou. Agora o placar está 1 x 1.

Quarta-feira, 19 de abril

Depois de semanas de expectativa, enfim chegou o grande dia do nosso primeiro ensaio no departamento de música. Eu estava tão nervoso que minha partitura e minha voz tremiam feito folhas secas num vendaval. Por sorte não tive de cantar nada sozinho, porque trabalhamos na grandiosa introdução "Food Glorious Food" e na canção "Oliver", com o coro dos meninos do reformatório. Tanto o Winter quanto o Smith estavam lá, e ambos fizeram questão de me ignorar. A srta. Roberts e o sr. Sturgeon (o diretor musical) nos ajudaram a manter o ritmo. O sr. Sturgeon, que é completamente careca e uma cópia quase perfeita do Kojak (apelido dele), rodopiava uma batuta na nossa cara e urrava sempre que a gente cantava depressa demais ou devagar demais. Sem nenhum motivo aparente, o Winter começou a chorar, e o Viking precisou levar um papo com ele fora da sala. Terminado o ensaio, ele, o Viking, deu um tapinha nas minhas costas e disse: "Sei que amanhã é um dia especial para você, Milton. Feliz aniversário... e, hum... boa sorte."

Fui caminhando de volta para o dormitório, admirando as estrelas. Por causa de toda essa animação com a volta às aulas e o início dos ensaios, acabei me esquecendo por completo do meu aniversário. Amanhã sem dúvida vou sofrer alguma tortura horrenda. (Só espero que não seja o caldo na privada.) Depois decidi que o que tiver de ser será, e voltei calmamente ao silêncio do dormitório.

Quinta-feira, 20 de abril

Feliz aniversário, John Milton! Catorze anos hoje. (Aniversário de Adolf Hitler também.)

Recebi telefonemas dos velhos e da Sereia, além de um cartão da Wombat, com a letra da mamãe. Fora isso, nenhuma outra menção ao meu aniversário por parte de quem quer que fosse. Nem mesmo uma piscadela ou um olhar suspeito, nada. Será que o impossível aconteceu? Será que esqueceram o meu aniversário? (Infelizmente isso é pouco provável, já que todo mundo recebe uma lista com a idade e o dia de aniversário de todos os alunos da escola.)

O Guv convocou nosso time de críquete para uma reunião na sala dele depois do almoço. Falou que fomos convidados para um torneio na Cidade do Cabo durante as férias de julho. Ele queria saber quantos de nós estávamos interessados em participar. Onze mãos imediatamente se levantaram. O Guv passou a mão pelos fiapos de barba grisalha no rosto e pela primeira vez neste trimestre abriu um sorriso. "Por que será que não estou surpreso?", ele perguntou, e depois dispensou a gente com a bengala. A gente se reuniu do lado de fora e conversou animadamente sobre a possibilidade de disputar um torneio na cidade do Cabo. Puxa, que presente de aniversário! Eu já ia andando para fila do almoço quando o Guv me chamou.

"Feliz aniversário, Milton."

Ele depositou um presente (muito mal embrulhado, com papel de Natal) nas minhas mãos e saiu andando para a sala dos professores. Enfiei o embrulho debaixo da camisa, corri de volta para o dormitório e o escondi atrás do escaninho. Não ia ser doido de deixar provas do meu aniversário bem nas fuças dos Oito Loucos!

20h Ensaio comigo e com Lloyd Croswell. (Ele me chama de Oli, e eu chamo ele de Dodge.) Trabalhamos nos nossos solos com o Kojak, que mais uma vez rodopiava a batuta feito um doido. O Viking acompanhava tudo, por vezes fazendo algum comentário ou pedindo que a gente tentasse algo diferente. A srta. Roberts martelava o piano sem demonstrar reação alguma à gritaria do Kojak, a não ser pelos estranhos espirros e o constante assoar do nariz.

Lá pela metade do ensaio, o Crispo entrou na sala, mais velhinho e frágil do que nunca, pendurado no braço da Gloria. Ele se acomodou numa cadeira próxima ao piano, inclinou a cabeça para o lado e dobrou a mão em torno da orelha de modo que pudesse nos ouvir. Cantei algumas canções solo e não pude deixar de ver que o velhote oscilava o corpo ao ritmo da música, as lágrimas rolando pelo rosto sorridente. Depois do meu último solo, ele ficou de pé, acenou para mim e fez o V da Vitória de Churchill antes de ser levado por Gloria para fora da sala. Minha vontade foi sair correndo atrás dele para saber se estava tudo bem, mas o Viking mandou a gente repetir "Consider Yourself" mais uma vez.

O Dodge e eu caminhamos juntos de volta para a escola, conversamos animados sobre a peça e sobre termos sido escalados para os papéis principais. Por fim, o Dodge se despediu e seguiu pelo caminho que passava diante da capela, atravessava o estacionamento e terminava no dormitório dele. Achei por bem fazer um pouco de hora do lado de fora, na esperança de que os Oito Loucos já estivessem dormindo quando eu chegasse. Segui pelo mesmo caminho do Dodge, mas em vez de atravessar o estacionamento, entrei sorrateiramente na capela.

Três velas ardiam no altar e, ao contrário do que aconteceu na ocasião do nosso último mergulho noturno, a capela parecia estranhamente acolhedora e convidativa. Sentei num dos bancos de trás e fiquei atento a qualquer ruído suspeito (sobrenatural ou não). Fora o barulhinho do velho trem das onze que chacoalhava rumo a Johannesburgo, tudo estava silencioso. Pensei na peça, na Sereia, na bolsa de estudos, no torneio de críquete. Pensei no que significava ter 14 anos e no Crispo, tão velhinho e tão frágil, em seu rosto sorridente molhado de lágrimas... Então fiz uma coisa engraçada: sem querer, falei "muito obrigado" em voz alta. Minha voz ecoou pela capela vazia, incrivelmente alta e encorpada, muito diferente da voz de um cotoco de gente. Talvez fosse um sinal de Deus, avisando que meus dias de pré-adolescente estavam prestes a acabar.

Infelizmente, logo em seguida pensei no Macarthur, e uma sensação de desconforto me invadiu como uma névoa pesada. Tive a impressão de ouvir uma voz murmurando, agoniada. Virei-me para trás para conferir as gigantescas portas de carvalho da capela, meio esperando que elas se entreabrissem de uma hora para outra, rangendo. (Depois me dei conta de que um fantasma não precisaria abrir porta nenhuma, era só passar direto por elas.) A essa altura eu já estava completamente aterrorizado, e fugi da casa de Deus, correndo pelo concreto gelado das arcadas, cruzei a porta da nossa ala, subi as escadas, passei pelo dormitório dos caras do segundo ano e enfim, pé ante pé, entrei no nosso dormitório. Silêncio absoluto. Dava até para ouvir a respiração ritmada dos garotos dormindo. A lua cheia projetava uma luz amarelada na minha cama. Roger ficou me encarando enquanto eu tirava os sapatos e as meias, desabotoava a camisa e tirava as calças e as cuecas. Eu já ia pegando o pijama sob o travesseiro quando de repente... o dormitório explodiu! Havia garotos por todos os lados! Mãos me procuravam, me prendiam, me descobriam. Em pânico, consegui escapar, mas em seguida os grandalhões à minha volta conseguiram me deter, me prenderam e foram me carregando escada abaixo.

Comecei a espernear de novo assim que vi a luz chapada do banheiro. Só de pensar em levar um caldo na privada tive vontade de vomitar. (O Esponja tinha dito que foi o pior momento de sua vida.) Na claridade do banheiro, constatei que a multidão havia aumentado. Devia ter uns quinze ou vinte garotos ali, incluindo o Pike, o Bert, o Julian, e até o Vern e o Lagartixa.

Em vez de me arrastarem para a cabine da privada, eles me largaram no chão frio de cimento do banheiro, e só então me dei conta de que estava completamente pelado sob a forte luz branca, diante dos olhos de tanta gente desmiolada e curiosa. Instintivamente tentei cobrir a virilha, mas um par de braços fortes prendeu minhas mãos contra o chão. Em cima de mim estava o Rambo, com uma escova preta de engraxar sapato, e de repente ele estava engraxando meu saco! Depois veio outro cara e fez a mesma coisa. Eu berrava e berrava e berrava. Alguém tapou minha boca, mas continuei berrando mesmo assim. Então o Pike apareceu com uma enorme escova de limpar privada, pude ouvir gargalhadas horríveis e senti ainda mais medo. Fechei os olhos — não queria enxergar nada.

Esparramado no chão, encarando as luzes fluorescentes do teto, percebi que ninguém me prendia mais. O relógio na parede marcava as 23h31 do dia 20 de abril de 1990. Catorze anos antes, quase nessa mesma hora, eu estava nascendo, e era minha mãe quem estava tendo de lidar com mãos a apalpando, dor e luzes ofuscantes... Por fim me levantei. O banheiro já estava deserto. Olhei para o meu saquinho engraxado de preto. Abri a torneira e tentei lavá-lo, mas a graxa não saía de jeito nenhum. Nem esfregando com sabão. No fim das contas, tive de usar a parte limpa da escova de privada para tentar raspar a graxa. Lá estava eu, como vim ao mundo, limpando o saco nos últimos minutos do meu aniversário.

No derradeiro minuto, subi de volta ao dormitório. Todos estavam dormindo como antes, exceto o Roger, que me encarava à luz do luar com uma expressão esquisita nos olhos, um misto de pena e ameaça.

Pelo menos o pesadelo acabou.

Sexta-feira, 21 de abril

Acordei com o saquinho ardendo em brasa, todo vermelho. Meu bilau estava arranhado em vários lugares. (Tomara que isso sirva para acelerar o crescimento dele.) Não desci para tomar banho (a ideia de ter o Julian e o Bert analisando minhas cicatrizes de guerra não era nada agradável). O café da manhã foi animado como sempre, com o Rambo contando todos os detalhes do plano que eles tinham elaborado para me atacar. Acho que a intenção dele era me fazer sentir melhor, mas meu ego já estava irremediavelmente machucado.

22h O Barril acendeu as velas. Depois da encenação de costume, ele foi direto ao assunto. Começou recapitulando todas as informações concretas que ele tinha sobre o Macarthur e depois enumerou as perguntas que ainda precisavam de resposta.

SABIDO

O Mac morreu em 1944.
Foi encontrado pendurado no teto da capela.
Divorciou-se da mulher e teve um filho que serviu na guerra.
Era professor de inglês.
A morte dele foi abafada pela escola.
O fantasma do defunto ainda está entre nós.

NÃO SABIDO
Foi mesmo suicídio?
Por que a escola abafou o caso?
Por que o Crispo não deu certeza de nada?
Por que o fantasma ainda está entre nós?

A gente ficou lá um tempão, falando sobre o Macarthur e seu fantasma Mango. A atmosfera no centenário dormitório, iluminado só com as velas, era de meter medo em qualquer um. De repente surgiu uma figura à porta, uma figura toda de branco, parada como estátua. Fiquei todo arrepiado. Alguém fungou de susto, e o Lagartixa começou a choramingar. A figura veio andando lentamente na nossa direção, os braços estendidos para a frente. Depois caiu na gargalhada, e o Mango se entregou: era o Pike, embrulhado num lençol branco, cheio de maldade no olhar. Depois de quase mijar nas calças de tanto rir, ele levantou o lençol, abanou o bilau para a gente e sumiu na escuridão, fazendo aqueles barulhos ridículos de fantasma. O Barril apagou as velas e cuspiu uns dois ou três palavrões. Todo mundo concordou numa coisa: vingança contra o Anticristo (Pike). E reunião encerrada.

Sábado, *22* de abril

14h30 Seletiva de rúgbi. Todos os calouros (a menos que estejam munidos de um atestado médico) são obrigados a jogar rúgbi no primeiro ano. O sr. Andrews, um sujeito meio assustador, de costeletas de mamute, é quem está no comando.

Em vista da minha insignificante estatura, e relativa lerdeza na hora de correr, logo percebi que o rúgbi não seria o esporte que me faria famoso. No entanto, graças à minha habilidade com a bola, fui escolhido como número 10 da equipe sub-14D. Ainda bem que existe uma equipe E que abriga todos os pernas de pau que conseguem ser ainda piores do que eu. O Rambo é um excelente jogador na oitava posição e, com o Simon (número 10) e o Cachorro Doido (número 6), foi escolhido para jogar na equipe A.

O melhor momento do dia foi quando o pobre do Lagartixa (que ainda não tinha colocado os pés num campo de rúgbi desde que quebrou o braço naquele infame incidente do amistoso) correu até a altura da linha central. Num primeiro momento, ele fugiu a mil por hora da bola que vinha na direção dele, frustrando o sr. Andrews, que chamou ele de "caso perdido". Dali a pouco, foi feita uma jogada de modo que a bola caísse bem nas mãos do Lagartixa, e mais uma vez o coitado saiu correndo, agora para fora do campo, e se trancafiou no banheiro das mulheres. O Vern foi enviado para falar com ele, e só depois de muita lábia conseguiu convencê-lo a entregar a bola de modo que a seletiva pudesse continuar.

O Barril foi sensacional. Logo no primeiro corpo a corpo, conseguiu empurrar o outro atacante mais ou menos uns 10 metros para trás. Ele tinha certeza de que ia conseguir entrar na equipe A, mas depois de uns três minutos de jogo perdeu o fôlego, desabou no chão e ficou ali, feito uma baleia encalhada. Assim que se sentiu melhor, se arrastou para a enfermaria e lá foi informado pela irmã Collins de que tinha um sopro no coração que provavelmente o manteria longe dos esportes pelo resto da vida (o que para ele foi uma excelente notícia).

Domingo, 23 de abril

O Guv estava pegando fogo no ensaio da manhã. Ele berrava e interpretava e percorria o palco feito um louco psicótico. Ele não canta lá muito bem, mas engana com uma mistura de canto e declamação, temperada com as gírias dos pobres de Londres. Vê-lo abandonar o sotaque metido a besta de quem estudou em Oxford para falar daquele jeito todo errado dos mendigos, só isso vale o preço do ingresso. Ele ficava gritando coisas que, na maioria das vezes, nem o Viking parecia entender.

Infelizmente, o Guv voltou do almoço bêbado feito um gambá. Exalava um bafo terrível, estava violento e agressivo. Depois de vê-lo tropeçar e cair no fosso da orquestra, o Viking conversou com ele e mandou-o de volta para casa. O pessoal do coro da gangue do Fagin ficou olhando boquiaberto enquanto ele cambaleava porta afora, ainda resmungando coisas sem sentido.

Eva chegou para o ensaio da tarde (ela faz o papel da prostituta Nancy). Quando o Viking falou que ia transformá-la numa bisca de verdade, quinze garotos lamberam os beiços, imaginando nossa peituda professora de teatro em malhas justinhas e chicotinho na mão (pelo menos foi isso que eu imaginei). Mas agora estou na dúvida se existiam malhas justinhas na Inglaterra do século XIX.

Pela primeira vez, e com muito orgulho, perdi minha tarde de porteira aberta!

Segunda-feira, 24 de abril

O Guv já estava em plena forma na aula de inglês de hoje. Mandou o Simon recitar a "Ode a uma urna grega", do poeta inglês John Keats, enquanto marcava o ritmo violentamente na mesa, com o sapato que tinha tirado do pé esquerdo. Simon se perdeu em um trecho, fazendo com que o Guv desse um berro e batesse o sapato ainda mais forte. Um grupinho de curiosos se juntou do outro lado da janela para assistir ao circo. E quando nosso tresloucado professor viu que tinha plateia, arremessou o sapato contra ela. Os garotos se escafederam e, sem pestanejar, o Guv tirou o sapato direito e continuou sua batucada maluca, parando apenas com o som da sirene do almoço.

13h30 A casa do Guv estava a maior bagunça. Os pratos sujos transbordavam da pia, a cama ainda estava por fazer, e o chão da sala estava coberto de jornais velhos, meias sujas e garrafas de vinho vazias. Ao longo de um almoço à base de torradas com pasta de amendoim e vinho, o Guv contou que a mulher dele tinha ido embora durante as férias. Não falou por que, e também não entrei em detalhes.

Terminado o almoço, conversamos sobre o último *O senhor dos anéis* (estou na página 891, tentando desesperadamente alongar a história o máximo possível). Pude ver que o Guv ficou todo feliz por eu gostar do livro. Lemos juntos alguns trechos de "O cerco de Gondor", com o Guv fazendo vozes diferentes para cada personagem. Também conversamos sobre o elenco da peça, e o Guv disse que a Eva estava precisando mesmo era de uma boa bimbada, já que o Costelinha era um banana com cara de coveiro que não dava conta do recado. A essa altura o Guv já estava muito bêbado, então, educadamente, agradeci pelo almoço e tomei o caminho de volta ao dormitório.

Terça-feira, 25 de abril

O assunto da aula de educação religiosa de hoje foi "amar o próximo". O Esponja deu início aos trabalhos perguntando ao capelão se a gente devia amar o próximo mesmo que o próximo fosse devoto de Satanás. O Reverendo Bispo refletiu cuidadosamente e então sorriu com doçura: "Deus ama a todos, Alan (o primeiro nome do Esponja). Mesmo àqueles que lhe viraram as costas." Depois foi a vez de o Rambo perguntar: "Então o senhor está dizendo que a gente deve fazer sexo com as nossas vizinhas?" Todo vermelho, o Reverendo respondeu: "Sexo não, Robert (o primeiro nome do Rambo). Quer dizer... a menos que você seja casado com sua vizinha, claro." Resolvi aproveitar a deixa. "Mas, se eles forem casados, então por que não moram na mesma casa?", perguntei, caprichando na voz de cordeirinho pré-adolescente. O Reverendo sabia que estava numa sinuca de bico, e a julgar pelos risinhos generalizados, meus colegas sabiam também.

"Humm... não sei bem ao certo, John (meu primeiro nome)", ele disse. "Acho que divagamos um pouquinho..."

Depois a coisa só fez piorar. O Esponja perguntou se era verdade que o bilau da gente enrola quando a gente faz sexo com uma devota de Satanás. O Reverendo disse que não tinha certeza. Então o Rambo perguntou se ele já tinha feito suruba com duas lésbicas. Desesperado, o Reverendo Bispo olhou para o relógio e disse: "Santo Deus, olha só a hora!", e dispensou a gente quinze minutos mais cedo.

14h30 Primeiro treino de rúgbi com o sr. Lilly (nosso professor de educação artística) como técnico. Vestido de calças compridas, meias brancas e tênis, o sr. Lilly nem de longe se parece com os técnicos que a gente vê nos outros campos, correndo de um lado para outro de chuteiras, berrando com os jogadores, soprando apitos barulhentos. O sr. Lilly diz que é pacifista e morre de medo que a gente se machuque. Não usa apito, mas sim bate palmas quando precisa interromper o jogo. (Ele acha que o apito é um símbolo de opressão.) Sua estratégia era se divertir e ser gentil com os outros. Enquanto os caras dos outros times treinavam até botar os bofes para fora, a equipe sub-14D fazia uma corridinha leve, seguida de uma pausa para beber água e de um descanso sob as árvores. O Lilly falou que vamos começar a treinar os fundamentos na quinta-feira. Sábado é o nosso primeiro jogo, contra o pessoal da Lincoln, no campo deles, e nosso técnico está convencido de que a gente vai acabar com eles. Depois de rebolarmos pelo campo durante uma hora, feito um bando de meninas, ele finalmente nos dispensou. No caminho de volta para o dormitório, fiquei observando o exaustivo treino da equipe principal, que também se preparava para jogar no fim de semana. Os caras eram todos enormes, rápidos e assustadores. Reconheci o Greg Anderson e o Bert entre eles. Um bando de garotos assistia ao treino, boquiabertos, admirados.

Quarta-feira, 26 de abril

8h Uma fila de professores sérios foi entrando no palco do auditório, alguns cochichando entre si, outros olhando vagamente para a plateia. O Marimba vinha atrás deles, a beca esvoaçando como se o cara estivesse no meio de um vendaval. Ele também estava sério. Quando alcançou o púlpito, deu uns tapinhas no microfone para ver se ele estava funcionando, depois mandou que a gente se sentasse.

"Na manhã de hoje, a bandeira da nossa escola tremula a meio mastro." Ele olhou para o alto como se tivesse encontrado uma goteira no teto. "Hoje pranteamos o falecimento de um grande amigo e fiel colaborador desta escola: um homem que devotou uma vida inteira aos valores e ideais que todos nós sempre procuramos defender. Educador, amigo, mestre e colaborador. Hoje estamos de luto pelo falecimento de John Riley Crispo. Abaixemos nossas cabeças em oração."

Não rezei.

Fazia pouco mais de um mês que eu havia estado na varanda da casa do Crispo, olhando para as estrelas, ouvindo suas velhas histórias de guerra. Também me lembrei da visita que ele tinha feito ao nosso ensaio na semana passada, e de como parecia velho e frágil. Na minha cabeça, eu ainda podia ver claramente seu maravilhoso rosto envelhecido. Queria ter tido a oportunidade de falar com ele novamente, talvez só para me despedir. Mas agora era tarde demais. O Crispo tinha ido embora para sempre.

As orações terminaram, e a gente saiu do auditório. A maioria dos garotos parecia triste enquanto voltava para as salas. Eu caminhei pela névoa cinzenta do outono lutando desesperadamente contra um terrível aperto na garganta.

Quinta-feira, 27 de abril

Ainda muito triste com a morte do Crispo. O Esponja acha que ele morreu sentado na cadeira da varanda. A empregada Gloria apareceu para servir o chá da tarde e não conseguiu acordá-lo.

Recebi uma carta da Sereia.

Querido Johnny,

Espero que seu aniversário tenha sido ótimo, e que ninguém tenha feito nenhuma malvadeza com você. Tenho um presente para você, que vou entregar, quando você vier para o feriado. Como vão os ensaios? Mande notícias e fofocas.

Quanto a mim, a escola está bem melhor, embora eu ainda preferisse estar de férias com você. Semana que vem vamos jogar netball em Empangeni. (Nunca estive lá antes, mas ouvi dizer que o lugar não tem muitas atrações.) Domingo vi seu pai no shopping. Ele estava andando dentro daquela fonte que tem na frente do Wimpy. Uma galera se juntou para ver. Não sei direito o que ele estava fazendo, talvez você possa perguntar a ele. Estou curiosa.

Bem, meu amor, é isso. Estou morrendo de saudades, por que você tem de estar tão longe de mim? Volte logo para casa!

Beijinhos,
Eu

P.S.: Não se assuste se qualquer dia desses vc me vir na arquibancada de um jogo seu.

Liguei para casa, e mamãe atendeu o telefone. Ela não fazia a menor ideia do que havia levado papai a andar dentro da fonte do shopping. Contei sobre a morte do Crispo, mas logo percebi que ela estava ocupada e nem um pouco interessada no assunto. Falou que eles vinham no sábado para assistir ao jogo de rúgbi.

14h30 Treino de rúgbi. O sr. Lilly falou que, como meio-campista, eu teria que ser o chutador do time no jogo de sábado. Ninguém treinou as técnicas de derrubar; em vez disso, jogamos uma partida de rúgbi para iniciantes para evitar que alguém se machucasse antes do jogo. Os atacantes ficaram treinando arremessos de linha de fundo e algumas táticas de corpo a corpo, e os três caras da defesa ficaram correndo e trocando passes, quase sempre deixando a bola cair.

Pouco antes de as luzes do dormitório se apagarem, o P. J. Luthuli anunciou que a gente ia escalar uma montanha chamada Inhlazane (Peito de Mãe) no domingo. A montanha fica a 28 quilômetros da escola; vamos sair às três da madrugada e voltar só à noitinha. Esse programa, que os garotos mais velhos chamam de *hike*, aparentemente é mais um dos rituais de iniciação de calouros na escola. O coitado do Barril está preocupadíssimo e já está planejando arrumar um atestado médico na enfermaria amanhã bem cedo. O Lagartixa falou que ia com ele e eu posso jurar que ele vai dar um jeito de ficar doente também.

Sexta-feira, 28 de abril

17h A escola inteira se reuniu nas arquibancadas do Trafalgar (o campo da equipe principal de rúgbi). Os deuses do time principal de rúgbi treinavam uma jogada complicada com o técnico deles, o sr. Hall, enquanto o Luthuli, eleito o puxador do grito de guerra, andava na nossa frente com uma bandeira vermelha. A tarde estava escura, nublada e úmida. As colinas vizinhas tinham sido engolidas pela névoa cinzenta, e apenas uma luz fraca e trêmula podia ser vista dos prédios da escola, no alto de uma delas. O técnico apitou bem alto e os jogadores vestiram os agasalhos e vieram correndo na direção da arquibancada. Eles pararam feito heróis na nossa frente, passando os braços pelos ombros uns dos outros, e berraram algo em uníssono. De repente, a bandeira foi abaixada, e a escola inteira berrou algo de volta. Uma enorme onda de som percorreu o campo e depois... silêncio. Dali a pouco, muito mais alto que o nosso berro coletivo, o eco ricocheteou através do vale feito um disparo de pistola. Todo mundo aplaudiu e assobiou. O Luthuli ergueu a bandeira pedindo silêncio e disse: "Se vocês acham que esse grito de guerra foi bom, estão muito enganados. Estamos em 1990, senhores, uma nova década! Esta equipe merece muito mais!"

O grito de guerra foi repetido, agora duas vezes mais alto. Impossível saber o que significava aquilo, ou mesmo identificar as palavras. A primeira frase parecia algo como "um coelhinho toca violoncelo", mas acho pouco provável — um grito de guerra de respeito não pode ter a palavra "coelhinho".

"Senhores, quem somos nós?", perguntou Rob Gillson, o capitão do time. Dois metros de puro músculo parados orgulhosamente diante de nossos olhos. A escola inteira gritou de volta. Um cara do segundo ano perdeu o equilíbrio e caiu da arquibancada. Os amigos dele começaram a zoar, mas logo se calaram quando viram a careta ameaçadora do capitão Gillson. "Cá estamos nós, de volta ao Trafalgar, prontos para começar... para começar aquela que será a melhor temporada de rúgbi da história desta escola!" Sua voz era grave e penetrante e, com seus olhos de aço, instantaneamente fazia a atmosfera parecer elétrica. Toda a escola parou, abraçada, para ouvir o que o capitão tinha a dizer. A chuva agora caía mais forte, mas ninguém parecia notar.

"Não somos mais garotos. Amanhã lutaremos feito homens. Só venceremos se todos vocês estiverem conosco. E com isso não quero dizer 'alguns de vocês', nem 'a maioria de vocês', mas '*todos* vocês'!" (Gritos e barulho de pés batendo.) "Precisamos de vocês! É a torcida que faz a gente superar os momentos mais difíceis de um jogo. Vamos lá, quero ouvir esse grito de guerra outra vez!"

A escola gritou ainda mais alto — agora o eco foi como se um avião a jato desse um rasante no vale. A adrenalina corria solta nas minhas veias. Minha vontade era sair por aí distribuindo bordoada. Meus dentes rilhavam, meus dedos fincavam o ombro do Cachorro Doido à minha esquerda e o do Vern à minha direita. Cotoco Milton estava pronto para matar!

O time principal foi se afastando na direção da escola. Oliver Brown, o chutador da equipe, voltou ao campo para treinar. O restante dos alunos, pilhados com o discurso do capitão e com a chuvinha gelada que não parava de cair, começou a correr para todo lado, uns derrubando os outros. O Cachorro Doido atropelou o Vern e o Lagartixa enquanto eles assistiam ao Oliver mandar a bola entre as traves. E depois foi a vez de o Rambo esmagar o Cachorro Doido. O Cachorro Doido se desvencilhou e acabou tropeçando no Simon, que tinha sido derrubado por outra pessoa. Os meninos corriam, berravam, riam e tentavam machucar uns aos outros. O clima na escola nunca esteve tão bom.

Sábado, 29 de abril

P. J. Luthuli me arrancou do café da manhã dizendo que o Marimba queria me ver no escritório dele imediatamente. De início achei que fosse mais uma brincadeira, mas o rosto do Luthuli mostrava o contrário. Atravessei o pátio rumo ao gabinete do diretor, o coração a mil e o corpo se esvaindo em suor. Comecei a repassar os últimos dias em minha cabeça. Eu só podia ter feito alguma besteira, senão isso não estaria acontecendo. A secretária me acompanhou até a sala do Marimba e, notando minha aflição, deu um tapinha no meu ombro antes de se retirar.

"Sente-se, Milton." O Marimba estava confortavelmente acomodado em sua poltrona de couro, o jornal aberto em cima da mesa. Ele apontou uma cadeira do outro lado da mesa. "Dá para acreditar que esse idiota realmente acha que a Lincoln vai vencer o jogo de hoje? Já se foi o tempo em que o jornal local era comandado por nossos ex-alunos." Ele suspirou, dobrou o jornal e me olhou direto nos olhos. "Relaxa, garoto. Você não fez nada de errado, fez?" Abanei a cabeça e soltei um gemido.

"Ótimo. Bem, parece que o meu querido amigo Johnny Crispo tinha um apreço especial por você. Pediu que cantasse uma estrofe do hino preferido dele, o 'Jerusalém', durante a cerimônia fúnebre. A srta. Roberts o ajudará depois da missa de amanhã. O enterro será na terça-feira. Muito obrigado, Milton. Agora pode ir."

Quando voltei para o café da manhã, os Oito Loucos ainda tentavam descobrir por que eu havia sido chamado na sala do Marimba. O Esponja já tinha até começado a organizar um bolão. O Rambo tinha apostado dez pratas, dizendo que eu ia levar uma bronca qualquer, e o Simon, duas pratas, dizendo que eu ia dedurar alguma sacanagem do Pike. Todos levaram o maior susto quando eu disse que tinha sido convocado para cantar no enterro do Crispo. Enquanto embolsava a grana, o Esponja disse que não teria apostado nem um tostão nesse convite. (Na opinião dele, era mais fácil eu ser um dedo-duro do que cantar no funeral!) O Barril confessou que tinha comido meus ovos mexidos com bacon enquanto eu estava fora; tinha certeza de que eu ia perder a fome depois de encarar o Marimba. Na verdade, foi a perspectiva de cantar sozinho no enterro do Crispo que acabou de vez com o meu apetite.

11h Meu primeiro jogo de rúgbi. No fim do primeiro tempo, o placar era 52 a 0 para Lincoln. O sr. Lilly fez o que pôde para animar a gente durante o intervalo, mas a decisão de nosso técnico de não treinar os fundamentos, parecia ter surtido efeitos ruins. Além disso, nossos jogadores não estavam acostumados com o apito e muitas vezes se assustavam com o juiz e deixavam a bola cair. O juiz teve a bondade de dar a partida por encerrada quando a Lincoln chegou aos cem pontos. Nem sequer tive a oportunidade de chutar a gol, e saí de campo aliviado que meus pais não estivessem presentes para assistir àquele fiasco. O Lilly nos reuniu sob uma árvore e disse que estava muito orgulhoso da gente, da maneira como a gente tinha lidado com a pressão sem perder a dignidade. Ele estava muito feliz por ninguém ter se machucado (uma conclusão óbvia, considerando que ninguém havia conseguido chegar perto dos adversários).

O jogo da equipe principal foi outra história. O capitão Gillson liderava a equipe, em seus magníficos uniformes em vermelho e branco, ao som dos berros de toda a escola. Todo mundo já estava quase rouco, mas a animação era total. Os rapazes estavam com total domínio do jogo: Oliver Brown não errou um chute sequer, e Rob Anderson fez um gol depois de interceptar um passe em pleno ar, um dos mais difíceis de fazer. Placar final: vitória de 28 a 3. O único mico foi quando o Bert se desvencilhou de uma embolada, saiu correndo e se jogou em cima da linha, arremessando a bola para o alto para comemorar o gol que achava ter feito; acontece que a tal linha não era a do gol, mas a de 22 jardas. O Luthuli ficou rindo por uns cinco minutos, e durante esse tempo nenhum grito de guerra foi dado. Depois do jogo, a escola ficou alvoroçada, e todo mundo falava sobre a possibilidade de o time chegar invicto ao fim da temporada, derrotando até a poderosa equipe do Kings College.

Outra boa notícia foi que o Devries (que joga no sexto time) quebrou o braço e foi visto por aí de gesso e tipoia.

Domingo, 30 de abril

Como prometido, o Luthuli nos acordou às três da manhã para a escalada da tenebrosa Inhlazane. Minhas pernas pesavam feito chumbo e meus dentes tiritavam de frio enquanto eu tentava sair da cama quentinha. Percebendo que o Vern ia sair também, o Roger reclamou com um miado estridente. Cada um de nós recebeu um saco plástico com suprimentos: suco, um pão, uma maçã e uma barra de chocolate. Em meio à escuridão, seguimos o Luthuli, que marchava à frente. Só dava para enxergar o boné branco dele. Nosso monitor andava tão depressa que eu, o Vern e o Lagartixa quase precisávamos correr para não ficar para trás. Sorte teve o Barril, que não precisou vir por causa do sopro no coração.

Atravessamos o vale e escalamos uma das colinas que circundavam a escola. Infelizmente, a trilha parecia que nunca mais ia parar de subir. Quando o Sol se levantou, já estávamos enfrentando uma cadeia de montanhas chamada Sete Irmãs (logo rebatizadas de Sete Vadias). Sem dúvida nenhuma, Deus criou as Sete Irmãs para atormentar a vida dos escaladores. Assim que você escala a primeira irmã, logo aparece outra na sua frente. E assim a coisa vai, sete montanhas, cada uma mais alta que a outra. Agora sei o que o pobre Frodo Bolseiro passou durante sua viagem para Mordor em *O senhor dos anéis*. Mas duvido que as Montanhas Sombrias fossem tão sinistras quanto estas.

Logo o frio deu lugar a um calorzinho, e depois a um calorzão. Nossos suprimentos já tinham acabado, e não havia nenhum sinal de água fresca pela frente. Luthuli não parecia nem um pouco preocupado com isso, e continuava andando rápido, sem fazer nenhuma diferença entre subida e descida. O Esponja se atrasou depois de ficar preso numa cerca de arame farpado, e o Lagartixa, que havia saído do caminho para dar uma mijada, teve de pular num arbusto de espinhos depois de ser perseguido por um boi tarado, com o pinto de fora.

11h30 Luthuli nos conduziu à parte de trás da montanha e começamos a escalada final. Seguimos atrás dele, agarrando as pedras e o mato para subir o caminho cheio de fendas e ravinas. Enfim chegamos ao topo, e lá encontramos a vista mais espetacular que eu já vi em toda a minha vida. À esquerda ficavam as montanhas Drakensberg, com seus picos nevados. À direita, a colossal barragem Midmar, esparramada como a mão de um gigante. Por todos os lados havia campos verdejantes com animais pastando; bosques e, velhas casas de fazenda cercadas por plátanos, já quase todos pelados. Uma leve brisa varria o cume. O Luthuli nos deu meia hora para descansar. Aproveitei a oportunidade para sentar e admirar a paisagem, sobretudo as montanhas Drakensberg (que em zulu significa Barreira de Lanças). Mais uma vez me lembrei da viagem de Frodo para Mordor; pensei na peça, no meu aniversário, na Sereia, no Crispo e no Guv. Pensei nos milhares de homens que já haviam escalado aquela mesma montanha e sentado naquele mesmo lugar e talvez pensado em coisas semelhantes. Tive uma saudade repentina da Sereia, uma vontade de sentar com ela e falar e ouvir e respirar e beijar.

O Cachorro Doido encontrou uma velha torre de sinalização e mandou que a gente mijasse junto em torno dela numa espécie de ritual de confraternização. Falou que a gente deixaria nossa marca ali, criando uma nova tradição. Todo mundo cercou a pobre da torre e mandou ver. (Exceto o Vern, que foi acometido por um surto de timidez.)

A viagem de volta foi longa e tortuosa. Nossas pernas estavam cansadas, nossa pele, queimada, e a desidratação começava a dar sinais. O Luthuli escolheu um caminho diferente na esperança de encontrar água. Lá pelas tantas passamos por um lago meio fedorento, e foi nele que matamos nossa sede. Depois seguimos em frente, na direção do pôr do sol. O Simon caiu de mau jeito, torceu o tornozelo e mancou o resto do caminho. O Rambo teve de ajudá-lo a descer os barrancos mais íngremes; particularmente preocupado com que seu meio-campo estivesse gravemente machucado.

Chegamos ao dormitório às 20h45, exaustos e mortos de fome. Luthuli deixou que a gente fizesse uns sanduíches na sala dos monitores e, depois de comer e tomar banho, os Oito Loucos caímos na cama e logo nos juntamos ao Barril, que já estava dormindo.

Último pensamento antes de cair no sono: esqueci de ensaiar a música do enterro do Crispo. (Na verdade, nem fui à capela.) Resolvi botar toda a culpa no Luthuli.

Segunda-feira, 1º de maio

Acordei e me juntei aos meus companheiros de dormitório, que mancavam rumo ao banheiro. O Bert teve de carregar o Lagartixa escada abaixo, porque a toda hora ele caía e abria o berreiro. O tornozelo do Simon ainda estava bem inchado.

O Guv passou metade da aula de inglês reclamando que para o mundo inteiro o dia 1º de maio era feriado por causa do Dia do Trabalho, menos para nós. Falou que, se nós fôssemos homens de verdade, organizaríamos uma revolta e fecharíamos a escola. O Esponja ficou de pé e argumentou que nossa semana extra de férias mais do que compensava pelos feriados que a gente não tinha. O Guv contra-atacou dizendo que ele era "cria de Margaret Thatcher" e falando que a gente era um bando de bundas-moles sem brio nenhum; para terminar, jogou o dicionário pela janela. Nem vou contar ao papai sobre essa história do Guv com o Dia do Trabalho, senão ele vai ficar achando que o homem é comunista!

20h O Kojak estava mais surtado do que nunca durante o ensaio, empunhando a batuta como se fosse a lança de um cavaleiro. Passou a maior parte do tempo berrando e batendo a batuta na estante de partituras. Quanto mais irado ele ficava, menos eu conseguia cantar direito. Depois de um tempo, o Viking achou por bem interromper o ensaio, pois o nosso diretor musical já estava soltando espuma pela boca e ameaçava ter outro piripaque (o anterior tinha sido há dois anos, durante um ensaio de Os *Piratas de Penzance*).

A srta. Roberts pediu que eu ficasse mais um pouco, e a gente ensaiou o "Jerusalém", o hino do enterro do Crispo. Só vou ter de cantar a primeira estrofe; a segunda vai ser cantada pelo coro, e as três últimas, pela congregação inteira. Para falar a verdade, só de pensar que vou ter de cantar na frente de um defunto me dá vontade de vomitar. (Lembrar de pedir ao Lagartixa um daqueles seus comprimidos para enjoo).

Terça-feira, 2 de maio

11h Enterro do Crispo. Os alunos da escola inteira atenderam ao chamado dos sinos e, felizes da vida, abandonaram as aulas para se dirigir à capela. A missa foi muito triste, o Reverendo Bispo estava surpreendentemente controlado e pareceu bastante coerente em seu discurso sobre o amor e a dedicação que o Crispo tinha pela escola. Meu solo saiu melhor do que eu esperava, embora eu ainda tivesse a impressão de que minha voz estava saindo da boca de outra pessoa. (Será que isso tem alguma coisa a ver com o Macarthur?)

O caixão do Crispo saiu carregado por um bando de velhotes de uniforme militar. Sentado à frente do coro, eu estava a uns 3 metros do caixão, e passei a missa inteira tentando imaginar como seria o cadáver do Crispo. Será que a língua dele estava para fora? Que os olhos estavam abertos? Que o rosto tinha sido congelado numa careta de medo e agonia? Será que ele estava mesmo ali dentro?

Gloria estava sentada no banco da frente, segurando um de seus copos-de-leite. Ela chorou o tempo todo e colocou a flor dentro do caixão quando este passou por ela.

Um dos velhotes tropeçou no meio do caminho. Por um instante, achei que o caixão ia despencar, mas o Marimba se adiantou e amparou o caixão, impedindo um desastre. Um sorriso malicioso se insinuou no rosto de cobra do Pike. (Seria uma coincidência que ele estivesse sentado no lado do corredor no qual o velhote tropeçou? Aposto que não.)

A última aula do dia foi de educação religiosa com o Reverendo Bispo, que parecia estar tão inspirado quanto na missa. Logo começou uma longa conversa sobre morte. O Esponja perguntou ao capelão se o Crispo tinha ido para o céu. Todo emocionado, o Reverendo falou que tinha certeza de que o velhinho estava dançando com os anjos naquele exato momento. O Rambo falou que tinha certeza de que o Crispo tinha ido para o inferno porque havia tentado fritar as bolas do Esponja na aula de história. Depois o Barril limpou a garganta e perguntou: "E os espíritos, eles existem mesmo?" O Reverendo sorriu e disse: "O único espírito em que acredito é o Espírito Santo."

"E o Mango?", perguntou o Rambo. Ele começou a descrever como o Macarthur se enforcou na capela. O Reverendo Bispo falou que, na opinião dele, aquilo tudo não passava de papo furado, de uma história da carochinha que não valia nem o papel em que estava escrita. Com a rapidez de um raio, o Barril disse: "Não está escrita em lugar nenhum, porque todos os indícios foram destruídos!" Então foi a vez de o Cachorro Doido falar: "O Macarthur foi assassinado, e o Crispo era a única pessoa que sabia de toda a verdade, e agora assassinaram ele também!"

Difícil saber se o Cachorro Doido estava brincando ou não. O capelão deu uma sonora gargalhada, mas foi interrompido pelo Rambo, que disse: "Já reparou em alguns dos professores deste lugar? Os caras passariam a faca na própria avó em troca de uma tampinha premiada!" O sinal tocou, e o reverendo nem sequer tentou disfarçar seu alívio.

14h30 Treino de rúgbi. O Lilly reuniu o time sob as árvores para uma conversa séria. Falou que a gente não devia ter vergonha nenhuma por ter sido o único time derrotado nos jogos de sábado. Depois falou que eu tinha cantado muito bem e desandou a chorar. Todo mundo ficou parado ali, olhando para o treinador até que ele parasse de uivar; por fim ele assoou o nariz ruidosamente e mandou que a gente fizesse uma corridinha de aquecimento. Mais uma vez o Lilly adiou o treino dos fundamentos para quinta-feira, preferindo focar em outras coisas, como correr e passar a bola.

Assim que as luzes se apagaram no dormitório, o Cachorro Doido tentou, sem nenhum sucesso, convencer a gente de que o Crispo tinha sido assassinado porque estava prestes a revelar o segredo da morte do Macarthur. O Barril falou que tanto o Cachorro Doido quanto o Esponja tinham mania de conspiração, e que ele, Barril, só lidava com a realidade dos fatos.

O Esponja ainda não se recuperou da escalada; está andando com o par de muletas que recebeu da enfermaria. O tornozelo do Simon está melhor, e, para alívio do Rambo, tudo indica que ele vai poder jogar no sábado.

Quarta-feira, 3 de maio

Terminei *O senhor dos anéis*. Fiquei deprimidíssimo: a viagem do Frodo tinha se tornado um pedaço da minha vida, mas agora que terminou tenho de devolver o livro para o Guv e seguir em frente. Escrevi uma longa carta para a Sereia, mas ainda assim continuei com saudades de casa, então liguei para os velhos e bati um papo com o papai. Ele contou que ele e o Frank tinham sido expulsos da patrulha noturna e agora estavam ameaçando formar outro grupo, só de patrulheiros rebeldes. Mas a polícia está de olho nele, então ele tem se comportado direitinho.

Mamãe explicou que papai tinha jogado suas moedinhas na fonte do shopping para trazer sorte e depois percebido que não tinha dinheiro para pagar o estacionamento; então ficou rodando na água até recuperar seus 2 rands. (Ainda bem que eu não estava lá. Fico envergonhado só de ouvir a história.)

A boa notícia é que no sábado haverá uma festinha para calouros e segundanistas no auditório principal da escola. Alguns ônibus vão trazer as meninas da St. Catherine's, e um dos garotos do pré-universitário será escolhido para ser o DJ. Nosso dormitório está em polvorosa. O Esponja chegou a ponto de dar uma grande palestra sobre sexo, ensinando a gente como derrubar as meninas. Ofereceu ótimas recompensas para quem conseguir alguma coisa. Fez até uma tabela:

Beijo de língua (com pegação)	1 rand
Pegar nos peitinhos	5 rands
Pegar na dita-cuja	10 rands
Boquete	50 rands
Sexo	100 rands
Sexo gravado em vídeo	500 rands
Sexo com duas garotas ao mesmo tempo	1.000 rands

A única condição é que, para receber a grana, a coisa tem de ser testemunhada por mais duas pessoas. E quem quisesse entrar na competição tinha de pagar 5 rands para ele, Esponja. Para não dar uma de mané, paguei a grana e falei que certamente ia comer alguém no sábado. (Todo mundo riu, dizendo que se uma pessoa com o apelido de Cotoco comesse alguém cada um deles me dava um milhão de rands.) Se eu não conseguir nada, pelo menos posso dizer que foi porque já tenho namorada.

Quinta-feira, 4 de maio

Nosso novo professor de história, o sr. Lennox, é inteligente para caramba; passou a aula inteira falando sobre o CNA e as origens do apartheid (isso estava previsto no programa do curso). Acho que a gente nunca vai terminar esse programa. Com seus cabelos cor de gengibre e sobrancelhas cabeludas, o sr. Lennox tem uma cara assim, meio de panaca, mas parece muito esperto e sabe tudo de história. Desceu o pau no apartheid, dizendo que era a mesma coisa que o nazismo alemão. (Tomara que ele e o papai nunca se encontrem; vai ser briga na certa.) Também anunciou que ia fundar uma nova sociedade na escola, com encontros quinzenais aos domingos, depois da missa, na casa dele. O grupo será chamado "Assuntos Africanos" e vai discutir as questões políticas da África do Sul. Depois da aula, pus meu nome na lista, e ele informou que o primeiro encontro seria na noite deste domingo. Com toda essa história da peça, eu já havia me esquecido do projeto de fazer planos para combater o sistema. Mas agora estou prestes a dar o primeiro e gigantesco passo na direção de me tornar um guerrilheiro da liberdade!

14h30 Hoje, pela primeira vez, treinamos o *tackle* no rúgbi. Quase consegui derrubar o Geoff Lawson (que tem mais ou menos o meu tamanho), mas saí do caminho toda vez que alguém muito maior veio correndo atrás de mim. Acho que todo mundo seguiu meu exemplo, e nosso capitão gordão, Gareth Hogg, o Porco, conseguiu marcar 13 gols em meia hora. Na condição de mais baixinho do time, não marquei porcaria nenhuma (mais uma prova de que, na ausência de um milagre, jamais vou chegar a jogar no Springboks). O jogo de sábado vai ser contra a Arlington High, que a gente destruiu no críquete no trimestre passado. Eles ainda não sabem se vão conseguir montar uma equipe D para a categoria sub-14; portanto, se a gente de fato chegar a jogar, é bem provável que a gente ganhe.

O Rambo chegou ao dormitório muito depois do apagar das luzes. Falou que estava ensaiando com a Eva uma cena para nossa aula de teatro. O Esponja perguntou quando é que ele ia comer a Eva, e o Rambo bufou um risinho, falando que o Esponja tinha ficado doido.

Sexta-feira, 5 de maio

Hoje ensaiei com o Marimba. O Viking trabalhou a cena em que Bill Sykes (o psicopata interpretado pelo Marimba) sequestra o Oliver da Nancy (interpretada pela Eva). Por sorte está escrito no roteiro que o Oliver fica aterrorizado, o que não é difícil de fazer com o Marimba berrando no meu ouvido e me arrastando pelo colarinho. O Viking falou que eu fui ótimo em cena e depois criticou o Marimba, falando que ele tinha de engrossar ainda mais. Chegou mais perto do diretor e falou baixinho: "Finja que foi este menino que pôs a banana no seu carro." Uma faísca de maldade brilhou nos olhos do Marimba, que contorceu o rosto numa careta ameaçadora. Fizemos a cena novamente, e dessa vez ele pegou pesado comigo, puxando meu cabelo e me empurrando contra a parede. Fiquei com vontade de chorar e, por instinto, mordi os lábios para segurar a onda; mas depois pensei: vou deixar rolar, e abri o berreiro. Terminada a cena, esfreguei os olhos e abri um sorriso só para mostrar que estava apenas interpretando. O Viking pulou no palco e, quase fincando o nariz no meu rosto, disse: "Caramba, Milton, se você conseguir repetir isso em setembro, não restará um par de olhos secos neste teatro!" Depois virou para o Marimba e disse: "Chefe, o senhor também estava ótimo. E veja só... Acho que acabamos de descobrir um novo Marlon Brando!" E com isso, intempestivo como sempre, ele nos dispensou.

Tentei dar alguns passos adiante do Marimba, mas ele me chamou de volta e foi caminhando a meu lado na direção do pátio. "Milton, gostaria de lhe dar os parabéns pela apresentação na missa de Johnny Crispo. Você tem uma bela voz, meu jovem. Além disso, dadas as circunstâncias, achei que se comportou muito bem. Sabe, alguns dias antes de morrer, Crispo contou que havia passado uma tarde com você e que, nesse dia, lembrara muito de si mesmo quando tinha sua idade; falou que vocês eram muito parecidos. Um cumprimento e tanto, vindo de um ex-porta-voz desta escola." Não soube direito o que dizer; me senti ao mesmo tempo orgulhoso, alegre, sem jeito, envergonhado... e provavelmente outras coisas também. Mas, antes que eu pudesse balbuciar alguma palavra, o Marimba se despediu com um tapinha nas minhas costas e se afastou em direção ao gabinete dele.

De repente ouvi um barulho esquisito da sala comunitária e vi os rostos horrorosos do Pike e do Devries, emoldurados pela janela. Não dei confiança para eles e simplesmente entrei no prédio. Infelizmente eles me agarraram no corredor e foram me empurrando na direção do banheiro. "Seu puxa-saco", rosnou o Pike, que tinha prendido meus braços atrás das costas, "por que não lambe o cu do cara da próxima vez?" Esperneando feito um maluco, consegui chutar o braço quebrado do Devries; ele urrou de dor, mas logo recuperou o fôlego e devolveu uma joelhada na minha coxa. Senti uma espécie de choque na perna, que logo ficou paralisada. O Devries me pegou pelas canelas, e os dois foram me carregando rumo às fedorentas cabines de privada.

"Se o Cotoco chegar perto de uma privada, vocês vão levar tanta porrada que até as fotos de vocês em casa vão chorar!" O Pike e o Devries congelaram. "Aliás vou dar porrada e depois vou entregar os dois para o Costelinha, que vai terminar o serviço." Reconheci a voz do meu monitor. Pike assobiou e me largou no chão. Devries o seguiu e os dois saíram do banheiro, resmungando e cochichando um com o outro. Fiquei de pé rapidamente e comecei agradecer ao Minhoca. Ele não disse nada, só mandou que eu subisse para preparar um chá bem forte para ele. Agradeci mais uma vez e corri escada acima para preparar o melhor chá do mundo.

A concentração durante o ensaio do grito de guerra foi por água abaixo quando um calouro chamado Ferguson, da ala Woodall, gritou na hora errada. Mas o que fez o erro dele ainda mais desastroso foi que o cara deu uma desafinada espetacular e o grito saiu feito o berro de uma mulher misturado com o zurro de um jumento gripado. Até o Luthuli achou engraçado, e eu pude ver um relance de seus brilhantes dentes brancos. Apesar de toda gritaria, a vitória sobre a fraca equipe de Arlington quase podia ser dada como certa, e no ensaio de hoje havia mais risadas e menos paixão do que na semana passada.

Terminado o ensaio, o Pike me alcançou no caminho de volta para casa e disse: "Vou pegar você, Cotoco. Um caldo na privada não é nada se comparado ao que vem por aí." Ele cuspiu na minha camiseta, riu feito uma hiena e saiu correndo rumo à turma dele. Ah, se eu pudesse desejar morte súbita de alguém...

O Esponja (já com 35 pratas em caixa) ofereceu mais incentivos para a festinha de amanhã:

Apresentar ao Esponja um sutiã	10 rands
Apresentar ao Esponja uma calcinha	20 rands
Apresentar ao Esponja uma calcinha fio dental	40 rands
Apresentar ao Esponja uma calcinha fio dental preta	50 rands

Ele disse que outras peças de vestuário seriam avaliadas antes que qualquer preço fosse acertado, mas deixou bem claro que não estava nem um pouco interessado em jaquetas, blusas, meias, elásticos de cabelo ou absorventes higiênicos.

Sábado, 6 de maio

10h Assim que o time da Arlington chegou, constatamos que havia apenas 13 jogadores. (O *forward* deles não apareceu, e o lateral direito foi expulso ontem por tentar roubar o carro de um professor.) Então rolou uma grande discussão entre o técnico deles e o sr. Lilly para saber se ia ter jogo ou não. Por fim eles decidiram que o jogo ia acontecer, sim, mas seria interrompido tão logo o placar ficasse muito vergonhoso para os visitantes.

11h O Porco nos conduziu campo adentro sob a calorosa torcida dos meus pais, do sr. Lilly e do nosso banco de reservas. (Não sei por quê, mas os jogos do sub-14D nunca atraem multidões.) A equipe da Arlington, naturalmente, ficou apavorada: eles sabiam que não tinham a menor chance. Assim que foi dado o chute inicial, o Porco pegou a bola, arremeteu contra os adversários e marcou o primeiro gol da partida.

Na minha primeira oportunidade como chutador, coloquei a bola num morrinho de terra, firmei o pensamento e me preparei para tentar um chute a gol. Silêncio total. Bem na minha frente estavam as traves. Aquele poderia ser meu grande momento de glória. Eu não podia errar. Recuei alguns metros e fui correndo rumo à bola, baseando minha técnica sobretudo em Naas Botha, que eu já tinha visto um milhão de vezes na TV. Com toda pose de profissional, chutei o mais forte que pude. Mas, infelizmente, chutei baixo demais: a bola bateu no travessão e voltou voando na minha direção, acertando em cheio minha cara. Os médicos e o sr. Lilly entraram em campo com o kit de primeiros socorros e limparam o sangue do meu nariz. Já devidamente consertado, corri ao encontro dos meus companheiros de equipe, que se dobravam de tanto rir.

Meu fiasco como chutador deve ter dado alguma esperança aos adversários, porque, antes que a gente desse conta, eles haviam marcado quatro gols e lideravam o jogo por 20 a 4. Esboçamos uma reação pouco antes do fim do primeiro tempo, quando meu amigo Geoff Lawson marcou mais um gol e eu fui chamado para chutar. Dessa vez eu chutaria da lateral, um chute quase impossível de converter, mas pelo menos não correria o risco de levar mais uma bolada na cara. Pois bem. Depois de fazer minha imitação de Naas Botha, desci o pé na bola e, quando olhei para cima, vi que ela voava linda sobre o travessão. O juiz de linha levantou a bandeira, e eu trotei de volta para minha posição com os brios mais ou menos recuperados. Papai fez sua famosa dança da guerra (ou da chuva), e o sr. Lilly invadiu o campo para me abraçar enquanto eu voltava para minha posição.

Infelizmente esse foi o último ponto alto do jogo e, querido diário, tenho vergonha de admitir que fomos humilhados pelos 13 jogadores Arlington. O placar final foi de 46 a 12! Nem mesmo o papo furado do sr. Lilly sob as árvores foi capaz de levantar o nosso ânimo. Mas o pior não era isso; o pior era que, pela segunda vez consecutiva, nossa equipe foi a única da escola inteira que perdeu. A equipe principal venceu com o extraordinário placar de 72 a 3.

Durante um tempo, acalentei a esperança de que o mico que eu havia pagado em campo não tivesse chegado aos ouvidos do pessoal do dormitório, mas assim que pisei no refeitório para jantar, eles partiram para cima de mim, zoando, rindo e falando todo tipo de asneira. Tudo indica que meu apelido mudou de Cotoco para Bumerangue.

20h O Cachorro Doido foi proibido de comparecer à festinha de hoje porque ficou latindo quando as meninas da St. Catherine's desceram dos ônibus.

Os 180 alunos do primeiro e do segundo ano ficaram todos do lado esquerdo do salão onde o lanche estava servido. O Barril, que evidentemente não tinha a intenção de ganhar ninguém, começou a encher uma mochila com sanduíches de atum e enroladinhos de salsicha. Todo mundo conversava em voz alta, aparentando muita confiança, a maioria falando sobre o jogo da equipe principal de rúgbi, e olhando disfarçadamente para as meninas do outro lado do salão, junto da mesa dos refrigerantes.

A música começou a tocar, e algumas luzes baixaram. Um gigantesco globo de espelhos refletia quadradinhos no chão, mas para dizer a verdade, o enterro do Crispo estava mais animado.

Foram o Rambo e o Simon que por fim quebraram o gelo, passando para o lado das meninas e puxando conversa com elas. Dali a pouco o Esponja se juntou a eles. O Simon estava elegante pra dedéu com uma calça jeans desbotada e uma camisa preta; todas as meninas davam mole para ele, sorrindo feito idiotas na esperança de que ele sorrisse de volta. Uma das garotas do grupo era muito, muito linda. Ela era idêntica à Julia Roberts (só que mais nova e mais bonita e com cabelos ruivos dourados). Parecia ser a única que não ficava rindo feito boba e batendo cílios para as piadas do Esponja. De repente percebi que ela estava me encarando. Fiquei vermelho e virei o rosto, mas depois olhei de volta e lá estava ela, ainda me encarando. O engraçado era que ela estava apenas encarando, como se estivesse diante de uma estátua ou de uma casa (uma casa bem vagabunda, verdade seja dita). Meu coração começou a bater daquele jeito horrível, como se fosse explodir. Mas o clima foi quebrado quando Geoff Lawson se aproximou para perguntar se eu tinha me recuperado do acidente no jogo. Geoff, como quase todo mundo, estava meio sem jeito e toda hora parava o que estava dizendo para acompanhar com os olhos alguma garota bonita no salão. Ele me cutucou nas costelas e disse: "Aquela ruivinha é demais. Eu daria um braço e uma perna para..." E o resto se perdeu no meio da música.

Foi então que começou a tocar "Another One Bites the Dust", do Queen, e a pista de dança finalmente pegou fogo. Primeiro um grande círculo de meninos e meninas se formou em torno do salão, mas depois as pessoas se espalharam em pequenas rodinhas. O Vern, o Lagartixa, o Barril (dançando com a mochila), o Geoff e eu fomos para a ponta da pista e começamos a dançar com um grupo de sete garotas, que imediatamente começaram a cochichar e depois caíram fora. Pensando bem, tenho de admitir que a gente não era lá o grupo mais bonito da noite. A dança do Vern, como se tivesse sofrendo algum tipo de espasmo, estava longe de ser atraente, e o Lagartixa parecia prestes a bater as botas.

O tempo ia se arrastando feito uma lesma, e o pesadelo da agonia e da vergonha e da falta de jeito se arrastava junto. O Simon e o Rambo deixaram o salão de mãos dadas com suas respectivas conquistas. O Cachorro Doido escalou um cano e entrou pela janela, mas foi expulso novamente depois de agarrar a bunda de uma garota e berrar: "Quem é o cara?"

Começou a tocar "Forever Young", do Alphaville, e os casais foram se formando e dançando juntos na pista. Geoff e eu nos retiramos para a mesa de salgadinhos, que àquela altura já havia sido completamente depenada (nem os enfeites tinham sobrado). Enquanto o Geoff tagarelava sobre rúgbi, não pude deixar de notar que a Julia Roberts dançava com um segundanista magricela da ala Barnes. Apontando o queixo na direção dela, o Geoff falou: "Aposto um milhão de rands que é uma patricinha metida a besta." Tenho a impressão de que concordei com ele.

Terminada a música, a gata falou alguma coisa para o parceiro dela e foi se juntar a um grupo de meninas próximo à mesa do DJ. Minha vontade era ir lá falar com ela, mas não encontrei coragem. Dali a pouco, a festa acabou e as meninas foram levadas de volta para o ônibus. O Cachorro Doido não deixou barato: enfiou a cabeça pela janela do dormitório e ficou uivando feito lobo enquanto as meninas atravessavam o pátio. Por fim elas foram embora, e eu fiquei com a imagem da ruivinha desaparecendo aos poucos através das arcadas, sem olhar para trás nem uma vez.

Bem, segue abaixo o placar oficial da noite.

O Simon beijou duas meninas e conseguiu voltar com um sutiã preto tamanho PP. (O que, segundo ele, era prova irrefutável de que ele tinha pegado num peitinho.) Mas o Esponja argumentou que alguém que usava sutiã daquele tamanho não tinha peitinho nenhum; assim sendo, só pagou a metade (5 rands).

O Rambo beijou duas irmãs gêmeas sem que uma soubesse da outra. (Rambo se recusou a pagar até que a veracidade da história pudesse ser comprovada. Ninguém tinha visto gêmea nenhuma, mas o Rambo disse que era porque elas eram idênticas.)

Ninguém mais pegou ninguém, exceto o Barril, que pegou diversos salgadinhos e guardou na mochila. O Esponja falou que estava quase chegando lá quando chamaram as meninas de volta para os ônibus. O Cachorro Doido foi convocado para o gabinete do Costelinha na segunda-feira, por causa de seu mau comportamento. Quanto a mim, falei que tinha tido um milhão de oportunidades para me dar bem, mas que tinha ficado na minha por causa da namorada. (Nunca deixe a verdade se intrometer no caminho de uma boa história.)

Sonhei com a Julia Roberts. (A ruiva.)

Domingo, 7 de maio

O Viking bateu com um prato de latão na cabeça do Smith depois que ele o deixou cair pela terceira vez no ensaio da cena do abrigo de mendigos. O Smith caiu feito uma bola de chumbo e abriu o maior berreiro. Sem dar o menor sinal de remorso, o Viking ignorou o garoto e berrou: "Do início! E se eu ouvir mais um prato cair, vai rolar sangue!" Tão logo percebeu que ninguém (muito menos eu) estava dando confiança para situação dele, o Smith voltou quietinho para a fila dos mendigos que esperavam por sua gororoba imaginária.

20h Sou o único calouro na sociedade de Assuntos Africanos. Logo no início da nossa primeira reunião, o Luthuli foi eleito presidente por unanimidade. O sr. Lennox exibiu para nós um vídeo da BBC que mostrava a polícia espancando covardemente os partidários do CNA nos bairros negros no ano passado. Terminado o vídeo, a gente começou a discutir a situação política na África do Sul. Todo mundo parecia inteligente pra dedéu, fazendo comentários sobre a Umkhonto we Sizwe, a ala militar do CNA, ou sobre o Acordo de Lancaster House, do qual eu nunca tinha ouvido falar. Linton Austin, um cara sardento e de óculos enormes do terceiro ano, que segundo dizem é o garoto mais inteligente da escola, falou que a origem de todas as mudanças sociais era a economia. Sacudi a cabeça vigorosamente, achando que naquele momento isso era o mais acertado a fazer. (Resolvi ali mesmo que em todas as reuniões futuras eu iria concordar com o Linton e com suas ideias econômicas.) Não dei um pio durante todo o encontro, mas adorei cada segundo. O sr. Lennox motiva a gente. Raramente dá a própria opinião, mas deixa todo mundo esperto, quando, no papel de "advogado do diabo", como ele mesmo diz, faz perguntas inteligentes que provocam a maior discussão. Antes de nos dispensar, falou que a gente não devia se deixar levar somente pelas emoções, mas sim considerar todos os aspectos de uma situação antes de formar uma opinião. Apesar disso, não pude deixar de ficar revoltado com as imagens daquele vídeo, e voltei para o dormitório agitado, tanto por minhas ideias políticas quanto pelo café fortíssimo que a sra. Lennox tinha servido.

Segunda-feira, 8 de maio

Agora é oficial. Mais três cuecas minhas sumiram. Dessa vez comentei com o Vern, e ele falou que duas cuecas suas tinham sumido também. Depois de fazer algumas investigações durante o café da manhã, constatei que enfiara a mão num vespeiro. A não ser o Barril, todo mundo já havia perdido mais de uma cueca, mas tinha preferido não dizer nada. Por azar, já que eu tinha levantado o problema, fui escolhido por unanimidade para conversar com os monitores.

12h15 Todo orgulhoso, o Guv anunciou que o nosso jogo de críquete na Cidade do Cabo estava confirmadíssimo. Infelizmente, a viagem vai custar 2 mil rands para cada jogador. Vou ter de ligar para casa e pedir o impossível.

Mais um conturbado almoço com o Guv, cujo humor aos poucos vem melhorando, muito embora sua mulher ainda não tenha voltado para casa. Dessa vez devoramos um requentado e gorduroso balde de frango do KFC, e bebemos Coca-Cola em vez de vinho. Fiquei feliz de encontrar a casa dele bem mais arrumada, e menos fedorenta, que da última vez. Aparentemente a Gloria, que trabalhava para o Crispo, agora vem à casa do Guv três vezes por semana para lavar a roupa, limpar a casa e afugentar os ratos e demais parasitas. Depois de me cumprimentar com um sorriso simpático, ela depositou os óculos e o jornal do Guv, todo dobradinho, em cima da mesinha lateral, e acendeu o abajur. Já estava cuidando dele com o mesmo carinho que cuidava do Crispo.

Falei para o meu professor de inglês que *O senhor dos anéis* era sem dúvida alguma o melhor livro que eu já tinha lido, e lágrimas brotaram em seus olhos. Ele deu um tapinha na minha cabeça e resmungou: "Bom garoto, bom garoto." Devolvi o tijolão, e, juntos, lemos em voz alta algumas das nossas passagens prediletas. Apesar de estar bebendo Coca-Cola, o Guv parecia estar ficando rapidamente bêbado. Ele começou a se lamuriar sobre a mulher, até que desandou a chorar. Só quando me aproximei da janela foi que pude ver a garrafa de rum, já quase vazia, no parapeito (escondida atrás de cortina de renda).

Enquanto limpava o quarto do Minhoca e conferia a tinta nas 12 canetas do estojo dele, casualmente mencionei o problema das cuecas desaparecidas. O Minhoca me examinou por cima dos óculos de leitura, provavelmente avaliando se eu estava zoando com a cara dele, e depois fez uma série de perguntas à queima-roupa. Falei que, no total, nosso dormitório tinha perdido mais de 24 cuecas. Ele me examinou por mais um bom tempo e só então falou: "Vou levar o caso às autoridades competentes." Depois voltou para o seu livro de química e não abriu mais a boca. Fiquei aliviado por conseguir tirar o problema das minhas mãos.

Terça-feira, 9 de maio

7h30 O impensável aconteceu. Apesar do frio que vinha fazendo à noite, com temperaturas abaixo dos 2°C e tendendo a despencar, o Rambo anunciou no café da manhã que haveria mais uma missão noturna para os Oito Loucos na noite de hoje. Falou que a gente só ia sair depois da meia-noite. Um resmungo generalizado ecoou em torno da mesa. O Esponja sacudiu a cabeça, o Barril engrolou alguma coisa para si mesmo, o Lagartixa ficou pálido, e o Vern simplesmente continuou com sua cara de retardado. Quem, em plena posse de suas faculdades mentais, organizaria um mergulho depois da meia-noite no meio do inverno?

22h45 Assim que o silêncio tomou conta da nossa ala, o Rambo convocou a galera para uma reunião em torno da cama dele. Só então explicou que a gente ia pilhar a cozinha. (Em outras palavras, a gente ia invadir o lugar e roubar grandes quantidades de comida da despensa.) O Rambo (que com certeza tem um brilhante futuro como chefe da Máfia) já havia subornado um dos funcionários da cozinha para deixar uma janela aberta, facilitando o caminho para o grande roubo!

Como sempre, foi o Esponja que nos alertou para os riscos da coisa. "Se pegarem a gente, já era! Seremos expulsos, talvez suspensos, se a gente tiver sorte. Vamos dizer que a gente vai se atolar num grande monte de vocês sabem o quê."

A advertência do Esponja foi interrompida pelo Barril, que deu um pulo para a frente e berrou: "Estou dentro!" Nunca vi o cara tão animado. "Eu também!", disse o Cachorro Doido, sem o menor traço de medo.

"Então somos três", disse o Rambo, espiando a gente com o canto do olho. "O Lagartixa está na enfermaria, então mais um voto decide a parada." Silêncio. Fiz que não com a cabeça e baixei o rosto. Quase podia sentir os olhares me perfurando, mas de jeito nenhum iria concordar com uma coisa daquelas! O Vern arrancou um tufo dos cabelos. E o Esponja mandou o Rambo para o inferno. A democracia finalmente havia mordido o Rambo no traseiro. Os Oitos Loucos tinham chegado a um impasse e, pela primeira vez, parecia que a sanidade iria vencer. Foi então que o gato Roger entrou no cubículo, pulou em cima do escaninho e uivou para anunciar sua presença.

"Ótimo, o Roger está dentro. Agora somos quatro!" De início achei que o Rambo estivesse brincando, mas logo ficou claro que ele estava mesmo falando sério. Demorei um tempo para perceber que muito provavelmente o destino da minha vida tinha sido decidido por um gato neurótico! Vern suspirou e fez um muxoxo para o Roger que ronronou e bateu a cabeça repetidamente contra o ferro de pendurar toalha do Vern. O Esponja também mal podia acreditar que um gato tivesse decidido os votos num assunto de tamanha seriedade. Infelizmente nossas súplicas por bom senso foram em vão, e o elaborado plano do Rambo por fim foi exposto. Estou começando a achar que um mergulho noturno numa represa congelada teria sido opção melhor.

Quarta-feira, 10 de maio

Meia-noite, a hora das bruxas. Minhas pernas estavam tremendo. Só as pernas, não, o corpo inteiro. Não tenho vergonha de admitir que estava apavorado. Empoleirado nos ombros do Barril e com a cabeça espetada através da janela da cozinha, mais uma vez me lembrei do inferno que era esta escola. No que me dizia respeito, aquele era o meu fim. Como explicar para os pais que você foi expulso da escola por roubar comida sem sequer estar com fome?

Já que eu era o menor de todos, fui eleito por unanimidade para ir na frente e liderar a invasão. (Apesar da palestra do sr. Lennox no outro dia, estou começando a questionar seriamente a ideia de democracia). Dali a pouco fui empurrado para o outro lado da janela e me esborrachei no chão frio da cozinha. Tateando pelo caminho, encontrei a maçaneta e abri a porta para seis malucos e um gato.

Uma vez lá dentro, as coisas correram tranquilamente. O Rambo, que já sabia quais armários abrir, foi abastecendo a mochila de críquete com diversos pacotes de comida. Roger a tudo acompanhava com a mais absoluta atenção, certo de que aquilo estava sendo feito exclusivamente para benefício seu. O Barril fechou a janela e dali a três minutos a porta estava trancada e os Sete Loucos mais o gato se esgueiravam descalços pela geada que cobria a grama do pátio.

Mais uma vez senti um calafrio de terror: certamente eles estariam esperando por nós. Um dos monitores estaria deitado na minha cama, à espera da minha aterrissagem. Por fim entramos no dormitório. Pé ante pé, subimos a escada e atravessamos o quarto dos caras do segundo ano. Alguém deu um grito, e eu gelei. Mas depois, silêncio. Era só alguém sonhando alto. Tateei até encontrar minha cama. Ainda estava quente, porém vazia.

Inventário dos bens roubados

2kg de queijo cheddar
4kg de chocolate amargo
10kg de carne moída
10kg de arroz (cru)
10 latas de atum
3 bisnagas de pão
6 ovos (dois quebrados)
1 espátula (ninguém sabe explicar como isso foi parar na mochila)

Logo atacamos o nosso butim. Temendo um ataque surpresa ao nosso dormitório, o Rambo queria que a gente devorasse o que fosse possível antes da sirene de despertar. O Cachorro Doido acendeu seu fogareiro a gás, e dali a pouco a gente estava cozinhando a carne, finalmente encontrando uma utilidade para a espátula.

3h Deitei na minha cama, tentando não vomitar. Até respirar estava difícil. Um por um os ladrões foram se retirando para dormir, deixando o Barril sozinho com seus sanduíches de queijo, e o gato com seu atum. Eu ainda me perguntava o que poderia levar alguém a arriscar o próprio futuro por causa de queijo, pão e carne moída. Adormeci sem encontrar uma resposta.

8h Aliviado ao constatar que nenhuma reunião de emergência havia sido convocada no auditório. Cansado demais, e empanturrado demais, para prestar atenção na aula como devia.

14h20 Liguei para casa e contei aos velhos sobre o jogo de críquete na Cidade do Cabo, previsto para julho. Papai achou o máximo, até que, como quem não quer nada, mencionei a parte dos 2 mil rands. O que ouvi depois só pode ser descrito como um grande espirro misturado a um ataque epiléptico. Assim que ele se acalmou, falei com a maior inocência do mundo que ele não precisava se preocupar, que ficar de fora daquela viagem não seria o fim do mundo. Minha pequena manipulação funcionou direitinho, porque imediatamente depois ele berrou: "Só se for por cima do meu cadáver que meu filho vai ficar de fora de um jogo de críquete na Cidade do Cabo!" E então desligou na minha cara. Logo em seguida o telefone tocou de novo: mamãe perguntando o que eu tinha dito, porque agora o papai estava no jardim, andando em círculos e falando sozinho. Depois que expliquei, ela disse que não era para eu ficar muito esperançoso, e depois desligou.

Liguei para a Sereia, que parecia triste e deprimida. Ela não quis dizer por que, e só respondia às minhas perguntas com "Sim" ou "Não" ou "Sei lá". Lá pelas tantas, desisti e me despedi. Enquanto desligava, pude ouvi-la começar o chorar. Fiquei me sentindo péssimo. Resolvi dar um passeio: fui à enfermaria fazer uma visitinha ao Lagartixa, que ficou feliz da vida em me ver. Contei sobre o saque da cozinha e pude ver nos olhos do cara que ele tinha ficado triste e com inveja. Pediu que eu ficasse mais um pouquinho, mas sabendo que isso só ia me deixar mais para baixo ainda, inventei uma desculpa e fui embora. Continuei meu passeio, e acabei chegando à casa do Guv, mas estava vazia. Vi o sr. Lilly passeando com seu poodle (uma bolinha de pelos brancos usando uma camisetinha de rúgbi cor-de-rosa), mas resolvi ficar na minha.

O Sol já havia baixado do outro lado das colinas, e uma brisa fria congelava meu nariz e minhas orelhas. Cobri a boca com a gola da camiseta e segui para o refeitório para jantar carne moída com arroz.

Terça-feira, 16 de maio

Quase uma semana desde a última anotação neste diário.

O dia começou com uma citação rabiscada num pedaço de papel e pregada no quadro de avisos:

De repente paramos de falar. A Sereia olhou para mim do mesmo jeito intenso que tinha olhado naquele dia, nos degraus da piscina. Agora não tinha escapatória. Olhei de volta e torci para que ela não pudesse ouvir o tambor que rufava dentro do meu peito. Nossos lábios se encontraram, fechei os olhos e senti a língua dela na minha boca. Depois de um segundo de susto, minha língua encostou na dela, e a gente se engalfinhou numa enérgica e deliciosa batalha de línguas. Nosso beijo se estendeu por uma aparente eternidade, e quando tudo acabou, tive aquela maravilhosa sensação de ter realizado uma façanha. Só conseguia pensar em voltar correndo para a escola e, assim como quem não quer nada, contar para os Oito Loucos que eu tinha beijado a Sereia e que agora ela era minha namorada.

Eu sabia de onde vinha aquilo e, a essa altura, sabia também que meu diário havia sido roubado. Isso foi pior do que a minha primeira semana aqui, e o dia do meu aniversário juntos. Fiquei morrendo de vergonha, desejando nunca ter tido a ideia de escrever um diário. Pensei em contar para o Costelinha. Ou para o Minhoca. Mas não contei para ninguém.

Hoje de manhã encontrei o diário dentro do meu armário. Ninguém confessou o roubo nem se desculpou por ele. Sei que foi ideia do Esponja. (Eu o ouvi falando com o Cachorro Doido, tirando onda com o que tinha feito.) Reli o que havia escrito e morri de vergonha por pensar que todo mundo tinha lido meus pensamentos e minhas coisas. Por que fui escrever tudo isso? Como pude ser tão burro a ponto de achar que ninguém ia passar a mão no meu diário e ler o que estava dentro? O Esponja já devia estar se coçando para saber o que tanto eu escrevia.

Pensei em tacar fogo neste diário ou jogá-lo no esgoto. Mas cá estou eu de novo, rabiscando estas linhas. Acho que fiquei viciado.

Li a dedicatória do meu avô (pai do meu pai) impressa em dourado na capa de couro marrom:

"A vida de todos nós, por mais comum que seja, preencherá uma estante inteira de livros, ou, com sorte, muitos rolos de filme. Não se esqueça de nada, sob pena de ser esquecido."

(Não sei muito bem se foi ele ou outra pessoa quem disse isso. Eu era novo demais para perguntar quando ele era vivo. Depois, sei lá, fiquei achando que as palavras eram dele mesmo.)

Está difícil olhar nos olhos das pessoas. Não sei o que elas leram, nem o que contaram para elas.

Quarta-feira, 17 de maio

Novidades da última semana

Ninguém falou nada a respeito da pilhagem da cozinha na semana passada. (Ao que parece, o cozinheiro-chefe suspeita dos próprios funcionários, já que não havia nenhum sinal de arrombamento.) Mais seis cuecas foram roubadas, incluindo duas minhas. Perdemos nosso jogo de rúgbi contra o pessoal da Weatherby com um placar de 66 a 0, mas, felizmente, não fomos os únicos derrotados: a equipe sub-15C também perdeu de 9 a 8. A equipe principal massacrou os adversários por 42 a 12.

O Lagartixa já está bom de novo e fez mais um de seus retornos triunfais ao dormitório. (Pelo menos *ele* eu sei que não leu meu diário.)

Os ensaios estão ficando meio chatos com essa história de a gente ter de cantar a mesma música um milhão de vezes, e com o Kojak mais nervosinho do que nunca. Não vejo a hora de começar a ensaiar os diálogos com as músicas na ordem certa. O Viking calcula que isso só vai acontecer lá pelo meio do trimestre.

19h Uma rigorosa busca foi realizada na nossa ala durante as noturnas. Mandaram que a gente permanecesse nas salas de aula enquanto os monitores vasculhavam nossos pertences. Ouvi dizer que o Costelinha está doido para saber quem é esse ladrão de cuecas. O Lagartixa calcula que nosso inspetor-chefe logo, logo terá nas mãos um cabeludo escândalo sexual. Dava até para ouvir o rebuliço dos monitores no andar de cima enquanto eles reviravam o dormitório dos caras do segundo ano.

21h Vários alunos foram chamados à sala do Costelinha para explicar a posse de diversas coisas encontradas em seus respectivos armários. O Pike tinha uma carteira de identidade falsa, além de um escalpo de aspecto bem escabroso. As revistas de sacanagem do Devries foram confiscadas, e o Barril foi interpelado por causa do saco de 10 quilos de arroz e dos 3 quilos de carne podre encontrados debaixo da cama dele. Foi obrigado a jogar a carne fora, mas pôde ficar com o arroz. Mas ainda não há sinal das 35 cuecas roubadas. Seja lá quem for, esse tarado das cuecas é esperto pra dedéu.

Assim que as luzes se apagaram, o Barril acendeu as velas e convocou todo mundo para mais uma de suas reuniões de caça ao fantasma. Acontece que esse mistério do Macarthur já está ficando um pouco gasto. Há semanas a gente não tem nenhuma informação nova sobre o caso, e, pelo que posso perceber, os Oito Loucos (com a exceção do Barril) já estão começando a duvidar até de que aconteceu mesmo um enforcamento.

Pacientemente esperamos enquanto o Barril repassava o que todo mundo já sabia. Impossível não notar os bocejos e o olhar de tédio estampado no rosto de cada um dos Oito Loucos. Preferi não olhar para ninguém e ficar mudo, encarando as chamas das velas. Felizmente, o Barril tinha mesmo uma pista nova, muito embora, para mim, aquilo não passasse de mais um beco sem saída.

Ele disse que, enquanto nosso foco estava em Macarthur e no filho que tinha ido lutar na África do Norte, ele descobriu que o velho professor também tinha uma filha, chamada Mary Elizabeth. Ela era casada com um engenheiro e empresário chamado Trevor Gosforth, que não tinha nada a ver com a escola. Depois do suicídio do pai, ela e o marido foram morar no Canadá, onde vivem até hoje. O casal teve uma filha chamada Isabel Rose, que se casou com um empresário sul-africano muito rico. O plano do Barril era tentar localizar essa Isabel Rose e escrever uma carta para ela.

O Barril reacomodou o corpanzil e nos olhou intensamente. Depois de uma pausa ridícula, falou: "Senhores, acho que chegou a hora de falar com o Mango." O Lagartixa deu um risinho nervoso, e o Rambo, uma gargalhada. O Barril ficou encarando os dois até que eles se calassem, depois falou: "Não vou obrigar ninguém a participar, mas semana que vem vou trocar uma palavrinha com o fantasma do Macarthur." Seguiu-se um longo silêncio. Os olhos do Lagartixa eram dois pires azuis. Até mesmo o Roger parou de se lamber para encarar o Barril.

"E como é que você vai fazer isso?", perguntou o Simon, devorando as pelezinhas em torno das unhas.

"Usando bolinhas de vidro", respondeu o Barril. O Rambo deu uma sonora risada, depois disse: "Não tem nem quatro meses que o camarada encontrou Jesus e já está querendo encontrar o capeta!" E de repente todo mundo começou a falar junto, na maior confusão. O Barril soprou as velas, dando a reunião por encerrada, e mandou que a gente "refletisse sobre tudo o que foi dito".

O sono demorou a chegar. Tenho quase certeza de que acordei no meio da noite com o berro aterrorizante de alguém; talvez tenha sido só um sonho, mas o pânico passou o resto da noite ali comigo, debaixo do meu edredom com os cavaleiros da Távola Redonda. Segundo o Rambo, esse é o edredom mais cafona que ele já viu na vida. Não estou nem aí.

Quinta-feira, 18 de maio

14h30 Debaixo da árvore de sempre, fizemos nosso aquecimento para o treino de rúgbi, um jogo contra a equipe sub-14E. A equipe E nem sequer teve a oportunidade de jogar nessa temporada, já que a maioria das escolas não tem alunos suficientes para formar tantas equipes. Se a nossa equipe D já era uma coisa triste de se ver, a E era deprimente. Com metade do nosso tamanho e roendo as unhas de pavor, os caras cercavam a barra da saia da técnica deles, a sra. Bispo (mulher do Reverendo), que havia sido obrigada a liderar a equipe mais fraca de um esporte do qual ela nada sabia e parecia nem gostar. O Lilly pediu que a gente não fosse muito agressivo com eles, falou que a gente devia deixar os caras marcarem pelo menos um gol para dar uma força na autoestima deles.

Acontece que a gente deixou eles marcarem muito mais que um único gol; na verdade, contra todas as leis da ciência, das massas e da probabilidade, a equipe E derrotou a D com um placar de 12 a 14. O placar até que foi bastante razoável para a gente, pois, se os adversários não tivessem deixado a bola cair tantas vezes a poucos metros da nossa linha de gol, eles poderiam ter vencido por uma margem bem maior e bem mais humilhante. Terminado o jogo, a sra. Bispo mal podia se conter de tanta felicidade, e o Lilly elogiou a gente pela generosidade dispensada aos colegas. Não vou ficar nem um pouquinho surpreso se colocarem a equipe E para jogar no sábado contra os feras da Voortrekker, uma escola africânder.

Durante o jantar, Geoff Lawson me convidou para ir com ele, hoje à noite, a uma reunião de jovens cristãos. Calcula que uma garota que ele conheceu nas férias da Páscoa vai estar lá. Sabe que ela estuda na St. Joan's em Pietermaritzburg e está achando que vai se dar bem. Pelo menos está torcendo para isso. Aceitei o convite (ele acha que vai ter biscoitos de graça).

20h A cripta regurgitava de garotas que pareciam já conhecer a maioria dos garotos. Muitos sorrisos, muitos abraços, muitos risinhos abafados. O Geoff, que já tinha participado de outras reuniões como essa, me apresentou a diversas meninas, que sorriam dizendo: "Bem-vindo." (Até agora não sei por que elas se julgavam na obrigação de dar boas-vindas a alguém que se encontrava na cripta da capela de sua própria escola.)

Nelson Johnson, o cara do terceiro ano que lidera o grupo, ficou de pé e cumprimentou todo mundo antes de chamar à frente um sujeito bem esquisitão, que usava uma camisa florida e espalhafatosa, sorria de um jeito falso e falava com a língua presa. Dali a pouco ele já estava tocando seu violão, e a maioria das pessoas balançava os braços no alto, como se estivesse em algum tipo de transe espiritual. Não pude deixar de notar a garota a meu lado, que sacudia os melões enquanto cantava.

Depois de algumas canções, preces e um sermão, fomos convidados a papear uns com os outros. O Geoff logo se emparelhou com uma morena bonitinha (a que ele tinha conhecido na Páscoa), e, sem perder tempo, começou um papo furado. Quanto a mim, fiquei do lado dele, sem muito o que dizer, de olho nos biscoitos de chocolate em cima da mesa.

A julgar pelos silêncios constrangedores, Geoff não estava conseguindo nada. Ele falava há milênios sobre a gororoba da escola enquanto a morena tentava disfarçar os bocejos. Depois de um tempo, no entanto, quando ele começou a falar dos pais e das casas que eles tinham pelo mundo afora, a garota imediatamente despertou e começou a jogar charme. O interrogatório foi mais ou menos assim:

Morena:	Mas onde é que eles têm casas?
Geoff:	Montreal, Londres e Johannesburgo. Ah, e uma fazenda não muito longe daqui.
Morena:	E onde é que eles moram?
Geoff:	A maior parte do tempo em Montreal. Meus avós estão lá.
Morena:	Seu pai também estudou aqui?
Geoff:	Não, mas meu avô e meu bisavô, sim.
Morena:	Como eles se chamam, seus pais?
Geoff:	Rob e Isabel Rose.
Morena:	Quantos...

Acho que foi nesse ponto que engasguei com meu biscoito de chocolate. Impossível! Ou será que não? Aquilo estava parecendo coisa de filme de suspense de Hollywood! Trevor Lawson tinha se casado com Mary Elizabeth Macarthur e levado ela para o Canadá. Seria possível que o pateta ao meu lado, alvo das garras daquela interesseira, fosse o bisneto do homem que tinha se enforcado logo ali, no andar de cima? Tentei dizer alguma coisa, mas não consegui: o Geoff agora estava sendo apresentado às amigas da caça-dotes. Galopei de volta para o dormitório e encontrei o Barril fazendo um lanchinho de arroz cru, usando como colher a tampa da latinha de graxa de sapatos. Fui despejando minha recente descoberta, e agora foi a vez dele, Barril, arregalar os olhos feito dois pires. Mandou que eu repetisse a história duas vezes, deu um grunhido e escondeu o pacote de arroz sob o travesseiro; juntos, começamos a traçar nosso plano.

Sexta-feira, 19 de maio

11h Por incrível que pareça, a equipe 14D ainda é a mesma. (Acho que o Lilly não teria coragem de dispensar ninguém.)

Recebi uma carta deprimente da Sereia. Ela diz que foi aconselhada a procurar um psicólogo para ver se ele prescreve algum tipo de antidepressivo. Na mesma hora liguei para ela, mas a Marge falou que a filha estava dormindo. Não tenho nenhuma experiência com gente deprimida. (Tenho só 14 anos e venho de uma família com forte tendência à maluquice, não à depressão.) Liguei para mamãe para ver se ela sabia alguma notícia da Sereia; ela disse que era o divórcio dos pais que a estava deixando assim. Recomendou que eu escrevesse sempre que possível. Disse ainda que a Wombat tinha encontrado os ovos de Páscoa dentro da máquina de lavar roupa, mas já tinha perdido tudo de novo.

O Esponja quase se matou durante as noturnas. (Pena que não conseguiu.) Por causa do frio, ele arrastou a cadeira para perto da lareira. A ponta do sobretudo dele pegou fogo, e dali a pouco o ladrão de diários já estava em chamas. Com a rapidez de um raio, o Bert buscou o extintor de incêndio e esguichou em cima dele, derrubando o cara da cadeira. A sorte é que ele estava usando três camisetas sob o casaco, e portanto não sofreu nenhuma queimadura mais grave. Tenho a impressão de que essa foi só a primeira de uma série de punições que o verme vai receber por ter roubado meu diário. (Uma espécie de maldição do túmulo de Tutancâmon). O Bert recebeu todas as honras por ter salvado a vida do Esponja, e a escola proibiu que as lareiras fossem acesas durante as noturnas.

Sábado, 20 de maio

Seria ótimo se eu pudesse registrar aqui que a fé do sr. Lilly no nosso time finalmente rendeu algum tipo de fruto, mas infelizmente as notícias não são nada boas. Uma fragorosa derrota por 88 a 0 para os feras da Voortrekker (eles levaram o jogo a sério demais) é tudo que tenho para informar. Mais uma vez fomos a única equipe da escola a perder; neste sábado, no entanto, a equipe principal teve uma vitória apertada de 15 a 12, e só por causa de uma cobrança de pênalti no último minuto, pelo Oliver Brown. O Lilly fez o que pôde para encontrar algum ponto positivo nos escombros da nossa humilhação. Depois de muito procurar, falou que a gente vinha demonstrando uma incrível regularidade (regularmente ruim?), bem como uma garra pouco comum para nossa idade. O Porco, nosso capitão, disse que estava cogitando pendurar as chuteiras e mudar para o cabo de guerra.

22h O Julian mandou que os Oito Loucos fizessem uma fila e depois começou a bater na gente com um mata-moscas cor-de-rosa. Ele disse que nosso dormitório estava num estado deplorável. Depois de cada golpe ele dava uns gritinhos de felicidade e pulava feito uma fada. O Bert então soltou uma gargalhada e bateu palmas feito um macaco. O mata-moscas não machucava nem um pouco, mas a gente fingia que estava morrendo de dor, receando que o Julian fosse buscar outra arma qualquer, mais poderosa. O Barril exagerou tanto na encenação que o Julian acabou se desculpando por ter batido tão forte. O Rambo está convencido de que o Julian é o infame ladrão de cuecas.

Domingo, 21 de maio

10h30 Seria mentira dizer que a escola inteira se reuniu para assistir à chegada do elenco feminino de *Oliver*, que tinha vindo para o primeiro ensaio. Para ser justo com o garotos, o número chegava perto de oitenta por cento. Com o Marimba e o Viking para conduzir o grupo até o teatro, ninguém ousou fazer nenhuma gracinha nem uivar feito lobo. Para alívio geral, entre as vinte meninas não havia nenhum canhão. O Viking tinha caprichado na escalação. Eu estava doido para saber qual delas faria o papel de Bet (a garota com quem o Oliver canta "I'll Do Anything").

O Viking foi chamando cada uma das meninas ao palco para apresentá-la ao restante do elenco. Elas ficavam coradas e abriam um sorrisinho simpático.

A última personagem a ser chamada foi a Bet, uma garota de nome Amanda Lawrence, que usava um casaco preto e boina preta. Ela entrou saltitando no palco, parou a meio caminho e se dobrou numa mesura, tirando a boina com um floreio e deixando cair uma bela cabeleira ruiva. Os tambores imediatamente começaram a rufar no meu peito. Bum! Bum! Bum! Era a Julia Roberts!

O Viking pediu que o Dodge e eu subíssemos ao palco. Pude ouvir as meninas cochichando. Forcei um sorriso, daqueles de doer a bochecha, e senti o rosto queimar. Amanda Lawrence estava me encarando. De repente percebi que estava total e completamente aterrorizado por ela.

Começamos o ensaio com as músicas de coro de Londres: "Oom Pah Pah", "Who Will Buy?" e "It's a Fine Line." As meninas cantavam muitíssimo bem, e a mistura das vozes delas com o tenor dos garotos mais velhos ficou fantástica. Apesar dos chiliques do Viking, pude perceber que ele estava adorando o resultado. O Kojak também parecia mais tranquilo: talvez as vozes femininas tenham um efeito calmante nas tendências psicopatas dele.

Então chegou a hora: Dodge e Eva, Cotoco e Amanda cantando uma canção de amor chamada "I'll Do Anything". Eu estava uma pilha de nervos. O elenco inteiro estava nos assistindo. O Dodge e a Eva cantaram de maneira emocionada na primeira parte, e dali a pouco lá estava eu, cantando também. A voz saiu encorpada, limpa. Na mesma hora notei uma transformação no rosto da Amanda, que tinha ficado mais doce, mais receptiva, e ainda mais bonita. Seria uma encenação, ou quem sabe ela estava mesmo se derretendo com a minha voz? Ela começou a cantar; tinha uma voz linda, forte e meio rouca, parecia uma cantora de rock. Aplausos e assobios.

O Viking invadiu o palco e disse que estava chocante.

Durante o intervalo de almoço, a Amanda se sentou sozinha no pátio, lendo um livro chamado *À espera dos bárbaros*. Não dava para ver quem era o autor. Amanda parece ter uma placa de NÃO PERTURBE pendurada na testa. Fiquei na minha, mordiscando minha maçã e espiando do outro lado da fonte. O Geoff Lawson se aproximou da garota e tentou puxar assunto, mas ela continuou a ler seu livro, apenas balançando a cabeça enquanto ele contava uma piada velha. Depois de um tempo ele acabou desistindo e veio se sentar ao meu lado. Passamos o resto do horário de almoço espiando enquanto ela lia. Acho que nunca vi tanta beleza junta.

20h A reunião do grupo de Assuntos Africanos foi sobre o Mandela. O Lennox começou com a leitura da declaração que o líder Mandela fez em 1963, ao ser julgado por traição. Depois assistimos a um documentário sobre esse grande homem e discutimos o futuro dele. Todos estavam de acordo com uma coisa: se não fosse assassinado antes, o Mandela seria o primeiro presidente negro da África do Sul. O que ninguém sabia dizer era exatamente quando isso ia acontecer, e quais seriam as consequências. Quando o assunto foi posto em pauta, fingi que estava com a boca cheia de rosquinha e passei a palavra para um tal de Gerald, que pagou o maior mico dizendo que o apartheid não era tão ruim assim como diziam as pessoas.

Linton Austin disse que até agora o Mandela não demonstrou nenhum sinal de raiva ou ressentimento (o que é bastante estranho para alguém que ficou 26 anos preso). O Lennox estava preocupado com a crescente violência entre o PLI, o partido do líder zulu Buthelezi, e o CNA do Mandela. O Luthuli disse que seguramente ia explodir uma guerra civil entre os negros. O Lennox balançou a cabeça, coçou a barba ruiva, e continuou balançando a cabeça. Saí do nosso encontro cheio de medo e preocupação. Será que eu ia ter de lutar numa guerra civil? De que lado ficaria? Segundo ouvi dizer, o Mandela tem muito mais credibilidade que o Buthelezi. Pelo menos a gente entende o que ele diz nos discursos.

21h Fui caminhando de volta para o dormitório cheio de preocupações e dúvidas sobre o destino do país. Mas o que mais ocupava minha cabeça naquele momento era a imagem de certa menina de casaco e boina pretos, a qual, mais ou menos cinco horas antes, tinha deixado escapar um ligeiro sorriso na minha direção, antes de atravessar o quadrado e sumir no interior do ônibus.

Segunda-feira, 22 de maio

Acordei meia hora antes da sirene, me remoendo de culpa por causa da Sereia. Passei a aula inteira de geografia escrevendo uma carta para ela, contando as novidades e dizendo que não via a hora de me encontrar com ela durante o feriadão que estava por vir.

No almoço, o Guv não bebeu uma única gota de álcool. Perguntei a ele sobre o *À espera dos bárbaros*. Ele disse que se tratava de um extraordinário romance de J. M. Coetzee, um autor sul-africano. Tirou o volume da prateleira e me entregou. Parecia bem mais feliz com a vida de modo geral, e não falou da esposa nenhuma vez. Ele acha que a nossa peça vai ser um sucesso e falou que, se eu não ficar com pelo menos umas três garotas nos próximos três meses, posso me considerar um boiola enrustido. Ri, apesar da vergonha: minha puberdade ainda não dava nenhum sinal de vida. Minha esperança era que aquela escovação toda no dia do aniversário tivesse servido para colocar meu bilau em ação.

Cerquei o Geoff Lawson na saída da lavanderia. Fomos caminhando para os campos de críquete. Fingi que estava interessado em saber se ele tinha se dado bem com a moreninha caça-dotes (não, não tinha) e, assim como quem não queria nada tentei introduzir o bisavô dele na conversa.

Como naquele dia na sua fazenda, ele não parecia a fim de falar sobre a família dele e trouxe a conversa de volta para o rúgbi. Depois de falar umas abobrinhas por um tempo, deixei de lado o bom senso e perguntei-lhe na bucha sobre seu bisavô. Sem titubear ele disse que o homem tinha morrido na guerra. Não parecia estar mentindo.

Tudo indica, portanto, que os pais do Geoff estão escondendo a verdade dele. Mais um aspecto sinistro do mistério do Macarthur.

18h Não é qualquer pessoa que fica animada quando servem feijão no jantar, mas para o Barril, no entanto, trata-se do passaporte para quebrar o recorde do peido mais longo da escola. (Segundo ele, o recorde não oficial de 22 segundos foi estabelecido por um sujeito chamado Alf Thompson em 1981.) Nosso amigo mandou para dentro oito pratos de feijão e em seguida disse que já estava "com o tanque cheio".

O primeiro desafio seria manter esse tanque fechado até o apagar das luzes. Ele não queria levar mais um soca-dedo do Bert caso deixasse algo escapar durante as noturnas.

Lá pela terceira hora das noturnas, o Barril quase não conseguia se conter. Estava terrivelmente inchado e com as bochechas mais redondas que de costume. Mas, por obra de um milagre, conseguiu se controlar e anunciou que o peido recorde seria dado às dez horas, no conforto de seu próprio cubículo.

21h55 Os Oito Loucos, mais o gato, se juntaram no cubículo do Barril. Tanto o Simon quanto o Rambo estavam com os cronômetros preparados. O Barril se empoleirava sobre quatro almofadas, num grotesco arremedo de Buda. Depois de alguns minutos de conversa fiada, mandou que todo mundo se calasse e disse que sua meta era quebrar a barreira dos 30 segundos, e que aquele recorde seria dedicado à memória do professor Macarthur. Depois firmou o pensamento o máximo que pôde, levantou ligeiramente o bundão e respirou fundo. Houve dois cliques dos cronômetros. De início ouvimos apenas um ruído fininho, como se um cachorro estivesse ganindo de dor. E depois esse som fininho se transformou num estrondo, e o estrondo, numa coisa verdadeiramente espantosa.

Vinte, vinte e um, vinte e dois... E continuou, só ouvindo para crer. Vinte e seis, vinte e sete, vinte e oito. O rosto do Barril ficou roxo. Ele levantou o traseiro ainda mais. O Simon e o Esponja ergueram os cronômetros, preparando-se para os momentos finais. E de repente: bip, bip! Um novo recorde de peido de 30 segundos! O Barril estava em êxtase.

Tentei me adiantar para apertar a mão dele, mas recuei com o fedor. De repente, houve uma corrida para abrir as janelas. Oito embalagens de desodorante foram esguichadas na atmosfera; apesar disso, a fedentina continuou a invadir cada centímetro cúbico do nosso dormitório, e lá permaneceria a noite inteira, e provavelmente o restante da semana. O Lagartixa vomitou pela janela, e eu quase fiz o mesmo.

Orgulhosíssimo de seu desempenho, o Barril mandou que eu escrevesse um relato completo no meu diário. Esse relato foi postado (com a minha permissão) no quadro de avisos e serviu como registro oficial desse glorioso momento na história da nossa escola.

Terça-feira, 23 de maio

Ainda me sentindo culpado por causa da Julia Roberts. Sonhei com ela esta noite (com a Amanda, não com a atriz de Hollywood). Para aliviar a culpa, liguei para a Sereia e fiquei de papo com ela por uns dez minutos. Sem saber se devia ou não tocar no assunto da depressão, resolvi seguir pelo caminho mais fácil e contei toda a história da façanha do Barril. Para minha surpresa, ela não ficou nem um pouco interessada, parecia distraída, então falei que a gente ia se encontrar dali a alguns dias e desliguei.

14h30 A grande revanche da equipe D contra os pernas de pau da equipe E foi um mico ainda maior que o da semana passada. Dessa vez perdemos de 32 a 12 (e eles jogaram com apenas 14 caras, sendo que um deles era o Vern). O sr. Lilly disse que estava atrasado para sua aula de desenho e deixou o campo assim que o jogo terminou. (Tenho a impressão de que até o nosso técnico abandonou o navio.)

O Simon e o Rambo esperaram que o Julian descesse para jantar e depois reviraram o quarto dele. O Simon é o escravo do Julian, portanto não havia risco de ser pego. Para seu espanto, eles não encontraram nenhuma cueca perdida, mas encontraram duas calcinhas femininas, um par de meias de renda e uma bomba de bicicleta! (O que é estranho, já que o Julian não tem bicicleta.)

22h15 Ainda acordado, vendo o Vern conversar com a toalha de banho. A certa altura a toalha deve ter dito algo engraçado, porque ele desandou a rir. Até o Roger achou aquilo tudo muito estranho e pulou para a minha cama, esperando a maluquice passar.

Quarta-feira, 24 de maio

23h Além das velas de costume, dessa vez o Barril plantou quatro espelhos em diferentes cantos do cubículo, segundo ele mesmo disse, a título de "efeitos visuais". A gente foi se aproximando da cena com certa hesitação — até mesmo o Roger parecia reticente (talvez porque sentisse a presença de algo sobrenatural). Tivemos de fechar todas as janelas e portas, o que não foi lá muito fácil, já que o fedor do recorde do Barril ainda estava forte. Fomos nos acomodando ao redor do grandalhão num silêncio respeitoso. Dali a pouco, ele tirou do bolso duas bolas de vidro bem brilhantes e ficou rolando-as nas mãos. Depois levou o indicador à boca, pedindo o mais absoluto silêncio, e começou a amassar as duas bolinhas entre os dedos. Fechou os olhos e passou a emitir um "Om" baixinho, como se estivesse meditando. O Cachorro Doido teve de tapar a boca para não rir; o Esponja deixou escapar um risinho e balançou a cabeça, achando que o Barril estava doido.

De repente, o Roger saltou para cima do escaninho do Barril, o pelo todo eriçado, os olhos cintilando feito dois cometas em chamas. Ficou encarando a parede do dormitório que dava para a capela e depois deu um berro terrível. O Vern instintivamente se levantou para pegar o gato, mas foi detido pelo Rambo. De repente todo mundo se assustou com um barulhão: o taco de críquete do Simon tinha caído no chão. Logo em seguida uma das velas se apagou — assim, sem mais nem menos.

Tive de apertar as pernas uma na outra para não mijar nas calças.

Mas tudo parou tão repentinamente quanto tinha começado. Como mágica, a energia estranha no quarto se dissipou, e o Roger voltou a se lamber como se nada tivesse acontecido.

Uma acirrada discussão eclodiu entre os crédulos (Barril, Simon, Lagartixa e Vern) e os incrédulos (Esponja e Rambo). O Cachorro Doido e eu ficamos em cima do muro. Para os crédulos, o que tinha acabado de acontecer era a prova cabal de que o fantasma do Macarthur tinha visitado os Oito Loucos. Os incrédulos alegavam que o taco de críquete, que se encontrava encostado no escaninho, simplesmente havia caído, e que a vela tinha se apagado, e que o Roger era um gato ruim da cabeça. Para provar seu ponto de vista, o Rambo tentou acender a vela novamente, mas não conseguiu, e o Roger passou os dez minutos seguintes atacando a própria cauda, tentando comê-la.

Como sempre acontece nessas discussões entre os Oito Loucos, nada foi resolvido. Se eu fosse obrigado a tomar partido, acho que ficaria do lado dos crédulos. No meu jeito de ver as coisas, o fato de aqueles três incidentes terem acontecido num intervalo de poucos segundos não podia ser apenas uma coincidência. Além do mais, a expressão na cara do Roger, o jeito como o pelo dele ficou arrepiado, nada disso me pareceu natural. Coincidência ou não, fantasma ou não, o interesse no caso Macarthur nunca foi tão grande. Lá pelas tantas, as duas facções concordaram com uma trégua, e todo mundo foi para a cama — mas duvido que alguém tenha conseguido dormir.

Quinta-feira, 25 de maio

O Cachorro Doido encontrou o cadáver de um gato enquanto caçava galinhas-d'angola. Deduziu que o bicho tinha sido morto por um cachorro ou lobo. Logo depois das noturnas, ele amarrou a carcaça sobre a cama do Vern, e a gente ficou ali, esperando o Vern voltar do banheiro.

Infelizmente a brincadeira não saiu como planejada. Quando viu o gato pendurado no alto, o Vern teve algo parecido com um ataque epiléptico, sem dúvida achando que seu adorado Roger tinha sido assassinado. O Bert chegou de repente e correu para socorrê-lo: tentou pôr o Vern de cabeça para baixo de modo que ele não engolisse a própria língua, mas só o que conseguiu foi deixar o garoto cair de cabeça no chão. Com um baque seco, o Vern se esborrachou no cimento frio e desmaiou. O Julian chegou em seguida, viu o Vern e o gato, deu um berro e desmaiou também. O Lagartixa irrompeu no dormitório, deu uma rápida olhada no cadáver que balançava no alto, ficou verde e correu na direção de uma janela, mas não chegou a tempo e vomitou sobre a cama do Cachorro Doido. O Cachorro Doido, por sua vez, sacou o canivete e partiu para cima do coitado do Lagartixa, mas logo foi detido pelo Costelinha, que perdeu a linha e, soltando fogo pelas ventas, condenou o Cachorro a uma semana de trabalhos forçados.

Um dia como outro qualquer na vida dos Oito Loucos.

Sexta-feira, 26 de maio

9h Aula de teatro. A Eva mandou o Rambo vestir uma roupa da época de Shakespeare. Insistiu em que ele usasse um *codpiece* gigante (que é parecido com um protetor de testículos para críquete, só que maior e mais esquisito). Toda hora ela ficava arrumando as calças dele e ajeitando o tal *codpiece*, e a turma inteira caía na gargalhada. Pela primeira vez vi o Rambo ficar vermelho feito um pimentão.

Feriadão

Na viagem de ônibus para Durban, sentei ao lado de um cara do segundo ano chamado Morgan Govender. Ele contou que estava deixando a escola porque os pais vão emigrar para a Inglaterra antes que a revolução estoure. Falei que o Mandela não ia fazer revolução nenhuma; ele apenas riu e me convidou para almoçar na casa dele.

Mamãe foi me buscar com a perua, que parecia ter sido esmagada por um elefante. Ela disse que o freio de mão tinha falhado e que a banheira velha havia descido garagem afora, se esborrachando contra a velha acácia do nosso jardim. Papai ficou fulo da vida: tinha acabado de buscar a perua na oficina. Ao que parece, a árvore não sofreu nem um arranhão.

17h Visitei a Sereia. Quando cheguei, ela estava deitada no quarto, de pijama, fitando a janela com um olhar vazio. Fiquei assustado com o aspecto terrível dela. Para falar a verdade, até demorei um tempo para reconhecê-la. Ela estava muito magra e muito pálida. Os olhos, além de vermelhos, tinham afundado nas órbitas. Ela estava com olheiras profundas e com os lábios meio azulados.

Dei um beijinho em sua bochecha, e ela começou a chorar, a chorar e... a chorar ainda mais. Parecia uma velhinha muito frágil, morrendo de alguma doença terrível. Onde tinha ido parar aquela menina linda que povoava meus sonhos, que iluminava a minha vida? Não era a minha Sereia que estava ali.

Sentei na beira da cama, segurando suas mãos quentes e úmidas, e contei todas as histórias de que fui capaz de me lembrar. Os risinhos tão bonitinhos com os quais eu já havia me acostumado agora davam lugar a gestos desanimados de cabeça, um suspiro aqui outro acolá (até nas histórias mais engraçadas). Ela se recusava a falar de si mesma, a não ser para dizer que estava tudo bem. Não era preciso ser nenhum gênio para saber que ela não estava nada bem. Fiquei com a impressão de que algo muito sério estava acontecendo com ela.

Depois do que pareceu uma eternidade, a Marge entrou no quarto e disse que estava na hora de eu ir embora. Deu um beijinho na filha, e eu também. A Sereia voltou ao chororô assim que a gente saiu. Marge balançou a cabeça, triste, e disse que tinha esperado que minha visita injetasse um pouco de ânimo na filha. Ela me levou de carro para casa e, antes que eu saísse, agradeceu mais uma vez por eu ter tentado. Sorri e agradeci a carona, mas tanto ela quanto eu estávamos tristes e desapontados porque minha visita não tinha surtido efeito algum para a Sereia. Caminhando na direção da porta, lamentei não ter presenciado o encontro de amor entre a perua do papai e a acácia do nosso jardim. Isso, sim, deve ter sido muito engraçado.

Sábado, 27 de maio

9h Fui a pé até o shopping para dar uma olhada nas lojas e ver se eu encontrava um presente para a Sereia. Acabei me decidindo por um prisma de cristal que refletia todas as cores do arco-íris. (Nada de muito útil, claro, mas acho que ela vai se sentir melhor só de olhar para ele.) Eu já ia tomando a direção da saída quando, de repente, levei um baita susto. Meus pés se congelaram no chão. O sangue sumiu do rosto. A língua caiu morta dentro da boca. Assim que consegui mexer as pernas de novo, busquei refúgio no interior de uma loja de brinquedos. Estiquei o pescoço no corredor só para conferir se aquilo que eu tinha visto não era uma miragem. Infelizmente não era.

Papai estava mesmo lá, sacudindo uma latinha na mão, parando as pessoas para pedir dinheiro, quase agarrando as pessoas que conseguia alcançar. Atrás dele, uma placa pintada com tinta vermelha e letras garrafais informava:

"AJUDEM A MANDAR COTOCO PARA A CIDADE DO CABO!" Para piorar, ele estava forçando as pessoas a participarem. Feito um apresentador de circo com muitos parafusos a menos, ele andava de um lado para outro, berrando frases sem sentido, incomodando velhinhas. Saí de mansinho da loja de brinquedos e corri para casa.

Depois de me ouvir relatar essa história de horror, mamãe simplesmente abriu um sorriso e disse: "Não é uma maravilha? Seu pai já arrecadou 600 rands para a sua viagem e ainda não passou nem pela metade dos shoppings da cidade!"

Minha vergonha se transformou em culpa. Meu pai estava disposto até a mendigar só para me mandar naquela viagem com o time de críquete. Era a prova de que ele era um pai maravilhoso. (Talvez eu devesse dar o meu pai de presente para alguém mais merecedor.)

12h Papai chegou em casa exultando com os 220 rands e o botão de plástico que trazia na latinha. Estava tão orgulhoso dos seus esforços que fiquei sem coragem de contar que morri de vergonha dele naquele shopping.

Comecei a ler *À espera dos bárbaros*, que pelo menos nas dez primeiras páginas parece ser um livro bastante estranho. Mas decidi seguir em frente. No mínimo, pode servir de assunto com minha companheira de peça ou com os cabeçudos do grupo de Assuntos Africanos.

Domingo, 28 de maio

12h O que seria um feriadão sem um churrasco com a presença da Wombat? A velhinha chegou em grande estilo, embrulhada num vestido de baile verde desbotado, e num blazer vermelho (na certa achou que finalmente tinha sido convidada para almoçar com a rainha no Palácio de Buckingham). Infelizmente, só o que conseguiu foi uma cadeira de praia infestada de cupins, um bife duro e um pedaço de linguiça.

Vovó está espumando de raiva porque o policial (que ela chamou para inspecionar o caso do tapetinho de banheiro desaparecido) conseguiu se safar do apartamento dela com um pote de geleia de morango. Claro que ela deu queixa contra o homem. E para piorar ainda mais as coisas, jura de pés juntos que alguém roubou o carro dela. (O curioso é que Wombat nunca teve carro nem nunca aprendeu a dirigir.)

Só para zoar, perguntei sobre os ovos de Páscoa. Ela se aproximou de mim e, sussurrando, disse que alguém tinha escondido os ovos na máquina de lavar roupa e depois, muito espertamente, levou-os para outro lugar. Papai disse que com toda certeza tinha sido o coelhinho da Páscoa. A Wombat refletiu um instante e depois disse que em hipótese alguma permitia a presença de roedores no apartamento dela, nem mesmo em dia santo.

Ela mais uma vez perguntou se eu tinha namorada, e depois repetiu aquela ladainha de "ciscar por aí antes de casar". Contou que o vovô tinha proposto casamento a quatro mulheres e abandonado todas no altar antes de finalmente juntar os trapos com ela. (Fiquei imaginando como seriam essas mulheres, se em algum momento o vovô tinha se arrependido de sua escolha.)

Terminado o almoço, papai perguntou a Wombat (que segundo ele é uma mão de vaca, que não abre a mão nem para cumprimentar os outros) se ela queria participar de um concurso em que o prêmio era uma viagem de uma semana para a Inglaterra, com estada no Palácio de Buckingham. A Wombat (que aparentemente nada em dinheiro) comprou dez bilhetes num valor total de 200 rands. Papai piscou para mim e disse: "Cidade do Cabo, aqui vamos nós!" Mamãe balançou a cabeça, perplexa, e começou a recolher os pratos.

Fiz mais uma visita a Sereia. Dessa vez ela estava sentada na cama e parecia um pouco mais animada. Ainda não falava muito, mas parecia mais feliz e chegou a dar uns risinhos quando contei a história do nosso almoço com a Wombat. Infelizmente, meu estoque de histórias logo acabou, então eu apenas fiquei sentado, segurando a mão dela. A certa altura ela pediu que eu cantasse uma das canções da peça. Cantei "I'll Do Anything", que infelizmente só serviu para fazê-la chorar.

E o choro se transformou em histeria quando a Marge entrou no quarto e disse que eu tinha de ir. Ela deu a Sereia uns comprimidos e pediu que eu ficasse até que ela dormisse. Assim que a Sereia apagou, dei um beijinho na testa pálida e fria dela, ajeitei as cobertas e saí. A caminho da minha casa, a Marge contou que a filha vai se consultar com um psiquiatra pela primeira vez amanhã. Cheguei em casa triste, quase deprimido também. Mesmo antes de ir embora, já estava começando a sentir saudades de Durban: aquele friozinho no estômago, aquela dorzinha chata nos ossos. Amanhã já vou estar de novo naquele ônibus... de volta para Mordor! (Tá bom, tá bom, admito que a escola não é tão ruim assim.)

Mamãe estava à minha espera no quarto quando cheguei em casa. Me deu um abraço forte e disse: "As meninas são complicadas, Johnny. Não perca seu tempo tentando entendê-las. Ouça o que elas têm a dizer e depois dê um jeito de descobrir o que elas querem." Fiz que sim com a cabeça; mamãe me abraçou de novo e saiu. Deixou uma barra de chocolate em cima do meu travesseiro.

Segunda-feira, 29 de maio

Descobri que a Innocence está vendendo algum tipo de bebida caseira no barracão dela. Segui um dos clientes e me escondi atrás de um arbusto enquanto eles fechavam o negócio. Ela cobra um rand por garrafa. A bebida parece uma mistura de óleo de linhaça com xixi, desses que formam espuma. Resolvi não contar nada aos velhos, senão eles vão mandá-la embora de novo.

Mais uma manhã embaraçosa comprando cuecas com a mamãe. Dessa vez ela entabulou uma longa conversa com um vendedor meio boiola, contando a ele sobre o problema das cuecas nos internatos. (Não contei a ela que havia um tarado à solta, simplesmente pus a culpa na lavanderia.) O vendedor quase convenceu mamãe de que eu devia levar alguma coisa bem extravagante. (Mal consigo imaginar qual seria a reação dos Oito Loucos caso me vissem enfiado numa tanga estampada com listras de tigre.) Por sorte o vendedor precisou se afastar para atender outras pessoas, e eu me safei com os cuecões brancos e azuis de sempre. Tomara que esse tarado seja desmascarado logo. Não sei até quando vou suportar essas expedições de compras.

17h30 Na viagem de volta para a escola, vim sentado ao lado do Barril. (Na verdade, metade do meu corpo ficou debaixo dele, e a outra metade para fora do banco.) Enquanto devorava um cheeseburger com bacon de três andares, ele contou que seus pais estão insistindo numa dieta, temendo que ele tenha um ataque do coração antes de completar 20 anos. Falei que muitos adolescentes eram mais gordinhos mesmo, que ele não devia se preocupar. (Tudo bem, eu menti, mas fiz com que ele se sentisse melhor.)

Feriadão dos Oito Loucos:

Rambo	Fumou maconha. Falou que só deixa a gente muito nervoso e meio neurótico. Mas falou também que se lembra de ter rido histericamente de coisas que não tinham a menor graça.
Simon	Viu sete vídeos e se aborreceu com os primos do Zimbábue.
Vern	Se recusou a dizer o que fez. A julgar pela careca no alto da cabeça, deve ter arrancado muito cabelo.
Lagartixa	Fez uma transfusão de sangue.
Esponja	Viu seu primeiro show de striptease. Disse que era uma grande bobagem, que as mulheres eram muito feias e com estrias para todo lado. (Não sei direito o que é uma estria; mas balancei a cabeça, enojado.)
Barril	Ficou em casa e comeu.
Cachorro Doido	Acertou um corvo com o estilingue.
Cotoco	Almoçou com a avó gagá e tentou ajudar a namorada neurastênica.

Nada mudou durante o fim de semana, exceto por um pombo que ficou preso em nosso dormitório e fez cocô no travesseiro do Simon. O pombo estava empoleirado no alto e arrulhava todo contente, até que o Cachorro Doido o atingiu com um tiro certeiro de seu estilingue e o matou.

Terça-feira, 30 de maio

23h A segunda sessão com as bolinhas de vidro, que a gente vinha aguardando na maior ansiedade, foi um banho de água fria. Nada aconteceu. Nem um mísero arrepiozinho do Roger. Segundo o Barril, era muito pouco provável que o Macarthur se manifestasse duas vezes seguidas na mesma semana. (Não sei por que fizemos uma sessão, então.) Percebendo que nossa paciência já estava chegando ao fim, ele resolveu arriscar um curinga. Arregalou os olhos e disse que a única solução seria "ir direto ao ponto". Sugeriu que a próxima sessão fosse realizada na capela, bem debaixo da viga em que o Macarthur tinha dado seu último suspiro. Depois de muita gritaria e discussão, só o Rambo topou entrar na onda dele, e como se tratava de uma democracia, o plano teve de ser engavetado.

Quarta-feira, 31 de maio

O Esponja conseguiu reunir votos suficientes para se eleger monitor de AV da nossa ala. Isso significa que ele vai ter acesso à sala de audiovisual (além de uma chave) durante uma semana a cada sete, quando chega a nossa vez de usá-la. Vai poder não só assistir a seus filminhos de sacanagem na escola, como também, sendo o capitalista esperto que é, embolsar um bom lucro com suas sessões de cinema privê.

20h O verdadeiro desafio começou. Começamos a ensaiar os diálogos e as cenas de ação da nossa peça. Hoje ensaiamos a cena no abrigo de mendigos e eu tive que dizer a famosa fala: "Por favor, senhor... Eu queria um pouco mais" ao terrível sr. Bumble (nosso professor de ciências, o sr. Dennis). Isso definitivamente é que é teatro. Te cuida, De Niro, porque aí vem Cotoco Milton! (Aposto que ele está tremendo nas bases!)

Quinta-feira, 1º de junho

Tudo indica que o Rain Man está de volta. Desde que chegou do feriado, o Vern não tem dormido no quarto. Já bem tarde da noite, ele sai de fininho, com o Roger pendurado na camiseta, e só volta poucos minutos antes da sirene da alvorada. Não sei se foi aquela história do gato morto ou a pancada na cabeça, só sei que o cara não anda lá muito normal (se bem que ele nunca foi muito normal mesmo).

Estou com medo de ter que enfrentar mais um sumiço por parte do Vern. Como quem não quer nada, informei o Minhoca sobre o estranho comportamento do Vern enquanto afia sua tesoura. Ele olhou para mim por cima da armação dos óculos de leitura e, só depois de constatar que eu não estava de papo furado, disse: "Vou levar o caso às autoridades competentes." Fiquei me sentindo um pouquinho culpado por ter dedurado o Vern, mas pessoas malucas precisam ser vigiadas de perto.

Durante a aula de teatro, o Rambo e a Eva interpretaram uma cena de *Um bonde chamado desejo*, de Tennessee Williams. O Rambo interpretou o jovem e agressivo Stanley, e a Eva, fez o papel de Blanche. Nessa cena, o Rambo responde às investidas da Blanche tentando chegar às vias de fato com ela, criando todo tipo de tensão. Ambos estavam ótimos nos seus respectivos papéis e, terminada a cena, a Eva fez uma longa demonstração de como dar um beijo técnico, desses de novela e teatro. Para exemplificar o que ia dizendo, deu vários beijos na boca do Rambo (ela também mostrou o jeito errado de se encenar um beijo técnico, e colocou a língua na boca do Rambo). O Esponja pediu para experimentar também, mas a Eva disse que a aula já tinha acabado. Todo mundo ficou morrendo de inveja. Quando partimos para cima dele com perguntas, o Rambo simplesmente deu de ombros e não respondeu nada. É, aí tem coisa.

Sexta-feira, 2 de junho

11h Nosso time de rúgbi entrou para a história da escola. O time inteiro foi rebaixado. Isso mesmo, pessoal. A equipe sub-14D agora é a sub-14E. Numa grande demonstração de lealdade, nosso técnico também rebaixou a si mesmo. Por sorte, já na qualidade de equipe E, a gente tem um jogo amanhã, contra a St. James.

Depois que as luzes se apagaram, o Esponja chamou o Barril de covarde só porque ele se recusou a comer uma lata de graxa de sapato. O Esponja começou a cacarejar, imitando uma galinha, ou um frango. O Rambo entrou na brincadeira com um mugido de vaca bastante realista. Só para zoar, acrescentei um balido de ovelha, bem agudo. Pronto, estava armada a confusão: o Lagartixa começou a latir feito um poodle de madame, e o Barril, a guinchar feito um babuíno. O Simon tentou um hipopótamo, mas acabou berrando igualzinho ao Viking. E dali a pouco o musical da fazenda desandou num acesso generalizado de risadas (um bando de hienas?), isto é, no caos em que sempre acabam as noites de sexta-feira. Ainda bem que o Rain Man já tinha fugido para seu esconderijo, pois a confusão teria deixado o Roger com o pelo em pé.

De repente, do outro lado do pátio veio uma nova lufada de barulhos de animais. Os calouros e segundanistas da ala Barnes tinham imitado a gente com entusiasmo. Para não deixar barato, redobramos os esforços, fazendo ecoar novamente os animais da fazenda por toda a escola. Logo as alas Fynn, Century, West, King e Woodall foram entrando na brincadeira. De repente, a escola inteira estava acordada ao som de animais domésticos e selvagens numa extraordinária demonstração de espírito coletivo.

Mas de repente algum pateta disparou a sirene. Sempre tem um imbecil que vai além do limite. Por azar, o imbecil, que atravessava o pátio de roupão e lanterna em punho era muito, muito parecido com o nosso diretor, o Marimba! Todo mundo se mandou das janelas e se enfiou de volta nas camas. As outras alas devem ter feito a mesma coisa, porque, de uma hora para outra, só os retardados da ala Woodall ainda mugiam, latiam e baliam. (A Woodall não tem vista para o pátio, portanto o pessoal de lá não tinha noção do perigo que estava correndo.) Com a bengala numa das mãos e a lanterna na outra, o Marimba seguiu marchando em direção à ala Woodall, determinado a dar um basta na baderna. A sinfonia rural da ala Woodall durou mais uns dois ou três minutos e parou de repente. Na certa o Marimba estava tocando alguns animais desgarrados para uma surra de bengala.

Sábado, 3 de junho

A equipe sub-14E (antiga sub-14D) emplacou sua primeira vitória contra a equipe da St. James, que até agora não deve ter digerido o placar de 19 a 0 (sete pontos dos quais foram marcados por este Cotoco aqui). O sr. Lilly ficou tão feliz com a vitória que se debulhou em lágrimas e abraçou cada um dos jogadores. Todas as equipes da St. James perderam seus respectivos jogos (nossa equipe principal venceu por 18 a 7), a não ser uma... isso mesmo, você já deve ter adivinhado, a sub-14D (antiga sub-14E) levou uma surra de 28 a 0. A maldição continua.

18h30 Liguei para a Sereia, mas a Marge disse que ela estava dormindo e que havia tido uma péssima noite. Perguntei se o psiquiatra tinha ajudado em alguma coisa, mas ela suspirou e disse que a consulta tinha sido traumática.

20h O filme deste sábado foi *O Franco-atirador*, com Robert De Niro e Christopher Walken. Um filme sinistro, que se passa durante a Guerra do Vietnã. O personagem do Christopher Walken fica o filme todinho brincando de roleta-russa, até que uma hora a sorte acaba e ele leva uma bala no crânio. O Cachorro Doido falou que foi o melhor filme que ele viu na vida. Acho que não preciso dizer mais nada. (De Niro tremendo nas bases? Sei não...)

Domingo, 4 de junho

10h30 As meninas estão de volta. Passamos a manhã inteira trabalhando nas cenas da funerária. A garota que faz o papel de Charlotte (Jessie, na vida real) é muito engraçada, além de muito simpática. Ela me trata como se eu fosse irmão dela e fica o tempo todo me socando, ou tentando me socar. Contou que mora numa fazenda perto de Ladysmith e que tem quatro irmãos.

Como sempre, a Amanda não se misturou muito com a galera e passou quase o tempo todo lendo o livro dela. Passei por ela a caminho do banheiro e vi que ela já tinha começado outro livro, chamado *Uma estação branca e seca*.

Com certeza já terminou o anterior. Acontece que ela já está no segundo ano, e é mais de um ano e meio mais velha que eu. Droga. Não que eu estivesse interessado.

No almoço, ela passou por mim como se eu nem estivesse ali e depois ficou o tempo todo conversando com as amigas. A certa altura o Geoff Lawson se juntou ao grupo e ficou lá, bajulando a garota. No ensaio da tarde, eu e ela trabalhamos nas cenas com o Fagin e repetimos nosso dueto algumas vezes. Assim como no outro domingo, Amanda se revelou uma criatura doce, gentil e amável durante o ensaio, mas depois, tão logo a gente terminou, desceu do palco como um iceberg ambulante. Ainda bem que tenho a Sereia, senão essa rainha do gelo ia estar me tirando do sério.

16h30 Quando meninos e meninas começaram a se despedir junto do ônibus, nós cruzamos olhares. Sou capaz de jurar que vi a pontinha de um sorriso nos lábios dela. Mas, para ser honesto, estava escuro, e logo depois ela deu um espirro. Sei lá. Vou continuar de olho nessa menina... Só para ver no que vai dar.

Segunda-feira, 5 de junho

O Costelinha vai ficar ausente por uma semana, participando de um congresso de ciências em Bloemfontein. O Luthuli fez questão de frisar que é ele quem está no comando da nossa ala agora, e que tem permissão para bater em quem quiser, da maneira que quiser. Para mostrar que não estava brincando, deu uma tacada de hóquei na bunda do Devries quando viu o cara escarrando na calçada.

O Guv disse que o *Uma estação branca e seca* é um livro escrito por um africânder chamado André Brink. Falou que é um dos melhores livros sobre a "luta" escritos até agora. "Luta" é a palavra que todos os guerrilheiros usam quando falam da oposição ao apartheid. Quando o Guv perguntou o motivo desse meu repentino interesse pelos romances políticos, falei que também queria ser um guerrilheiro e participar da tal "luta" contra o apartheid. (O que não deixa de ser verdade.) O Guv riu e disse que não dava para eu simplesmente querer participar da "luta". Bagunçou meu cabelo e mandou que eu comesse o meu macarrão enlatado. (A mulher do Guv ainda não deu as caras.)

23h10 Desci para ir ao banheiro e encontrei o Rambo subindo as escadas. (Ele tinha sumido desde o apagar das luzes.) Falou que estava estudando na biblioteca, o que é muito estranho, já que a biblioteca fecha às nove, e ele não carregava nenhum livro com ele. Não fiz nenhuma pergunta, e ele continuou subindo até sumir no dormitório.

Terça-feira, 6 de junho

15h Mais uma incrível vitória no rúgbi: a equipe sub-14E (antiga sub-14D) destruiu a sub-14D (antiga sub-14E) por 44 a 0. Inchado de orgulho, o sr. Lilly falou que, se a gente continuar nesse pique, nosso time seguramente será promovido. A Waterfall High School, os adversários deste fim de semana, tem só quatro times, portanto a gente não vai jogar.

21h30 Nosso dormitório pegou fogo com as fofocas sobre o Rambo e a Eva. Alguém viu o cara sair da casa do Costelinha ontem, altas horas da noite. Em vista da ausência do Costelinha, e depois dos beijos trocados na aula da semana passada, corre à boca miúda que o Rambo está pegando a Eva. Todo mundo está roxo de inveja. Mas ainda nenhum sinal do Rambo, que mais uma vez resolveu "estudar" até tarde. O Esponja quis até organizar uma aposta: tinha certeza de que naquele exato momento eles estavam fazendo "alguma coisa", e apostava cinco pratas que essa coisa era sexo. Ninguém teve coragem de encarar a aposta dele.

Quarta-feira, 7 de junho

7h30 Liguei para o papai para desejar feliz aniversário. Ele agradeceu as meias e a cera de carro (que aparentemente eu tinha comprado para ele. Falou que ia sair para jantar fora com a mamãe e depois assistir a um filme na TV. Ninguém sabe festejar um aniversário melhor que meus pais!

22h40 O Rambo admitiu que estava rolando alguma coisa entre ele e a Eva. Eu sabia que ele estava doido para abrir o jogo com a gente, mas na certa tinha jurado ficar de bico calado. O Esponja o atormentou para que falasse sobre a Eva e chegou a ponto de oferecer dinheiro para que ele entrasse em detalhes, mas o Rambo recusou e ameaçou matar quem desse com a língua nos dentes.

O Cachorro Doido, que nunca deu muita bola para fofoca, roncou sonoramente durante toda a conversa. Na verdade, roncava tão alto que as vidraças das janelas pareciam tremer. Bem de mansinho, como um bando de ladrões, entramos no cubículo dele (todo mundo menos o Vern, que a essa altura já tinha sumido) e, instruídos pelo Rambo, levantamos o colchão da cama com o Cachorro Doido e tudo.

Para nossa surpresa, o cara não era tão pesado assim, e continuou roncando. Atravessamos o dormitório do segundo ano e, ao chegar ao topo da escada, tivemos de colocá-lo no chão, porque o Esponja e o Simon tiveram um acesso de riso. Assim que eles conseguiram se controlar, içamos o colchão outra vez (com o Cachorro ainda dormindo profundamente e roncando) e seguimos escada abaixo. A meio caminho, o Barril não aguentou e soltou um peido. Foi aquele pandemônio: atrapalhados com o fedor, por muito pouco não deixamos o colchão cair ali mesmo. Mas, por incrível que pareça, o Cachorro permaneceu exatamente como estava antes, nem sequer parou de roncar. Por fim conseguimos descer. Saímos para o pátio. Com cuidado, depositamos o colchão sobre a grama gelada, junto da fonte, e voltamos em disparada para o dormitório. Durante quase uma hora ficamos empoleirados na janela, olhando o dorminhoco abandonado. Por causa do frio, o Lagartixa ficou preocupado que os dedos do Cachorro pudessem congelar, ou que ele tivesse uma crise de hipotermia ou hemorroidas. O Rambo juntou quatro cobertores e, bufando, voltou ao pátio para cobri-lo. Depois contou que o cara ainda estava roncando quando ele chegou lá.

Quinta-feira, 8 de junho

6h O Cachorro Doido ainda está dormindo no pátio, mas só o que dá para ver é uma enorme pilha de cobertores vermelhos.

6h14 O garoto responsável pela sirene passa correndo pela fonte e nem sequer vê o Cachorro Doido.

6h15 Sirene da alvorada. O Cachorro Doido se remexe no colchão. O sireneiro para e encara o Cachorro Doido por alguns segundos; depois volta correndo para sua ala.

6h18 O sr. Cartwright atravessa o pátio e entra na sala dos professores sem notar o Cachorro Doido.

6h19 O sr. Lilly irrompe no pátio, vê o Cachorro Doido, para e olha. Depois de um instante, o sacode e tenta acordar o dorminhoco. O Cachorro abana a mão, mandando ele ir embora; vira de lado e continua a dormir. O sr. Lilly segue na direção da sala dos professores parecendo terrivelmente preocupado.

6h20 O sr. Lennox passa direto pelo Cachorro Doido enquanto lê seu jornal. Quase tropeça no belo adormecido. No dormitório, todo mundo cai na gargalhada.

6h22 O Marimba sai da sala dos professores e segue para o pátio. Passa pelo Cachorro, para, olha para trás, olha desconfiado ao seu redor, e depois se aproxima da pilha de cobertores. Devagarzinho, cutuca o Cachorro Doido com a ponta do sapato de verniz preto e depois chuta. O Cachorro Doido dá um coice e novamente vira de lado, irritado com a amolação. O Marimba chuta com mais força. Bem devagar o Cachorro Doido senta no colchão, ergue as pálpebras e olha para o Marimba feito um zumbi. Depois olha para os lados, totalmente confuso; diz alguma coisa para o Marimba, recolhe o colchão e os cobertores e vem correndo na direção do dormitório.

Ele estava confuso demais para tirar satisfações ou procurar briga. Simplesmente sentou na cama e ficou ali, balançando a cabeça enquanto a gente rolava no chão de tanto rir. Perguntei o que ele tinha dito ao Marimba. "Bom dia, mãe", foi a resposta.

21h15 Guy Emberton pegou o Esponja batendo punheta contra o aquecedor que tem atrás dos chuveiros. (O que o Emberton estava fazendo ali ninguém sabe.)

Sexta-feira, 9 de junho

8h O Esponja foi recebido pelo famoso coro de "Punheteiro, punheteiro!" quando entrou no refeitório, e ficou todo vermelho. Até o sr. Hall, técnico da equipe principal de rúgbi, participou da brincadeira, enquanto o Esponja tentava esconder o rosto sobre o prato de mingau.

Meio da noite: o Vern entra no dormitório, berrando e gesticulando freneticamente. Para evitar que ele engula a própria língua, o Cachorro Doido pega o garoto pelas pernas e o vira de cabeça para baixo. (O Luthuli já tinha ensinado a gente o que fazer caso ele voltasse a ter um acesso.) Alguns minutos se passaram antes que o Vern pudesse explicar que não estava tendo acesso nenhum e que precisava contar uma coisa com urgência. Assim que foi desvirado pelo Cachorro, ele começou a falar — aos tropeços, ofegando e ainda gesticulando muito — que o fantasma do Macarthur tinha aparecido para ele e para o Roger na cripta da capela. Pelo que entendi, o fantasma havia levantado o Roger pelos ares e depois sussurrara algo que o Vern não entendeu direito, tipo "larga a lixa". Depois, ainda nas palavras dele, o gato deu um berro de pavor e sumiu na escuridão.

Ninguém sabia direito o que fazer com essa história maluca. Uma coisa era certa: o Vern não estava de sacanagem com a gente. Ele nunca está de sacanagem com ninguém. Se bobear, nem sabe o que é sacanagem. Ele tinha falado com absoluta convicção. Mas o que não dava para saber era se aquilo tudo tinha acontecido na cripta da capela ou na cabeça desaparafusada de um débil mental.

Sábado, 10 de junho

Geoff Lawson me convidou de novo para ir à fazenda dele. Já que a gente não tem ensaio nesse domingo, aceitei o convite, convencido de que o momento da verdade está para chegar. Tudo indica que o nosso fantasma está ficando impaciente e que algo precisa ser feito.

Os sub-14D (antiga sub-14E) perderam a partida contra o time da Waterfall. O sr. Lilly, que estava assistindo à partida na beira do campo, mal pôde conter sua alegria com o resultado. A equipe principal continuou com seu rolo compressor de vitórias, derrotando os adversários por 56 a 3.

Meu texto está na ponta da língua. No ensaio de segunda à noite, nem vou levar o roteiro. Aposto que vou ganhar alguns pontos com o Viking.

Meu cabelo está comprido e desgrenhado. Alguns professores vieram reclamar comigo sobre isso. Quando expliquei que era para a peça eles soltaram um resmungo e saíram reclamando dos padrões de disciplina, que já não eram mais os mesmos.

Escrevi uma longa carta para a Sereia, que agora tenho chamado de Debbie. Acho que não gosto mais dela, e isso tem me deixado terrivelmente preocupado. Passei horas sonhando acordado com a Julia Roberts (Amanda). Acho que estou ficando doido. Depois do jantar, dei uma passada na enfermaria e falei para a irmã Collins que eu estava preocupado com a minha vida, que andava me sentindo meio estranho. Antes que eu pudesse terminar, ela exclamou: "Bobagem, meu filho, você não é homossexual coisa nenhuma! É só uma fase!" Depois mandou que eu gargarejasse um líquido roxo e amargo e tomasse um comprimido de laxante.

Domingo, 11 de junho

8h30 Já libertei quatro prisioneiros desde que tomei o laxante da irmã Collins. Da próxima vez vou tentar resolver meus problemas sozinho.

Depois de uma missa muito chata (em que o Reverendo Bispo não falou coisa com coisa num sermão sobre peixe, pão e vinho), Geoff e eu escapulimos de novo para a fazenda dele. O Joseph já estava esperando no mesmo lugar de antes. O dia estava quente e folhas secas, quase douradas, cobriam os gramados em torno da fazenda do Geoff. O sol projetava sombras na fachada, e tudo era só preguiça e perfeição.

Escolhi com cuidado a hora certa de tocar no assunto. Esperei até que a gente estivesse ancorado no meio da represa, e só então comecei a desfiar a longa e complicada história sobre o Macarthur. O Geoff parecia saborear cada palavra, até que cheguei à parte sobre o vínculo da família dele com o professor suicida. Ele arregalou os olhos e deixou o queixo cair, perplexo. Depois de me fazer repetir a história não sei quantas vezes, ficou mudo durante um tempão.

Por fim virou-se para mim e disse: "Eu sabia. Sabia que eles estavam escondendo alguma coisa. Os velhos nunca falam sobre ele, nunca..." Ele parou, e nada mais foi dito até a nossa volta para escola. A gente pulou a cerca e, antes de se despedir, ele disse: "Cotoco, vou descobrir tudo o que aconteceu... de um jeito ou de outro vou descobrir o que aconteceu com o meu bisavô."

20h Na reunião do nosso grupo de Assuntos Africanos, falamos quase o tempo todo sobre o ativista antiapartheid Steve Biko, que foi brutalmente assassinado enquanto estava sob a custódia da polícia. O pessoal da polícia disse que ele escorregou e caiu da janela da prisão. Será que eles acham que as pessoas são tão burras assim? O sr. Lennox mostrou um documentário sobre o assassinato, e uma agitada discussão eclodiu logo em seguida. Sem pensar muito, movido pelas emoções e pela culpa (bem como pelo excesso de café nas veias), fiquei de pé e disse que tinha vergonha de ser branco. Linton Austin deu um risinho e, com visível desprezo, olhando para mim por cima dos aros dos óculos, falou que a vergonha era um sentimento inútil. O Luthuli partiu em minha defesa, dizendo que a África do Sul precisava de mais brancos conscientizados. Fiquei inflado de orgulho, aliviado por finalmente ter dito alguma coisa que prestava. No caminho de volta para o dormitório, o Luthuli contou que estava orgulhoso de mim, e que o avô dele, Albert Luthuli, era um Prêmio Nobel e já tinha sido presidente do CNA. Senti no peito uma admiração e um respeito ainda maiores pelo nosso chefe de ala. Agora entendo por que ele ficou com os olhos cheios d'água quando o Nelson Mandela foi solto. Falei a primeira coisa que me veio na cabeça: "Também quero ser um guerrilheiro."

O Luthuli sorriu e disse: "Cotoco, quando você se formar, a luta já vai ter terminado." Isso posto, ele sumiu na sala dos monitores, e eu segui para o dormitório todo agitado para entrar na luta. Sob o quentinho do edredom, fiquei arquitetando a queda do De Klerk e do seu império do mal, o vergonhoso apartheid.

Segunda-feira, 12 de junho

Acordei com dor de garganta e a voz rouca. Hoje à noite as meninas vêm ensaiar, e o Viking disse que vai "dar uma passada" no primeiro ato. Não sei se a minha voz vai aguentar. Tentei cantar alguma coisa, mas o que saiu foi algo terrivelmente parecido com a voz da Wombat, então parei imediatamente.

19h Inacreditável! A Amanda acabou de passar por mim e disse um rápido "Bom dia, Cotoco". Depois sumiu antes que eu tivesse a oportunidade de guardar a língua de volta e pegar o queixo que tinha caído no chão.

Por incrível que pareça, minha voz até que segurou a onda, mas o ensaio foi um tormento só. Tanto o Kojak quanto o Viking não paravam de berrar com a gente, sobretudo comigo e com o Dodge. Até o Guv levou um esculacho do Kojak por ter cantado uma canção inteira no tom errado. A banda da escola, que tem trabalhado duro no ensaio das músicas, estava nos assistindo para ter uma ideia de como andavam as coisas. Não demorou muito para que eles começassem a bocejar, e depois de uma hora mais da metade estava dormindo. Péssimo sinal. O primeiro ato deveria ter apenas uma hora de duração: nosso ensaio chegou muito perto das quatro. O Dodge acha que ouviu o Viking berrando no banheiro depois de dispensar a gente.

Terça-feira, 13 de junho

Minha garganta está ardendo em brasa, e ando espirrando em todo mundo. E se eu peguei alguma doença séria e tiver de ser substituído pelo insuportável do

Smith ou pelo mosca-morta do Winter? Vou ter de dar um jeito nesses germes em absoluto segredo. Por azar, quando eu espirro é em grande estilo: engatilho uma sequência de uns oito ou nove, numa saraivada só, e depois fico me sentindo meio tonto e fraco. (O Esponja calcula que cinco espirros equivalem a um orgasmo. Tomara que um orgasmo seja bem melhor do que isso!)

Depois do apagar das luzes, o Rambo finalmente admitiu que estava transando com a Eva. Falou que ela é um animal do sexo e gosta de experimentar um monte de posições diferentes. Depois ameaçou cortar a nossa garganta caso essa história deixasse as quatro paredes do dormitório. O Esponja ficou tão maravilhado com a revelação do Rambo que desceu correndo para o banheiro e lá ficou durante uns bons dez minutos. Depois dessa proeza, o Rambo foi alçado à condição de herói, e todo mundo se levantou para apertar a mão dele; o Esponja, assim que voltou do banheiro, chegou a ponto de pedir que ele autografasse uma de suas revistas de mulher pelada.

Não preguei olho por causa da garganta. E também porque não consegui parar de pensar nessa história do Rambo transar com a Eva.

Quarta-feira, 14 de junho

Meu estado de saúde piorou muitíssimo. Acordei no meio da tarde, e só então vi que estava num leito da enfermaria. A irmã Collins disse que eu havia desmaiado durante a aula de matemática e que tinha sido carregado para a enfermaria por alguns colegas preocupados. Depois soltou os cachorros porque eu não a tinha procurado antes. Deu uma injeção sinistra no meu traseiro, seguida de um beijinho na testa.

Acordei de noitinha e dei de cara com o rosto preocupado do Viking. Tentei falar alguma coisa, mas não consegui. Apavorado, o Viking sacudiu a irmã Collins, que cochilava na cadeira. Mas levou uma bronca da enfermeira, que, furiosa por ter sido acordada à toa, falou: "Claro que o menino não consegue falar, seu tonto! Está com bronquite aguda!" O Viking só faltou desmaiar também. Deixou uma barra de chocolate na mesinha e saiu correndo da enfermaria.

Quinta-feira, 15 de junho

Em algum momento da manhã, o Bert entrou na enfermaria com uma queixa bem esquisita. Acho que não me viu na cama, então fingi que estava dormindo. Depois de muitos rodeios, tossiu e confessou para a irmã Collins que estava com um probleminha no bilau. Ela mandou que ele baixasse as calças e levou um baita susto quando viu que o gigantesco pinto do cara estava coberto de uma meleca verde e cintilante. Assim que se recuperou, vestiu um par de luvas amarelas, dessas de cozinha, e começou a examinar o bilau infeccionado com uma pinça, parecida com essas que a gente usa para virar carne na grelha. Terminado o exame, receitou uma pomada e recomendou que o Bert diminuísse a frequência das "brincadeiras". Ele sacudiu a cabeça em sinal de obediência e saiu.

Acordei de tardinha e me deparei com o Lagartixa deitado no leito vizinho ao meu. Ao que parece, ele agora mora na enfermaria. Todo orgulhoso, anunciou que tinha contraído uma espécie rara de esquistossomo (mesmo que ele nem saiba direito o que isso quer dizer, e muito menos como foi que pegou). Passamos a tarde inteira jogando conversa fora; quer dizer, ele conversou e eu só sacudi a cabeça. Nunca vi o Lagartixa tão relaxado e feliz. Está na cara que a enfermaria é a praia dele.

O mundo segundo o Lagartixa:

Nasceu em Londres.
O pai é entomologista (estuda insetos e outros bichos raros).
A mãe era bailarina e agora não faz nada.
Acha que na infância foi mordido por um inseto do mal (um dos que o pai estava estudando), e que isso desencadeou uma longa série de doenças.
Já teve quarenta e duas doenças/enfermidades/achaques devidamente diagnosticados e pelo menos seis desconhecidos da medicina.
Os pais passam a maior parte do tempo na Inglaterra porque acham que a África do Sul é perigosa.
O sr. Lagartixa também é ex-aluno da escola, uma tradição que já remonta a cinco gerações da família dele.

O pai está esperando pela morte da sogra rica.
Depois que ela morrer, o plano dele é se aposentar e abrir uma pousada num lugar chamado Costwolds.

O Lagartixa me surpreendeu: ele é muito sincero e bastante inteligente. Falou que detesta todo mundo no nosso dormitório, menos o Vern e eu. Mas falou também que às vezes eu fico tão marrento quanto os outros, e que nessas horas ele não gosta de mim. Senti a maior culpa quando me lembrei de todas as vezes em que me juntei aos outros para sacanear o cara e rir dos vômitos que ele não para de esguichar. O Lagartixa está totalmente convencido de que tanto Macarthur quanto Crispo foram assassinados e que Marimba é o assassino.

"Vou te falar uma coisa, Cotoco. Este lugar parece um hospício. Tem doido para todo lado. Até o nosso diretor é meio doido, você não acha? É como se em cada canto tivesse alguém para pegar a gente, para rir da gente, ou fazer a gente se sentir um idiota, um covarde, um sei lá o quê."

O Lagartixa tem razão: para quem está do lado errado da cerca, este lugar pode ser um inferno. Do jeito como ele falou, deu a entender que eu estava do lado certo da cerca, mas sempre achei que também estava do lado errado, com o Vern e o próprio Lagartixa. Talvez eu esteja em cima da cerca, nem de um lado nem de outro.

De repente meu coração disparou. Revirei minha mochila e só fiquei tranquilo quando constatei que meu diário estava mesmo lá. Cheguei até a ver a terrível imagem em minha mente: meu diário mais uma vez sendo passado de mão em mão enquanto eu estava trancafiado na enfermaria. Guardei-o debaixo do travesseiro e fiquei esperando o coração voltar ao ritmo normal.

O Lagartixa balançou a cabeça, lamentando a injustiça daquela situação toda, e olhou desanimado pela janela. Dali a pouco, do nada, virou-se para mim e disse: "Cotoco, sabe de uma coisa? Quando você canta é como... sei lá, você vai achar estranho o que eu vou dizer, mas é como se eu pudesse ter certeza de que Deus está mesmo lá em cima." Depois, claramente envergonhado, virou-se na cama e ficou lá, paradinho e mudo.

E foi lá na enfermaria, entre lençóis brancos, cortinas bege bem sem graça, vidros de comprimidos, seringas e urinóis, que a pessoa mais improvável do mundo disse... a coisa mais inacreditável para mim. O peso em meu estômago voltou, senti as lágrimas mornas brotarem nos meus olhos, e tive que cerrar os meus dentes e lutar para não chorar. Eu me sentia terrivelmente culpado e envergonhado. Lembrei-me de todas as vezes em que tinha zombado e espezinhado o Lagartixa na frente dos outros, só para me sentir mais forte, para achar que fazia parte da galera. Mas o Lagartixa é um cara corajoso de verdade. É preciso muita coragem para dizer a uma pessoa que a gente a considera especial. Pois, na minha opinião, esse Lagartixa branco e vomitador tem mais coragem que todos os outros integrantes dos Oito Loucos juntos.

Sexta-feira, 16 de junho

DIA DO MASSACRE DE SOWETO

Recebi telefonemas dos velhos e da Sereia. Infelizmente eu e a Sereia logo ficamos sem assunto; permanecemos calados o maior tempão até que de repente falamos alguma coisa ao mesmo tempo. Acontece que eu não estava com a mínima vontade de levar aquela conversa adiante, então disse que minha garganta estava doendo, desliguei e fiquei me sentindo culpado.

O Kojak passou para fazer uma visitinha depois do almoço e deixou seu walkman comigo, além de uma fita com as músicas da peça, para que eu me mantivesse em dia. Falou que os ensaios estavam deixando ele maluco e, antes de sair, conseguiu extorquir da irmã Collins um remedinho grátis para pressão alta. Pude ouvir quando ele berrou com um garoto no corredor só porque o cara estava com a camisa para fora da calça.

O Luthuli veio me visitar no intervalo. Disse que hoje era aniversário de uma manifestação realizada em 1976 nas favelas de Soweto, em que muitos inocentes desarmados foram mortos pela polícia. Fiquei todo orgulhoso que o nosso chefe de ala tivesse compartilhado aquela informação comigo, e resolvi colocar um cabeçalho bem grande nesta anotação no meu diário.

A irmã Collins colou na porta de entrada uma lista que ela chamou de "Os dez mandamentos da enfermaria". Falou que não aguentava mais repetir a mesma ladainha o tempo todo.

Os dez mandamentos da enfermaria

1 Não é permitido usar chuteiras de rúgbi na enfermaria!
2 Se você está doente o bastante para faltar às aulas, então está doente o bastante para ficar internado na enfermaria!
3 Não é permitido entrar na enfermaria sem a devida permissão da enfermeira! (quem desrespeitar esta regra vai ser obrigado a tomar ÓLEO DE FÍGADO DE BACALHAU).
4 Não é permitido dormir nos dormitórios durante as horas de aula sem a minha permissão ou a do seu chefe de ala!
5 É proibido faltar aos treinos sem uma justificativa assinada pela enfermeira!
6 Não é permitido fumar na enfermaria!
7 Proibido visitas fora do horário de visitação!
8 Água oxigenada é só para uso médico, e não para descolorir cabelos!
9 Se a sua garganta estiver doendo, faça um gargarejo com o xarope vermelho e tome dois dos comprimidos alaranjados que estão no balde vermelho. Não me amole, a não ser que esteja à beira da morte!
10 Não morra na enfermaria! (Por favor, faça isso nas férias.)

Minha saúde está definitivamente melhor. Segundo a irmã Collins, devo ter alta amanhã à noite. Daqui posso ouvir os gritos de guerra dos treinos de rúgbi, e por causa deles já estou doido para voltar ao mundo real. Não vejo a hora de retomar os ensaios e de saber o que os outros Loucos têm aprontado. Além disso, as provas começam em dez dias; melhor eu começar a estudar um pouquinho, para não ter qualquer problema com minha bolsa de estudos. (Aliás, nem sei por que me deram essa bolsa. Na minha turma tem uns garotos bem mais inteligentes do que eu; perto deles pareço um idiota.)

Por volta das nove da noite, a irmã Collins voltou para ler uma história para a gente. Trazia consigo um livro. Fiquei morrendo de vergonha. Com certeza não era bom para um bolsista ser visto ouvindo historinhas infantis sobre dois irmãos detetives. Perguntei à irmã se ela não tinha alguma coisa mais de acordo com a nossa idade. "Bobagem!", ela exclamou. "Todo mundo adora essas histórias! Até meu finado marido, quando ficava doente!"

E ela tinha toda razão. Foi uma delícia. Como dois irmãos e a mãe deles, eu e o Lagartixa ficamos lá, ouvindo a irmã Collins contar histórias naquela voz grave e rouca dela. Terminado o capítulo, ela fechou o livro, ajeitou nossas cobertas, deu um beijinho na nossa testa e apagou o abajur da mesinha.

Agora está explicado por que o Lagartixa gosta tanto deste lugar.

Sábado, 17 de junho

Acordei e encontrei um bilhete na mesinha ao lado da minha cama: um papel vermelho-sangue, dobrado duas vezes. Assim que consegui focar os olhos, abri o bilhete e li:

Ao meu querido Cotoco.

Fica bom logo. Estou com saudades.

Beijos da...

Você nem vai acreditar:
AMANDA

Depois de quase cair da cama, ergui o papel com as mãos trêmulas e reli o que estava escrito nele um milhão de vezes.

Tomei um banho rápido, reli o bilhete outro milhão de vezes, umas quatro para o Lagartixa, e depois passei o resto da manhã sonhando acordado com a Amanda. Isso pode dar encrenca.

O sr. Lilly entrou saltitando na enfermaria para nos contar que os sub-14D (ex-14E) tinham perdido outra vez. Deu um suspiro de felicidade e se esborrachou na cama do Lagartixa. Por azar não tinha notado que a cama estava ocupada, e acabou sentando na cabeça do pobre coitado. O Lagartixa deu um berro, começou a tossir e a vomitar, e por pouco não acertou em cheio o nosso assustadíssimo técnico de rúgbi. A irmã Collins veio ver o que tinha acontecido e, empunhando um termômetro gigante, tocou o sr. Lilly para fora da enfermaria.

17h25 Recebi alta depois de ter sido declarado parcialmente curado. A irmã Collins falou que era para eu economizar a voz durante uns três dias pelo menos. Embrulhado num moletom e num cachecol, ainda meio hesitante, deixei a enfermaria e pisei na grama do quadrado, seca e quebradiça por causa do frio. O sr. van Vuuren, nosso professor de africânder, passou por mim. "Boa tarde, senhor", falei, com o máximo de entusiasmo que me permitia a voz roufenha. O brutamontes, com seu nariz de batata, olhou para mim e resmungou em tom de ameaça: "Vá cortar esse cabelo."

Eu já ia chegando à nossa ala quando fui atropelado por uns 12 garotos que, aos berros, iam empurrando quem estivesse no caminho. Assim que me levantei, vi que eram os Oito Loucos (na verdade, cinco deles mas com alguns cúmplices) que estavam carregando o Simon na direção do laguinho de pescaria. O capitão do nosso time de críquete foi arremessado na água. Afundou imediatamente, mas reapareceu dali a alguns segundos e, com o uniforme encharcado, voltou pisando duro para o dormitório. "Feliz aniversário", falei quando ele passou por mim.

"Vai à merda", foi o que recebi como resposta.

Puxa, como é bom estar de volta!

Domingo, 18 de junho

Amanda me deu um forte abraço quando cheguei aos ensaios. (Também abraçou o Dodge, o Geoff e alguns outros.) O Viking não permitiu que eu cantasse, mas insistiu que eu participasse do ensaio para que ficasse por dentro das mudanças realizadas na minha ausência. O Winter, que vinha me substituindo, parecia arrasado, sentado na plateia, assistia ao verdadeiro Oliver pisar o tablado. Fazer o quê!, quem nasceu para sardinha nunca chega a tubarão.

Durante o almoço, tentei puxar conversa com a Amanda, falando sobre o livro do J. M. Coetzee, *À espera dos bárbaros*. Mas as coisas não saíram bem como eu tinha esperado. Ela disse que havia desistido do livro depois de algumas páginas e que J. M. Coetzee era um cético, um mórbido, que escrevia sem o menor traço de sutileza. Concordei com tudo (afinal, eu só tinha conseguido ler 11 páginas em três semanas) e ainda por cima falei que Coetzee era um dos piores escritores vivos, apesar do Booker Prize que tinha recebido, o que só podia ter sido um grande lance de sorte.

Foi com grande tristeza que a gente se despediu das meninas pela última vez antes do fim do semestre. Por causa das provas e das férias que estão por vir, os ensaios vão parar durante um tempo. Antes de sair, o Viking tentou nos amedrontar com a fúria dos deuses do teatro, dizendo que o próximo ensaio geral será exatamente a seis semanas da estreia.

Segunda-feira, 19 de junho

11h A escalação do time sub-14A de críquete que iria à Cidade do Cabo estava pregada no quadro de avisos do refeitório. A equipe é exatamente a mesma de antes, a sub-14A, além do Rambo, que completa os 12. O Barril também foi convocado como conferente, a pessoa responsável pela conferência dos pontos da partida (nossa conferente era a mulher do Guv, que foi embora). Isso significa que cinco dos Oito Loucos vão participar do ataque à Cidade-Mãe! Nosso primeiro treino é amanhã à tarde. Saímos para a Cidade do Cabo neste próximo domingo e voltamos no domingo seguinte.

Enquanto eu estava na enfermaria, as fofocas sobre o Rambo e a Eva se espalharam feito rastilho de pólvora. Segundo me contaram, o Rambo ficou tão fulo que pendurou o Esponja do lado de fora da janela do dormitório, segurando o cara pelas pernas, até que ele confessasse o crime de ter dado com a língua nos dentes. (Depois o Esponja negou tudo e ainda por cima acusou o Vern, que sumiu duas noites seguidas e arrancou quase todos os cabelos do lado esquerdo da cabeça.) O Rambo agora está sendo chamado de Adão, e as partes pudendas da Eva foram apelidadas de Jardim do Éden.

Segundo informou o Rambo, o Gavin, o monitor que vive debaixo das escadas, triplicou a população de baratas no seu quarto. Ele mandou que o Rambo recolhesse todas as baratas da lata de lixo e as pusesse numa caixa de papelão. O Rambo está oferecendo dinheiro para quem quiser trocar de monitor com ele. Falei que não trocava o Minhoca por dinheiro nenhum.

Terça-feira, 20 de junho

A aula de religião foi cancelada porque o Reverendo disse que não estava passando muito bem. (Tudo indica que o santo homem está mentindo, pois o Simon viu ele correndo com o cachorro hoje à tarde.)

A tensão por causa dos jogos contra o pessoal do Kings College já começou. Todo mundo está na maior pilha por causa desse embate entre as duas únicas escolas invictas em toda a província. Os jornais estão falando de uma "Guerra de Titãs". Mais uma vez os sub-14E (ex-14D) derrotaram com vantagem os sub-14D (ex-14E) num jogo de treinamento. O sr. Lilly ficou andando de um lado para o outro com o peito estufado, feito um galo, e rodopiando o punho no ar como se fosse um judoca. Ele e a sra. Bispo nem estão se falando mais; aliás, o sr. Lilly está convencido de que ela tem espionado nossos treinos com o objetivo de copiar nossas táticas. (Eu nem mesmo sabia que a gente tinha uma tática.)

16h Cheguei ao treino de críquete com as chuteiras de rúgbi nos pés (era estranho voltar a vestir as perneiras e as luvas do uniforme). O Cachorro Doido estava tão perdido que arremessou um de seus torpedos na direção errada e quase matou o Martin Leslie, que foi pego de surpresa enquanto abria a caixa de bolinhas. O Guv tinha voltado à sua agitação de sempre e distribuía desaforos a torto e a direito, cada um mais absurdo que o outro. Falou que meus arremessos tinham passado de enganosos a péssimos; também disse que o Rambo era o arremessador mais lerdo do mundo e devia ser processado por arremessar bosta de jumento sem licença. Mas levou um belo troco quando o Simon rebateu com um clássico *straight drive* e disparou a bolinha contra a canela do nosso tresloucado técnico, que caiu do banco em que estava sentado e desferiu uma saraivada de palavrões.

Jantar: O Luthuli entregou ao Esponja as chaves da sala de audiovisual, que nesta semana vai ficar por nossa conta. Os olhos do Esponja imediatamente se iluminaram (logo me lembrei do Gollum com seu precioso anel). Ele mal terminou as costeletas que estava comendo e saiu em disparada para dar uma olhada no recém-adquirido cineminha pornô.

Quarta-feira, 21 de junho

15h Durante um intervalo nos estudos, eu e o Lagartixa (que derrotou bravamente seu esquistossomo) fizemos uma caminhada pelos campos da escola. Passamos pela represa e escalamos uma das colinas. O Lagartixa contou que tinha encontrado o Elton John certa vez, num coquetel em Londres. (Elton John tinha perguntado onde ficava o banheiro ao passar por ele numa escada.) Chegando ao topo da colina, sentamos numa pedra lisinha, aquecida pelo sol.

Lá embaixo ficava a escola, com suas fachadas e torres de tijolos vermelhos, como as de um castelo medieval. As árvores peladas formavam uma espécie de escudo, espetadas nos gramados castigados pelas geadas. Durante o verão, nossa escola fica tão linda que parece um cartão-postal; no inverno, é um lugar árido e triste. De repente, depois de um longo silêncio, o Lagartixa pediu que eu cantasse para ele. Encabulado, falei que ainda não tinha permissão para cantar por causa da garganta. Ele ficou meio desapontado, e mais uma vez me senti tomado de culpa. Depois de confessar que tinha ficado todo arrepiado no velório do sr. Crispo, ele disse que esperava que um dia eu cantasse no enterro dele também (desde que eu não morresse antes, claro). Prometi que cantaria, sim, e aos poucos fui me sentindo menos culpado.

No caminho de volta à nossa ala, passamos pelo Barril e pelo Geoff Lawson, que se debruçavam sobre alguns papéis e fotografias velhas. Na certa o Geoff estava dando uma conferida nas provas antes de interpelar os pais com a história do suicídio do bisavô.

Terça-feira, 22 de junho

Andam falando por aí que eu e o Lagartixa somos boiolas. (Ao que parece, um pré-adolescente que ainda não é capaz de fazer sexo com uma mulher por algum estranho motivo é capaz de fazer sexo com outro homem.) Resolvi que vou ignorar essa história, na esperança de que ela desapareça por conta própria.

20h30 Estreia do cineminha pornô do Esponja. O Rambo e o Simon foram convidados para assistir ao filme na sala de audiovisual. Os três disseram que foi uma experiência incrível, mas que para mim seria um desperdício, já que eu nem era capaz de melar as cuecas ainda. Senti o sangue subir ao rosto e me joguei na cama, tentando afugentar a curiosidade. Desde que cheguei nesta escola que as pessoas ficam zoando por eu ser um cotoco, e até hoje não consigo deixar de ficar bolado.

Sexta-feira, 23 de junho

Nossa equipe de rúgbi finalmente foi reinstituída como a equipe sub-14D. Passando por mim no refeitório, todo cheio de si, o sr. Lilly sacudiu os dois polegares em sinal de felicidade. Só quero ver se ele vai continuar feliz assim quando formos destruídos pelo pessoal do Kings College. A escola deles é duas vezes maior que a nossa, e tem oito equipes de sub-14.

Eu e o Lagartixa fomos arrastados pelo Julian até a sala dos monitores; ele queria saber de todo jeito se a gente era boiola ou não. Juramos que não. Ele ficou desapontado, cancelou nosso chá com torradas e mandou a gente se escafeder. Quando estávamos saindo, ele falou que era para a gente avisar caso mudasse de ideia. No caminho de volta ao dormitório, o Lagartixa disse que um primo dele era bicha, mas que depois o sujeito tinha se emendado, casado e aberto um sex shop na Cidade do Cabo. Em vista das suspeitas que pesavam sobre nós, sugeri que ele guardasse essa história (assim como a do Elton John) apenas para si mesmo.

O treino do grito de guerra antes dos jogos contra o Kings College geralmente acontece no pátio, que é tido como o epicentro sagrado da escola, apesar de alguns tristes episódios que já aconteceram por lá, como o Barril encalhado na janela e o pernoite do Cachorro Doido. Desde o início da semana a escola está fervilhando com estatísticas e histórias da nossa rivalidade com o Kings College. Ao longo de cem anos, só tivemos três vitórias sobre eles, e no ano passado fomos massacrados por um placar de 44 a 3! Nossa última vitória foi em 1977; na ocasião, nossos arquirrivais puseram sua derrota na conta de uma epidemia de gripe.

18h30 Os feras do rúgbi se reuniram na beira da fonte, cercados por uma espremida multidão de alunos. O capitão Gillson fez um extraordinário discurso que falava de orgulho e paixão que não fez o menor sentido, e conseguiu produzir na gente uma furiosa sede de sangue. As paredes tremeram com o grito de guerra; cachorros começaram a latir por toda parte. O hino da escola foi cantado em uníssono com entusiasmo e, ainda que terrivelmente desafinado, parece que o gigantesco capitão ficou satisfeito com o que viu e ouviu. A certa altura, o Bert ficou tão pilhado com a energia do encontro que começou a desferir murros no ar; mas o grandalhão acabou perdendo o equilíbrio, deu um passo para trás e se esborrachou na água da fonte. Depois de silenciar as gargalhadas com um olhar fulminante, o capitão Gillson fez mais um discurso, dessa vez sobre a honra. Depois de uns trinta minutos de falatório e aplausos a multidão enfim começou a se dispersar, todo mundo na maior pilha, falando alto, gesticulando e assobiando. Ninguém, nem mesmo Linton Austin, o geniozinho da escola, ousaria abrir um livro no dia de hoje.

Obedecendo à tradição, as noturnas foram canceladas e todos os alunos seguiram para a sala comunitária de suas respectivas alas a fim de assistir ao vídeo de *Os cem gols mais espetaculares do mundo*. Nossa sala estava lotada. Consegui um pedacinho de carpete, apertado num dos cantos. Alguém apagou a luz, e o vídeo começou. Mas, em vez de Naas Botha, Gareth Edwards e David Campese, as grandes lendas do rúgbi, o que a gente viu na televisão foram duas mulheres peladas se beijando. A imagem não durou mais que uns dois segundos, mas os berros de aprovação, tanto na nossa ala quanto nas outras, se estenderam por muitos minutos. O vídeo foi rapidamente trocado, e Gareth Edwards por fim deu as caras. Tarde demais. O estrago já tinha sido feito.

Essa mancada do Esponja certamente foi fatal (se é que foi mancada mesmo). O canal de vídeo é o mesmo para todas as alas, bem como para a maioria das casas espalhadas pela propriedade da escola. Com certeza algum funcionário ou professor viu as duas gatas em ação. Vai ser uma grande surpresa se o Esponja durar além do fim de semana.

Sonhei com a Sereia e a Amanda se beijando na minha cama. Fiquei sem saber se essa história de duas mulheres se pegando era uma tara ou uma coisa normal. O Rambo disse que, se fosse mulher, ele seria lésbica. Acho que eu também.

Sábado, 24 de junho

Tremendo nas bases, o Esponja fez uma rápida consulta com o Rambo no nosso dormitório antes de seguir para seu encontro com o Marimba (e, presumimos, para sua morte). A gente se espremeu no cubículo do Rambo e ficou conversando aos sussurros. O Esponja estava em pânico. Segurava nas mãos trêmulas a fita de vídeo, guardada numa capa de plástico branco. Desejamos boa sorte para ele e ficamos esperando juntos na sala comunitária, os minutos tiquetaqueando no relógio de parede. Lá pelas tantas o Esponja enfiou a cabeça pela porta da sala; sem a fita na mão, rindo de orelha a orelha, sacudiu o polegar para a gente e subiu saltitando para o dormitório. Uma tropa de curiosos seguiu na esteira dele. Chegando lá, encontramos o malandrão esparramado na cama feito um bilionário do Texas. O que aconteceu foi o seguinte:

Obedecendo às instruções do Rambo, o Esponja não negou a existência da fita pornô; em vez disso, tomou a iniciativa de entregá-la ao Marimba. O que *de fato* ele negou foi que a fita pertencia a ele. Falou que a fita simplesmente estava lá, na sala de vídeo, e que por engano foi colocada no aparelho como se fosse a outra, a dos gols. Depois de certo interrogatório, o Marimba deu a ele o benefício da dúvida e confiscou a fita (o Esponja acha que ela foi guardada na gaveta de baixo da escrivaninha). O monitor de vídeo da ala Barnes foi convocado para depor em seguida. Mais uma vez os Oito Loucos conseguiram se safar. Sei não, acho que um dia o império do Rambo ainda será derrotado...

Perdemos de 92 a 0 para o Kings College. Mas os sub-14E perderam de 108 a 0, o que deixou o sr. Lilly felicíssimo da vida.

Às três horas todos os times secundários da nossa escola já tinham sido atropelados pelo trator verde e preto dos Kings. Eles pareciam invencíveis. A equipe principal deles, que dava a impressão de ser duas vezes maior que a nossa, entrou em campo diante das arquibancadas lotadas. Minutos depois entraram nossos jogadores, de camisas listradas de vermelho e branco; foram recebidos por um estrondoso grito de guerra. Nosso entusiasmo levou um balde de água fria quando, com apenas dois minutos de jogo, os Kings fizeram o primeiro gol. Ao fim do primeiro tempo, eles tinham aberto uma vantagem de 12 a 0, e nossa invencibilidade no ano estava correndo grande perigo. Tudo indicava que o magnífico Kings College conquistaria sua 13ª vitória consecutiva.

Mas o segundo tempo foi outra história. Certamente o sr. Hall tinha aproveitado o intervalo para botar pilha na nossa equipe com um de seus famosos discursos/ameaças. Segundo o Bert, o homem estava com um revólver pendurado na cintura. Parece mentira, mas o Armstrong fez dois gols magníficos e o Oliver Brown converteu os dois chutes subsequentes, empatando o placar em 12 a 12. O empate perdurou até o finalzinho do segundo tempo.

Então, a poucos segundos do fim do jogo, os Kings interceptaram um passe, e o lateral deles, zunindo pela linha de campo, atravessou as traves e marcou mais um gol. Nossa torcida murchou imediatamente, enquanto a dos adversários explodia em comemoração, arremessando bonés e copos para o alto. Mas de repente percebi uma grande animação à minha volta. O árbitro tinha soprado o apito. Falta a nosso favor! O árbitro havia marcado impedimento para o lateral dos Kings. As vaias da torcida adversária foram interrompidas pelo porta-voz do Kings College, que abanou a bandeira da escola com todo o vigor.

Dali a alguns minutos, Oliver Brown depositou a bola sobre um montinho de areia. Andando de costas feito um caranguejo, como sempre faz, recuou alguns metros e se posicionou para chutar. Ficou ali, avaliando as traves como um profissional. Sem dúvida nenhuma seria um chute muito difícil, num ângulo fechado, sob a pressão de algumas centenas de torcedores aflitos. E lá foi ele... TUF! A bola alçou voo na direção da trave direita e, a meio caminho, feito uma bola de boliche, mudou de curso e fez uma ligeira curva para a esquerda, atravessando as traves em grande estilo. Os juízes levantaram as bandeiras, e o tumulto se formou na mesma hora. Uma avalanche de torcedores invadiu o campo e carregou os jogadores nos ombros. Gritos de guerra, hino da escola, alarmes de carro, cachorros, bebês chorando, galos cacarejando... todo mundo se juntou na comemoração. A gente tinha vencido os Kings! Os Reis tinham sido destronados. Vida longa aos Novos Reis!

Domingo, 25 de junho

Depois da animação de ontem, comecei meu domingo decorando teoremas, estudando geografia, lendo alguns poemas e me informando sobre a política da África do Sul desde a independência, em 1908. Desnecessário dizer que foi um domingão chato pra caramba, longo e sem muito descanso. A certa altura liguei para a Sereia, que só falou por monossílabos, sem nada para contar.

Por fim, uma boa notícia. Papai ligou para dizer que tinha conseguido o dinheiro para a minha viagem. Agradeci um milhão de vezes, mas nem ousei perguntar como é que ele havia conseguido os 600 rands que ainda faltavam. Tratando-se do papai, a ignorância é mesmo uma bênção.

Quinta-feira, 29 de junho

Tive de dar uma relaxada com o diário por causa das provas, que têm consumido toda a minha energia. Além disso, não me lembro de nada muito interessante que tenha acontecido nestes últimos quatro dias. O Costelinha convocou o Rambo para uma "reunião". O Rambo se recusou a nos contar qual era o assunto, mas todo mundo sabe que só pode ser a Eva.

As provas foram de muito fáceis (história, teatro, geografia e inglês) a impossíveis (matemática e ciências). Dificilmente farei jus à fama de gênio que recebi por causa da bolsa de estudos.

A única outra novidade é que todas as cuecas do Lagartixa foram roubadas ontem à noite. Depois do jantar, em razão da nossa recente amizade, ele me confidenciou que o passarinho dele estava sem gaiola; disse que tem certeza de que é o Julian quem está por trás dessa história toda. A título de precaução, escondi três cuecas minhas debaixo da cama e vesti as outras três.

Amanhã o semestre termina oficialmente, mas o pessoal da excursão para a Cidade do Cabo vai passar a primeira noite das férias na escola para cair na estrada domingo cedinho. Essa vai ser a minha primeira excursão. Estou feliz demais, como se eu fosse um dos feras dos Springboks! (Se bem que os Springboks não fazem excursão alguma.)

Sexta-feira, 30 de junho

Todos os jogadores da equipe principal de rúgbi foram homenageados na última assembleia do semestre. O Marimba desejou boa sorte para nossa excursão de críquete e depois distribuiu uma montanha de gravatas, medalhas e troféus. Acho que o nosso diretor não anda lá muito bom da cabeça, porque passou a assembleia inteira sorrindo feito um idiota, e até arriscou umas piadinhas bem fuleiras, que só fizeram rir os professores de matemática e ciências.

12h Quatro dos Oito Loucos se despediram e saíram rumo a suas respectivas conduções: ou o ônibus, ou o carro dos pais. O pessoal da excursão foi se encontrar com o Guv para treinar um pouquinho durante a tarde. Era bem estranho ter a escola inteira só para a gente. Os funcionários devem adorar a paz que toma este lugar quando os alunos vão embora.

22h O Rambo entrou de mansinho no dormitório e contou que tinha acabado de fazer sexo com a Eva no pavilhão de críquete. O Barril e o Cachorro Doido botaram a maior pressão para obter mais detalhes, mas só o que ele disse foi que nunca tinha sentido nada melhor na vida. O Simon, que havia passado as últimas horas fazendo uma bolinha quicar na ponta do taco, aconselhou que o Rambo desse fim a essa história com a Eva antes que a coisa saísse completamente de controle. O Rambo simplesmente deu um risinho e desceu para tomar banho.

Amanhã finalmente a gente parte para a Cidade do Cabo, um lugar bacana pra caramba, que eu só tive a oportunidade de visitar uma vez, aos 5 anos de idade. Será que a gente vai subir de bondinho até o topo da Table Mountain? Quando estivemos lá, não subimos por causa da Wombat, que tinha vertigem de altura e disse que estava com um pressentimento ruim: os cabos do bondinho iam arrebentar e o bondinho ia pegar fogo. Em vez disso, fomos visitar a sede do parlamento.

O Cachorro Doido rasgou um saquinho de chá, despejou as folhas sobre uma carta velha, roubada do escaninho do Vern, e mandou que a gente fumasse. O gosto não podia ser pior. Passei a noite inteira tossindo, atrapalhando o sono de todo mundo, menos o do Cachorro Doido.

Sábado, 1º de julho

5h A sirene da alvorada tocou, seguida da voz retumbante do Guv, que berrou do pátio: "De pé, seus bastardos miseráveis! O ônibus já está esperando! E aquele bando de ignavos do Cabo também!" Acho que ele disse "ignavos", mas em se tratando do Guv a gente nunca sabe. (Não faço a menor ideia do que seja um ignavo, mas coisa boa não deve ser.)

Saímos correndo pela Pilgrim's Walk com o Guv à nossa frente, berrando um roufenho grito de guerra e engrolando um trecho de uma peça de Shakespeare que ninguém conhece, chamada *Cimbelino* ou qualquer coisa parecida com isso. De repente me dei conta de que ele estava bêbado feito um gambá e ainda vestia a beca da assembleia de ontem.

Eric Nyathi, o motorista do ônibus da escola, ficou feliz da vida por ter a bordo nosso incendiário professor de inglês, e os dois foram conversando numa mistura de inglês com zulu. O ônibus seguiu sacudindo pelas montanhas pardas e ressecadas do interior da província de Natal, sempre pegando embalo nas descidas para enfrentar as subidas seguintes. Para manter o moral da turma, o Guv pediu que eu puxasse o hino da escola não sei quantas vezes, e assim que a cantoria se dissipou ele tirou da pasta um monte de folhas de fax e começou a nos dar informações sobre os adversários que enfrentaríamos no decorrer da semana. O malandro tinha enviado seu irmão, um corretor de imóveis que mora no Cabo, para espionar, munido de binóculos e um bloquinho, todas as escolas contra as quais iríamos jogar. Na opinião do nosso espião, a única escola com a qual precisávamos nos preocupar era o Cardinal College, que tinha "arremessadores letais" e uma fila de rebatedores "tão comprida quanto um gigante de salto alto". O Guv leu todos os relatórios com bastante cuidado e falou que, se perdêssemos um único jogo, quebrando a maré de invencibilidade, percorreríamos a pé os 1.700 quilômetros de volta para casa.

Durante uma parada no meio da noite para reabastecer, numa cidadezinha gélida no deserto de Karoo chamada Beaufort West, o Cachorro Doido e o Steven George começaram a discutir sobre a velocidade dos arremessos do Cachorro. O Steven falou que o Cachorro Doido não era tão rápido quanto ele tinha imaginado, e o Cachorro Doido... bem, ele pensava de outra forma. Para provar seu argumento, tirou uma bolinha da mochila, desceu do ônibus e fez um arremesso bem ali, no posto de gasolina. Mas por azar esqueceu de tirar o pesado casacão de exército que estava vestindo e acabou acertando a bolinha na lanterna esquerda da traseira do nosso ônibus. Eric, o motorista, ficou furioso e tentou acertar o Cachorro Doido com seu *knobkerrie* (aquele porrete com uma bolota na ponta que os zulus usam para caçar). O Cachorro Doido reagiu sacando o canivete, e o banho de sangue só foi evitado porque o Guv ameaçou explodir o ônibus inteiro jogando um fósforo no tanque de combustível. Depois de alguma negociação, Eric e o Cachorro Doido apertaram as mãos e nosso ônibus pôde seguir viagem, uma seta a menos, através do interminável deserto de Karoo.

Domingo, 2 de julho

Depois de 25 horas de estrada, finalmente estacionamos diante do centro comunitário de Rondebosch, aos pés da famosa Table Mountain. (Alguém falou que havia uma montanha, mas as nuvens estavam tão espessas e baixas que não dava para enxergar montanha nenhuma.) O amplo salão do centro comunitário se encontrava repleto de colchões e miniescaninhos. Ao que parece, todas as escolas foram alojadas no mesmo lugar. Todo mundo se jogou nos colchões e desmaiou de sono.

14h Três outras equipes também chegaram. Obedecendo às instruções do Guv, ficamos encarando os garotos e fazendo cara de mau enquanto eles desfaziam suas malas e arrumavam as camas.

21h45 O Cachorro liderou nossa equipe num ataque surpresa de travesseiros, que deixou aos prantos um dos garotos da província do Cabo Oriental e fez que os demais fugissem berrando rumo à chuva. Fomos nós, portanto, os primeiros a tirar sangue do inimigo e a deixar bem claro quem eram os donos do pedaço.

Segunda-feira, 3 de julho

7h Liguei para casa para avisar que tinha chegado bem à Cidade do Cabo. Papai perguntou quantas casinhas eu já tinha derrubado. Falei que os jogos só começavam amanhã. Depois ouvi uma gritaria danada, o barulho de uma serra elétrica derrubando uma árvore, e então a linha caiu.

Depois de um treino rápido debaixo de uma chuvinha fina, o Guv e o Eric nos levaram para um passeio no vilarejo de Simon's Town, na Península do Cabo. Mais uma vez não conseguimos ver a montanha, mas vimos focas, navios, uma base naval e um barbudo esquisito atravessando a rua pelado. No caminho de volta, o Guv disse que precisava dar um telefonema e desapareceu com o Eric no interior de um bar chamado Brass Bell, num pequeno vilarejo de pescadores chamado Kalk Bay. Do ônibus a gente tinha uma vista maravilhosa do mar, até que as janelas se embaçaram. Passamos o resto do tempo jogando dados e um joguinho besta de adivinhação. O Cachorro Doido falou que estava vendo uma coisa que começava com a letra S e mandou a gente adivinhar o que era. Depois de uma hora de muitos tiros n'água, enfim jogamos a toalha, e ele disse que tinha visto uma "sombração" no banco de trás do ônibus. Espumando de raiva, o Rambo falou que mesmo que tivesse um fantasma no banco de trás do ônibus (o que era muito pouco provável) o certo era "assombração". O Cachorro simplesmente deu de ombros e se declarou o grande vencedor do jogo.

Umas três horas depois, o Guv e o Eric emergiram do bar, cantando juntos (embora fossem músicas diferentes, e em línguas diferentes). Cambaleando e chapinhando na lama, eles vieram abraçados na direção do ônibus. O Guv engrolou uns versinhos curtos de Shakespeare e falou que a mãe dele tinha mandado um abraço para todo mundo. Isso posto, o ônibus arrancou e seguiu derrapando na estrada, por pouco não atropelando um casal de velhinhos que lutava para controlar o guarda-chuva. A caminho do centro comunitário, o Guv cantou uma música comprida e bastante cabeluda sobre uma moça chamada Amélia. Lá pelas tantas, caiu no sono e arriou a cabeça no ombro do Eric.

Terça-feira, 4 de julho

Jogo 1 — Templeton High

9h Chegamos ao campo e nos deparamos com um gramado encharcado com a chuva que vinha caindo e não dava o menor sinal de que pretendia ir embora. O jogo foi cancelado, e aproveitamos o tempo para fazer uma visita ao aquário. O Leslie e o George passaram a manhã inteira tentando irritar um tubarão de muitos dentes, mas só o que conseguiram foi fazer a gente ser expulso do lugar. Então o Guv nos levou para uma galeria de arte, onde o Cachorro Doido começou a fingir que trepava com uma estátua, provocando mais uma expulsão — dessa vez, por um galerista furioso, que falou que a gente estava manchando o nome da nossa escola. O Guv mandou o sujeito à merda e disse que a gente era da Templeton High, do Transvaal. Cuspindo marimbondos, o galerista falou que ia nos denunciar para a direção da escola. O Guv deu um arroto bem alto e saiu pisando duro da galeria.

Depois de um almoço de hambúrguer com batatas fritas numa lanchonete de Sea Point, visitamos o velho Castelo da Boa Esperança, de onde, por incrível que pareça, não fomos expulsos. Eu já tinha visitado esse castelo da outra vez que estive aqui, e me lembro de que o passeio foi muito chato. Dessa vez não foi diferente. De lá fomos direto para o porto, onde fizemos uma caminhada. Através da chuva dava para ver só a pontinha da ilha Robben, onde o Mandela tinha ficado preso. Parecia um lugar frio e abandonado, terrível para alguém passar ali metade da vida. Nenhum dos outros garotos demonstrou interesse pela ilha, e dali a pouco voltamos para o acampamento-base.

Quarta-feira, 5 de julho

Jogo 2 — Clarence High

A partida já estava atrasada por duas horas quando o Cachorro Doido finalmente fez seu primeiro arremesso. Mandou a bola alto demais, e o arremesso foi anulado, rendendo pontos para os adversários. No arremesso seguinte, a bolinha escorregou e foi parar direto nas mãos de um meio-campista. E a Clarence levou o placar lá para a estratosfera quando botou em campo o rebatedor deles, um cara fera, que por três vezes seguidas conseguiu lançar a bolinha para fora do campo, marcando 6 pontos por corrida.

Era eu quem estava no arremesso. O placar estava em 175 pontos por corrida para três casinhas perdidas quando a chuva começou a cair forte e a partida foi cancelada. Mas nem tudo estava perdido: conseguimos derrotar os caras num jogo de rúgbi extremamente polêmico, que terminou mal quando o Cachorro Doido deu a maior trombada num dos adversários, fazendo com que ele torcesse o punho.

Quinta-feira, 6 de julho

Jogo 3 — Cardinal College

Estou começando a me perguntar por que foram fazer um torneio de críquete no Cabo durante o inverno, já que aqui chove sem parar nesta época do ano (até eu sei disso, por causa das aulas de geografia). Nosso jogo contra a Cardinal também não pôde chegar ao fim. Nem sequer tivemos a oportunidade de ver os arremessadores rapidíssimos deles, e as informações fornecidas pelo agente secreto do Guv até agora não serviram para nada.

Sexta-feira, 7 de julho

Jogo 4 — Combinado da Província de Orange

Por sorte hoje conseguimos jogar uma partida inteira contra o combinado da Província de Orange. Derrubei três casinhas (e fiquei aliviado por finalmente ter dado alguma contribuição para o nosso time). Assim que entrou para rebater, o Simon marcou 100 pontos consecutivos por corrida, deixando nossos adversários de queixo caído, balançando a cabeça e resmungando entre si em africânder.

E assim terminou nossa chuvosa semana de críquete. Embora o clima não tenha colaborado muito, a boa notícia é que nosso time continua oficialmente invicto.

Sábado, 8 de julho

12h O Guv e o Eric nos levaram para um passeio de degustação de vinho nos vilarejos de Paarl, Stellenbosch e Franschoek. Depois da quarta vinícola, já estávamos todos completamente chapados. Minha cabeça parecia que nadava em vinho. Eu estava tropeçando em tudo e minha cabeça latejava. Lá pela oitava vinícola, me juntei ao Leslie, ao Simon e ao Steven George num vômito coletivo atrás de um galinheiro. Enquanto isso, o Barril se fartava com uma enorme bolota de queijo de cabra temperado. O Guv comprou quatro caixas de vinho e parecia inclinado a beber todas elas ainda no ônibus, antes de chegarmos ao acampamento-base. Mas não parecia nem um pouco preocupado com o estado deplorável em que quase todos nos encontrávamos: bêbados, vomitando, trocando as pernas, arrastando a língua. Pela milésima vez mandou que a gente cantasse, com o máximo de emoção possível, as cinco estrofes do hino da escola. O ponto baixo do dia foi quando o Eric atropelou um cachorro perto de Wynberg e fingiu que nem viu. A imagem do pobrezinho esmagado na beira da estrada desencadeou mais uma rodada de vômitos, além de alguns protestos e meia dúzia de lágrimas. A essa altura o Guv já estava para lá de Bagdá e, em homenagem ao finado cachorro, começou a cantar "O Senhor é meu pastor" a plenos pulmões. (Essa não foi a primeira vez neste ano que um cachorro foi morto por um veículo transportando um membro da família Milton.)

Chegamos ao acampamento, fizemos nossas malas e tomamos o ônibus para a longa viagem de volta.

A princípio só voltaríamos amanhã, mas no acampamento-base o Guv anunciou que não tínhamos mais nada para fazer ali e que zarparíamos imediatamente. Mais uma vez teceu loas ao nosso brilhante desempenho durante o torneio, mas estávamos zonzos demais para lembrar a ele que só tínhamos conseguido terminar um único jogo. E lá fomos nós outra vez, a despeito da neblina, do vento e da chuva que não deixava ninguém ver nada.

Domingo, 9 de julho

Em meio a um sonho maravilhoso (embora eu não consiga de jeito nenhum lembrar o que era), alguém me acordou com um sacolejo e mandou que eu descesse do ônibus. Minha cabeça latejava ainda mais do que antes. O Guv distribuiu quatro comprimidos de aspirina para cada um e mandou que a gente os mandasse goela abaixo com um gole do Meerlust Cabernet 1985 que ele tinha comprado. Antes que o mostrador do meu relógio congelasse, pude ver que eram 3h15 da madrugada. O pneu do ônibus tinha furado, e o Eric retirava as malas do bagageiro à procura do sobressalente e do macaco. Estava um frio de congelar, e a gente se amontoou numa rodinha enquanto o Eric trocava o pneu. Depois de um tempo recebemos permissão para voltar ao ônibus — mas o estrago já tinha sido feito. Duro de frio, mal consegui pregar os olhos durante o resto do trajeto.

17h30 Quando finalmente chegamos à escola, depois de 23 horas de confinamento, frio e uma terrível catinga de vinho, suor e vômito, avistei a perua verde do papai estacionada na entrada. Mas do papai mesmo nenhum sinal. Saí à procura dele na escola deserta, mas só encontrei portas trancadas e silêncio, a não ser pelo arrulhar dos pombos que se preparavam para dormir. Eu já estava doido para chegar em casa, tomar um banho, dormir na minha cama — tudo o que eu queria era sair dali.

Depois de me despedir do último companheiro de time, sentei nos degraus da entrada principal e tentei ler *Uma estação branca e seca* no lusco-fusco do anoitecer. Mas as palavras logo começaram a se embaralhar; minha cabeça mais parecia uma máquina de lavar roupa. Fechei o livro no maior mau humor.

Qual não foi meu susto quando, uns dez minutos depois, ouvi o portão da mansão do Marimba se abrir em meio a muitas risadas e despedidas. Papai apertou a mão do nosso diretor, veio saltitando na minha direção e me esmagou num forte abraço de urso. Eu estava assustado demais para lembrar que estava com raiva dele. Com uma de suas espetaculares explosões, a perua ressuscitou dos mortos e seguiu chacoalhando pela Pilgrim's Walk. Eu estava indo para casa.

Quarta-feira, 12 de julho

Acordei do que pareciam ser (e eram) muitos dias de sono, já completamente refeito. Depois de um revigorante café da manhã com ovos, bacon e chiclete (Super Moo, sabor novo), saí para fazer uma visita a Sereia com uma sensação ruim...

Minhas piores suspeitas se confirmaram quando cheguei lá e encontrei a Sereia sentada na sala, assistindo à TV. Ela mal notou minha presença e, todas as vezes que tentei puxar conversa, manteve os olhos fixos na novela que estava vendo. Dali a pouco a Marge chegou com duas malas e explicou que a filha estava de partida para a Inglaterra, onde passaria um tempo na casa da tia. A Sereia não disse nada, apenas continuou olhando para a TV.

A Marge fez sinal para que eu a acompanhasse até a cozinha e explicou que a Sereia tinha tomado um forte sedativo para não ficar ansiosa com a viagem. O psiquiatra havia sugerido que uma mudança de cenário poderia fazer bem para ela, então Marge resolveu mandar a filha para outro continente. Fiz que sim com a cabeça feito um idiota e depois, encabulado, sentindo que estava atrapalhando, fui embora.

Assim que cheguei em casa, comecei a sentir raiva da Sereia. Por que diabos ela tinha ficado maluca? Só porque os pais estavam se divorciando, isso não dava a ela o direito de bater pino. Se fosse assim, na minha escola só teria maluco. Quer dizer... na minha escola só tem maluco. Deixei essa história para lá e fui tomar um banho quente; aproveitei a oportunidade para ensaiar algumas músicas da peça diante do Larry, meu bom e velho patinho de borracha.

Quinta-feira, 13 de julho

Mamãe está terrivelmente preocupada. O médico da Wombat falou que ela precisa operar a catarata. A cirurgia vai ser na segunda-feira. Foi justo no momento em que ela me contava tudo isso que papai entrou esbaforido na sala e, brandindo uma vara de pescar, anunciou que a gente ia passar o fim de semana inteiro pescando. Isso desencadeou uma horrível discussão entre os velhos, a que achei por bem não assistir: escapuli para o jardim e fui treinar meus arremessos.

Tentei não ficar pensando na Sereia, que a essa altura já deve estar na Inglaterra. Será que isso significa que a gente terminou? Está tudo acabado? Ou será que ela ainda é minha namorada?

Sexta-feira, 14 de julho

Meu boletim escolar chegou pelo correio. Quatro As, três Bs e um C. O Costelinha falou que preciso me aplicar mais. O Guv falou que eu sou um gênio. Estou mais para o lado do Guv, claro. Papai disse que sou um Einstein e abriu uma garrafa de champanhe para comemorar minhas notas e "a breve partida da Wombat". Depois de alguns goles, derramei minha taça na pia. Acho que meu fígado bateu as botas depois de tanta degustação de vinho.

Sábado, 15 de julho

Recebi um telefonema surpresa do Lagartixa, dizendo que ele estava passando o fim de semana em Durban com os tios e perguntando se eu queria ir à praia. Antes que eu pudesse responder, ele falou que estava passando para me buscar dali a meia hora.

10h Uma enorme limusine Mercedes-Benz despontou na nossa rua e estacionou bem ao lado da perua. Um negro de terno escuro desceu e abriu a porta de trás. O Lagartixa pulou para fora, sorrindo feito um idiota. Ele apertou minhas mãos e as dos meus pais, que tinham saído para admirar a limusine.

Achei que só a família real e os artistas de cinema (e não um desbotado colega de dormitório com tios cheios da grana) tivessem chofer. Enquanto a gente zunia pela autoestrada, perguntei ao Lagartixa como ele sabia onde eu morava. Ele simplesmente sorriu e disse: "O Gladstone sabe de tudo." E o Gladstone tirou o quepe sem despregar os olhos da estrada um segundo sequer.

Por mais sucesso que o Mercedes preto pudesse fazer com as garotas, a gigantesca sunga cor-de-rosa do Lagartixa era de dar dó. Nós dois — ele, vermelho feito um pimentão depois de dez minutos de sol; e eu, esquelético como sempre e ainda por cima cabeludo — éramos os maiores nerds da praia. O Gladstone esperava pacientemente no carro enquanto a gente nadava e tomava sol. O Lagartixa comprou picolé para a gente e até tentou puxar conversa com umas garotas, que logo mandaram ele catar coquinho. Difícil acreditar que esse cara despachado é o mesmo covardão vomitador que foge correndo das bolas de rúgbi e de qualquer outra coisa que alguém joga na direção dele. Fiquei achando que ele é esquizofrênico, já que se comporta de um jeito completamente diferente quando está longe do dormitório. Gosto do Lagartixa, e não tenho mais vergonha de dizer que ele é meu amigo.

Domingo, 16 de julho

Tivemos a Wombat para o almoço. (Não literalmente, claro! Duvido que ela tenha um gosto bom!) Ela parecia totalmente paranoica com a cirurgia, e disse que se recusava a ser operada por um médico indiano. Alegou que muito provavelmente ele a mataria e fugiria com a sua bolsa antes que ela pudesse recobrar a consciência. Depois do almoço, informou que não tinha medo de morrer e depois se desmanchou em lágrimas. Mamãe tentou acalmá-la dizendo que tomaria conta das coisas dela pessoalmente durante a internação. Então a Wombat deu uma de Gollum e falou que a mamãe estava planejando roubar suas joias. Mamãe entrou em casa furiosa, deixando que o papai e eu levássemos a vovó de volta para o apartamento.

Segunda-feira, 17 de julho

9h A Wombat entrou na faca. O cirurgião (branco) disse que tudo correu bem, sem nenhuma complicação. Mamãe, que já tinha perdoado a terrível acusação dela, desandou a chorar e a me cobrir de beijos e abraços na frente de todo mundo na sala de espera. Algumas das pessoas que aguardavam notícias não tiveram a mesma sorte: o médico as puxou de lado e começou a sussurrar coisas. Assim que ele terminou, uma mulher teve uma crise de choro e saiu correndo na direção do banheiro, seguida pelo marido baixote, que parecia não saber o que dizer ou fazer. Fiquei tentado a perguntar o que tinha acontecido, mas achei que não ia pegar bem, então me escondi atrás de um grande vaso de plantas e tentei bisbilhotar. Infelizmente eles estavam conversando em africânder, então desisti e peguei uma revista velha para ler.

Terça-feira, 18 de julho

Aniversário do Mandela. Fizeram uma grande homenagem a ele na televisão, mostrando a cela em que tinha ficado preso na ilha Robben e a pedreira na qual foi forçado a trabalhar durante 15 anos. É espantoso que Mandela não queira se vingar de todos os brancos que encontra pela frente. Minha homenagem pessoal foi criar coragem e insistir na leitura de *Uma estação branca e seca*, mas a toda hora eu perdia a concentração. A certa altura li sete páginas sem prestar atenção numa única palavra. Fiquei pensando se por causa disso minha carreira de guerrilheiro tinha ido para o brejo. Talvez o objetivo desses livros sobre "a luta" seja fazer a gente lutar para conseguir ler até o final.

Quarta-feira, 19 de julho

Wombat está completamente restabelecida, empoleirada nos travesseiros em seu leito do hospital. Com o tapa-olho, fica igualzinha ao Capitão Gancho. Deu a maior bronca nas enfermeiras, ameaçando processar o hospital até o último centavo se elas não colocassem uma televisão na enfermaria dela. O cirurgião falou que ela pode voltar para casa amanhã. Mamãe decidiu ficar de fora da nossa pescaria no lago St. Lucia e passar o fim de semana com a vovó.

Quinta-feira, 20 de julho

A Grande Expedição Pesqueira (a primeira desde 1986)

6h Saímos rua afora, cantando pneus, berrando e assobiando feito um bando de *hooligans*. O cachorro dos vizinhos, o que sobreviveu, perseguiu nossa perua durante uma meia hora até que desistiu e parou para fazer xixi no pneu de um carro estacionado.

6h02 Papai abriu sua primeira latinha de cerveja.

6h12 Voltamos para casa porque o papai esqueceu as iscas e a carne no congelador.

6h14 Papai e mamãe têm uma terrível discussão porque o papai já está com bafo de cerveja a essa hora da manhã (na nossa família, ninguém bebe antes de o Sol nascer).

6h16 Papai perde as estribeiras e tenta atropelar o cachorro dos vizinhos, subindo no meio-fio sem querer.

6h17 A perua começa a fazer um barulho esquisito depois de subir no meio-fio.

6h19 Papai entorna a segunda cerveja.

6h42 A perua entra chacoalhando numa oficina mecânica da pequena cidade de Ballito.

6h48 O mecânico informa ao papai que os pistões (ou algo parecido) precisam ser trocados. Diz que o serviço vai custar 300 rands.

6h49 Papai entorna a terceira cerveja da manhã.

6h55 Enquanto esperamos, papai (com seu bafo de onça) me levou para os fundos da oficina e resolveu me dar umas aulas de como arremessar um anzol.

7h20 De volta à estrada.

7h23 Papai faz uma parada para fazer xixi num canavial.

7h25 Papai começa a contar suas histórias de pescaria.

7h40 Papai faz uma parada para fazer xixi no meio da autoestrada.

8h40 Tenho a impressão de que já ouvi as histórias de pescaria do papai em algum lugar. De repente me dou conta de que são as mesmas que ouvi do tio Aubrey na fazenda dele durante a Páscoa. Só os nomes das pessoas e dos lugares foram trocados. Finjo que estou prestando atenção e aproveito para fazer algumas anotações no meu diário.

9h30 Papai se encontra com um amigão das antigas no Eshowe Sports Club. Depois de um farto café da manhã com ovos e salsichas, e mais algumas histórias, o tal amigão engata um barco grande pra dedéu na traseira da perua e deseja uma boa pescaria para a gente.

9h35 Papai dá um gole na quarta cerveja desta manhã (só para acalmar o estômago) e começa a discursar sobre suas estratégias de pescaria.

9h48 Parada para uma mijada no meio da estrada. Dessa vez um carro da polícia para ao nosso lado, e um policial ameaça processar o papai por parar o carro no meio de uma autoestrada e urinar em público. Papai consegue levar o policial no bico depois que os dois descobrem vários pontos em comum: pescaria, rúgbi e um profundo desgosto pela "nova" África do Sul. Por incrível que pareça o policial nem notou o bafo podre que escapava da boca do papai. Provavelmente achou impossível que um motorista estivesse bêbado antes das dez da manhã.

9h57 Para comemorar seu extraordinário desempenho com o policial, e a bela multa da qual conseguiu escapar, papai abriu sua quinta latinha de cerveja.

12h50 Chegada ao estuário de St. Lucia. Papai vai buzinando de alegria enquanto atravessa a rua principal do vilarejo, até que um pedestre manda ele se f%*&#!

13h05 Chegada ao apartamento que alugamos num apart-hotel chamado Drift Sands Holiday Apartments. O proprietário, um barrigudo de rosto vermelho chamado Frik de Wet, diz que os peixes estão "pedindo para ser pescados na boca do rio". Papai fica tão animado que joga as mochilas no armário, pega as varas e as iscas e volta correndo para o carro.

13h13 Papai dá marcha à ré na perua e vai descendo a rampa com a lancha até submergir o reboque na água. Em seguida, eu e ele desatamos todas as cordas e correntes que prendem a lancha ao reboque. Depois, tentamos empurrar a lancha para fora do reboque dentro da água fria e esverdeada, mas ela não se move um centímetro. Ofereço para ir buscar ajuda, mas papai vai logo dizendo: "Só se for por cima do meu cadáver!"

13h25 Depois de muito empurrar, papai decide que devemos desengatar o reboque e levantar a frente dele de modo que a lancha escorregue para dentro da água. Com todo o cuidado, a gente tira os pinos do engate, levanta a ponta dianteira do reboque e, como previsto, a lancha começa a deslizar para trás. Mas por azar isso faz que o reboque empine feito um cavalo, suba um pouco pela rampa e desabe bem no teto da perua. Depois, em câmera lenta, vai escorregando teto abaixo até que, com um grande estrépito, estilhaça o vidro traseiro. Silêncio. Perplexidade. Mais silêncio e mais perplexidade.

13h37 Às gargalhadas, um grupinho de curiosos fica olhando enquanto eu e papai tentamos desvencilhar o engate do reboque do banco de trás da perua. Quando conseguimos dominar a situação e recuperar parte da nossa compostura, uma irônica salva de palmas perpassa a multidão. Entre dentes, papai resmunga algum desaforo para sua plateia e manda que eu suba na lancha. E lá vamos nós, rumo à boca do rio.

13h40 Quando estávamos longe da margem papai abre e entorna a primeira cerveja da tarde. Na mesma hora fica mais animado.

17h A não ser por umas carpas bem pequenas, não temos nada para mostrar depois do nosso longo e atabalhoado primeiro dia de pescaria.

Sexta-feira, 21 de julho

6h Os intrépidos Milton enfrentaram o vento gélido da madrugada, voltaram à boca do rio e lá ficaram, esperando a maré subir. E de repente foi o maior rebuliço quando um peixe grande e magricela irrompeu da água feito um torpedo. A carretilha da minha vara começou a zunir em sinal de alerta. Papai berrou de alegria, e eu, de medo. O peixe (mais tarde identificado como bonito) continuou saltando por todos os lados até fazer a linha se enroscar na corda da âncora, no motor da lancha e nas linhas de três outras varas. Deu mais um salto, e, com um estalo, a linha se partiu. Para falar a verdade, até que fiquei aliviado com a fuga do bonito. Seria uma pena matar um peixe tão lindo e de tanta garra.

Tudo indicava que a sorte estava do nosso lado nesta manhã. Papai pegou duas bremas, uma delas pintada, e eu consegui fisgar um tubarão-de-água-doce que parecia ter saído diretamente da pré-história. Apesar do nome, o tubarão não tinha dente nenhum e parecia mais aterrorizado com a gente do que a gente com ele.

Infelizmente o vento começou a soprar mais forte e, lá pelas nove horas, nossa pescaria teve de ser interrompida. Voltamos para o apartamento e devoramos um belo café da manhã. Começou a chover, e então passamos o resto do dia num bar, jogando cartas e dominó com alguns coroas aqui mesmo da região. Ouvimos várias histórias sobre St. Lucia, quase todas de um tempo em que eu ainda não tinha nascido. O vento uivava do lado de fora, e a chuva fustigava as janelas. O barman não parava de trazer chopes para o papai, que a certa altura começou a ficar melancólico. Lá pelo meio da tarde, desandou a chorar por causa de um sujeito chamado Webster. Os coroas trocaram olhares e se despediram da gente, dizendo que tinham de voltar para casa. Não tive coragem de contar ao papai que vi os caras entrando atabalhoadamente no pub do outro lado da rua.

Domingo, 23 de julho

6h Nossa madrugada de pescaria foi uma total perda de tempo. Por causa da chuva forte, a água estava tão cheia de detritos que nossas iscas logo se cobriram de algas e outras coisas nojentas. Meio de ressaca, papai resolveu arremessar seu anzol para trás, por cima dos ombros, a fim de economizar energia. O que funcionou muito bem, até que uma gaivota mordeu a isca dele em pleno ar e saiu voando rumo ao ninho, na extremidade oposta do estuário. Pensando que tivesse fisgado algum peixão, e gargalhando feito um maluco, papai vergou a vara o mais forte que pôde. E a pobre da gaivota despencou na água, decerto se perguntando que diabos de sardinha era aquela.

Lentamente, fingindo que não estava gostando nem um pouco do infeliz incidente, papai recolheu a gaivota para dentro do barco. Uma vez a bordo, ela se fez de morta e esperou que o anzol fosse desvencilhado do bico. Só então, já livre, abriu os olhos, bicou a mão do papai e saiu voando e guinchando de volta às alturas. Depois de muito xingar, papai pegou um peso de chumbo e arremessou furioso contra a ave. Por fim, com a mão sangrando e o humor já completamente azedado, cancelou a pescaria. Levantei a âncora, e voltamos para o píer.

Depois do almoço, recolocamos a lancha no reboque (com a providencial ajuda de alguns voluntários) e tomamos o rumo de casa. Quase morremos de frio durante a viagem, graças à cratera aberta onde antes havia o vidro traseiro.

Segunda-feira, 24 de julho

Mamãe levou o papai ao médico porque a mão dele tinha ficado azul. O médico aplicou uma injeção antitetânica e mandou que ele ficasse longe da birita.

Amanhã é dia de voltar à escola. Mal vejo a hora de retomar os ensaios de *Oliver*. Quando penso na estreia, meu estômago dá um nó. A única coisa que posso fazer para afugentar o pânico é tomar um banho e repassar a peça inteira, todas as falas, cantando todas as canções. Depois do banho, exausto, desabei na cama e dormi muito, mas um sono inquieto.

Terça-feira, 25 de julho

Relendo o que tenho rabiscado neste diário, cheguei à conclusão de que minha vida pessoal está de pernas para o ar. Meu namoro com a Sereia está um rolo só (sobretudo porque ela ficou lelé). Sonho com a Amanda o tempo inteiro, embora ela tenha deixado bem claro que não quer nada comigo. Mamãe acha que a Sereia é caso perdido e que eu devia dar nosso namoro por encerrado. (Mamãe não tem nenhum respeito pelas pessoas instáveis: acredita que elas estão escondendo alguma coisa.)

Pelo menos dessa vez a viagem de volta à escola não se resumiu a duas horas e meia de saudades de casa. Para falar a verdade, eu já estava sentindo falta daquele mundo-cão do dormitório. Nada como os Oito Loucos para mudar a noção de diversão de uma pessoa.

Quem fez o que nas férias

Rambo	Quebrou o nariz numa briga com o porteiro de uma boate em Hillbrow. Falou que foi o porteiro quem levou a pior. (Sei, conta outra.) A mãe do Rambo insistiu que o filhinho querido fizesse uma cirurgia plástica para manter seu suave perfil romano intacto.

Simon	Quebrou o tornozelo num jogo de futebol. Levou uma eternidade para subir as escadas de muletas. O Pike foi subindo atrás dele, só falando besteira, e aplaudiu histericamente quando ele chegou ao topo.
Vern	Agora está completamente careca no lado esquerdo da cabeça. Também parece um pouco mais lento, meio parecido com aqueles bichos preguiça que a gente vê no canal da National Geographic.
Lagartixa	Não contraiu nenhum vírus ou doença durante as férias. Para comemorar, os pais o levaram para comer frutos do mar num restaurante. Ele comeu cinco camarões gigantes e agora está sofrendo com uma terrível dor de barriga. Falou que não vai voltar de jeito nenhum para a enfermaria, nem que tenha de passar a noite inteira no banheiro.
Esponja	Foi para Amsterdã, onde uma prostituta tocou uma punheta para ele. (Ao que parece, a mulher não quis fazer sexo porque ele só tinha 14 anos. Cobrou 30 dólares pelo serviço.)
Barril	Passou quase todas as férias ao telefone com Geoff Lawson. Sexta-feira é dia de Macarthur.
Cachorro Doido	Atirou por engano no cachorro dele (chamado Rickets). Falou que tinha mirado num coelho, mas que o cachorro avançou no bicho na hora H. Ele disse que a morte do Rickets foi um alívio, porque ele já estava bem velhinho e tinha sarna.
Cotoco	Deu adeus à namorada lelé e foi com o pai a uma pescaria bem atrapalhada.

Quarta-feira, 26 de julho

O Marimba irrompeu no palco do auditório com sua cara assustadora. Falou que o terceiro trimestre é conhecido como a "estação das estripulias". Depois disse que, ao longo dos últimos cinco anos, pelo menos um aluno foi expulso durante o execrável terceiro trimestre. Segundo os especialistas (Esponja e Rambo), isso acontece porque não tem críquete nem rúgbi nem provas, o que acaba levando a gente a fazer bobagem.

O primeiro ensaio foi um desastre total. Todo mundo parecia ter dado vários passos para trás. O Viking e o Kojak nos esculhambaram o tempo inteiro, um de cada vez. Como sempre, quanto mais eles gritavam, pior a gente ficava.

Quinta-feira, 27 de julho

O Guv parece ter entrado de novo nos trilhos. Fez a barba, parou de beber e sua mulher voltou para casa. O senso de humor e a ironia de antes também estão de volta, e os comentários que fez na nossa primeira aula de inglês foram de rolar de rir.

O Minhoca já está começando a ficar nervoso por causa das provas (que só começam em novembro). Roeu as bordas de todo seu material escolar e frequentemente tem babado no travesseiro (pelo menos espero que aquilo seja baba).

Sexta-feira, 28 de julho

22h O Barril acendeu as velas e convocou a gente para a primeira "reunião" do trimestre, no cubículo dele. Assim que terminou os rituais preparatórios, cada vez mais longos, dirigiu-se à gente com aquela formalidade de costume. Mas a reunião teve de ser interrompida por causa da catinga produzida por alguém. O Rambo acusou o Roger, o Esponja acusou o Vern, e o Simon acusou o Cachorro Doido. Por fim, todo mundo concordou que o futum vinha do Lagartixa, que na mesma hora levou um banho com o desodorante do Barril.

Resumo da ópera:

Geoff Lawson interpelou os pais, que, a contragosto, contaram a ele toda a história. No entanto, tudo o que eles sabem acerca daquele dia fatídico se resume ao que foi noticiado nos jornais; eles não têm nenhuma prova substancial sobre o que de fato aconteceu na capela minutos antes da morte do Macarthur. Os pais do Geoff estão convencidos de que foi mesmo suicídio (ele não tinha inimigos), mas também disseram que ele não era um sujeito depressivo, desmotivado ou vulnerável ao que quer que fosse, e adorava a vida que levava na escola. Também não era impulsivo a ponto de fazer alguma bobagem no calor do momento. A intenção dos pais do Geoff era contar essa história toda ao filho só depois que ele se formasse.

As últimas informações não nos deixaram nem um pouco mais perto da verdade. Assim que terminou sua sinopse, o Barril olhou sério para a gente e disse: "A não ser que uma sessão espírita seja realizada bem debaixo da viga onde ele se enforcou, nunca vamos saber o que foi que aconteceu." Todo mundo ficou mudo, e depois rolou uma votação.

Vitória por maioria absoluta: sete contra um. O único voto contra foi o do Simon, que balançou a cabeça e ergueu uma das muletas no ar.

O Barril ficou feliz da vida. A data foi marcada. Sábado, 19 de agosto. Aniversário de nascimento do Macarthur. Ninguém precisou perguntar a que horas: as coisas macabras sempre acontecem à meia-noite.

Sábado, 29 de julho

Seletivas de *cross-country*. Graças à localização da escola, nas imediações da cordilheira de Drakensberg, várias colinas/montanhas de respeito estão disponíveis para satisfazer as inclinações sádicas dos professores de educação física e integrar o percurso de 7 quilômetros de *cross-country* por eles definido. Munidos de seus respectivos atestados médicos, o Simon e o Barril ficaram tirando sarro da pequena aglomeração de alunos que galopava através dos campos de rúgbi e críquete, cruzava o riacho e continuava galopando colina acima. Depois de meio quilômetro, o Lagartixa vomitou sobre um arbusto próximo e resolveu seguir caminhando até o fim do percurso. O Rambo tinha disparado na frente; o Vern e eu seguíamos num trotezinho lento. Quando corria, o Vern soltava espuma pela boca e respirava de um jeito sinistro, feito o Darth Vader. (Dadas as circunstâncias, antes mal acompanhado do que só.) O Cachorro Doido desistiu e fugiu para o mato com seu estilingue; disse que voltaria à corrida quando a gente estivesse retornando e que percorreria conosco os últimos 500 metros até a escola.

Pois só fomos ver o Cachorro de novo na linha de chegada. Lá estava ele, rindo encabulado e segurando uma medalha. O Costelinha o cumprimentou com um aperto de mão e um tapinha nas costas, assim como fizeram o Luthuli, o Julian, o Minhoca e o Gavin, o monitor que mora debaixo da escada.

Ocorre que ele perdeu a noção do tempo depois de ficar perseguindo no mato um lagarto de cabeça azul. Achando que os corredores já tinham passado, voltou à trilha, desceu a colina e disparou através dos campos, quebrando por mais de sete minutos o recorde júnior do esporte. O idiota não teve coragem de confessar o que tinha feito, então deu de ombros e resolveu aproveitar os cumprimentos.

Domingo, 30 de julho

Dia inteiro de ensaios com a presença das meninas. Amanda e eu ensaiamos nosso dueto durante o intervalo do almoço, e depois emendamos num debate sério sobre política. Ela ficou bastante impressionada quando soube que eu pretendia me tornar um guerrilheiro; disse que o pai dela era ativista e dava aulas na Universidade de Pietermaritzburg. Mas não ficou nem um pouco impressionada quando falei que papai tinha uma pequena rede de lavanderias.

A peça já está de volta aos trilhos, e o Kojak não gritou comigo uma única vez no ensaio de hoje. É fácil fazer as coisas direitinho quando a gente está tentando impressionar alguém.

Segunda-feira, 31 de julho

8h Pela segunda vez este ano o Cachorro Doido foi chamado ao palco durante a assembleia. (Dessa vez o zíper das calças estava fechado.) O Marimba apertou a mão dele com entusiasmo, e a plateia explodiu em aplausos e assobios (só de sarro, óbvio).

Tive um delicioso almoço com o Guv, que agora é outro homem. Devoramos um rosbife inteiro, eu e ele, e tomamos só refrigerante. O Guv e a mulher estavam como dois namoradinhos, trocando beijos e risinhos toda vez que cruzavam olhares. Depois do almoço, ele me passou a maior descompostura por não ter lido nada em tanto tempo.

"Pare com essa P#@$% de mania de ser guerrilheiro e leia só aquilo de que gosta! Pelo amor de Deus, homem, você está se afastando da literatura só para impressionar uma vagabundazinha de escola particular?"

Não gostei nem um pouco do que ouvi. Quanta ousadia, chamar ela de... Parei de repente. Levei alguns segundos para relaxar os dentes e desfazer o punho. Por que eu tinha ficado com tanta raiva assim? Será que eu estava...?

Nem consigo escrever a palavra. Acho que quem está precisando de psiquiatra agora sou eu.

Terça-feira, 1º de agosto

Aniversário do Rambo. O dia que todo mundo estava temendo. O que fazer? Dar uma de bobo, feito um bando de covardes, e fingir que ninguém estava sabendo de nada? Ou enfrentar a fera e dar o Rambo o tradicional trote de aniversário? Mediante uma série de negociações secretas lideradas pelo Esponja, ficou decidido que algo precisava ser feito. Nem que fosse apenas molhar a cabeça do cara na fonte.

Então chegou a hora do jantar. Um batalhão de garotos ficou de tocaia para fazer um ataque surpresa ao gorilão. Assim que nosso alvo saiu do refeitório, o Esponja deu o sinal de avante, e nosso destacamento arremeteu na direção do quadrado. Todos juntos pulamos em cima do Rambo e jogamos o cara no laguinho de peixes. Missão cumprida. Até que ele levou a coisa toda na esportiva (se não levarmos em conta, claro, o sapato arremessado na testa de um cara do terceiro ano chamado Whittaker).

20h45 O Rambo não compareceu à nossa reunião de ala. O Costelinha anotou alguma coisa na prancheta e depois desfiou uma interminável ladainha sobre a necessidade de economizar papel higiênico.

Mais tarde, o Rambo explicou que tinha faltado à reunião porque tinha ido receber o presente de aniversário da Eva. Não falou o que era. Mas todo mundo podia imaginar.

Quarta-feira, 2 de agosto

Papai pegou a Innocence vendendo bebida caseira. Ainda não decidiu o que vai fazer com ela. Ao que parece, a Innocence se jogou aos pés dele e implorou para não ser mandada embora.

O primeiro treino de *cross-country* do Cachorro Doido foi uma farsa total. Depois de algumas corridinhas colina acima, sob a orientação ao sr. Williamson, o pateta vomitou e se esborrachou no chão. A irmã Collins botou a culpa na gula durante o almoço e liberou o cara para participar da competição deste sábado.

Quinta-feira, 3 de agosto

Gavin, o monitor que mora debaixo da escada, castigou o Rambo por ter deixado a cobra Victoria sair da gaiola. A comilona devorou uma caixa inteira de baratas e morreu.

O responsável pelo fedor no dormitório é o Vern. Ele confessou que não toma banho desde que voltou das férias e disse que nunca mais vai tomar banho de novo. Num típico comportamento de Rain Man, não quis falar por quê. O Rambo chegou a ponto de ameaçá-lo de morte caso ele insistisse na história. O Vern fez um barulho engraçado e sumiu durante o resto do dia. O alçapão sob a cripta, onde ele tinha buscado refúgio da outra vez, foi trancado; então suponho que ele tenha encontrado outro lugar para se esconder. Só um cara sortudo feito eu ia ter como vizinho de cubículo um psicopata que não toma banho.

Sexta-feira, 4 de agosto

O Julian veio saltitando pelo quadrado, guinchando e abanando um envelope cor-de-rosa.

"Adivinha para quem é a cartinha de amor? Hoje em dia o cara nem precisa ter cabelo no saco para ser um Romeu!" Ele deu um tapinha na minha bunda e jogou o envelope rosa nas minhas mãos.

"Como é que ele se chama, hein?", perguntou o Pike, com um risinho. "Será um daqueles seus coleguinhas da aula de crochê?" Feito uma hiena, o Devries desandou a rir, cuspindo uma chuva de pedacinhos de sanduíche sobre o pobre coitado do Lagartixa, que, cumprindo ordens, tinha abaixado para amarrar os sapatos dele. Só de ver a letra na carta eu soube de quem era...

Meu querido,

Cá estou eu, num país diferente. Parece outro mundo. A boa notícia é que já estou bem melhor. O médico que me examinou aqui em Nottingham disse que eu estava tomando o medicamento errado, que só piorava as coisas.

Com certeza você deve estar se perguntando o que aconteceu comigo, né? Para falar a verdade, nem eu sei direito. Os últimos meses foram como um pesadelo, e quase não me lembro de nada. Acho que o termo correto é "crise nervosa". Seja como for, o importante é que já estou me recuperando. Tenho saído para passear e visitar lugares. Semana passada, eu e minha tia fomos de trem para Londres, visitamos o palácio de Buckingham e a catedral de St. Paul (quem sabe um dia você não canta lá?).

Bem, o que eu queria mesmo dizer é isto: sei que deve ter sido difícil para você me ver daquele jeito, mas aquela não era eu. Eu te amo. Penso em você o tempo todo, e você é o principal motivo que eu tenho para sair dessa e ficar boa de novo. Queria que você soubesse que, no que se refere a mim, você ainda é meu namorado, e eu te amo muito. Por favor espere por mim, e então serei para sempre a sua Sereia.

Beijos,
Sereia

Sábado, 5 de agosto

Passei a noite quase toda em claro. Quando enfim peguei no sono, sonhei que estava na cama com a Amanda e com a Sereia ao mesmo tempo, e que as duas gritavam comigo. Minha cabeça está um pandemônio. Será que estou tendo uma crise nervosa também? Passei a manhã perdido nos meus pensamentos, depois dormi de novo.

O Cachorro Doido caiu fora da competição de *cross-country* no Kings College dizendo que tinha distorcido um tendão no joelho. Se o sr. Williamson visse ele correndo feliz da vida para o refeitório na hora do jantar...

Domingo, 6 de agosto

A Amanda mal falou comigo durante os ensaios. No intervalo do almoço, ficou o tempo todo conversando e rindo com o Geoff Lawson. Confesso que fiquei morrendo de ciúmes e, no período da tarde, quase não falei com eles também.

20h De volta ao grupo de Assuntos Africanos do sr. Lennox. Assistimos a um vídeo da BBC sobre os violentos confrontos entre o PLI e o CNA na província de Natal. O apresentador parecia muito preocupado e terminou o programa falando que a África do Sul estava às vésperas de uma sanguinolenta guerra civil.

O Luthuli imediatamente tomou a palavra e acusou o PLI, dizendo que Buthelezi, o líder deles, recebia dinheiro do governo e não passava de um fantoche do apartheid. Linton Austin, o geniozinho, mordeu a ponta da caneta, lambeu os lábios miúdos e por fim destampou num falatório sobre os princípios da economia e sobre um troço chamado "entidades paraestatais", o que fez nosso chefe de ala murchar feito um balão, sem mais o que dizer. Perguntei ao Lennox o que eu poderia fazer para ajudar. Ele se virou para mim e disse que um bom começo seria melhorar um pouco os meus trabalhos de história. Todo mundo riu, e eu fiquei me sentindo um panaca com o rosto vermelho feito um pimentão. Mas deixa quieto. O guerrilheiro Cotoco ainda vai voltar!

Segunda-feira, 7 de agosto

Tomei uma decisão importantíssima e marquei uma consulta com o psicólogo da escola, o dr. Zoodenberg, às 14h30, amanhã. Eu me recuso a ter uma crise nervosa!

Almoço. O Guv me deu *O velho e o mar*, de Ernest Hemingway, para ler. Mandou que eu devolvesse na segunda que vem. Não é um livro grande. (Com certeza está achando que eu caí na imbecilidade!)

Mamãe ligou dizendo que o papai ficou com pena da Innocence e não a mandou embora. Mas passou a cobrar dela uma taxa de 25 centavos por garrafa vendida. A Innocence concordou e na mesma hora aumentou o preço para 1 rand e 20 centavos.

Terça-feira, 8 de agosto

14h30 O dr. Zoodenberg é um esquisitão. Tem uma enorme juba castanha, toda desgrenhada, além de uma barba também enorme que parece de algodão; os óculos de coruja escondem um par de olhos esbugalhados. Para piorar as coisas, tem o hábito de chiar todos os esses, como se fosse uma chaleira. Dizem que ele costumava trabalhar no hospício de Town Hill, perto de Pietermaritzburg. Antes de começarmos, ele disse que era freudiano de formação e perguntou se isso representava um problema. Sem fazer a menor ideia do que significava ser freudiano, falei que por mim tudo bem. Aparentemente aliviado, ele anotou alguma coisa no bloquinho.

Silêncio. De repente bateu o maior arrependimento de ter vindo. Parecia que o silêncio ia durar para o resto da vida, então comecei a contar sobre os meus problemas de relacionamento. De um pulo, ele se levantou da poltrona com os braços para o alto e mandou que eu parasse.

"Agora, sr. Milton", ele disse em tom de mistério, "você vai aprender que todas as ações têm causas e consequências e que toda ação tem uma reação".

Fiz que sim com a cabeça, meio nervoso. Zoodenberg fechou as cortinas, tirou o paletó e se reacomodou na poltrona. Depois sacou a caneta-tinteiro e espetou-a contra o bloquinho, pronto para fazer anotações sobre a minha disfunção psicológica. Mal conseguia disfarçar a excitação nos olhos esbugalhados, que pareciam faiscar; além disso, lambia os beiços como se estivesse prestes a devorar um cheeseburger duplo.

"Sr. Milton, vamos começar pelo começo", ele falou. "Qual a lembrança mais remota que você tem da sua infância?"

Lá pelas quatro da tarde a gente nem tinha passado de 1979! (O que em nada ajudava nos meus problemas de 1990.) Aparentemente feliz com o resultado da primeira sessão, o dr. Zoo, tal como ele pediu que fosse chamado, agendou nova consulta para mim na semana que vem, nesse mesmo horário. Antes que eu saísse, no entanto, contou que estava trabalhando numa tese de sociologia e que, em vista de seu recente interesse pelos comportamentos de grupo, ficaria muito feliz se eu conseguisse convencer os outros Oito Loucos a vir comigo na próxima sessão. As palavras "tese de sociologia" produziram chiados suficientes para chamar a atenção do Roger, que miou bem alto e fugiu trotando pelo corredor com o rabo em pé. Notei que a pontinha do rabo estava ficando careca. Achei isso estranho, muito estranho.

Quarta-feira, 9 de agosto

O Lagartixa e eu levamos a tarde escalando a montanha e sentamos na mesma pedra quentinha, de onde podíamos ver todo o complexo da escola. Segundo o Lagartixa, dali a gente tinha uma "visão do inferno". (A escola para ele é um inferno, e esse é o melhor lugar de onde o inferno pode ser visto.) Contei sobre os meus problemas de relacionamento e minha consulta com o dr. Zoo. Ele se dobrava de tanto rir, com aquelas risadas estridentes dele, enquanto eu fazia minha imitação do psicólogo doido. Acha que o dr. Zoo fugiu de um hospício lá na Sibéria e de algum modo conseguiu chegar à África do Sul. Contou que a maioria dos garotos tem medo de se aconselhar com ele, menos o Vern, que faz consultas regulares. Precisa dizer mais alguma coisa?

O Lagartixa aconselhou que eu "esnobasse" a Amanda e continuasse sendo legal com a Sereia, sem exagerar. Falou (do alto de sua sabedoria) que a Amanda era uma devoradora de homens e, assim como a Glenn Close em *Atração fatal*, ia infernizar minha vida e afogar meu coelho na água fervente. (Não tenho coelho. Ela vai ter de se contentar com o Roger.)

Resolvi escrever uma carta para a Sereia e dar uma de difícil com a Amanda no ensaio de domingo (o que não significa que ela vá notar alguma coisa). Meu caminho está livre, e com sorte muito em breve a Amanda vai estar rastejando a meus pés, ameaçando os bichinhos de estimação de todos os meus amigos.

Um vento frio começou a soprar, levantando um redemoinho que seguiu descendo até o vale. O Lagartixa e eu terminamos nosso papo sobre peitos e cabelo no saco e voltamos para a escola.

Quinta-feira, 10 de agosto

Enviei para a Sereia uma carta simpática e calorosa. Assinei "eu" e tomei especial cuidado para não escrever nada que pudesse alimentar algum tipo de esperança. Fim da fase um.

Depois de ensaiar algumas canções, voltei para o dormitório e encontrei o lugar em polvorosa. Durante minha ausência, os monitores tinham realizado uma ampla busca na ala inteira e encontraram 11 pares de cuecas no saco de lavanderia do Vern. O problema era que nenhuma delas pertencia a ele. Depois da descoberta, o Vern foi escoltado até o gabinete do Costelinha e lá ficou por quase uma hora. Ao que parece, todo esse tempo foi consumido na tentativa de entender o comportamento do Vern.

No andar de cima, o Luthuli, o Bert e o Minhoca estavam tendo certa dificuldade para aplacar um tumulto. Pela primeira vez na vida o Pike e o Rambo estavam de acordo numa coisa: o Vern é um viadinho de merda que precisa ser destruído, ou pelo menos mutilado. O Rambo estava particularmente nervoso porque eram dele duas das cuecas encontradas na busca. O Pike, claro, adorou a ideia de mutilar o desmiolado do Rain Man. Greg Anderson foi a única pessoa que saiu em defesa dele. Pensando bem, é muito fácil ir contra a maré se você é o grande astro do time principal de rúgbi.

22h O Vern não voltou ainda. O Esponja, o Simon e o Rambo organizaram um tribunal e julgaram o Vern culpado de roubo, perversão, boiolismo, debilidade mental, esquisitice e maus-tratos com o gato. (O Esponja acha que é ele quem está arrancando os pelos do Roger.)

Sexta-feira, 11 de agosto

É oficial. O Rain Man continua na escola. O Lagartixa conseguiu arrancar alguma coisa dele antes da aula de matemática. Ao que parece, ele vai continuar se consultando com o dr. Zoo durante um tempo, pelo menos até a poeira baixar. O Luthuli advertiu todo mundo: se alguém encostar um dedo que seja no Vern, vai ser mutilado e profanado. (Não sei o que é isso, mas parece terrível.)

O Minhoca informou que faltam exatamente 12 semanas para o início das provas finais. Ele parecia terrivelmente aflito, e teve de respirar no saco para evitar um ataque de pânico. Assim que se acalmou, abriu a gaveta debaixo da escrivaninha e mandou que eu fizesse a ponta de todos os lápis que ali estavam. Noventa minutos mais tarde, eu tinha feito a ponta de 48 lápis, os quais foram criteriosamente examinados antes que eu fosse liberado para jantar. Sei não. Acho que não sou o único que está à beira de uma crise nervosa.

Sábado, 12 de agosto

Passei o dia chuvoso na cama, e li *O velho e o mar* inteiro. (Confesso que, lá pelo final, as lágrimas começaram a rolar.) O Cachorro Doido perguntou qual era o problema, e eu disse que estava com alergia.

Caramba, que livro legal! Mal pude acreditar quando os tubarões devoraram o marlim do velho. Imagine só, ficar dias e dias tentando pegar um peixe e depois voltar para casa com um esqueleto! Difícil engolir tanta injustiça. Amanhã eu tiro isso a limpo com o Guv. Onde é que ele estava com a cabeça quando resolveu me dar um livro tão fantástico com uma história assim tão triste?

Fiquei acordado pensando na minha pescaria com o papai, em como teria sido se a gente tivesse pescado um marlim gigante.

Domingo, 13 de agosto

Pus meu plano em ação e dei um gelo na Amanda. Foi difícil, mas consegui. Não olhei para ela hora nenhuma e, quando ela veio falar comigo durante o almoço, eu disse que tinha de estudar e fui embora. Na mesma hora voltei para o dormitório e dei ao Lagartixa um relatório completo sobre os acontecimentos da manhã. Ele me cumprimentou pelos nervos de aço e falou que era para eu aguentar firme no período da tarde. (Por um instante achei que estivesse ouvindo mais um daqueles discursos que o Guv sempre faz antes do jogo, mas sem nenhum palavrão e nenhum Shakespeare na história.) No ensaio da tarde, resolvi jogar mais duro ainda: lá pelas tantas a Amanda me lançou um sorriso que fez minhas mãos tremerem. Na mesma hora olhei para o meu roteiro e fingi que estava concentrado.

O ponto crítico aconteceu no final do ensaio, quando me despedi de todas as meninas com um abraço caloroso, mas passei pela Amanda sem dizer nada. Acho que estou ficando um craque na arte de esnobar garotas. O Lagartixa aconselhou que eu não exagerasse na dose, falou que eu devia simplesmente *parecer* desinteressado, e não agir como um perfeito idiota. Mas acho que mandei bem. O que será que vai rolar domingo que vem? Fim da fase dois!

Segunda-feira, 14 de agosto

13h30 O almoço com o Guv foi bastante agitado. Tivemos uma terrível discussão sobre o livro do Hemingway, sem que nenhum dos dois desse o braço a torcer. Para que pudéssemos chegar a um acordo, o Guv resolveu passar o filme do livro, que parecia ter sido realizado em 1880. Mas caiu no sono depois de dez minutos, e depois de meia hora, no entanto, foi acordado pelos ruídos malucos que o aparelho de vídeo começou a fazer. Na mesma hora saltou da cadeira de balanço e esmurrou a geringonça. Assim como os tubarões do livro, o aparelho tinha devorado a fita e engasgado com ela. O Guv deu o maior chilique, desandou a xingar, e achei melhor dar o fora dali. Voltei para a escola ainda imaginando como seriam os tubarões e o esqueleto do marlim.

Passei pelo Rain Man, que levava altos papos com o Roger diante da capela. Tentei falar alguma coisa, mas acho que ele não me reconheceu, porque não disse nada de volta. Notei que as partes peladas do gato já tinham se alastrado para o lado direito da cabeça também. Tanto ele quanto o Vern estavam com aquele mesmo olhar parado e sem brilho dos loucos psicóticos. Se não pertencessem a espécies diferentes, poderiam muito bem se fazer passar um pelo outro. Ainda nenhuma explicação para o roubo das cuecas.

Terça-feira, 15 de agosto

14h30 Segunda sessão com o dr. Zoo. Hoje ele resolveu explorar o fato de que sou filho único e como isso afetou meu desenvolvimento. A certa altura fiquei de tal modo irritado com a chiação dos esses e com as perguntas esquisitas que pedi a ele que deixasse meus pais de lado e tentasse me ajudar com os problemas de relacionamento. Ele abriu um sorriso e disse que meu pequeno arroubo tinha sido "revelador"; depois preencheu páginas e mais páginas do bloquinho com anotações rápidas. Terminada a sessão, tentei cair fora da sessão seguinte, mas o dr. Zoo falou que "inconscientemente" eu queria continuar e foi logo agendando outro horário. Mais uma ou duas sessões como essa e acho que vou parar no mesmo hospício que o Vern.

Estou meio deprimido. Motivos é que não faltam: meus relacionamentos estão uma bagunça, sou o ator mais canastrão do mundo, meu vizinho de cubículo está completamente maluco, meu psicólogo é um esquisitão que insiste em investigar meu eu interior. Para piorar as coisas, meu cabelo está tão comprido quanto o de uma mulher, e de cinco em cinco minutos vem alguém, um aluno mais velho ou um professor, falar algum desaforo na minha orelha. Graças à minha cara de mulherzinha, o Julian agora fica me seguindo até os chuveiros e lavando os genitais enquanto conversa comigo. O problema é que ele não lava nenhuma outra parte do corpo, só os genitais.

Como será que é essa história de suicídio?

Tive um sonho em que a Sereia e eu pulávamos do alto de um penhasco. Ela se espatifou no chão e morreu, mas eu fui descendo aos poucos, flutuando no ar feito uma pena. Quando por fim aterrissei, a Amanda estava esperando por mim. Abriu a mochila, tirou um hambúrguer lá de dentro e me ofereceu um pedaço. É, só posso estar ficando doido.

Quarta-feira, 16 de agosto

Numa cruel cartada do destino, a primeira aula das quartas-feiras é justamente a de educação física, ou melhor, tortura física. Nosso professor é o casca-grossa do sr. Lambert, que por justíssima causa recebeu o apelido de Carrasco: o homem não tem consciência, não tem medo, não tem dó. Pois em 1980 nosso querido Carrasco lutou para Ian Smith na Guerra Civil da Rodésia, que depôs a minoria branca do poder e fundou a nova república do Zimbábue. Até hoje tem raiva dos negros, que para ele são todos terroristas. O pobre coitado do Blade Nkosi, um colega bem legal, mas gordinho, foi uma das primeiras vítimas do brutamontes, que acusou o garoto de ladrão, preguiçoso, burro e gordo e mandou que ele se jogasse no chão para fazer 20 flexões. Assim que viu meu cabelo, falou que eu era uma bichinha (para delírio da turma). Não contente, mandou que eu ficasse correndo no lugar até segunda ordem — o que acabou sendo até o fim da aula. Por outro lado, ficou muito impressionado com o Rambo e com o Cachorro Doido, e mandou que a gente procurasse imitar tudo que eles fizessem. Imediatamente o Cachorro coçou o saco, e todo mundo coçou o saco atrás dele. O Carrasco, claro, ficou possesso e mandou que o Cachorro Doido nadasse 200 metros. Cair na piscina no frio de uma manhã de inverno era o que havia de mais próximo a uma sentença de morte. O Cachorro Doido nadou rápido para caramba, depois saiu roxo da água e foi se arrastando para os chuveiros, triste com a vida e com a própria masculinidade (segundo contou mais tarde, o pinto tinha praticamente sumido por causa do frio).

Quinta-feira, 17 de agosto

23h Pulamos a janela do dormitório (o Barril preferiu descer pelas escadas), seguimos pelo caminho de sempre, passando pela capela, e nos encontramos no limoeiro da casa do Marimba. Dessa vez nosso destino não era a represa: contornamos a casa do diretor e atravessamos correndo três campos de críquete até chegarmos ao barracão de serviços gerais, atrás do qual pudemos enfim respirar. Caso você esteja se perguntando, tudo isso fazia parte dos preparos para a sessão espírita de sábado.

Então, falando rápido e baixinho, o Barril expôs os planos que tinha elaborado. (O motivo de realizarmos nossa reunião ali era que, segundo o

Barril, o dormitório ficava perto demais do "epicentro" da sessão espírita, e portanto havia o risco de que o Mango, o fantasma do Macarthur, ouvisse a gente tramando.) O Esponja acendeu um cigarro, que tinha um cheiro esquisito pra dedéu, e pôs na roda para todo mundo fumar. O Lagartixa quase virou do avesso de tanto tossir, e eu tive de respirar bem fundo para não fazer a mesma coisa. Depois de um tempo, tudo ficou assim, meio esquisito e lento. O Esponja acendeu mais um cigarro. Eu sabia que estava dando outro trago, mas não sentia nada, a não ser que... a não ser que estava flutuando! O meu sonho tinha virado realidade: eu era capaz de flutuar. Mas onde estava a Amanda com o hambúrguer dela? Hambúrguer! Caramba, de repente me bateu uma fome...

De uma hora para outra o Rambo se jogou em cima de mim. Todo mundo cochichava em pânico por causa das lanternas que tinham aparecido no meio da noite, vasculhando os campos. Meu tambor interno começou a rufar. Eu me sentia fraco, tonto — ainda com a sensação de que estava sonhando. As luzes foram ficando cada vez mais próximas, dançando para lá e para cá. Fiquei hipnotizado com o movimento delas. Na verdade não eram lanternas. Era um gigantesco pirilampo que veio para me levar embora. De volta para casa. O Rambo tapou minha boca com a mão. Será que eu estava mesmo cantando tão alto assim?

Dali a pouco estávamos todos correndo, pernas para todo lado. Eu podia ouvir alguém fungando atrás de mim. Os guardas tinham soltado os cachorros. A qualquer instante uma das feras ia me jogar ao chão e cravar os dentes na minha garganta. Eu estava chorando e correndo, tentando gritar, mas sem conseguir. Não tinha coragem de virar para trás. Mas, se não virasse, nunca ia saber exatamente o que me matou. Quem sabe a besta-fera não ficava com pena de mim se visse que eu estava chorando? "Morra como um homem, Milton!", uma voz berrava. Seria eu mesmo? Enfim criei coragem e me virei. Não tinha cachorro nenhum, só uma lagartixa, ou melhor, meu amigo Lagartixa — os olhos muito vermelhos, lágrimas rolando pelo rosto.

E lá ficamos nós, apoiados um no outro, abraçados, chorando e chorando.

Sexta-feira, 18 de agosto

Acordei me sentindo feliz e revigorado. Até que olhei para os pés e vi que tinha dormido de tênis. Flashes da noite passada começaram a pipocar na minha cabeça, feito um pesadelo do qual a gente vai se lembrando aos poucos. Pouco antes da chamada, olhei de relance para o Lagartixa, e ele virou o rosto. As lembranças continuavam a voltar: as lanternas, os cigarros fedorentos, os cachorros que não eram cachorros.

A caminho da aula de inglês, trombei com o Lagartixa no corredor. Antes que eu pudesse dizer qualquer coisa, ele deu um tapinha nas minhas costas e disse: "Relaxa, Cotoco, eu também não lembro de nada." Apertamos as mãos, e cada um foi para o seu lado. Quando nada dá certo, tente a técnica da avestruz e enfie a cabeça no buraco.

18h O Vern chegou para jantar e se sentou com a gente. Parecia bem melhor, nem estava babando e até pediu ao Simon para passar o molho de tomate. Talvez as consultas com o dr. Zoo finalmente estivessem produzindo algum resultado. O Rambo estava se coçando para fazer alguma sacanagem com ele, mas teve de se segurar, porque da cabeceira da mesa o Luthuli estava com os olhos de águia bem abertos.

Mais uma vez sonhei que estava flutuando e encontrando a Amanda com seu hambúrguer. Tenho certeza de que isso significa alguma coisa. Talvez eu conte tudo para o dr. Zoo na semana que vem. Quem sabe assim ele não se dispõe a falar sobre os meus relacionamentos?

Sábado, 19 de agosto

O Esponja jurou de pé junto que os cigarros dele não eram ilegais. Falou que eram feitos em casa pelo irmão e continham um remédio fitoterápico que podia ser a cura do câncer. O Cachorro Doido acha que aquilo só podia ser maconha, mas o Simon acha que era chá de *rooibos*. (O irmão dele, que é astrólogo, fuma esse chá toda noite.) Na verdade, muito pouco foi dito sobre nossa escapulida de quinta-feira. Talvez todo mundo esteja tendo a mesma dificuldade que eu para separar a fantasia da realidade.

23h50 Os Oito Loucos (menos o Rain Man) se prepararam para o grande acontecimento. Não é todo dia que a gente tenta evocar o espírito de um morto na casa de Deus. O Simon, porque tinha torcido o tornozelo, e o Barril desceram pelas escadas; nós, por outro lado, fizemos o percurso de sempre: pelo telhado da sacristia até a capela.

23h56 Embolados perto do "epicentro", olhamos desconfiados para a viga na qual o Macarthur tinha se pendurado. O Barril apagou todas as luzes, e a adrenalina de todo mundo foi a mil. Sem a menor pressa, nosso guru espiritual acendeu suas velas e um incenso, preparando a cena para a chegada do Macarthur. O relógio da torre badalou a meia-noite. Como planejado, fizemos um círculo de mãos dadas. Minhas palmas estavam ensopadas de suor, não menos que as do Esponja e do Lagartixa. Em vez das palhaçadas de sempre, o Barril falou com tranquilidade, numa voz límpida e grave.

"Sr. Macarthur", ele disse, como se estivesse falando com um professor, "somos amigos. Estamos tentando descobrir as circunstâncias da sua morte. Mas precisamos da sua ajuda". Houve uma pausa antes que ele continuasse: "Por que você ainda vaga por esses corredores? Por que seu espírito não consegue descansar? Estamos aqui para te ajudar. Se puder, mande algum sinal."

Silêncio. Nada se mexeu. Os segundos foram passando... Mais silêncio.

"Sr. Macarthur", dessa vez ele falou com uma pontinha quase imperceptível de desespero —, "faça contato com a gente. Estamos aqui para resolver o enigma de sua morte". O Esponja e o Rambo conseguiram abafar o riso, mas o Lagartixa deixou escapar uma sonora gargalhada antes de tapar a boca com a mão. Para mim foi o que bastou: de tanto rir por dentro, comecei a sacolejar e quase comi metade do cachecol na tentativa de disfarçar minha histeria. O Barril fulminou a gente com o olhar, e a gente ficou lá, olhando de volta para ele. Meu lábio inferior começou a tremer. De repente não teve mais jeito: o Lagartixa se desmanchou num acesso de riso e acabou se esborrachando contra um dos bancos da capela. Contagiados, começamos a rir tanto quanto ele. O Rambo teve de apertar a virilha para não mijar nas calças. O Simon se jogou na cadeira do capelão, mal conseguindo respirar de tanto rir. E durante todo esse tempo o Barril ficou encarando a gente, balançando a cabeça e resmungando para si mesmo.

"Para mim chega!", ele rugiu a certa altura, e apagou as velas. "Querem saber de uma coisa? Da próxima vez vou fazer tudo sozinho! Está mais que provado que vocês não têm a maturidade necessária para participar de uma sessão espírita!" Jogou as velas apagadas na mochila cáqui, toda detonada, e saiu pisando duro da capela, tropeçando numa pilha de hinários ao longo do caminho.

Assim que ouvimos o bater da enorme porta de carvalho, ficamos mudos por alguns segundos, mas depois desandamos a rir outra vez, com a mesma histeria de antes. A verdade não dita era uma só: meses de reuniões macabras, bolinhas de vidro e outras maluquices tinham culminado numa das maiores crises de riso de toda a história da humanidade.

Domingo, 20 de agosto

O Barril passou o dia inteiro sem falar com a gente. Depois da missa, fugiu correndo com o Geoff Lawson para a fazenda dele. O Geoff também tem me evitado, desde o dia em que contei a verdade sobre a morte do bisavô dele. O Lagartixa acha que ele está perdidamente apaixonado pela Amanda e morrendo de ciúmes por causa do dueto que ela e eu cantamos. O Geoff e o Barril criaram um elo espiritual que parece não deixar espaço para nenhuma outra amizade. Talvez o Lawson seja a única pessoa que ainda se interessa pelo mistério do Macarthur.

O ensaio de hoje foi perfeito, tanto no palco quanto fora dele. Pela manhã, mandei bem pra dedéu no primeiro ato, e ainda consegui esnobar a Amanda sem parecer mal-educado ou bobo. Durante o almoço, uma garota bem bonitinha chamada Christine acampou do meu lado e começou a desfiar um interminável rosário sobre os últimos 12 anos da vida dela. Por fim, perguntou o que eu andava fazendo. Sacudi os ombros e disse: "Ontem à noite participei de uma sessão espírita na capela." Ela arregalou os olhos e depois jogou o maior charme, rindo e dando tapinhas na minha perna. Mas parou assim que se deparou com o olhar fulminante da Amanda, que assistia à cena lá do alto do balcão. Parece que o plano está dando certo. Não vejo a hora de contar a novidade para o Lagartixa.

20h O encontro de Assuntos Africanos foi o máximo. O tópico desta noite foi: "A comédia como instrumento de mudança política." Assistimos a um vídeo proibido de vários comediantes que tiravam o maior sarro do governo nacionalista e do apartheid. Um sujeito chamado Pieter-Dirk Uys fez uma imitação tão perfeita do presidente Botha que até o Linton Austin deixou escapar um risinho discreto antes de assoar o nariz e recobrar a compostura.

Segunda-feira, 21 de agosto

11h Julian entrou de repente no dormitório, saltitando, cantarolando e arremessando cartas. Recebi um pequeno envelope branco. A letra parecia conhecida, mas não era da Sereia. Percebi que o envelope não tinha selo. Voltei correndo para a cama antes de abri-lo.

Como você deve ter notado, esta carta não tem selo. Estou escrevendo enquanto assisto a você cantar no palco, ao mesmo tempo que me pergunto como uma voz tão pura e linda pode sair de uma alma tão cruel. Não estou com raiva, só um pouco triste que alguém que parecia tão verdadeiro possa ser tão falso.

Ao contrário do que você pode estar pensando, não sou uma patricinha de nariz empinado; na verdade, o problema é que sou muito tímida e nem um pouco segura de mim mesma. Não tenho uma turma grande; as pessoas desconfiam de mim porque gosto de ficar sozinha. Além disso, geralmente fico pouco à vontade em um grupo. Não estou pedindo que você goste de mim, apenas que me trate como a pessoa decente que realmente sou. Não seja cruel, apenas tente ser simpático (você é um bom ator, tenho certeza de que vai conseguir).

Para que a gente se dê bem (quero dizer no palco), você vai ter de ser mais respeitoso e humano comigo. Vejo que as garotas estão fazendo fila para ficar com você, e talvez seja essa bajulação toda que o tem deixado assim, tão arrogante. Você não é mais a mesma pessoa que conheci há três meses.

Por favor, pense nisso tudo que eu disse.
Amanda

Sob alegação de que precisava estudar, cancelei o almoço com o Guv e fui com o Lagartixa até a Visão do Inferno. Contei-lhe os últimos acontecimentos e mostrei a carta. Ele leu inúmeras vezes, assobiando e balançando a cabeça. Depois levantou o papel contra o sol (para quê, eu não sei, talvez para ver se não era uma falsificação) e releu uma última vez. Perguntei o que ele tinha achado. Como se eu não estivesse ali, ele tirou do bolso um bloquinho de anotações e ficou rabiscando nele durante uns dez minutos. Fiquei bastante animado, achando que meu amigo Lagartixa estivesse trabalhando numa complicadíssima fórmula para resolver todos os meus problemas de relacionamento. Mas só o que produziu foi uma pequena lista dos pontos positivos e negativos da minha situação. Tentei fazer uma cara de interesse enquanto meu guru sentimental lia suas anotações.

PONTOS POSITIVOS

A situação com a Sereia está sob controle. (Acho que ele está brincando.)
Várias mulheres me acham um cara legal. (E isso é um ponto positivo?)
A Amanda não teria escrito essa carta se não sentisse alguma coisa por mim. (Raiva? Atração fatal?)
Este fim de semana é o recesso de meio de trimestre; o tempo está do meu lado. (Só se for porque vou ter mais tempo para ficar angustiado.)

PONTOS NEGATIVOS

Eu poderia ter pelo menos duas namoradas, talvez mais. (Mais? Isso é pior do que eu pensava, e onde é que as outras estão se escondendo?)
Daqui a pouco, minha vida vai ficar perigosamente complicada. (Minha vida já está perigosamente complicada.)
Vou partir o coração de pelo menos uma pessoa no futuro próximo. (*Provavelmente o meu!*)
A Sereia está se recuperando. (E isso é um ponto negativo?)
Eu tenho me comportado feito um idiota. (Graças a meu conselheiro sentimental!)

Dobrei a lista e guardei dentro do diário, decidido a incinerá-la na torradeira dos monitores mais tarde. Para completar, enquanto eu lia os pontos positivos e negativos do Lagartixa, ele aproveitou para escrever uma receita para o futuro.

Receita para o futuro

Continue sendo simpático com a Sereia.
Escreva uma carta de desculpas para a Amanda.
Seja legal com todas as outras meninas.

As recomendações do Lagartixa até que eram razoáveis. Concordamos em continuar monitorando a situação e, como dois homens de negócios, apertamos as mãos, guardamos nossas anotações e descemos a montanha.

21h15 Fiquei me olhando no espelho do banheiro. Cabelos desgrenhados, olhos cor de azeitona, nariz bulboso, rosto arredondado, corpo esquelético, nenhum músculo, nenhuma barba, nenhum cabelo no saco. Deus deve estar rindo de mim.

Terça-feira, 22 de agosto

14h30 O dr. Zoo ficou todo animado quando contei a ele o sonho que vinha tendo. Mandou que eu repetisse a história um milhão de vezes enquanto andava de um lado para o outro no consultório, resmungando numa língua assustadoramente parecida com o dialeto do Vern com o gato. (É bem possível que o Vern tenha deixado o psicólogo mais doido que ele.) De repente, estapeou as próprias coxas e, feliz da vida, gritou alguma coisa parecida com *presto* mas que não era *presto*.

"Encontrei a resposta, Milton!", ele disse, extasiado. "Ou melhor, encontrei duas respostas!" Ele umedeceu os lábios fininhos com a língua desbotada. Olhou direto nos meus olhos e começou. "Essa tal de Sereia é metade peixe, certo?" Fiz que não com a cabeça e tentei corrigi-lo, mas não teve jeito.

"Ela é o peixe fora d'água. A água é sua alma. Sua alma está pedindo que você se arrisque, que pule. As sereias simbolizam a infância... ou a fantasia infantil. Você ainda está preso à sua infância, mas sua mãe quer que você se torne um homem, que mergulhe no vasto oceano da vida adulta. Você resiste; pula, mas começa a flutuar... Ela pula também, sabendo que vai morrer. E morre para ver o filho se tornar um homem. Eis aí o elo edípico entre o menino e sua mãe."

Minha vontade era sair dali correndo, mas a porta estava trancada.

"Essa outra mulher... Amanda, não é? Bem, essa Amanda poderia ser a interpretação mental que você fez do próprio pai. Seu pai é feminino porque você corrói a masculinidade dele. Você o enfraquece na constante disputa pelo afeto de sua mãe. O hambúrguer é um símbolo peculiar, talvez um símbolo dos bens materiais. Seu pai está tentando comprar sua cumplicidade, mas, se aceitar esse hambúrguer, você estará cedendo sua mãe a seu pai. O elo erótico se romperá. Isso nada mais é do que uma extrapolação do complexo de Eva... Eva lhe oferece a maçã e, com esse gesto, adquire controle sobre você. Seu pai é Eva, e sua mãe, Adão. Não acredito em Deus, sr. Milton. Acredito em Freud."

Fiz que sim e resmunguei alguma coisa feito um idiota, desejando ter colhão suficiente para ficar de pé e falar para aquele idiota o que eu achava das teorias dele e depois sair dali e nunca mais voltar. Ao fim de um longo silêncio, o dr. Zoo se levantou da poltrona e caminhou até a janela. Entreabriu as cortinas, deu uma rápida examinada no pátio e recomeçou.

"Claro que há outra explicação." Ele se virou para mim e sorriu. Só por educação, sorri de volta. "Estou vendo que minha análise freudiana não foi muito bem recebida. Que tal esta outra?" Novamente ele começou a se arrastar pelo consultório, olhando para o chão, só às vezes levantando o rosto para olhar para mim, baixando logo em seguida.

"Você é um adolescente que não sabe o que quer, nem a quem ama. Sua mente está povoada de visões, sonhos e metáforas. No cinema, tudo se resolve na maior facilidade, mas a vida real é infinitamente mais complicada. As imagens não têm nenhuma importância, um hambúrguer é só um hambúrguer, e um sonho é só um sonho."

A essa altura ele já estava de volta à janela, espiando o Pedro Mijão. "Cometer erros não é nenhum pecado, sabia? É válido experimentar. Ninguém vai execrar um garoto de 14 anos só porque ele passou a perna na namorada. Pelo menos não por muito tempo. Você é jovem demais para levar esses relacionamentos tão a sério. Não tenha medo de queimar ou ser queimado, garoto! Se não morder a maçã da Eva agora, talvez não tenha outra oportunidade de fazê-lo."

Saí andando pelas arcadas de tijolos vermelhos, a cabeça rodando com tantos pensamentos malucos. Um dos monitores de outra ala falou que meu cabelo estava uma desgraça. Pedi desculpas e caminhei rumo à segurança do dormitório.

Quarta-feira, 23 de agosto

6h40 Mais uma aula de educação física com o Carrasco. Não fiquei nem um pouco surpreso quando ele me penalizou com 40 flexões porque eu não tinha cortado o cabelo. Aparentemente esqueceu que eu tinha permissão, e nem sequer se dignou a ler o bilhete do Viking, que agora tenho de mostrar para alguém pelo menos umas duas vezes por dia. (Acho que o Carrasco nem deve saber ler.) Passamos a aula inteira jogando queimado com uma bola de tênis molhada. O jogo basicamente é o seguinte: você sai correndo atrás de uma pessoa, arremessa a bola contra ela o mais forte que puder, e depois é a vez da pessoa. No frigir dos ovos, é um jogo completamente imbecil que só serve para machucar os mais fracos. O Steven George, por exemplo, teve de ser levado para enfermaria depois que o Simon acertou uma bolada nos genitais dele.

11h Outro envelope vermelho entregue pelo Julian. Agora fico com um frio na barriga toda vez que o vejo atravessando o pátio com o maço de cartas na mão. Assim como da outra vez, não reconheci a letra do remetente.

Querido Johnny,

E aí, gatinho? Quais são as novidades? Eu estou aqui, na escola, pensando em você. Adorei aquele nosso papo no domingo. Gostei muito de você, e espero que a gente possa se conhecer melhor...

Sei onde você mora, e tenho seus telefones de casa e da escola. Não durmo no ponto: encontrei um catálogo da sua escola que dá todas as informações sobre os alunos. Nele está escrito que você nasceu em 20 de abril, portanto é de Áries. Adoro os arianos. Sou apenas seis meses mais velha que você, o que não é nada.

Bem, como eu disse outro dia, também moro em Durban. Quem sabe a gente não se encontra no recesso de meio de trimestre? Vou ligar para você e não vou aceitar um "não" como resposta.

Beijinhos,
Christine

P.S.: Todo mundo quer saber por que o seu apelido é Cotoco. Você nem é tão baixinho assim.

Quinta-feira, 24 de agosto

8h Assembleia de emergência. Tudo indica que a estação das estripulias já começou e que alguém fez alguma besteira ontem. O Marimba entrou no palco como se fosse uma frente fria e, comendo as palavras, fez os cumprimentos e orações de praxe. Depois ficou olhando para a gente, sem pressa alguma, e só então começou.

"A Victoria Cross é uma condecoração militar dada a quem demonstrou coragem no campo de batalha. Alguns de nossos ex-alunos já foram agraciados com essa honra, tal como nossos arquivos fartamente documentam." De repente sua voz ficou ainda mais sinistra. "Hoje em dia, no entanto, o que se entende por coragem no campo de batalha é algo que envolve tirar a roupa e invadir uma escola só de mulheres, como bárbaros. Isso não é uma honra, é uma desgraça! Na madrugada de hoje, fui acordado pela irmã Hillary, madre superiora da St. Eunice and All Saints Catholic Mission, dizendo que três de nossos alunos estavam correndo pelos corredores da instituição, nus em pelo, urrando o grito de guerra da nossa escola. Em seguida, esses vândalos subiram em suas respectivas bicicletas e escaparam noite afora feito os covardes que de fato são. Nossos seguranças informaram que três garotos de bicicleta foram vistos por volta das 4h30 nas imediações dos dormitórios. Profundamente abalada, a irmã Hillary disse que criar servidoras virtuosas do Senhor já é em si uma tarefa difícil e que ter rapazes nus correndo por suas dependências não ajuda em nada, no que ela está coberta de razão. Vocês já foram alertados sobre a estação das estripulias. Pois serei fiel à minha palavra: não vou permitir que o nome desta escola seja maculado por uma pequena horda de desordeiros!"

O Marimba estava espumando de raiva, e esmurrava o púlpito praticamente a cada frase. Depois fez uma pausa e, estampando no rosto um discreto sorriso, esquadrinhou a plateia outra vez.

"Pois bem", falou afinal, "sabemos exatamente quem são esses três. Eles têm até o fim do dia para se apresentarem a mim. Caso contrário, serão expulsos amanhã de manhã. Tenham todos um bom dia".

E com isso ele se foi, deixando a escola no maior rebuliço. Nada como um pouquinho de diversão antes do recesso de meio de trimestre.

15h De volta à Visão do Inferno. Dei a carta da Christine para que o Lagartixa examinasse. Dava para ver que ele estava adorando o novo posto de conselheiro sentimental. Embora nunca tenha tido uma namorada, já leu várias revistas femininas da irmã e por esse motivo se julga amplamente versado nos assuntos do coração. Além disso, tinha tido o privilégio daquele breve encontro com o Elton John no meio da escada. (As credenciais não eram lá muito boas, mas era melhor que nada.)

Ele levantou os olhos da carta e começou a assobiar como se estivesse apreciando os escombros de um terrível terremoto. "Você está em apuros, Cotoco! Chuva demais na sua horta. E essa tal de Christine parece bem safada. Vai dar o bote muito antes do que você imagina."

Falei com o Lagartixa que, no meu entender, o problema é que não faço a menor ideia do que quero. Gosto de todas elas, e elas são tão diferentes uma da outra. Eu estava perdidamente apaixonado pela Sereia até que ela começou a bater pino, mas agora está começando a voltar ao normal. A Amanda é linda, misteriosa, estou sempre sonhando com ela. E agora essa Christine...

Meu guru se empoleirou na pedra e admirou o vale. Virou-se para mim e disse: "Cotoco, na qualidade de seu conselheiro, digo que você deve ir em frente. Viva o presente e deixe para esquentar os miolos depois! Sem culpa, companheiro. *Carpe diem*, aproveite o dia. A gente nunca sabe quando será o último."

Sexta-feira, 25 de agosto

Feriadão

Parece que foi ontem que as férias terminaram. O mês passou voando. Daqui a pouco *Oliver* já vai ser coisa do passado.

Os velhos estão pensando em emigrar para Malta. Tive de consultar o atlas para saber que Malta é uma pequena ilha do Mediterrâneo. Mais uma prova de que esses dois não batem muito bem da cabeça. Papai acha que a África do Sul está prestes a explodir.

Será que todo mundo em Malta tem um cachorro maltês?

Recebi um telefonema adivinha de quem? Da Christine, me convidando para um churrasco à noite na praia, com os amigos dela. Falou que era para eu levar uma blusa de frio e uns marshmallows. Balancei a cabeça, pensando em recusar o convite. Infelizmente, enquanto minha cabeça estava fazendo que não, a boca estava dizendo: "Claro, vou sim, vai ser ótimo!" Cada vez mais eu me aproximo do fundo do poço.

Sábado, 26 de agosto

Alguém já chegou ao fundo do poço? Assim que vi uma BMW 740i vermelha rugir na porta da nossa casa, pensei: aí tem. Confesso que fiquei morrendo de vergonha da nossa perua (ainda sem vidro traseiro) estacionada sob a mesma acácia que um dia ela havia tentado atropelar. Só tinha uma maneira de essa noite terminar: a Christine era uma garota carinhosa, muito carinhosa. Para minha surpresa, dei de cara com um monte de gente quando chegamos à praia. O irmão dela, que já é pré-universitário, tinha convidado os amigos, e os engradados de cerveja estavam por todo lado. Igualzinho a uma cena daqueles filmes de surfista. Bastaram duas cervejas para que eu ficasse terrivelmente bêbado. Feito um pateta, fiquei tagarelando sobre minha namorada, dando um montão de desculpas esfarrapadas. Em vão. De uma hora para outra a Christine estava em cima de mim, a língua rodando na minha boca feito uma enguia faminta. Gostaria de poder dizer que achei ruim, mas eu sei que não posso mentir para você, querido diário.

Domingo, 27 de agosto

12h Com um tapa-olho que a deixava igualzinha a um pirata, a Wombat estava mais desmiolada do que nunca no famoso churrasco da família Milton. Tinha certeza de que o papai estava tentando envenená-la (o que não chega a ser um total absurdo). Pedia que eu experimentasse cada pedacinho de comida em seu prato. Como dá para imaginar, nada melhor para acabar com o espírito de um almoço em família do que a suspeita de que o próprio genro está tentando matar você.

15h15 Telefonema da Sereia. Tive um surto de pânico e desliguei o telefone. Deixei ele fora do gancho durante meia hora.

Quando enfim voltei com o telefone para o gancho, ele tocou na mesma hora. A campainha estridente me deu um calafrio na espinha. Olhei para os lados em desespero antes de atender hesitante e curvar minha cabeça ao ouvir. "E aí, gato?" Era a Christine. Tentei pegar o boi pelo chifre e acabar com aquela história ali mesmo. Falei que não estava a fim de engatar um namoro com ela porque queria me concentrar na peça e porque muito em breve ia me mudar para Malta (o que era mentir, mas soou bem). Também falei que já tinha namorada. Christine começou a chorar e desligou. Cogitei deixar o telefone assando no forno durante algumas horas, mas cheguei à conclusão de que o prazer de ver a porcaria derretendo aos pouquinhos não seria nada em comparação à bronca que viria depois.

16h10 A Christine ligou histérica, implorando que eu ficasse com ela. Falei que ia pensar no assunto. Mais uma vez o amarelão não teve coragem de dizer o que sentia e, como resultado, voltou direto à estaca zero. Quem sabe, quando enfim os pelos começarem a brotar no meu saco, a coragem não brota também?

16h30 Liguei para o Lagartixa e contei meus problemas. Ele assobiou daquele seu jeito, depois perguntou com qual delas eu mais queria trepar. Falei que com nenhuma, porque eu ainda era um cotoco. Depois de um longo silêncio, ele mandou que eu tirasse um nome na sorte e desligou. Isso que é conselheiro.

Segunda-feira, 28 de agosto

Tive uma nova versão do mesmo sonho: dessa vez, a Amanda me ofereceu o hambúrguer, e o hambúrguer se transformou na Christine. Achei que a única maneira de resolver essa loucura toda era dar uma de Lagartixa e fazer uma lista dos prós e dos contras de cada uma.

SEREIA

Prós

Primeiro amor
Sedutora (quando não bate pino)
Linda e encantadora (quando não bate pino)
Tecnicamente ainda é minha namorada
Conheço a mãe dela
Meus pais gostam dela

Contras

Mentalmente instável
Está na Inglaterra
Tem tendência à depressão

CHRISTINE

Prós

Muito carinhosa
Muito despachada
O pai tem uma BMW

Contras

Provavelmente também bate pino
Inclinada à histeria
Muda de humor de uma hora para outra
Deve ser meio cachorra (o que seria um pró se eu não fosse um cotoco)

AMANDA

Prós

Linda
Sexy
Misteriosa
Inteligente
Maliciosa (?)
Gosta de ler
Romântica
Não consigo tirar os olhos dela
Não consigo parar de sonhar com ela

Contras

É mais velha que eu
É mais inteligente que eu
Apesar do que diz o Lagartixa, não sei se ela gosta de mim
Se bobear, bate pino também

Verdade seja dita: vendo meus pensamentos expostos assim no papel, consegui raciocinar com mais clareza. Com nove prós e quatro contras, a Amanda saiu vencedora. Agora era preto no branco: eu estava apaixonado pela Amanda. Busquei um papel de carta azul-claro da mamãe, com um cesto de fruta no topo, e dei tratos à bola.

Querida Amanda,

Desculpe-me pelo meu comportamento recente. Tenho andado meio nervoso por causa de uma possível emigração para Malta, da peça, dos estudos, das tentativas de encontrar o fantasma da escola. Desde que nos conhecemos tenho muita dificuldade para ser eu mesmo quando estou do seu lado. Não sei explicar, mas sempre me sinto um panaca quando você está por perto. Sinto muito se fui cruel, minha intenção nunca foi magoá-la. A gente se vê no domingo. Minha vontade era que você nunca mais saísse daquela escola.

Carinhosamente,
Johnny (Cotoco)

Enviei a carta pelo correio expresso (Amanda deve recebê-la amanhã.) De repente me dei conta de que, quando acordar amanhã, vou dar de cara com aquelas vigas de madeira que tanto medo metem na gente, e ouvir o Pedro Mijão tentando terminar a sua interminável mijada. É impressionante como o tempo voa quando a gente está tendo problemas com as mulheres. Durante o banho, decidi focar toda a atenção na peça e deixar que os problemas de relacionamento se resolvessem sozinhos.

Pela décima segunda vez este ano, dei um beijinho de despedida na mamãe e entrei no ônibus lata-velha que me levaria de volta à escola.

Quem fez o que no feriadão

Rambo	Roubou um relógio feminino de uma joalheria. (Falou que vai dar para a Eva.)
Esponja	Foi acampar com a irmã mais velha e com as amigas dela. Falou que comeu uma delas, mas foi muito vago nos detalhes.
Vern	Não compareceu à reunião. Passou o fim de semana na casa do dr. Zoo. (Sorte dele.)
Simon	Conseguiu andar direito (sem parecer um retardado) pela primeira vez desde que torceu o tornozelo.
Barril	Passou o feriadão com o Geoff Lawson em Johannesburgo e quase morreu de tanto comer.
Lagartixa	Montou um aviãozinho, que foi semicomido por um cão dinamarquês de 2 anos de idade, Falcor, que pertence ao tio dele. (Apesar da vida curta, Falcor já co-

	meu uma tábua de cortar pão, um cesto de lixo, três baldes e algumas criancinhas.)
Cachorro Doido	Matou um porco selvagem com uma espingarda de caça. (Falou que a carne tem gosto de bacon.) Recebeu um novo apelido: Obelix.
Cotoco	Levou a maior gozação por ter abusado sexualmente da inocente Christine. Embora nem tenha cabelo no saco, foi acusado de mulherengo, de maníaco sexual. Sorriu e tentou parecer envergonhado, mas na verdade ficou todo orgulhoso; pela primeira vez na vida se sentiu como um homem de verdade na frente dos colegas.

Terça-feira, 29 de agosto

5h Todo mundo acordou mais cedo para fazer o dever que o Guv tinha passado para o feriadão: ler "The Suit", um conto de 25 páginas de um autor sul-africano chamado Can Themba. Todo mundo tinha esquecido; foi o Esponja que por sorte lembrou a gente, pouco antes da meia-noite, enquanto fazia uma de suas hilariantes imitações do nosso professor de inglês. Só o Barril não conseguiu acordar; falou que ia inventar tudo na hora.

12h O Guv, que não nasceu ontem, logo viu que o Barril não tinha lido porcaria nenhuma. Perguntou a ele por que o autor tinha escolhido ambientar a história num bordel e num cassino clandestino. O Barril caiu feito um pato na armadilha e disse que era por causa das prostitutas, ora! (Na verdade o conto é sobre um cara que é traído pela mulher, o que me deixou me sentindo culpado por causa da Sereia.) Falando em francês, ou algo que parecia francês, o Guv deu a maior bronca no Barril e mandou que nosso obeso amigo comesse sua cópia do conto. Mais ou menos quatro segundos se passaram até que o Barril percebesse que ele não estava brincando, e uns 1.004 até que terminasse de engolir as 25 páginas de texto. Como era de se esperar, o Barril não ficou nem um pouco bolado com esse seu segundo café da manhã. Ficou lá, mastigando numa boa enquanto o Guv terminava sua aula sobre os contistas sul-africanos.

A não ser por uns barulhos esquisitos no estômago, o Barril não sofreu nenhum efeito colateral depois de devorar sua boa literatura. No entanto, falou que as ilustrações tinham sido mais difíceis de engolir.

14h30 Mais uma consulta com o dr. Zoo. Fiquei com pavor dessas sessões. Onde será que eu estava com a cabeça quando resolvi me oferecer como cobaia para esse biruta freudiano? Pensei seriamente em inventar alguma doença e ir bater na enfermaria, mas não quis correr o risco de ficar preso lá e perder os ensaios; portanto, respirei fundo e resolvi enfrentar a besta barbuda e chiadora.

Por sorte, passamos a consulta inteira falando do Vern. O dr. Zoo estava muito assustado com o comportamento do Rain Man e queria saber como ele era no dormitório. Enrolei o máximo que pude com histórias sobre meu vizinho doido. Expliquei em detalhes a história do sumiço dele, a esquisita amizade com Roger, a mania de arrancar os cabelos e, claro, o caso do roubo das cuecas.

O dr. Zoo preencheu páginas e mais páginas de anotações (ora resmungando, ora bufando, ora fazendo as duas coisas ao mesmo tempo). Falou que, ao contrário do que todos vinham dizendo, não havia nenhuma perversão sexual nessa atitude do Vern: ele vinha usando as cuecas roubadas simplesmente para fazer um ninho para o Roger no bicicletário. (Vai ser difícil convencer uma escola inteira de que fazer um ninho de cuecas não é lá meio pervertido!) Contou ainda que havia uma enorme pressão por parte da direção para que o Vern fosse mandado para alguma instituição psiquiátrica. No entanto, a mãe dele insiste em que o filho continue na escola e siga os passos de seu falecido pai. Dizem por aí que os dias do Vern na escola estavam contados até que os cofres da escola foram fortalecidos com uma polpuda doação por parte da mãe dele. De uma hora para outra o Marimba deu uma guinada de 108 graus e começou a falar que o garoto só deixaria a escola por cima do cadáver dele. Saí da minha sessão feliz da vida: mais uma semana de liberdade.

Quarta-feira, 30 de agosto

O Viking me sequestrou da aula de geografia e me levou até Pietermaritzburg no seu velho Jaguar. Longe da escola ele é bem mais tranquilo e engraçado. Fez várias perguntas sobre minha família e diversos outros assuntos, sem nenhum sinal daquele humor azedo dos ensaios. Essa foi minha primeira visita a um salão de cabeleireiros. Hoje minha juba vai receber um permanente para que eu fique com as mechas encaracoladas do Oliver. (Na sexta que vem volto para fazer uns reflexos louros.)

A cabeleireira se chamava Bernadette e parecia bem íntima do Viking. Na verdade, ele passou os dez primeiros minutos da nossa visita com a mão plantada no traseiro dela. Cada vez que ele apertava, a moça dava um gritinho e o chamava de "garoto levado".

A tal da Bernadette enroscou meus cabelos nuns rolinhos finos, aplicou uma mistura fedorenta e por fim colocou minha cabeça debaixo de uma engenhoca que parecia uma torradeira gigante. Depois de alguns minutos na torradeira, comecei a achar aquilo tudo muito sem graça e peguei umas revistas femininas para folhear. A senhora que estava ao meu lado (ela também tinha uma torradeira na cabeça) interrompeu o artigo que lia sobre o fluxo mensal das mulheres, seja lá o que isso for, e perguntou se eu era homossexual. Vermelho feito um pimentão, fiz o que pude para parecer ofendido e expliquei toda a história sobre a peça. Ela fez algumas perguntas, refletiu um pouco e só então acreditou que eu era inocente.

O cabeleireiro que estava atendendo essa senhora — um magricela chamado Anton — de calças de couro, camisa estampada de flores e muitos balangandãs nos braços e nos dedos, se aproximou para ajustar alguma coisa na torradeira dela. Ele ainda estava lá, mexendo nos botões, quando a mulher se inclinou para o meu lado e disse: "Hoje em dia a gente nunca sabe: os homossexuais estão por toda parte. Não dá para dizer quem é e quem não é. Alguns parecem tão normais, mas aí..." De repente ela deu um berro de dor. E o Anton pediu mil desculpas por ter espetado a mulher com a tesoura.

Depois de uma eternidade debaixo da torradeira, pude enfim ver meu novo visual. Fiquei chocado. Eu tinha ficado... *estranho*, essa é a palavra. Uma cabeça inteira só de caracóis castanhos. Aparentemente feliz com o resultado, o Viking apertou os peitos da Bernadette a título de agradecimento. Falou que eu estava a meio caminho de me transformar num Oliver perfeito. Então voltamos para o Jaguar e saímos costurando o trânsito, bem no coração da nossa província.

18h Refeitório. Peguei minha bandeja e entrei na fila do porco assado com purê de batatas e legumes. Podia ouvir direitinho o burburinho ao meu redor: os risinhos abafados, os comentários a meia-voz. Não ia ser fácil. Recebi minha comida, saí para o salão e, de uma hora para outra, fui atropelado por uma avalanche de gritos. Trezentos garotos balindo feito um rebanho de ovelhas histéricas. Linton Austin, o monitor de plantão, ficou de pé e bateu o martelo na mesa. Mas só quando ameaçou suspender os temperos foi que a confusão começou a minguar, reduzindo-se a algumas piadinhas imbecis e risinhos esparsos. O Simon falou que não era para eu ficar "bráááávo", e o Rambo, claro, rolou no chão de tanto rir. O problema é que essa minha sina de ovelha ainda vai durar umas quatro semanas. Estou começando a me perguntar se a amolação vai valer a pena.

Quinta-feira, 31 de agosto

Ainda nenhuma notícia sobre os três peladões que invadiram a All Saints. Tudo indica que o Marimba estava blefando quando disse que sabia quem eles eram. Prova adicional de que a verdade não leva a lugar nenhum nesta escola!

11h Recebi mais uma carta da Sereia, dizendo que ela está com saudades e que muito em breve vai poder voltar para casa. Dessa vez meu coração não começou a bater mais forte, e as mãos ficaram tão secas quanto o deserto de Kalahari. Com a peça estreando em menos de três semanas, sem falar nessa cabeleira de ovelha, meus problemas com as mulheres foram mandados para escanteio.

O Rambo contou que o Gavin, o monitor que mora debaixo da escada, voltou do feriadão com uma *puffadder*, uma serpente venenosa pra dedéu, que ele batizou de Celeste. O Rambo tem de dar um rato para ela comer a cada dois dias, e ela engole o bicho inteirinho, de uma bocada só. O Gavin, o monitor que mora embaixo da escada, agora está criando ratos em vez de baratas.

Ainda escuto um báááá ou um bééé para todo lado que eu vou. Tomara que isso acabe logo.

Domingo, 3 de setembro

Espero, querido diário, que você me perdoe pelos dois dias de negligência, mas foram dois dias de ensaios que não acabavam nunca. O Viking acha que o primeiro ato ainda não está no ponto, então a gente teve de repetir tudo um milhão de vezes. Se eu tiver de cantar "Food, Glorious Food" mais uma vez, acho que vou me mudar de mala e cuia para a casa do dr. Zoo (que agora é conhecida como "curral de maluco").

10h As meninas chegaram, e todas fizeram o maior auê por conta do meu cabelo de ovelha. A Amanda se mostrou tão enigmática quanto das outras vezes. Eu e o Lagartixa estávamos esperando que ela me desse um gelo, que ficasse olhando torto para mim, mas sendo a esquisitinha que é, ela abriu um sorriso e ficou conversando comigo numa boa, como se nada tivesse acontecido. Eu e meu conselheiro não entendemos nada. E assim ela continuou até a hora do nosso dueto; assim que me ouviu cantar, ficou me olhando com tanto amor e admiração que pensei que meu coraçãozinho ia explodir em mil pedaços.

A Christine, por sua vez, se pendurou em mim como se fosse um cobertor de cachorro. Me apertou num longo abraço e ficou fungando no meu pescoço. O Lagartixa aconselhou que eu ficasse longe dela: a garota parecia altamente instável.

O Lagartixa tem feito bicos como contrarregra, a fim de participar da farra e ficar de olho nas meninas.

Segunda-feira, 4 de setembro

Acordei feliz da vida depois de um sonho maravilhoso em que eu andava de mãos dadas com a Amanda numa praia de areia branquinha. A certa altura, no entanto, olhei para baixo e vi que ela não estava deixando pegadas na areia. Tentei dizer isso a ela, mas quando me virei, ela não estava mais lá.

Contei o sonho ao Lagartixa durante o café da manhã, mas por azar o Esponja ouviu tudo e se achou no direito de fazer sua própria interpretação. Claro que essa interpretação envolvia estupro, fetiches de pé e a perda da virgindade da Amanda. Depois ele se aproximou e disse cheio de si: "Mas ouvi dizer que o Emberton tirou a virgindade dela ontem à noite."

Impossível. Ela nunca mencionou o nome do Emberton, e eu nunca vi os dois juntos. Ainda assim, essa ideia ficou martelando na minha cabeça.

As meninas agora estão hospedadas nas casas de diversos professores e vão frequentar as aulas conosco. Na aula de inglês, a Christine fez tudo que pôde para se sentar ao meu lado, mas foi rapidamente interceptada pelo Lagartixa, que entrou no caminho e se jogou na cadeira. Depois ele piscou o olho para mim e disse: "Não fiz mais que a minha obrigação, Cotoquito."

A aula de inglês foi pura comédia. Oito meninas se alistaram na aula do Guv, e metade delas quase caiu da cadeira quando ouviu a primeira saraivada de palavrões e absurdos. Trabalhamos num poema de Andrew Marvell, um poeta inglês do século XVII, no qual o autor tenta convencer a namorada a dar para ele. O Guv mandou que a Angela (baixinha, tímida, parece um ratinho) lesse o poema em voz alta. A pobrezinha ficou vermelha feito um tomate maduro, especialmente com os risinhos do Rambo e do Esponja na fila de trás. Terminada a leitura, o Guv arremessou um apagador de giz na testa do Esponja e depois tentou estrangular o Rambo com a gravata. As meninas ficaram horrorizadas. Bem-vindas à selva!

Terça-feira, 5 de setembro

Agora é oficial. A Amanda está namorando o Emberton. Voltando para o dormitório depois do almoço, vi os dois de mãos dadas no pátio. Eu me escondi atrás de um pilar antes que eles pudessem notar minha presença. (Jamais deixaria que ela me visse agonizando.) Depois segui correndo para o dormitório e tentei ler uma revista de críquete, mas não consegui me concentrar. Decidi passar a tarde inteira na cama: uma consulta com o dr. Zoo é demais para esse meu coraçãozinho adolescente partido.

16h30 Mamãe ligou em pânico, dizendo que papai está pensando em abandonar o ramo das lavanderias para se dedicar integralmente ao comércio ilegal de bebidas. Ele agora recebe 50 centavos de cada garrafa vendida (e a Innocence subiu o preço para 1 rand e 50 centavos). Comprou um enorme caldeirão para a nova sócia e está estudando a possibilidade de substituir as garrafas de vidro pelas de plástico a fim de aumentar a margem de lucro. Mamãe está apavorada, achando que papai pode ser preso novamente.

Quarta-feira, 6 de setembro

Duas meninas sem noção, ambas do coro, escolheram fazer a aula de educação física. Que tipo de masoquista escolhe fazer uma aula com o Carrasco às 6h40 de uma quarta-feira? A atividade prevista para hoje era lançamento de peso, e nosso professor não ia mudar de planos só porque duas garotas tinham caído de paraquedas na aula dele. Acordar de madrugada valeu a pena só para ver a Elizabeth Smith e a Jenny Sparrow arremessando uma bolota de chumbo pesando mais de 5 quilos. Agora, ver as duas arremessando mais longe que o Lagartixa, ah, isso foi impagável.

22h Depois do ensaio, a Christine e a Jenny Sparrow pediram que eu as acompanhasse até a casa do sr. van Vuuren, onde ambas estavam hospedadas. A certa altura do caminho, a Jenny sumiu sem que eu percebesse, e pouco depois, diante do portão do sr. Cartwright, a Christine parou e me tascou um beijo na boca. Não me opus, simplesmente dei a língua para ser centrifugada. Quanto mais olho para Christine, mais gosto da Amanda. Caminhei de volta para o dormitório balançando a cabeça e imaginando o que a Amanda e o Emberton podiam estar fazendo naquele momento. O ciúme é uma doença terrível. Pelo menos agora tenho certeza de que a Christine não é a garota dos meus sonhos. Não vou deixar que ela me beije outra vez.

Quinta-feira, 7 de setembro

19h30 Nosso primeiro ensaio com o cenário completo foi um fiasco. A sra. Lennox (que faz o papel da viúva Corney) estava em cima de uma plataforma quando deu um passo para trás e caiu. Teve de ser levada de maca para a enfermaria, parece que quebrou o tornozelo. O Viking ficou de tal modo furioso que chutou uma das cadeiras plateia abaixo e passou o resto do ensaio mancando e soltando fogo pelas ventas. Mais tarde, foi visto mancando na direção da enfermaria.

O cenário propriamente dito é bem legal, com uma plataforma alta que pode subir e descer. Segundo o Viking, basta uma iluminação inteligente para que fique igualzinha à Tower Bridge de Londres. A não ser que seja uma iluminação de gênio, não vejo como um bloco de madeira de 2 metros de altura pode ser confundido com uma das mais belas pontes do mundo.

Estou começando a ficar nervoso. Em menos de duas semanas vou estar em cima de um palco, me apresentando para quinhentas pessoas. É terrível pensar que meses de trabalho duro podem ir por água abaixo num único dia.

Estou com uma bolha na gengiva. Desconfio que a Christine me passou alguma pereba bucal. De agora em diante vou levar um tubo de pasta de dentes dentro do estojo de canetas, para não ficar com mau hálito. Ainda nenhum sinal da Amanda e do Emberton.

Sexta-feira, 8 de setembro

14h Sentado no salão lendo uma revista feminina, os caracóis dos cabelos emplastrados numa meleca azul. Faço o possível para não parecer um peixe fora d'água, mas não é fácil entender por que diabos um garoto de 14 anos, em uniforme de escola, está fazendo luzes nos cabelos encaracolados por um permanente. Um aluno da Lincoln entrou com a mãe dele e deu um risinho quando me viu. Na certa achou que eu era boiola.

O resultado final, na minha opinião, foi ligeiramente menos catastrófico que eu tinha imaginado. Agora estou mais parecido ainda com uma menina — mas pelo menos é uma menina bonitinha. Infelizmente, também estou mais parecido com uma ovelha. Achei melhor não aparecer para o jantar. Pedi ao Lagartixa que me trouxesse um sanduíche de manteiga de amendoim quando voltasse do refeitório. A primeira pessoa que me viu quando enfim saí do dormitório foi o Julian, que ficou de queixo caído. Como se estivesse examinando um hambúrguer, ele me olhou dos pés à cabeça e disse: "Olha só o Oliver..." Infelizmente meu calvário estava longe de acabar: dali a pouco as pessoas começaram a vir me olhar como se eu fosse de outro planeta, para depois voltarem balindo ou gargalhando ao que estavam fazendo antes.

19h30 As meninas se juntaram ao meu redor para examinar meu cabelo. Fizeram um monte de perguntas sobre raízes, condicionadores, hidratantes e números de tonalizantes, coisas sobre as quais eu nada sabia. Apesar disso, eu estava adorando ser o centro das atenções. O Viking me examinou sob a luz forte do camarim. Depois de um tempo, disse: "Esplêndido", e plantou um tapão nas minhas costas. Depois berrou para que o Lagartixa trouxesse o café dele.

A sra. Lennox fraturou o tornozelo. O Viking fissurou um ossinho do calcanhar. Ambos se comprometeram a fazer um esforço e segurar a onda até o fim.

Sábado, 9 de setembro

O Costelinha entrou no teatro durante o ensaio da manhã e sussurrou alguma coisa no ouvido do Viking, que fez que sim com a cabeça, sério. Assim que o Costelinha saiu, o Viking deu um berro de desespero, interrompeu o ensaio e mandou que eu voltasse para a minha ala. O Luthuli estava à minha espera quando cheguei; falou que era para eu esperar junto do telefone. Meu coração estava a mil por hora. Pela cara das pessoas, eu sabia que algo estava errado, muito errado. Senti a bílis subir na garganta. Corri para o banheiro e vomitei. Enquanto eu estava vomitando, o telefone tocou. Cuspi na pia e corri para a cabine telefônica, a saliva ainda escorrendo queixo abaixo. Era a mamãe. Felizmente nada tinha acontecido com ela, mas sua voz estava triste. Eu podia ouvir papai assobiando no fundo; nada tinha acontecido com ele também. Por fim consegui respirar tranquilo. Em meio aos soluços, mamãe conseguiu dizer que a Wombat tinha tido um derrame durante a noite, e que a coisa estava feia. Tentei disfarçar o alívio na voz, mas acho que não consegui. Os velhos estavam vivos, era isso que importava. Mamãe disse que ligaria mais tarde para me manter informado.

Voltei ao banheiro. Meu rosto estava branco, e os olhos, vermelhos. Alguém tinha esquecido a nécessaire na pia. Roubei um pouquinho de pasta de dentes e esfreguei na língua. Voltando para o teatro, comecei a cantarolar a musiquinha que o papai estava assobiando, uma canção do *Mágico de Oz*: "Ding Dong! A bruxa morreu!"

O Viking tinha contado ao elenco que minha avó estava à beira da morte. Assim que subi novamente ao palco, fui recebido com um montão de abraços emocionados por parte das meninas, e muitos tapinhas nas costas por parte dos meninos. Na mesma hora voltamos a trabalhar. Cantei meu solo "Where Is Love", e os aplausos foram ensurdecedores. (Tomara que eu tenha a mesma sorte no dia da estreia.)

17h Nenhuma alteração no estado da Wombat.

Domingo, 10 de setembro

Pela enésima vez este ano, tenho o grande prazer de informar que o Vern está de volta. À primeira vista, está muito bem. Os cabelos voltaram a crescer, e os olhos estão mais vivos, menos parecidos com olhos de doido. Parece que ficou feliz em me ver: apertou minha mão com formalidade e, feito um robô pré-programado, disse: "Olá, como vai?"

O Luthuli pediu que a gente tratasse o cara da melhor maneira possível. Até apelou para o suborno, dizendo que, se o Vern não surtasse outra vez até o final do trimestre, a gente ia poder tomar chá e comer salgadinhos na sala dos monitores. O Barril ficou tão animado que se ofereceu para fazer a cama do Rain Man, e ainda deu um palitinho de carne-seca para o Roger.

A Wombat ainda está aguentando firme.

Segunda-feira, 11 de setembro

O Esponja farejou sangue. Veio me contar feliz da vida que tinha visto a Amanda e o Emberton dando um amasso debaixo de uma árvore, perto da represa. Contou também que Richard Moolman, o gigantesco atacante do time principal de rúgbi, está a fim da Christine, que falou para ele que está apaixonada por mim. Na opinião do Esponja, é só uma questão de horas até que o brutamontes apareça para me assassinar. (Ao que parece, o tal de Moolman quase foi expulso há dois anos depois de enfiar um frasco de xampu no traseiro de um calouro.)

20h Debra Whittaker (que ironicamente faz o papel de uma prostituta de Londres) foi mandada de volta para casa. Pegaram ela de calcinha no quarto do Ben Cotterel, que por sua vez perdeu o posto de monitor e ganhou uma surra de seis bordoadas. O Viking fez um inflamado discurso sobre a importância da disciplina e depois berrou: "Do início, *con gusto*!". Só então voltou à plateia, charuto entre os dentes, café e prancheta nas mãos. Todo dia o caldo engrossa nessa novela.

O Barril acha que o Geoff Lawson está pensando em suicídio por causa da Amanda e do Emberton. Não pude deixar de dar uma boa risada. Como dizem por aí, o mal de muitos consolo é.

Terça-feira, 12 de setembro

A Wombat está do mesmo jeito que estava ontem.

A Christine ficou roçando o pé dela no meu durante a aula de história do sr. Lennox, sobre a migração dos bôeres no século XIX. Essa migração recebeu o nome de a Grande Expedição e é celebrada pelos africânderes como um importante marco da presença holandesa na África do Sul (o grande monumento aos Voortrekkers, ou pioneiros, foi construído para homenagear os corajosos fazendeiros que se embrenharam no deserto para fugir dos ingleses). Só porque os africânderes agora estão no poder somos obrigados a ficar lendo sobre os "pioneiros" e suas andanças nas carroças puxadas por bois. Para falar a verdade, as bobagens que as pessoas rabiscam nas portas dos banheiros são bem mais divertidas de ler. O sr. Lennox acha que, no frigir dos ovos, muitos desses pioneiros não passavam de vagabundos que aproveitaram a oportunidade para fugir do braço da lei e buscar refúgio no grande deserto de Karoo. Mas falou que, se quiséssemos passar de ano e mais tarde entrar na universidade, o mais aconselhável era que não repetíssemos nada daquilo. Infelizmente perdi boa parte da aula tentando evitar a Christine, que parece ter mais pernas que um polvo.

14h30 Concluí que não seria possível faltar a duas sessões consecutivas com o dr. Zoo. Ele mandou um bilhete para o Costelinha, avisando que eu tinha faltado à sessão da semana passada. Contei a ele sobre a Wombat e o derrame dela. Foi o que bastou para que ele desatasse a falar sobre a importância fundamental das avós na formação da juventude. Então desliguei os motores e deixei que as palavras chiadas do cara entrassem por um ouvido e saíssem pelo outro. Fiquei ali, imaginando coisas: gente aplaudindo de pé, fãs me cercando na saída do teatro, atacantes do time de rúgbi pedindo meu autógrafo.

Ótimas notícias! Por causa dos ensaios até altas horas da noite, todo mundo do elenco e da equipe de apoio foi dispensado da primeira aula todos os dias até a estreia. Duas semanas sem o Carrasco... Bom demais para ser verdade.

Quarta-feira, 13 de setembro

Papai ligou; parecia triste, deprimido. Acha que a vovó melhorou bastante, e que ainda não é dessa vez que ela vai bater as botas. Tentei animá-lo dizendo que ela devia estar nas últimas, não tinha como durar muito. Ele bufou e engrolou algo parecido com "aquela bruxa ainda vai enterrar todo mundo da família". Fiquei me sentindo culpado depois que desliguei o telefone. Espero que meus netinhos não falem assim de mim quando eu virar uma Wombat.

O Viking interrompeu o ensaio para dizer ao Kojak que a orquestra parecia um gato de rua sendo desmembrado por um bando de vira-latas. O Kojak não deixou por menos: disse que era impossível tocar direito com um bando de atores desafinados e incapazes de manter um andamento. O ensaio foi temporariamente suspenso enquanto os pesos-pesados acertavam seus ponteiros na sala verde do teatro. Dali a meia hora, os dois voltaram rindo de orelha a orelha, e o ensaio prosseguiu com a orquestra tocando exatamente do mesmo jeito como estava tocando antes da interrupção.

Durante o intervalo, não pude deixar de notar que a Amanda parecia extremamente aflita. Perguntei se estava tudo bem; ela apertou minha mão e disse que não era nada. Minha mão ficou formigando um tempão, e pelo resto da noite eu parecia um dínamo de tanta energia. No entanto, murchei feito um balão quando, terminado o ensaio, vi o Emberton rondando as coxias com um buquê de flores. Estou começando a ficar com ódio desse idiota, quase desejando que ele tivesse sido expulso por ter enrabado o carro do Marimba com uma banana.

Quinta-feira, 14 de setembro

14h30 Apesar da garoa espessa e do vento gelado, eu e o Lagartixa escalamos a colina até a Visão do Inferno. Ambos tínhamos coisas importantes fervilhando na cabeça, e por isso mal tomamos conhecimento da subida íngreme. Na verdade, a saúde do Lagartixa melhorou tanto nesses últimos tempos que ele nem sequer ofegou durante o caminho. Agora está com uma cor bem mais saudável, um bege-amarelado (no lugar do branco leitoso de antes). Quando o parabenizei pela saúde, ele contou radiante que não tinha pisado na enfermaria uma única vez neste trimestre, nem vomitado em duas semanas. Jurou que nunca mais ia tomar remédio na vida; falou que sempre fica doente quando toma remédio.

Na opinião do Lagartixa, estou perdendo meu tempo com a Amanda. Argumentei que estou apaixonado, e que fico sonhando com ela o tempo todo. (O problema com esses sonhos é que eles sempre terminam com ela me beijando, mas depois acordo e sou obrigado a enfrentar a realidade dos fatos.) O dr. Lagartixa balançou a cabeça, assobiou para si mesmo e então me receitou uma dose dupla de remédios para dormir.

Sexta-feira, 15 de setembro

19h Nosso primeiro ensaio com figurino. No primeiro ato, estou igualzinho a uma menina de rua embrulhada em trapos; e pareço um morcego no segundo. O figurino do segundo ato é um terno de veludo com fru-frus em torno do pescoço. O Viking jurou de pés juntos que era assim que se vestiam os garotos da aristocracia inglesa daquela época.

Outra notícia ruim é que o Dodge está ficando afônico. Tem falado e cantado com a voz completamente rouca. O Viking está arrancando os cabelos.

Sábado, 16 de setembro

Amanda terminou com Emberton. Foi o Esponja quem espalhou a notícia durante o café da manhã. Ao que parece, o Emberton está querendo se matar e teve permissão para passar o fim de semana em casa. Dizer que estou pulando de alegria é pouco.

A voz do Dodge agora se reduziu a um sussurro.

Domingo, 17 de setembro

Tentei arrancar a fofoca da Amanda durante o almoço, mas ela não demonstrou a menor emoção. Ou não estava nem aí para o Emberton, ou era a verdadeira rainha do gelo. Falei sobre o nosso grupo de Assuntos Africanos e a convidei para a reunião de hoje. O convite foi aceito. Será que isso conta como o nosso primeiro encontro?

O Dodge perdeu a voz por completo. O Viking tem buscado consolo na bebida.

20h Linton Austin não gostou nem um pouco quando viu que eu tinha levado uma menina para nossa reunião. Ele ficou de pé e exigiu que sua objeção fosse registrada em ata. O resto do grupo protestou, dizendo que aquilo era uma idiotice total, mas o cara fincou pé e insistiu na história da ata. Fiquei morrendo de vergonha pela Amanda, que a essa altura só faltava voar no pescoço dele. Serenados os ânimos, demos início ao tópico do dia: o PLI (Partido da Liberdade Inkatha, o partido de Buthelezi, composto sobretudo de zulus e muito poderoso na nossa província de Natal) e suas conexões com o governo nacionalista (ou "governo do apartheid", ou simplesmente "os canalhas", tal como falamos nas nossas reuniões).

Assistimos a um filme amador, bem tosco, que acusava o PLI de receber recursos dos "canalhas" (muito embora até o Lennox admitisse que aquilo era um exemplo típico de propaganda do CNA). Lennox também leu alguns artigos de revistas e jornais para a gente.

O Luthuli foi o primeiro a tomar a palavra: desancou o Buthelezi e falou que o PLI não passava de um bando de zulus tradicionalistas, atrasados, traidores e invasores da terra alheia. (Isso vindo de um zulu!) Linton Austin mordeu a ponta da caneta-tinteiro com seu nome gravado e depois ficou horas martelando que a cisão entre os negros da cidade e as autoridades tribais era o primeiro passo para uma revolução comunista. Quando terminou, escreveu alguma coisa no bloco de anotações e ficou lá, fazendo cara de certinho.

Eu queria muito lembrar o que aconteceu depois, mas, na verdade, a maior parte do que foi dito atravessou minha cabeça com a velocidade de um bando de morcegos amedrontados. A Amanda atacou o Linton com as palavras mais rebuscadas que eu já ouvi em toda a vida. De algumas ainda me lembro: professoral e pedante, sermão, integração racial e paradigma. (Não faço a menor ideia do que significam, mas qualquer hora dessas vou chamar alguém de professoral ou paradigma e ver o que acontece.) O Austin, por sua vez, ficou olhando para a Amanda com um misto de susto e admiração. Para terminar, ela falou que ele era "um simpatizante do apartheid, um capitalista de armário, um intelectual sexista e misógino sem nenhum embasamento para dissecar uma sociedade humanista a partir de outro construto que não o utilitarismo". (Só consegui repetir isso tudo porque fui anotando no verso do meu roteiro do *Oliver*.)

Os onze integrantes do grupo largaram suas xícaras e seus biscoitos para aplaudir a extraordinária sósia de Julia Roberts. Amanda abriu um sorriso de triunfo e deu um gole no café. O pobre do Austin, que decerto nunca tinha encontrado um oponente intelectual à sua altura, muito menos na pele de uma mulher, balançou a cabeça feito um pateta e pela primeira vez não soube o que dizer. Terminada a reunião, o Lennox pediu a Bruce Henderson (o secretário do grupo) para registrar em ata como o nosso encontro tinha sido abrilhantado pelas contribuições da Amanda. Depois sugeriu que ela se tornasse um membro honorário da nossa sociedade (o que foi imediatamente aprovado por todos — menos pelo Linton, claro).

Em seguida, todos se aproximaram para cumprimentá-la, e quando alguém se oferecia para acompanhá-la até em casa, ela respondia: "Obrigada, mas o Cotoquinho vai me levar." Eu só faltava derreter de tanto orgulho.

Ficamos horas caminhando e conversando. Mas nada de conversa fiada. A Amanda sempre ia direto à jugular. Segue abaixo o que ainda me lembro do nosso papo (e não vá dizer que isso não daria uma ótima cena de cinema).

Caminhando por uma longa aleia de árvores peladas. A noite está fria e silenciosa. Ao longe, um trem chacoalha rumo à estação na sua longa e tortuosa viagem de Durban até Johannesburgo.

Amanda	Então, você está apaixonado pela Christine?
Cotoco	Claro que não.
Amanda	Ela te adora, sabia?
Cotoco	É mesmo?
Amanda	Adora qualquer coisa com um pênis.

Pausa. Cotoco aperta as próprias pernas, criando coragem para fazer a pergunta.

Cotoco	E você e o... ouvi falar que... quer dizer, alguém me contou que...
Amanda	A gente terminou na quinta-feira. Aposto que você quer saber por quê.

Cotoco dá de ombros displicentemente, mas depois, feito um idiota, faz que sim com a cabeça.

Amanda	Ele é um cara legal, mas a gente é muito diferente um do outro. Ele só gosta de falar de rúgbi, das coisas que a turma dele apronta e... E eu gosto de falar de... bem, você sabe do que eu gosto de falar.
Cotoco	Você é quase perfeita, sabia? Tem tudo que uma pessoa devia ter.

Pausa

Amanda	Isso é o que você acha. Na minha opinião, não tenho muitas das coisas que gostaria de ter...
Cotoco	Tipo o quê?
Amanda	Ah, aí você está querendo saber demais.

Eles chegam ao portão cinzento da casa do sr. Cartwright.

Amanda	Obrigada. A noite foi bem interessante. É bom exercitar os músculos do cérebro de vez em quando.

Pausa. Momento saia justa enquanto Amanda encara Cotoco. Cotoco confere os cadarços dos sapatos.

Amanda	John, vem cá.

Sinos de igreja, coro de anjos, cavalos selvagens galopando nas pradarias. Eles se beijam. Corta.

Não me lembro do beijo. Só me lembro da minha perna esquerda tremendo e do rufar dos tambores no peito. Tenho a impressão de que voltei para o dormitório cantarolando "Ding Dong! A bruxa morreu!".

Segunda-feira, 18 de setembro

19h Ensaio geral, inclusive com maquiagem (aplicada pelas mulheres dos professores e algumas meninas do elenco). Finalmente tudo parece no lugar. A orquestra e os vocais estão ótimos, assim como todo o resto. A voz do Dodge está bem melhor, mas ainda lembra a daquele cara que faz os trailers dos filmes de Hollywood. O único problema foi quando o Alf Little, que faz o papel do Master Bates (e que todo mundo agora chama de

Masturbates), se esqueceu de entrar em cena porque estava de papo com umas garotas na coxia. Terminado o ensaio, o Viking deu uma bengalada na cabeça dele, e o Kojak arremessou um livro de partituras. Terminado o ataque, o Viking fez um discurso emocionado e desejou a todos uma ótima noite de descanso.

Depois de tirar o figurino e a maquiagem (um pouco de creme entrou no meu olho, e a Eva mandou que eu limpasse com leite), tentei encontrar a Amanda, mas ela já tinha ido embora.

Fiquei horas sentado na janela acima da minha cama, olhando para as estrelas e ouvindo os barulhinhos da noite. Não estou nervoso, apenas com medo de nunca mais ser tão feliz assim.

Terça-feira, 19 de setembro

Bem, querido diário, hoje é o dia. Horas e horas de ensaios, meses de preparação, e tudo se resume à noite de hoje. Uma corrente de excitação parece percorrer a escola inteira. Os velhos ligaram para desejar sorte, e a Sereia mandou um telegrama:

Boa sorte baby ponto Sereia ponto

(Não sei por que ela escreveu "ponto" duas vezes. Talvez esteja batendo pino de novo.)

Para todo lado que eu vou, as pessoas me cumprimentam com um tapinha e perguntam se estou nervoso. Resposta: não, não estou. (Uma pessoa não pode ficar nervosa com aquilo que vai ser a carreira e a vida dela.)

18h Sentado na privada. Parece que o mundo inteiro despencou do meu traseiro. Estou apavorado, tremendo feito vara verde. O teatro vai estar cuspindo gente pelo ladrão. (As três primeiras noites já estão esgotadas.) Todos os alunos do primeiro, segundo e terceiro anos estarão lá, bem como os professores e o pessoal das redondezas. Em todo canto as pessoas estão trocando abraços, cartões e flores. Busco refúgio no camarim dos meninos, incapaz de falar com quem quer que seja.

19h55 A plateia já entrou. Do outro lado das cortinas, só consigo ouvir o zum-zum animado das pessoas. Envergando um terno verde e uma gravata-borboleta vermelha (um desastre quase tão grande quanto meu figurino do segundo ato), o Viking desejou merda (boa sorte) a todo o elenco. Amanda soprou um beijinho na minha direção e disse: "Você é o máximo." A partir daí tudo mudou: eu estava prontinho para o que desse e viesse.

20h Eu e os garotos do abrigo de mendigos saímos pelos fundos e vamos para o saguão do teatro, onde ficamos esperando até a hora da nossa grande entrada no auditório, cantando "Food, Glorious Food".

De repente, aplausos.

O Kojak faz uma mesura e sobe ao pódio do maestro. A orquestra começa a tocar a abertura.

Compassos iniciais de "Food, Glorious Food". Sinto o medo no ar, mas não dentro de mim. As cortinas começam a se levantar e de repente... um ruído estranho. As cortinas param a um metro do chão. Só o que podemos ver é a metade de baixo (a pior delas) da viúva Corney. Silêncio, seguido de alguns risinhos, seguidos de aplausos sarcásticos. Com mais algumas pessoas a seu lado, o Viking passa voando pela gente, calcanhar fraturado e tudo. O Kojak repete a abertura... uma, duas, três vezes. A gente fica esperando por uns quinze minutos ou mais, até que por fim a cortina resolve colaborar e sobe rapidinho. Aplausos entusiasmados. É agora!

Subi ao palco e me deparei com um mar de rostos sorridentes. Nunca senti tanta adoração, tanta... Caramba, nem dá para descrever o que a gente sente quando está diante de uma plateia tão grande.

E dali a pouco tudo terminou, duas horas de espetáculo consumidas num piscar de olhos. Não me lembro de quase nada, só dos aplausos e risos e mais aplausos. Nas coxias, abraços e tapinhas nas costas eram trocados a torto e a direito.

Foi então que me vi diante do portão da Amanda, e a gente estava se beijando. Dessa vez saboreei cada segundo. Melhor que isso, impossível.

Quarta-feira, 20 de setembro

7h30 No café da manhã, um monte de gente veio me cumprimentar. Professores e alunos me paravam no quadrado e no refeitório para apertar minha mão. Não vai ser difícil me acostumar a isso!

23h30 Passada a agitação da estreia, pude digerir cada pedacinho da apresentação de hoje. É impressionante como as pessoas riem do Guv. Se quisesse, ele poderia ter sido um grande ator cômico (ainda bem que não foi, porque é ótimo professor). Meus solos são muito aplaudidos, especialmente o "Who Will Buy". Os alunos da escola estão adorando ver o Marimba no papel do vilão sanguinário. A Eva(interpretando Nancy) também faz o maior sucesso, mas desconfio que seja mais em razão do figurino de prostituta que dos talentos dela como atriz. De modo geral, acho que o favorito do público é o Dodge, que é muito talentoso e já está com a voz totalmente recuperada.

Detido por uma longa discussão com o Viking e a Eva sobre a arte de interpretar, acabei me atrasando e perdendo a caminhada com a Amanda. Assim que me vi livre, corri para a casa do sr. Cartwright, mas encontrei as luzes apagadas e fiquei com medo de acordar nosso professor de biologia, e sobretudo a mulher dele, famosa pela rabugice.

Tem uma canção do "My fair lady" que eu queria ter cantado nesse momento. Algo a ver com a rua em que a personagem mora... Mas não me lembrei da letra, então voltei para o dormitório flutuando e assobiando outra coisa qualquer.

Quinta-feira, 21 de setembro

7h30 Dessa vez foram os garotos mais velhos que fizeram fila para me cumprimentar no café da manhã. O Minhoca preparou um café para mim enquanto eu fazia a ponta nos lápis dele; fez um monte de perguntas sobre a peça. Estava todo orgulhoso de ter o Oliver como escravo. Mais tarde eu o ouvi se gabando com o Julian e com o Gavin, o monitor que mora debaixo da escada, dizendo que tinha o escravo mais famoso de toda a escola.

Nem o Pike tentou bater ou cuspir em mim hoje.

23h30 Hoje, lá pela metade do segundo ato, uma mulher da plateia se levantou, subiu cambaleando ao palco e foi andando na direção do coro. Todo mundo continuou cantando até que o diretor de palco entrou e conduziu a maluca rumo às coxias. Era a mãe do Richard van Zyl, que vinha tomando um medicamento pesado para epilepsia. Quando viu o filho pedindo esmola em roupas de mendigo, achou que tinha a obrigação de fazer alguma coisa. Sei não. Para todo lado que eu vou, tem um doido atrás de mim.

Cotoco e Amanda caminham lentamente pelos campos, voltando para casa. Cantam seu dueto de mãos dadas e depois se derretem de tanto rir. A noite está escura, úmida.

Amanda	Sabe de uma coisa, Cotoco? É bem possível que eu esteja apaixonada.
Cotoco	Pois eu tenho certeza de que a amo. Amei você desde o dia em que a vi pela primeira vez.
Amanda	Naquela festinha horrível. Puxa, que belo começo!
Cotoco	Olhei para você e pensei... Uau!
Amanda	Pois eu olhei para você e pensei... Foi esse magricela que escalaram para fazer o Oliver?

Eles riem. Ela mais do que ele.

Amanda	Você é muito especial em cima daquele palco, sabe? Quando você canta, as pessoas na plateia ficam mudas. Como se estivessem esperando por uma mancada qualquer, ou procurando um defeitinho na sua voz. Mas nunca encontram nada. Porque sua voz é perfeita.
Cotoco	Poxa, obrigado.
Amanda	Não é para ficar convencido. Logo sua voz vai mudar e ficar igualzinha à de qualquer outro marmanjo. Você vai estar condenado a cantar no banheiro para o resto da vida.
Cotoco	Não vou cortar os pulsos por causa disso.
Amanda	Mas seus fãs vão.

Silêncio. As copas das árvores se agitam com o revoar dos passarinhos, afugentados pela dupla feliz. De uma hora para a outra, a atmosfera muda. Ela olha para ele. Feito a mariposa que não resiste ao fogo, ele levanta o rosto e planta os olhos no lindo rosto dela.

Amanda	Você sabe que nunca poderá ser meu namorado, não sabe?
Cotoco	(pasmo) C-c-c-como?
Amanda	Isso mesmo que você ouviu.
Cotoco	(tambores rufando em seu peito) Mas por quê?
Amanda	Você sabe por que, meu amor. Sempre soube.
Cotoco	Eu?
Amanda	Claro. Boa noite, Sir Oliver. (Ela o beija.) Não venha atrás de mim… Preciso de tempo... para pensar.

Ele fica ali, vendo-a se afastar, boquiaberto, tentando dizer algo. Mas não consegue. Ela some na escuridão.

Sexta-feira, 22 de setembro

Vago pela escola feito uma alma penada, mal conseguindo prestar atenção a quem vem me cumprimentar. Durmo no meio da tarde, mas os sonhos são terríveis. A noite de ontem me deixou sem chão; minha vontade é voltar a fita uns dois dias e deixar o "pause" apertado para sempre. O dia está cinzento e frio. Enrolo o cachecol no pescoço e tento me esconder deste mundo imprevisível e cruel.

20h Minha performance hoje foi tão insípida quanto um prato de mingau sem açúcar, leite ou manteiga. A voz estava fraca, e o canto, sem vida. Foi como mastigar papelão durante duas horas. Os risos, os aplausos, os abraços, tudo batia e voltava como se eu estivesse anestesiado. Amanda sorria para mim, mas estava distante. Não há nada mais triste do que ver a garota mais linda do mundo escapando por entre seus dedos.

Sábado, 23 de setembro

7h Renasço das cinzas feito uma fênix. (Sei lá o que é uma fênix, mas acho legal falar isso.) Nem morto que eu vou deixar uma garota (tudo bem, uma garota linda, inteligente, perfeita) atrapalhar minha semana de celebridade! Nem morto que eu vou deixar essa história interferir na minha última apresentação, que vai ser a melhor de todas! Além disso, meus pais vão estar na plateia, e quero que eles fiquem de queixo caído.

17h Passei a tarde inteira assistindo ao torneio de atletismo entre as diferentes alas da escola, torneio do qual, por algum motivo, acabei ficando de fora. Ao longo da última semana fui perdendo contato com a minha turma, com as coisas que eles vinham fazendo. Para todo lado que vou, parece que sou seguido por um grupo de novos amigos, ou até de gente que nem conheço direito. É muito fácil conviver com essa sensação de popularidade. Terminada a prova dos 100 metros rasos, o Lagartixa me puxou de lado e perguntou se eu ficaria bolado caso ele tentasse pegar a Christine. Dei um tapinha nas costas dele e disse que na verdade ele me prestaria um favor se conseguisse tirar a garota do meu pé. Só então, aliviado, ele confessou que tinha dado uns amassos nela na noite de ontem. Pensei em contar a ele sobre a Amanda, mas achei melhor não desenterrar essa história para o caso de a fênix ter voltado para a fogueira, ou para onde quer que uma fênix viva. Dei um tapinha nas costas do Lagartixa e o parabenizei por seu primeiro beijo. Ele ficou todo orgulhoso, mas quando voltávamos para o dormitório, vimos a Christine de mãos dadas com o Greg Anderson perto da piscina. O Lagartixa virou o rosto e fez que não viu nada.

20h Última apresentação da peça. Todo mundo estava dando cem por cento de si, às vezes mais. Assim que entrei no palco, esquadrinhei a plateia à procura dos meus pais (eles tinham reservado seus ingressos em março). Quase dei um berro de susto quando vi a dupla sentada logo na primeira fila. E o susto foi maior ainda quando vi quem estava sentada ao lado deles. Os mesmos cabelos louros, os mesmos olhos azuis, linda como sempre: a Sereia. Ela sorriu para mim com aquele sorriso lindo dela. Caramba...

Recobrei os sentidos quando a música começou. Felizmente estava cantando com o coro, e por isso fui salvo de uma catástrofe. Recuperei a concentração e, cercado pelas ruas da velha Londres, atuei melhor do que nunca. Como era de se esperar, meus pais não passaram despercebidos. Papai sempre espirrava ou assoava o nariz nas partes mais silenciosas, e lá pelo meio do segundo ato, achando que a peça tinha terminado, ambos ficaram de pé, aplaudindo, assobiando e pedindo bis. Mas nada ia me derrubar, nada ia me fazer sentir outra coisa senão orgulho e alegria.

Mamãe, papai e a Sereia estavam aos prantos quando enfim nos encontramos. Eles me abraçaram e me beijaram tantas vezes, que fiquei coberto de batom. A Sereia me abraçou tão forte e por tanto tempo que cheguei a achar que só uma alavanca ia conseguir separá-la de mim. Ela estava de volta (não só da Inglaterra). O brilho no olhar, a energia, a beleza.

Os velhos tiveram de puxá-la para ir embora. (Com certeza ela estava com pânico de entrar na velha perua outra vez.) Os tambores começaram a rufar no meu peito de novo. Será que a vida de um garoto de 14 anos pode ficar ainda mais complicada?

"Quem era aquela?"

Virei para trás e dei de cara com a Amanda, que mais parecia uma nuvem negra. O que eu podia dizer? Minha namorada? Minha amiga? Minha irmã? Minha...

"Minha ex-namorada." (Covarde!)

Amanda me olhou, e então disse: "Não estou a fim de ficar para a festa do elenco. Você fica comigo esta noite, não é?"

O sonho ainda não tinha acabado.

De repente, silêncio. Puxando-o pela mão, Amanda conduz Cotoco através dos grupinhos tagarelas. Percebendo que a dupla está de saída, as pessoas começam a cochichar umas com as outras. Amanda e Cotoco deixam o teatro, descem as escadas, passam pela enfermaria e seguem pelo campo de rúgbi. A noite está clara: Lua cheia.

Cotoco — Vem comigo. Sei aonde estamos indo.

Agora é Cotoco quem puxa Amanda pela mão. Eles passam pela represa. Não fosse o frio, Cotoco teria sugerido um mergulho noturno. Eles cruzam um portão, espremem-se através de duas cercas de arame farpado e escalam uma colina íngreme.

Amanda — (ofegante) O que é isso? Um treino de *cross-country*?
Cotoco — Mais ou menos.
Amanda — Muito romântico.

Cotoco — Obrigado. Agora economize o fôlego e venha atrás de mim.

Ele a puxa para cima de uma pedra plana. De lá, ambos admiram a paisagem do vale. Ela solta um longo suspiro.

Amanda — É lindo!

Lá embaixo, as luzes cintilantes da escola; no alto, o majestoso céu africano.

Cotoco	O Lagartixa e eu chamamos este lugar de "Visão do Inferno".
Amanda	Puxa, se isso é o inferno, eu adoraria ver como é o seu céu.
Cotoco	Eu também.
Amanda	Sinto muito por tirar você da festa. Acho que fui egoísta.
Cotoco	Se alguém vier me dar mais um abraço, acho que vou vomitar.
Amanda	Vou procurar me lembrar disso.

Uma algazarra se faz ouvir nas imediações do teatro.

Amanda	É engraçado que eu tenha vindo parar aqui com você... nesta noite...
Cotoco	É uma grande...

Silêncio. Cotoco vê uma estrela cadente. Amanda não levanta o rosto a tempo. Mais silêncio.

Cotoco	(voz trêmula) Por que você disse que nunca vamos poder ficar juntos?
Amanda	Porque isto é um conto de fadas. É um filme *teen. Romeu e Julieta.*
Cotoco	Como assim?
Amanda	Eu não sou deste mundo, Johnny. Sou de outro planeta. Tenho 16 anos, e você, 14. Sou uma mulher, e você, um garoto. Além disso, você tem uma linda namorada.
Cotoco	Ela não é minha...
Amanda	Não fale nada. Vamos só ficar aqui... juntos.

Eles se sentam e continuam a admirar a paisagem da noite. Muito lentamente, as luzes da escola vão se apagando. A noite está fria, mas o momento é forte. Eles adormecem. Quando Cotoco acorda, Amanda já está admirando a madrugada. Passarinhos cantam ao redor. No vale, cachorros latem. Cotoco e Amanda, de mãos dadas, veem o sol despontar do outro lado das colinas e iluminar o vale.

Segunda-feira, 25 de setembro

A impressão que tenho é a de que pulei o dia de ontem. Apesar das 18 horas de sono, é como se tivesse sido atropelado por um trator. Minhas reservas de energia não têm energia alguma, e mal posso esperar pelas nove da noite, quando enfim vou poder apagar de novo.

As meninas foram embora, o grande cenário de Londres foi desmontado, e o teatro agora não passa de um lugar escuro e vazio onde algo maravilhoso aconteceu um dia. Os caracóis dos meus cabelos viraram um montinho no chão do banheiro (o Julian se ofereceu para cortá-los para mim). Agora estou parecendo uma onça magricela com pintas claras espalhadas na cabeça. Ninguém fala mais sobre peça, garotas ou triângulos amorosos perigosos. Agora não passo de mais um calouro com o mesmo prestígio do cocô do cavalo do bandido.

As férias começam na sexta. Minha vontade é dormir dez dias inteiros.

Terça-feira, 26 de setembro

O Minhoca foi de avião para Johannesburgo, participar da Olimpíada de Matemática. (Ele só pode levar 15 lápis com ele, e ficou morrendo de medo de passar aperto.)

O Lagartixa voltou à enfermaria por causa de uma intoxicação alimentar. Quando fui visitá-lo, ele berrou assim que me viu: "Puxa, até que enfim!", e bateu a mão na minha com tanta força que pensei que ele tivesse estirado um músculo da mão. Pedi desculpas pela ausência e dei minha versão dos acontecimentos da noite de sábado. Ele, por sua vez, contou animadíssimo sua "noite de amor" com a Christine; pediu que eu me aproximasse e cochichou na minha orelha:

"A gente estava se pegando atrás do pavilhão de críquete, mas depois ficamos com frio e fomos para o vestiário, e sabe quem estava lá? O Rambo e a Eva... transando. Pelo menos era o que parecia, porque as pernas dela estavam cruzadas no pescoço dele. Eu e a Christine saímos antes que eles nos vissem, depois fomos para as gaiolas de críquete."

O Lagartixa mandou que eu jurasse segredo, depois falou que os responsáveis pela intoxicação dele tinham sido uns enroladinhos de salsicha meio esquisitos servidos na festa depois da peça. Ao que parece, o Guv ficou tão chapado que baixou as calças e tocou uma versão de "Amazing Grace" na tuba.

Combinamos de passar uns dias juntos durante as férias e conversar com mais calma sobre as coisas. Ele vai para a casa dos tios, de modo que possa se encontrar com a nova paixonite. Não tive coragem de contar que a nova paixonite dele também está apaixonada por um certo jogador de rúgbi chamado Greg Anderson.

Quarta-feira, 27 de setembro

Almoço com o Guv. Assistimos a um vídeo da nossa última apresentação, uma gravação bem tosca, sem nenhuma edição, e rolamos de rir de nós mesmos, achando tudo muito engraçado. O Guv falou que eu parecia um papagaio, e eu falei que ele parecia uma mistura de mosca azul com espantalho. Quando vi a Amanda (que estava linda), não pude deixar de sentir uma pontada no peito. Foi a primeira vez que realmente pensei nela desde a nossa conversa no sábado. Notando minha mudança de humor, o Guv suspirou e disse: "Ah, a juventude e o amor..."

Depois me deu *Oliver Twist*, de Charles Dickens, para ler durante as férias.

Quinta-feira, 28 de setembro

Não há nada como os dois últimos dias antes do início das férias num internato. Cada um está preocupado com seus próprios planos. Ninguém zoa ninguém, ninguém bate em ninguém; todo mundo só quer saber de fazer as malas e trocar ideias sobre os dias de folga. Isso é o mais próximo que a gente consegue chegar de um clima de harmonia.

20h Nossa primeira chuva de granizo!

A gente estava vendo a novela *The Bold and the Beautiful* na sala comunitária quando uma terrível ventania começou a soprar do oeste. Do lado de fora vinha um barulho estranho, como se a escola estivesse sendo lambida por um tornado ou sobrevoada por um avião supersônico. De repente ficamos sem luz e todo mundo correu para as arcadas, esperando que algo monumental acontecesse a qualquer instante. Não fomos decepcionados.

À medida que os raios e trovões foram ficando mais próximos, torrentes de chuva começaram a cair sobre o teto de flandres das arcadas. E, de uma hora para a outra, bolotas brancas passaram a despencar sobre a grama do quadrado. Eram pedregulhos de gelo. Os granizos batiam no chão e ricocheteavam. A galera berrava e assobiava, mas a barulheira era abafada pela barulheira ainda maior de Deus, que fustigava a Terra com suas pedras de gelo. O Cachorro Doido saiu na chuva para recolher umas pedrinhas, e logo começou a gritar por causa da saraivada que levou na cabeça: as bolotas tinham mais ou menos o tamanho de um ovo de codorna. Ele arremessou um punhado delas contra o Vern, que saiu correndo e se trancou na sala de estudos.

Não demorou para que o pátio se transformasse num imenso tapete de granizo: só a fonte permanecia reconhecível (o Pedro Mijão estava com cara de quem estava doido para sair dali e se juntar ao Vern). Então, com a mesma rapidez com que veio, a tempestade foi embora. O tempo abriu novamente, e a escola inteira invadiu o gramado, dando início a uma monumental guerra de granizo. Acertei uma metralhada nas costas do Lagartixa, que deu um berro daqueles de talhar o sangue da gente. De repente era eu quem estava gritando — só porque os granizos se parecem com neve, isso não quer dizer que não machuquem. Fugindo do fogo cruzado que rolava ao meu redor, saí em disparada rumo à porta do dormitório. Foi então que a janela da sala comunitária se estilhaçou. Foi gente correndo para tudo que é lado, fugindo do Costelinha que na mesma hora desceu para ver o que estava acontecendo. Ele começou a berrar, furioso. O Carrasco também apareceu: fisgou o Cachorro Doido pelo colarinho e o levou para a sala dos professores, certamente para dar uma surra.

O caos se desfez rapidamente, e a ordem foi restaurada. Dez minutos depois, uma longa fila de garotos se formou diante da enfermaria, quase todos apertando a cabeça ou os dedos das mãos. O sol brilhava sobre o chão de granizo, e, de uma hora para outra, tudo era paz na escola outra vez. Gavin, o monitor que mora debaixo da escada, tirou algumas fotos. Ao passar por mim, falou: "Aposto mil pratas que uma dessas vai para capa da próxima revista da escola!" Piscou o olho para mim e sumiu no interior do seu buraco.

Um enorme rebuliço depois do jantar seguramente era indício de que alguém fazia aniversário. Um grupo de garotos prendia ao chão um cara do terceiro ano, que se contorcia todo enquanto o Barril baixava as gigantescas calças para soltar um peido de 15 segundos na cara do infeliz. O aniversariante não parava de gritar e, assim que foi libertado, saiu correndo com a mão na boca rumo ao banheiro. Por sorte, o Pike vai se lembrar desse dia para o resto da sua vida!

Sexta-feira, 29 de setembro

Dia de folga!

Aproveitei que hoje não tinha aula e fiz um passeio matinal pela escola, começando com um pit-stop na enfermaria para ver como andava meu amigo Lagartixa. Ele parecia bem melhor e já esperava pelo chofer do tio, que chegaria a qualquer momento. Seguindo adiante na caminhada, fiquei feliz da vida ao constatar que a primavera enfim tinha dado o ar da sua graça: folhinhas verdes começavam a brotar nas árvores peladas e nos gramados ressecados. Tudo parecia vivo e feliz. Até os passarinhos gorjeavam como se soubessem que as férias tinham chegado.

9h Assembleia. O Marimba fez uma menção especial ao elenco e à equipe da peça, depois pediu ao Viking que subisse ao palco para receber os devidos aplausos. O Luthuli recebeu um diploma de honra ao mérito pelos serviços prestados à escola, e Linton Austin, pelos resultados acadêmicos. O Minhoca também ia receber uma homenagem (uma gravata e uma insígnia com as cores da escola), mas como não estava presente, foi representado pelo Julian.

Enquanto embarcava no ônibus enferrujado que me levaria de volta para casa, vi o Linton Austin entrar no Rolls-Royce prateado dos pais dele. Nada mal para quem se diz marxista.

O ônibus já ia subindo pelas colinas pardas (só uns retalhos verdes aqui e acolá) quando finalmente respirei aliviado. Este último trimestre tinha sido um turbilhão de atividades e emoções. Mal vejo a hora de chegar em casa e rever os mesmos rostos felizes de sempre, sobretudo o daquela lourinha de olhos azuis que costumava nadar na piscina da nossa casa.

Sábado, 30 de setembro

10h30 Papai chegou em casa com um simpático filhotinho de labrador. Falou que era meu. Eu já tinha tido um cachorro quando criança, mas ele foi atropelado com apenas alguns meses de idade. Segundo contam os velhos, chorei tanto que papai jurou que nunca mais a gente ia ter outro cachorro. Mas o verdadeiro motivo para a compra do labrador era este: papai precisava provar aos vizinhos que não era um maníaco que detestava cachorros. Além disso, precisava de um cão de guarda que mordesse os negros que tentassem invadir nossa casa. (Não sei como o pobre do labrador vai saber diferenciar os ladrões dos clientes do nosso alambique doméstico.) Papai falou que os labradores são muito inteligentes e que por isso sabem diferenciar essas coisas.

O cachorrinho farejou pelo jardim durante um tempo e de repente avistou mamãe esparramada na espreguiçadeira, tomando sol; sem hesitar, saiu correndo e saltou em cima dela com a agilidade de um galgo. Mamãe só viu o felpudo míssil preto quando ele já estava no ar, e a essa altura o berro de pavor que ela soltou não serviu para rigorosamente nada. O cachorro se esborrachou na barriga dela com um baque. Ela ficou instantaneamente coberta de arranhões vermelhos. Mamãe deu outro berro, pegou o gigantesco mata-moscas que papai tinha fabricado com couro de antílope e partiu para cima do animalzinho, que decerto não estava entendendo nada. Apavorado, ele saiu ganindo garagem afora e sumiu.

11h30 Ainda rondando a vizinhança à procura do meu novo cachorro. Mamãe está irritada demais para ajudar: foi para o quarto com um saco de gelo e uma garrafa de vinho. O maior problema é que o filhote de labrador ainda não tem nome. Nem tivemos tempo de batizá-lo. Papai falou que tinha chamado ele de Pretinho uma ou duas vezes durante a viagem de carro. Então vagamos pelas ruas gritando "Pretinho!" para tudo quanto era árvore, arbusto, jardim e bueiro.

12h30 A Sereia chega e nos ajuda a procurar. Está mais linda do que nunca. Ficou com os olhos cheios d'água quando contei sobre o sumiço do Pretinho, e na mesma hora começou a assobiar e a chamá-lo numa voz fininha e doce. Não pude deixar de notar como os peitinhos dela tinham crescido nos últimos meses. Acho que ela me pegou olhando, então enfiei a cabeça num bueiro e assim fiquei até o vermelho-pimentão sumir do rosto.

16h10 Encontramos o Pretinho a alguns quilômetros da nossa casa, feliz da vida, vasculhando uns sacos de lixo. Papai pegou o fujão no colo e o carregou durante todo o caminho de volta. O Pretinho lambeu o rosto dele e latiu animado, como se tudo não passasse de uma grande brincadeira.

Com o Pretinho dormindo no cesto, eu e a Sereia nos enroscamos no meu edredom, e comecei a contar para ela as histórias que eu tinha vivido nos últimos meses (deixando de fora uma ou outra, claro). Ficamos conversando até altas horas da noite. Eu já tinha esquecido como essa garota é legal, como é fácil conversar com ela quando não está deprimida. Apesar de tanta felicidade, eu não conseguia deixar de me sentir terrivelmente culpado toda vez que falava da peça. Mas a certa altura resolvi deixar a culpa de lado para fazer a Sereia rir tanto quanto possível. Talvez seja apenas minha imaginação, mas a vida parece tão mais simples e feliz quando estou em casa... Nada muda, meu quarto está sempre do mesmo jeito de antes.

Domingo, 1º de outubro

11h Fui visitar a Wombat no asilo onde ela passou a morar desde que teve o derrame. Ela agora está com um aspecto pavoroso: o lado esquerdo do rosto caiu, deixando à mostra um pedaço da dentadura. Ainda usa o tapa-olho (diz que tem medo de cair se tirá-lo), mas agora parece a avó do Capitão Gancho. Além disso, está com um hálito terrível, resultado da dieta de sardinhas enlatadas e ovo cozido.

Wombat estava tão falante quanto antes, mas por causa do derrame eu não entendia uma palavra do que ela dizia. Mamãe tentava dar uma de tradutora, mas até ela parecia estar chutando a maior parte das vezes. (Sem dúvida alguma a Wombat estava acusando a enfermeira de algum roubo escandaloso.) Depois de meia hora tivemos de sair, pois a vovó começou a ficar nervosa por não ser compreendida. Tentou escrever alguma coisa, mas as mãos tremiam tanto que acabou errando o papel e escrevendo no lençol da cama. O médico assegurou a mamãe que tudo isso ia melhorar com o tempo.

O asilo tem seu próprio hospital, médicos, enfermeiros e laboratório. É o lugar ideal para a aposentadoria do Lagartixa. Vou levar um folheto para ele. Aposto que vai ficar impressionado.

Segunda-feira, 2 de outubro

Hoje fui treinar arremessos no campo de críquete do Crusaders pela primeira vez desde a viagem para a Cidade do Cabo em julho. Papai se ofereceu para rebater, mas se recusou a vestir as perneiras, dizendo que isso era coisa de boiola. Mas bastaram três bolas para que ele caísse no chão apertando a canela da perna esquerda. O Pretinho, esperto como é, aproveitou a oportunidade para abocanhar a bola e sair em disparada na direção de uns arbustos. Levamos o maior tempão para encontrá-lo, e quando enfim conseguimos, a bola tinha sumido e o focinho dele estava sujo de terra. Depois de um tempo achamos o local onde ele tinha enterrado seu tesouro. A bola agora estava toda lambuzada de baba, escorregadia demais para ser arremessada. Portanto, depois de apenas três arremessos meu treino foi interrompido. Papai jurou que jamais voltaria ao Crusaders outra vez, não só por causa da bolada que tinha levado na canela, mas também por causa do tendão que havia distendido da outra vez, no nosso treino de rúgbi. Falou que deve ter uma maldição qualquer nesse clube, que talvez ele tenha assassinado alguém ali numa vida anterior. Da próxima vez que eu for treinar, acho que vou deixar o papai e o cachorro em casa.

Terça-feira, 3 de outubro

Sonhei com a Amanda outra vez esta noite. Eu estava até achando que já estava curado, mas... lá estava ela de novo, tentando me empurrar um hambúrguer. Tenho tentado não pensar em nenhuma garota nesse momento; esse assunto só resulta em dor de cotovelo e confusão mental. Prefiro treinar meus arremessos, ler meus livros e brincar com o Pretinho (que, como o resto da família, também parece ter um parafuso a menos).

Mamãe e papai passaram a tarde examinando mapas e guias de turismo sobre Malta enquanto o Pretinho roía a sandália de alguém no corredor. Papai está convencido de que Malta é a grande pedida, já que muito em breve a África do Sul explodirá em chamas e todos os brancos serão triturados em pedacinhos e jogados ao mar. Tentei contar sobre o nosso grupo de Assuntos Africanos, mas antes que eu pudesse dizer qualquer coisa, ele berrou: "Lavagem cerebral! Coisa de comuna!" Também tentei falar sobre o Luthuli e sua capacidade de liderança (se no futuro tivermos um presidente feito o Luthuli, a África do Sul poderá se transformar num dos países mais importantes do mundo). Infelizmente, nem um nem outro quis ouvir o que eu tinha a dizer, convencidos de que os negros estão prontos para nos matar.

17h A Sereia e eu fizemos uma caminhada em volta do quarteirão com o Pretinho (que a toda hora tentava se enforcar com a coleira). Ela falou que Malta é um lugar terrível, cheio de mafiosos que ficam tagarelando num sotaque esquisito. Quando cheguei em casa e repeti o que a Sereia tinha dito, os velhos levaram o maior susto ao saber que na ilha não se falava inglês.

O projeto Malta foi cancelado. Papai agora está pensando em Madagascar.

O Lagartixa ligou convidando para uma festa amanhã à noite, com a Christine e as amigas dela. Gladstone, o chofer, vem me buscar às seis da tarde. Garotas. Lá vêm elas de novo.

Quarta-feira, 4 de outubro

Gladstone chegou exatamente na hora marcada e abriu a porta do carro para mim. Papai saiu correndo de casa para dar mais uma olhada na limusine Mercedes-Benz. Pior que isso, sacou uma velha câmera automática e desandou a tirar fotos do carro. Depois pediu que eu tirasse uma dele ao lado do Gladstone. Terminado o mico, me joguei no banco de trás. O Gladstone perguntou se eu queria beber alguma coisa: eu mesmo me servi de um copo de laranjada do minibar. O Pretinho perseguiu a limusine rua abaixo, latindo feito um maluco até que desistiu e foi trotando para o quintal de um vizinho desconhecido, vasculhar a lata de lixo. Fiquei me sentindo um astro do cinema enquanto a gente ia atravessando as ruas do subúrbio. Todo mundo virava o rosto para olhar a gente. Infelizmente as janelas eram revestidas de filme escuro, e ninguém via quem estava dentro: o bacana, o descolado, o famoso Cotoco Milton.

Tentei puxar conversa com o Gladstone, mas ele não me deu muita bola, então peguei um jornal para ler. Dali a uns 15 minutos, atravessamos um portão eletrônico, grande e chique à beça, e seguimos por um caminho asfaltado até a mansão, de paredes cobertas de trepadeiras. Pulei da limusine antes que o Gladstone tivesse tempo de abrir a porta e entrei numa cozinha, talvez maior que a nossa casa inteira. Vários criados africanos estavam limpando as coisas, e preparando salgadinhos e bebidas.

"Cotoquinho! Até que enfim! Achei que você não ia chegar nunca!" O Lagartixa, com uma camisa havaiana ridícula e um chapéu de palha, me levou para uma sala mais ridícula ainda, onde se via de tudo um pouco: desde sofás, poltronas e cadeiras de balanço até equipamentos eletrônicos de última geração. Antes que pudesse absorver aquilo tudo, eu me vi apertando a mão de diversos garotos e abraçando garotas, algumas da peça e outras que eu nunca tinha visto antes. De repente fui atropelado pela Christine, que vestia a minissaia mais curta que eu já vi na vida.

"Johnny, meu querido, bem-vindo à minha casa! Adivinha só: meus pais vão passar o fim de semana fora!" Ela me rodopiou pelos ombros, estalou os dedos, e um criado africano surgiu do nada. "Uma cerveja para o Johnny, Simpiwe!" Antes que eu pudesse dizer qualquer coisa, o tal do Simpiwe já tinha dado no pé. Dali a pouco eu estava esborrachado num sofá com uma cerveja gelada numa das mãos e um punhado de castanhas esquisitas na outra. Essa seria minha primeira garrafa de Castle Lager na vida.

Tudo aquilo parecia parte de um sonho, ou uma cena de cinema. O irmão mais velho da Christine, que deveria estar no comando das coisas, tinha sumido na companhia de uns amigos surfistas e deixado a irmã pilotando a festa. A Christine já parecia bem chapada. Deu um beijinho no rosto do Lagartixa e saiu da sala com umas amigas. Corando, o Lagartixa soltou um suspiro apaixonado e se refestelou no sofá.

"Minha namorada sabe ou não sabe dar uma festa, hein?", ele disse, e pude notar que pronunciava "minha namorada" com orgulho.

Lá pelas tantas, o grupinho de meninas voltou à sala e arrastou o Lagartixa para uma banheira de hidromassagem. Protestando e rindo ao mesmo tempo, ele saiu cercado de muitos biquínis, cangas e risinhos histéricos. Dei um gole macho à beça na cerveja, engoli como foi possível e afundei no sofá. De repente senti um par de mãos massageando meu pescoço. Era a Christine.

"E aí, Johnny, tudo bem? Vem cá que eu vou te mostrar meu quarto."

Antes que eu pudesse dizer o que quer que fosse, ela estava me puxando ao longo de um interminável corredor acarpetado. (Se bobear, dá até para realizar um campeonato de críquete nesse corredor.) Subimos uma escada e entramos num quarto enorme, com uma impressionante vista para o mar.

"Então, o que achou?"

"Uau", falei feito um pateta.

"Você precisa experimentar essa cama, é a mais macia que você já viu na vida...", ela ronronou enquanto fechava a porta. Mordi a isca, me joguei na tal cama, e num piscar de olhos a Christine já estava em cima de mim, rodopiando a língua na minha boca.

Juro que tentei resistir ou dizer alguma coisa. Lembro que ela ofegava como aqueles assassinos dos filmes de terror; depois de tirar minha camisa, começou a lamber meus peitos, a morder os mamilos. As mãos me prendiam na cama. De repente vi que era eu quem estava beijando ela.

Assim que me lembrei do meu amigo Lagartixa, recuperei as forças e consegui afastá-la de mim.

"E o Lagartixa?", perguntei, já quase sem fôlego. "Ele é meu amigo... é seu namorado!"

"Eu te amo", ela disse, sem responder minha pergunta. "Só quero você. Não importa se você não me quer. Deixa eu te fazer feliz, vai. Não vai ser a minha primeira vez."

Ela começou a abrir o zíper da minha calça. Fiquei apavorado. Peguei minha camisa, pulei da cama e voltei em disparada para o corredor. Eu até podia dizer que fiz isso pelo Lagartixa, mas na verdade só o que me passou pela cabeça naquele momento foi o que ela ia dizer quando visse que eu tinha um cotoco!

Encontrei o Lagartixa na banheira de hidromassagem, bebendo champanhe com suco de laranja, cercado de umas garotas e um poodle maltês, que também se deliciava com as borbulhas quentinhas. Apertei a mão dele e falei que tinha de ir embora porque não estava me sentindo muito bem. Todo mundo resmungou e me chamou de bundão.

O Gladstone me levou de volta para casa. Antes que eu saísse do carro, ele disse: "O senhor é um bom garoto, sr. Cotoco. Tome conta do patrãozinho."

"Prometo que tomo", falei, me roendo de culpa. E por fim entrei em casa, cambaleando e sentindo na boca o gosto amargo da cerveja.

Quinta-feira, 5 de outubro

Ainda morrendo de culpa por causa de ontem. Fiquei pensando se devia contar ao Lagartixa que a namorada dele é uma piranha. Olhei a palavra "piranha" no dicionário, e encontrei como sinônimos, devassa, lasciva e ninfomaníaca. É isso que a Christine é, uma ninfomaníaca. E então, conto ou não conto? Será que ele quer saber? Será que vai acreditar em mim?

Passei a tarde com a Sereia perambulando pelo shopping. Tive mais uma crise de culpa quando ela entrou numa joalheria e pediu para experimentar uma aliança de casamento. Só de brincadeira (eu espero).

18h Mamãe pediu que eu levasse umas garrafas de plástico vazias até o barracão da Innocence. Bati na porta. Uma música africana tocava alta do outro lado. Ninguém respondeu. Empurrei um pouquinho a porta e vi a Innocence e outra mulher sentadas em torno de um caldeirão no meio do cômodo. Ela remexia o líquido com uma colher. Sorriu para mim e perguntou se eu queria experimentar um pouquinho. Era horrível. Fiquei ali um tempo, ouvindo as duas tagarelando em zulu. Sei que estavam falando de mim, porque a certa altura me olharam e caíram na gargalhada. Não me importei. O cômodo era apertado e estava quente, mas o cheiro era reconfortante. Eu sempre visitava a Innocence quando criança, mas depois mamãe falou que isso não era uma boa ideia, então parei. Antes de sair, dei uma espiada no banheiro dela: um buraco cavado no chão. Papai falou que ela prefere o buraco a um banheiro de verdade. Innocence deve ser tão destrambelhada quanto ele.

Sexta-feira, 6 de outubro

Agora é oficial: Charles Dickens é um chato, e vou dizer isso ao Guv assim que tiver oportunidade, antes que ele me empurre mais um desses soníferos da literatura clássica.

Recebi um telefonema da Amanda. Fiquei o tempo todo em silêncio, chocado. Quando enfim achei alguma coisa interessante para dizer, ela se despediu e desligou, provavelmente farta daquela minha patetice monossilábica. Nem chegou a dizer por que tinha me ligado. Mais uma vez minha cabeça ficou rodando: as garotas ocupam cada segundo do meu pensamento, mas nunca me deixam feliz. Que será que vai acontecer quando minhas bolas enfim derem as caras? Essas meninas ainda vão gostar de mim? É errado gostar de duas garotas ao mesmo tempo? Eu estou apaixonado? Por qual delas? Preciso conversar com o Lagartixa, mas falta coragem. Talvez o melhor seja voltar para o Dickens afinal.

Sábado, 7 de outubro

Fomos acordados no meio da madrugada por latidos e uivos no nosso quintal. Pretinho tinha encurralado um invasor e estava determinado a mantê-lo assim até que alguém chegasse. Papai empunhava um bastão e uma tocha, que a toda hora ameaçava apagar. Mamãe e eu ficamos olhando da janela da sala de jantar enquanto ele caminhava na direção da piscina pronto para partir o crânio de alguém.

De repente ouvimos gritos e ganidos, e vimos papai perseguindo o Pretinho em torno da piscina. Ele xingava o cachorro de tudo que é nome, mas o filhotinho de labrador, achando que aquilo não passava de uma deliciosa brincadeira, latia e galopava feliz da vida ao redor da piscina. O problema tinha sido o Kreepy Krauly (o aspirador de piscina), que papai tinha programado para ligar às duas da manhã. Na cabeça do Pretinho, o aspirador era um abominável invasor eletrônico que só estava esperando uma oportunidade para sair da piscina e aniquilar os habitantes da casa.

Mais tarde o cachorro se envolveu em mais um confronto com o aspirador. Papai abriu a janela do quarto, mandou mais uma boa dezena de palavrões e voltou ao quintal. Deve ter arremessado alguma coisa no cachorro, porque ouvi um barulho e um ganido. Papai desligou o aspirador e voltou para a cama resmungando e ameaçando afogar o pobre Pretinho.

Tudo indica que o Pretinho ficou obcecado pelo aspirador. Sabendo que latir pode ser fatal, ele agora fica perseguindo a máquina pela borda da piscina enquanto esta vai sugando as folhas secas. Reclama, baba, mal consegue se conter. Papai acha que ele precisa ser castrado.

Domingo, 8 de outubro

Fui visitar a Wombat no asilo. O lugar é sinistro: para todo lado a gente vê um velho enrugado conversando com os familiares ou com outro velho enrugado. Encontramos a Wombat no quarto, assistindo ao noticiário zulu na companhia de uma enfermeira africana chamada Doreen. Mamãe levou um susto e tapou a boca para não chorar. Papai levou um susto e tapou a boca para não rir. Até que era engraçado, não vou negar. A Wombat ali, de tapa-olho, assistindo ao noticiário numa língua da qual ela não entendia uma única palavra. Terminado o noticiário, ela ficou de pé e se apresentou. Depois apresentou a Doreen como mãe dela, pediu licença e começou a ver a previsão do tempo.

Mamãe levou um tempo tentando convencer a Wombat de que éramos parentes. Nervosa, a Wombat logo deu um jeito de se agarrar à bolsa, desconfiada de que na verdade éramos um bando de pilantras. Só ficou mais calma quando um velhinho entrou no quarto e se apresentou como lorde Batty. Ele contou uma piada ridícula e a Wombat se desmanchou numa gargalhada. Então o velho fez uma mesura, ajustou a gravata-borboleta, abriu a porta e entrou no armário. Só depois de algum tempo, resmungando e tentando se desvencilhar das capas de chuva da Wombat, foi que ele surgiu novamente no quarto. Papai e eu rolamos de rir. De repente a Wombat ficou confusa e agitada; mamãe se deu por vencida, e a gente foi embora.

Segunda-feira, 9 de outubro

Eu e a Sereia passamos a manhã nos Jardins Japoneses, caminhando de mãos dadas, conversando e nos beijando. Ela estava usando um sutiã de biquíni, e eu não pude deixar de reparar nos peitos dela, que estavam enormes. Rocei a mão neles sem querer quando fui abraçá-la pelos ombros, e imediatamente senti um calafrio na espinha. Também senti um troço estranho no bilau, como se estivesse prestes a molhar as calças. Felizmente nada disso aconteceu, e logo voltei ao normal. Talvez isso seja sinal de que meu corpo está mudando. Até ontem à noite meu pinto ainda não tinha cabelo nenhum, mas percebi que a voz estava mais grossa quando cantei umas coisas no chuveiro.

Amanhã é dia de voltar para a escola. Agora não tem mais peça para me deixar mais animado, nem garotas. Pelo menos vai ter críquete de novo; minha ideia é deixar todo mundo boquiaberto com meus arremessos espetaculares e fazer minha parte para que nosso time continue invicto. Volta e meia me pego imaginando o que os outros integrantes dos Oito Loucos têm aprontado. Tudo será revelado amanhã.

Cheguei em casa e encontrei a mamãe na maior saia justa. Lorde Batty (o velho que entrou no armário da última vez que gente visitou a Wombat) pediu a mão da Wombat em casamento. Ao que tudo indica a Wombat aceitou o pedido e agora quer que um padre vá até o asilo para formalizar a coisa. Mamãe ficou apavorada com a notícia. Ter um padrasto gagá e uma mãe maluca poderia ser um desastre. Ela ligou para a Wombat com a intenção de demovê-la da ideia de se casar de novo, mas a Wombat achou que ela estava querendo vender alguma coisa e desligou.

Terça-feira, 10 de outubro

7h30 O pessoal do asilo ligou para avisar que eles tinham providenciado um padre e que o casamento da Wombat será realizado amanhã de manhã, no jardim das rosas. A família Milton e suas esquisitices.

17h30 A viagem de volta à escola foi a mais demorada de todas. A certa altura tive a impressão de que estávamos andando para trás. Ao meu lado um calouro de outra casa estava chorando, e disfarçava fingindo procurar algo na mochila. Fiz que não vi nada e mantive os olhos grudados na mesma página do meu Dickens, até que ficou escuro demais para ler.

Quem fez o que nas férias

Rambo	Foi com a Eva para um hotelzinho vagabundo de Johannesburgo e ficou um fim de semana inteiro fazendo sexo com ela. A Eva falou para o Costelinha que tinha ido para um congresso de teatro.
Barril	Não fez nada além de comer, assistir a vídeos e jogar Dungeons & Dragons com alguns ex-colegas do primário. Desde o fracasso do caso Macarthur, ele tem ficado cada vez mais preguiçoso e descrente da vida. Como se tivesse perdido o prazer de viver no dia daquela malograda sessão espírita.
Vern	Está de volta, e parece razoavelmente normal. Ganhou um gato de presente da mãe durante as férias. Chamou-o ele de Roger.
Esponja	Não se lembra de nada que fez durante as férias. Falou que nunca teve férias tão chatas na vida e que a certa altura pensou em se suicidar. Também falou que não pensa mais em mulher.
Simon	Tem treinado rebatidas quatro horas por dia. Uma lourraça linda, chamada Verônica, está fazendo fisioterapia no tornozelo dele.
Lagartixa	Falou que quase trepou com a Christine no quarto dela. (Não sei direito o que significa "quase trepar".) Ele se recusou a explicar até que o Rambo ameaçou dar um peido na cara dele. Só então confessou que tinha visto a garota pelada, mas que não havia feito nada.
Cachorro Doido	Foi preso com o irmão e alguns amigos, acusado de vandalismo e danos à propriedade alheia. Saindo de uma festa tarde da noite, na costa sul da província de Natal, eles roubaram um monte de placas de rua e espetaram no telhado do chalé em que estavam hospedados. Na manhã seguinte, alguém bateu na porta: policiais, que

	tinham aparecido para prendê-los. Cada um dos infratores levou quatro bordoadas no traseiro. O Cachorro Doido baixou as calças para mostrar o dele, que estava horrível (não que o traseiro dele fosse normalmente bonito). Tinha hematomas para todo lado, com vergões nos lugares onde a vara tinha batido.
Cotoco	Ganhou um cachorro e namorou um pouquinho. Sua avó gagá e sua quase escorregada com a namorada do melhor amigo não foram mencionadas.

Quarta-feira, 11 de outubro

7h30 Mamãe ligou para avisar que o casamento da Wombat foi cancelado. Acontece que lorde Batty tinha se esquecido de que era casado e só hoje de manhã se lembrou de que tem uma esposa com quem vive há mais de cinquenta anos. O asilo pediu desculpas pela confusão. Mas a história não acaba aí: eles descobriram que o velhinho não era lorde porcaria nenhuma. (Era um jornalista que usava o nome de lorde Batty como pseudônimo.) Também estão desconfiados de que a tal esposa na verdade é sua irmã. Quanta patifaria!

Mamãe falou que a Wombat não estava se importando muito com essa história, inclusive já vinha pensando em desmanchar o casamento porque o noivo não tinha queixo e os olhos eram juntos demais, como de macaco, e porque provavelmente ele estava de olho no dinheiro dela.

14h30 Nosso primeiro treino de críquete foi um desastre total. O Cachorro Doido acertou uma bolada na cabeça do Leslie, que caiu duro no chão. Todo mundo estava enferrujado, exceto o Simon, que parecia um profissional se comparado aos demais. Meus arremessos foram terríveis, e toda hora aparecia alguém para me expulsar das gaiolas de treinamento. O Guv chamou a gente de "um bando de %#$#@" e disse que estava com vergonha de ser nosso técnico. Falou que, se a gente não melhorasse no treino de amanhã, ele ia voltar a beber.

O Minhoca pirou de vez. Pediu para sair da equipe principal, correndo o risco de perder a vaga na equipe estudantil da província de Natal, para poder se concentrar nos estudos. Meteu na cabeça que quer ser estatístico. (Não sei o que isso quer dizer, mas ele garantiu que não tem nada a ver com cadáveres.) Desde os resultados "medíocres" nas últimas provas (cinco As e dois Bs), ele se trancou no quarto e não faz outra coisa além de estudar. Está sobrevivendo à base de Gatorade e atum enlatado (acha que faz bem para o cérebro), e só vai dormir de madrugada. Está mais magro do que nunca e, pelo cheiro que exala, faz tempo que não toma um banho.

Quinta-feira, 12 de outubro

Por descuido, a Eva chamou o Rambo de "Baby" durante uma aula sobre teatro na Grécia Antiga e as peças de Sófocles. O Esponja deu um risinho e uma cotovelada nas costelas do Rambo, que ficou vermelho feito um pimentão, deu um risinho também e fincou a caneta-tinteiro na coxa do Esponja. Fico pensando: quanto será que ainda falta para essa história virar um escândalo monumental? Todo mundo já está sabendo. Esse Costelinha deve ser o cara mais cego da escola, ou então é igual ao Lagartixa, finge que não vê.

Sexta-feira, 13 de outubro

Chegou uma carta para mim. Na mesma hora vi de quem era.

Querido John (aposto que você recebe um monte de cartas que começam assim...),

Não sei direito por que estou escrevendo para você, nem o que vou dizer. Só queria que soubesse que está sempre nos meus pensamentos, não consigo tirar você da cabeça. No meu jeito racional de ser, achei que seria fácil lhe dar as costas e seguir meu caminho, mas não é. Ainda fico pensando naquela última semana da peça, no tempo que passamos juntos. Talvez eu não passe de uma romântica incurável. Seja como for, estou com saudades e queria que você soubesse disso.

Escreva-me, se também estiver com vontade de se abrir.

Beijos,
Amanda

Justo quando achei que as coisas estavam sob controle e que o problema com as garotas estava resolvido.

Comecei a andar de um lado para o outro fazendo todo tipo de perguntas, a maioria delas sem pé nem cabeça.

Eu estou apaixonado pela Amanda?
Mas, e a Sereia?
Será que eu devia contar para a Amanda sobre a Sereia?
Será que eu devia contar para a Sereia sobre a Amanda?
Será que eu devia escolher o caminho mais fácil?
Mas qual *é* o caminho mais fácil?
Será que eu devia me enforcar na capela?
Será que eu devia fingir que não recebi carta nenhuma?
Será que eu devia ficar com duas namoradas?

Sábado 14 de outubro

Mamãe causou o maior rebuliço poucos minutos antes do início do nosso jogo contra a Blacksmith College. Ela agora é uma fanática por críquete e acha que sabe tudo sobre o jogo. Os capitães já estavam quase jogando a moeda para ver quem rebatia primeiro quando ela entrou no campo. Todo mundo parou o aquecimento para ver aquela rechonchuda senhora de vestido alaranjado se agachar ao lado da casinha para verificar se não estava mal posicionada. Eu só ouvia os risinhos à minha volta. De repente o Leslie berrou:

"Ei, Cotoco, fala para a sua mãe que a grama já foi regada hoje!"

E os risinhos, como previsto, se transformaram em gargalhadas. O Guv se dobrava de tanto rir. Não me restava nada a fazer senão rir também e rezar que mamãe terminasse logo sua inspeção e desse o fora dali. Fiquei morrendo de vergonha e, como sempre, me sentindo culpado também.

Tudo indicava que nosso lamentável desempenho no treino de quarta-feira iria se repetir no jogo. O Simon ganhou no cara ou coroa (assim que mamãe saiu de campo) e chamou os primeiros rebatedores, achando que ia liquidá-los muito antes do primeiro intervalo. Infelizmente os caras ainda estavam rebatendo até bem depois do almoço, depois de já terem marcado duzentos pontos por corrida para três casinhas perdidas. Eu arremessei durante quatro *overs* e deixei os caras marcarem 33 pontos por corrida.

Nossa sorte não foi melhor quando fomos rebater, e nossa primeira derrota já podia ser dada como certa quando o Simon, nossa maior esperança, foi eliminado no vapt-vupt. Por sorte, a tempestade que vinha se formando nas montanhas finalmente desabou no vale, obrigando todo mundo a sair correndo em busca de abrigo. Embora tivesse acabado com o estoque de vinho dos velhos, o Guv não estava disposto a fazer nenhum discurso shakespeariano e preferiu, em vez disso, acabar com a nossa raça no vestiário. Com os trovões que ribombavam do lado de fora, a impressão era a de que São Pedro também estava brigando com a gente. Nunca vi o Guv tão furioso, eu mal conseguia olhar para ele. Falou que a gente era "um bando de maricas supernutridos e indolentes, sem nenhuma noção do que era honra, tradição e orgulho". E ainda disse umas coisinhas bem mais difíceis de engolir.

Será que eu ainda vou fazer parte desse time no jogo do próximo sábado?

Domingo, 15 de outubro

Porteiras abertas. Eu e o Lagartixa aproveitamos o tempo quente para subir à Visão do Inferno com nossos livros e cadernos. (Os professores não param de avisar que as provas serão daqui a menos de um mês.) Como sempre, não estudamos nem lemos porcaria nenhuma: passamos quatro horas falando de garotas.

O Lagartixa ainda está perdidamente apaixonado pela Christine e, por sorte, parece ignorar os boatos de que ela tem ficado com todos os garotos da província (e, a se acreditar nos boatos, com uma ou outra garota também).

Juntos, escrevemos uma carta para a Amanda, na qual declaro meu amor por ela, mas deixo em suspenso toda essa história de namoro. O Lagartixa falou que isso era importante no sentido de evitar qualquer reação dramática no futuro. Depois, movido pela culpa, resolvi escrever uma carta para a Sereia, contando sobre o nosso fiasco de ontem no jogo de críquete. Falei que a amava também.

Na hora do jantar, corria pelas mesas o boato maldoso de que o Julian e um cara chamado Warren Normington tinham sido pegos "brincando" no bosque atrás da represa durante o horário de porteiras abertas. Cada um diz uma coisa diferente, mas com certeza a verdade logo será revelada.

O Lagartixa falou que eles foram vistos de longe, e que por isso pareciam estar fazendo alguma bobagem, mas o Julian insiste em dizer que o tal Normington estava tentando fazer um furo no cinto dele. Tudo isso parece muito estranho.

Segunda-feira, 16 de outubro

6h15 Não sei como consegui chegar ao banheiro, porque meus olhos ainda estavam pregados por causa do sono. (Na verdade, acho até que ainda estava sonhando quando entrei debaixo do chuveiro. Ou isso, ou de alguma forma eu tinha sido teletransportado para Nova York!) Mas rapidamente despertei ao me dar conta de que o Pike estava mijando na minha perna. Meu primeiro impulso foi partir para a briga: minhas veias latejavam no pescoço, de tanta raiva. Felizmente consegui segurar a onda, caso contrário eu sem dúvida seria reduzido a pó. Não satisfeito, o Pike virou sua mangueira na direção do Lagartixa e mijou nas costas dele, o que rendeu boas gargalhadas por parte dos garotos mais velhos que também estavam no banho. O Esponja soltou um palavrão para o Pike, que na mesma hora mandou ele engolir o sabonete para nunca mais falar nome feio no chuveiro. O pobre do Esponja teve uma crise de tosse e quase morreu engasgado. (Por sorte não viu o que o Pike tinha feito com o sabonete antes.)

13h30 O dia ficou bem melhor depois de um hilariante almoço na companhia do Guv, que já tinha se recuperado plenamente da crise de rabugice de sábado. Falei que Charles Dickens era um "chato que não sabia escrever". Achei que os olhos do Guv iam pular para fora da cabeça, de tão arregalados. Como é que eu ia saber que estava insultando um autor que ele considerava um dos dez melhores de todos os tempos?

O Guv retrucou na mesma moeda e me chamou de "cretino malnutrido e reclamão".

Mas não deixei barato: falei que Dickens não passava de um imperialista gagá! (O Linton Austin usa a palavra "imperialista" sempre que quer xingar alguém.)

Isso foi a gota d'água para o Guv, que arremessou uma colherada de brócolis na minha cara e saiu pisando duro para o escritório. Dali a pouco voltou com uma pilha de livros e mais uma garrafa de Merlot. Em seguida, leu não sei quantas passagens de diversos livros de Dickens.

Continuei na minha, nem um pouco impressionado, o que só serviu para aumentar a raiva do Guv. Lá pelo fim do almoço, meu professor de inglês já estava convencido de que minha idade emocional ainda não tinha passado dos 10 anos e portanto eu não estava nem um pouco preparado para ler Dickens. Para ilustrar seu ponto de vista, buscou um livro infantil da Enid Blyton, da série *Os cinco*, e mandou que eu lesse no prazo de uma semana. Percebendo que o destrambelhado falava sério, fiz cara de sério também, agradeci pelo almoço e voltei para o dormitório saboreando o sol da primavera e escondendo o livro debaixo da camisa, temendo que alguém visse.

Terça-feira, 17 de outubro

15h10 Eu e o Esponja estávamos sentados no alto dos escaninhos, engraxando nossos sapatos e reclamando sem parar dos abusos que vínhamos sofrendo por parte do abominável Pike. Eu estava a pleno vapor, dizendo: "Esse Pike é um crianção desmiolado que devia ser estudado pela ciência e...", quando percebi que o Esponja estava mudo e imóvel. Levantando o rosto, vi também que ele estava completamente sem cor e olhava para alguma coisa como se eu não estivesse ali. Virei para trás e dei de cara com o Pike, que estampava no rosto um sorriso malicioso. Ele equilibrava nos dedos um objeto vermelho e reluzente: um canivete suíço.

"Quer dizer então que eu sou um crianção desmiolado, é isso?", ele disse, ainda manuseando o canivete.

Congelei. Tinha acabado de entrar numa roubada, numa grande roubada. Se o Rambo ou o Cachorro Doido estivessem por perto, tudo bem, mas eu e o Esponja sozinhos... Dava para ver nos olhos apertados do cara que ele queria que eu implorasse perdão. Meu corpo inteiro me dizia para fazer isso, mas não consegui. Aquele porco era nojento demais para que eu me rebaixasse a tanto.

"Você *é* um crianção desmiolado, Pike", eu disse, numa voz aguda e desesperada. Queria ter falado com mais convicção, mas o melhor que consegui foi demonstrar zero de confiança, o máximo de terror e a voz de uma garota.

Depois de escarrar uma verdinha na cama do Cachorro Doido, o cara veio andando lentamente na minha direção, encarando sua presa com olhos de águia. Barrava todas as saídas, eliminando qualquer possibilidade de fuga. Ouvi um *clic* quando ele apertou alguma coisa e a lâmina do canivete apareceu. Saltei do escaninho e fiquei cara a cara com ele (ele olhando para baixo, e eu para cima, claro).

A essa altura o Esponja não parava de se lamuriar, tentando convencer o psicopata a não fazer aquilo de que ele mais gostava: aterrorizar os outros. Minhas pernas estavam tremendo, mas segurei a onda.

"Sabe, Milton, insultar um aluno mais velho é falta grave, muito grave", ele falou. E eu fiquei lá, olhos arregalados, um tambor rufando no peito.

"Esponja, cai fora", acrescentou o Pike numa calma de meter medo, como se tivesse planejado a coisa toda até a última palavra. O Esponja se escafedeu na mesma hora, aliviado por se ver livre das garras do maníaco. Fiquei rezando para que ele encontrasse o Rambo ou o Cachorro Doido.

Num único e rápido movimento, o Pike rasgou minha camiseta e me jogou de costas na cama. Depois pulou em cima de mim e deteve a lâmina do canivete a poucos milímetros da minha garganta. Ofegava, soprando o hálito podre na minha direção. Por fim, foi escorregando a lâmina pela lateral do meu corpo, produzindo na pele, feito mágica, uma linha comprida e vermelha. Ele tremeu quando viu o sangue. Agora ofegava mais ainda, feito a Christine naquele dia da festa. Minhas mãos estavam presas contra a cama; ainda que estivessem livres, suponho que não teriam condições de fazer nada. Apavorado, vi o cara lamber o longo fiapo de sangue, que sumiu na mesma hora e, também feito mágica, reapareceu logo em seguida. Agora ele me encarava, a boca toda suja de sangue. Foi se aproximando, se aproximando... Que será que esse monstro estava pensando em fazer? Ele soltou um dos meus braços e começou a deslizar a mão sobre meu corpo, a lamber meu tórax, respirando mais forte ainda. Foi baixando a mão até a região da minha virilha. Dei um berro e tentei me desvencilhar com todas as forças que me sobravam. Ouvi vozes nas escadas. Só então ele recuou e cuspiu meu sangue no chão.

"Se contar para alguém, Milton, você está morto", sussurrou.

E depois sumiu.

O Esponja surgiu à porta com o Lagartixa e o Vern, nem de longe o batalhão de socorro que eu estava esperando. Rapidamente vesti uma camiseta e me embrulhei nas cobertas para esconder o sangue que escorria de mim. Ali mesmo decidi que para o resto da vida guardaria em segredo o ataque do Pike.

Quarta-feira, 18 de outubro

Tudo indica que o Pike resolveu me substituir pelo Vern. Depois do café da manhã de hoje, jogou o Rain Man dentro do mictório do banheiro. Por sorte meu corte não foi profundo, só um arranhão. Acho que tanto o Pike quanto eu vamos fingir que nada aconteceu.

O Minhoca falou que não conseguia mais dormir e que talvez me acordasse no meio da noite para conversar; quem sabe assim ele conseguia pegar no sono? As mãos do cara agora não param de tremer, e ele fala tudo muito rápido; aqui e ali consigo pescar uma palavra, mas quase sempre tenho de pedir que ele repita tudo. Estou com a impressão de que todo mundo nesta escola está começando a bater pino. Primeiro o Vern, depois o Pike, e agora o Minhoca. Talvez seja uma questão de tempo até que eu também comece a tirar as calças pela cabeça e saia galopando pelo pátio, distribuindo coices feito um jumento brabo.

Gavin, o monitor que mora debaixo da escada, decerto estava fazendo alguma porcaria no quarto, porque durante a tarde inteira um cheirinho doce ficou vazando da porta dele, empesteando a escada. Fiquei com a impressão de que já tinha sentido esse cheirinho antes, mas não consegui me lembrar onde. Ninguém teve coragem de bater na porta e ver o que ele estava aprontando; afinal, o cara morava com uma cobra venenosa. O Rambo falou que não ficaria nem um pouco surpreso se o monitor dele estivesse cozinhando um rato.

Cheguei à conclusão de que sou uma ilha de sanidade cercada por um mar de gente maluca. Por outro lado, é exatamente isso o que diria um maluco de hospício. A todo instante me pego olhando no espelho à procura de sinais de loucura: um olho que treme, um fiapo de espuma que escapa da boca.

Quinta-feira, 19 de outubro

Como prometido, o Minhoca me acordou no meio da noite, mandou que eu refizesse a cama e ficasse conversando com ele até que ele pegasse no sono. Sem saber direito que assunto puxar, fiquei falando sem parar sobre nosso time de críquete e o Guv. Cheguei a ponto de inventar um monte de partidas que nunca existiram. Volta e meia o Minhoca me interrompia para fazer algum tipo de pergunta técnica, tipo: "Quais foram as suas estatísticas de arremesso?", ou "Quem estava na arbitragem?" Eu não podia dar mole. Dali a pouco ele ficou quieto e, no meio de uma partida especialmente interessante, produzida pela minha imaginação, caiu no sono.

Voltei para o dormitório e constatei que agora quem não conseguia dormir era eu. Passei a noite inteira relembrando partidas de críquete que nunca tinham acontecido de verdade. É claramente mau sinal quando sua imaginação é bem mais interessantes que sua vida real.

Sexta-feira, 20 de outubro

Parece que vai começar tudo de novo, pessoal. O tempo está bem mais quente, o verão já está a caminho, e o Rambo, planejando mais um mergulho noturno. Como das outras vezes, fizemos nossos protestos na mesa do café da manhã, mas o Rambo acabou dobrando a gente. O Esponja argumentou que os dois mergulhos anteriores tinham sido verdadeiros desastres: no primeiro, o Barril tinha mostrado o traseiro para a escola inteira; no segundo, todos tínhamos mostrado o traseiro para o Costelinha. Resposta do Rambo: na terceira vez tudo dá certo.

23h Até parecia fácil demais para ser verdade. Janela afora, capela adentro, corredor adiante, cripta abaixo, roseiral, portão, jardim do Marimba, embaixo do limoeiro...

O Barril já se encontrava lá à nossa espera, só de sunga e camiseta, tremendo da cabeça aos pés. A noite estava fria, mas ninguém ousava dizer nada, receando ser chamado de covarde. Fomos seguindo o Rambo — os Oito Loucos, em mais uma de suas missões malucas.

Dessa vez não teve nenhum tambor rufando no peito, nenhum frio na barriga, nada. Para falar a verdade, eu não estava nem aí. A água estava gelada. Nem mesmo o Rambo conseguiu dar mais que uma entrada rápida. E dali a pouco a gente já estava voltando em disparada para o dormitório, não porque tivesse algum cachorro no nosso pé, mas porque estava todo mundo morrendo de frio.

O resto foi moleza.

Sábado, 21 de outubro

10h Nosso time de críquete voltou à antiga forma, e com a maior sede de vitória. Derrotamos o time da Fenston High por uma diferença de dez casinhas. Não precisei arremessar, porque o Steven George e o Cachorro Doido liquidaram com os caras em 14 *overs*. O jogo terminou antes do almoço.

A Sereia veio com os velhos para uma visita, e enquanto papai e mamãe enchiam a cara com diversos professores, eu a levei para conhecer a escola. A toda hora aparecia alguém para gozar com a minha cara ou fazer algum comentário imbecil, mas eu estava pouco ligando. A Sereia é linda, e é minha namorada. Ela queria conhecer o dormitório, mas eu disse que não: com certeza a gente ia dar de cara com o Esponja numa posição obscena qualquer, acompanhado de uma de suas revistinhas de sacanagem.

A Sereia adorou a capela, especialmente quando mostrei a viga em que o Macarthur tinha se enforcado. Subimos até o campanário, de onde dava para ver a escola inteira, bem como o vale ensolarado e os pastos pontilhados de vaquinhas. Ficamos nos beijando até que um idiota qualquer começou a assobiar para a gente lá de baixo. Descendo as escadas de volta à capela, tive vontade de contar a Sereia sobre o ataque do Pike. Aposto que será bem mais fácil apagar essa triste lembrança se eu puder dividi-la com alguém. O problema é que vai ser difícil descrever tudo que aconteceu sem que fique parecendo um daqueles filmes de psicopata.

A Sereia chorou ao se despedir e o papai também, mas só porque ele tinha bebido demais. A perua arrancou cuspindo fumaça, e eu fiquei ali, esperando que ela sumisse de vista. Depois voltei para o dormitório, tentando decidir se era ou não era feliz.

Domingo, 22 de outubro

De um dia para o outro virei o Cara. O consenso geral é de que a Sereia é a gata mais sensacional que já pisou o solo sagrado desta escola. O Esponja ficou fulo da vida, tentando entender como alguém que tinha o apelido de Cotoco podia descolar uma deusa daquelas; ofereceu 100 rands por uma foto da Sereia pelada e 200 rands por uma dela em roupas de couro, tipo motoqueira. Até mesmo o Luthuli veio me cumprimentar. Tentei dar uma de modesto, mas como coisas boas raramente acontecem por aqui, achei melhor aproveitar.

20h Levei minha recém-conquistada arrogância para a reunião de Assuntos Africanos e soltei o verbo contra alguns ditadores negros sabidamente corruptos. Mas todo mundo concordou que eu não tinha a menor noção do que estava falando, e logo mandaram que eu me sentasse de novo e calasse a boca. Nada como um belo coice do Linton Austin para trazer a gente de volta para a realidade.

Gavin, o monitor que mora debaixo da escada, foi levado às pressas para o hospital depois de ser picado no traseiro pela cobra Celeste. O Rambo acha que o cara estava tirando um cochilo com a cobra na cama e, sem querer, rolou para cima dela durante o sono. O Gavin falou para a irmã Collins que tinha acidentalmente sentado numa cobra qualquer durante um passeio nas imediações da escola.

Segunda-feira, 23 de outubro

13h30 O Guv e a mulher com toda a certeza tiveram uma briga terrível. Vi quando ela tirou o carro da garagem a mil por hora e saiu cantando pneu pela rua. Ao entrar na casa, encontrei o Guv recolhendo os últimos cacos dos pratos que alguém tinha quebrado. Uma garrafa de vinho vazia estava abandonada no chão da cozinha, e outra, recém-aberta, esperava para ser bebida sobre a mesa.

Eu me ofereci para ajudar e ir embora logo em seguida, mas o Guv insistiu que eu ficasse. Sentamos à mesa e começamos uma bizarra conversa sobre Enid Blyton. Eu já havia terminado o livro, lido às escondidas. (Não pegaria nada bem se um bolsista fosse surpreendido lendo um livro infantil, nem mesmo um livro prestes a integrar a lista dos dez melhores de John Milton!) Bebendo sem parar, o Guv foi fazendo elogios à autora até confessar que sentia um estranho tesão por ela.

De repente ficou sorumbático e começou a prever o fim de seu casamento (o terceiro). Arregalou os olhos vermelhos para mim e disse: "Milton, se eu puder lhe dar um único conselho sobre o trato com o sexo oposto é: honestidade, honestidade, honestidade, honestidade! Evite isto a todo custo! Minta desbragadamente sempre que puder, e no final você há de se safar! Se for pego na mentira, finja que perdeu o juízo e comece a beber!"

Puxa, era esse o conselho que eu estava precisando ouvir esse tempo todo! Dei os últimos goles no vinho, voltei para o sofá e me refestelei, aliviado. Como a vida é boa quando a gente não carrega nos ombros uma tonelada de culpa!

Assistimos à primeira hora (do interminável) *Lawrence das Arábias*, até que o Guv desmaiou na cadeira de balanço. Desliguei a TV, joguei um cobertor em cima dele e saí sem fazer barulho pela porta dos fundos.

Terça-feira, 24 de outubro

1h15 Tudo indica que o Minhoca não consegue mais dormir sem a minha ajuda. Eu o convenci de que não há nada melhor para dar sono na gente do que tomar um banho quente à meia-noite. Enquanto ele está no chuveiro, jogo as roupas fedorentas dele no saco de roupa suja, faço a cama, preparo umas torradas e, quando enfim ele volta, fico de papo com o cara até ele dormir. Esse pequeno ritual tem sido ótimo para o Minhoca, mas está acabando com a minha rotina de sono.

14h30 Todo mundo botou para quebrar durante o treino de críquete de hoje. O grande dia está chegando: no próximo sábado a gente enfrenta os garotos do Kings College, nossos arquirrivais. E não há a menor chance de interrompermos nossa vitoriosa campanha sem pelo menos botar os caras para suar muito a camisa.

Empoleirado feito uma águia no banquinho de armar, espreitando a gente sob as largas abas do chapéu de críquete, o Guv não queria saber de brincadeira: só fazia berrar instruções e estratégias de jogo. Tudo indicava que havia recuperado o juízo e não demonstrava nenhum sinal de depressão ou loucura por causa da briga de ontem com a mulher. Tirava baforadas do cachimbo como se tabaco fosse oxigênio, e avaliava nosso desempenho à maneira de um velho filósofo que tenta encontrar as palavras certas para formular um comentário que será citado pelo resto da história da humanidade. (Para falar a verdade, essa perfeição toda era interrompida aqui e ali por alguma bronca bem cabeluda, geralmente endereçada ao Cachorro Doido ou a mim.)

O Lagartixa apareceu no dormitório com uns comprimidos esquisitos, dizendo que eram para malária. Falou que precisava tomá-los porque Moçambique (para onde ele vai nas férias) é um foco de mosquitos e malária. As gigantescas cápsulas geraram certa controvérsia: alguns estavam convencidos de que na verdade eram supositórios. O Julian, que tinha aparecido para apagar as luzes, logo se ofereceu para aplicar um supositório no traseiro do Lagartixa, que agradeceu educadamente e deu um jeito de esconder os comprimidos numa caixa de sapato, bem no fundo do armário.

Quarta-feira, 25 de outubro

Gavin, o monitor que mora debaixo da escada, voltou à escola com um aspecto meio amarelado. Resolveu que nunca mais vai dividir a cama com a cobra Celeste. O Rambo tem tanto pavor da tal cobra que vem tentando assassiná-la dando lagartixas embebidas em veneno de rato para ela comer. Até agora a Celeste não tem exibido nenhum efeito colateral: continua feliz da vida lá na gaiola dela.

O Esponja acha que o Costelinha ameaçou se divorciar da Eva caso ela não pare de transar com o Rambo. Tudo indica que ela deu a notícia para o Rambo ontem à noite, antes da última transa deles. O Esponja acha que a Eva pode ser presa por fazer sexo com um menor de idade.

Quinta-feira, 26 de outubro

Fui convidado para cantar um solo na missa de Natal deste ano. A julgar pelos aplausos do resto do coro, isso deve ser uma honra e tanto. As pessoas vieram apertar minha mão, e fiz o que pude para parecer lisonjeado. (No fundo, estou torcendo para que a testosterona faça logo o que ela tem de fazer e eu possa enterrar essa minha voz de mulher de uma vez por todas.)

Mamãe ligou para dizer que o Pretinho finalmente conseguiu pegar o aspirador de piscina e comeu boa parte dele (inclusive a mangueira). Papai teve de ir a uma clínica veterinária para que fizessem uma lavagem estomacal no cachorro. Mamãe falou que, além dos pedaços de aspirador, eles encontraram um pequeno ioiô, um chocalho de criança e três tampinhas de uísque. Tudo indica que o Pretinho já se recuperou, pois está deitado no cesto dele, roendo um dos meus velhos sapatos da escola. Mamãe levou o telefone para perto do cesto para que eu pudesse ouvir a barulheira, mas só o que ouvi foi ele lambendo o aparelho. Chamei o nome dele e recebi um latido bem alto como resposta. Será que ele reconheceu minha voz?

Mamãe falou que a Wombat também está melhor. Tem conseguido falar com mais clareza e parece estar bem mais lúcida do que antes. Embora já consiga andar sem o tapa-olho, insiste em usá-lo quando sai, como se estivesse exibindo um acessório fashion.

Sexta-feira, 27 de outubro

Ainda que não com a mesma intensidade do rúgbi, a importância desse jogo de críquete contra o Kings College deixa todo mundo com um friozinho na barriga. Em noites assim é impossível dormir, e os Oito Loucos sempre ficam zuretando até altas horas da madrugada. Os eventos da noite começaram em grande estilo, com o Barril tentando quebrar o próprio recorde, mas não foi muito longe, porque a certa altura, lá pelos seis segundos, ele sentiu que estava expelindo muito mais do que gases e precisou fugir às pressas para o banheiro.

Então começamos a falar de sexo e meninas. Apesar do pinto careca, agora sinto muito mais firmeza nesses assuntos. Depois de tudo que aconteceu nos últimos meses, e sobretudo depois de exibir a Sereia na frente de todo mundo, sou tido pelos meus colegas de dormitório como uma espécie de expert que sabe tudo sobre sexo e sedução.

O Esponja produziu uma teoria sobre esse meu recente sucesso com as gatas. Ele acha que, como eu canto como uma menina, e ainda por cima pareço uma menina por causa dos cachinhos louros, as meninas se sentem atraídas por mim — o que significa, segundo o Doutor Esponja, que todas as meninas são lésbicas. (Fora o próprio Esponja, apenas o Cachorro Doido viu algum sentido nessa teoria maluca.)

Para o Rambo, meu sucesso com as mulheres tinha mais a ver com o fato de que meu bilau é um cotoco e que não sou um homem de verdade: por causa disso, elas ficam mais à vontade ao meu lado. Isso posto, ele se dispôs a fazer uma demonstração sobre a arte da cunilíngua, usando como assistente de palco uma foto das revistas de sacanagem do Esponja. Terminada a aula, o Esponja guardou a revista no bolso do roupão e disse que estava apertado para ir ao banheiro. O Cachorro também achou que tinha algo para ensinar: diante de um aterrorizado Vern, falou que havia quatro modos diferentes de tirar o couro de um gato. O assistente de palco dessa vez foi o Roger. Com a ponta do canivete, o Cachorro cuidadosamente traçou na barriga do gato as linhas onde seriam feitas as incisões. Ver um canivete roçando a pele de alguém (ainda que esse alguém fosse um gato) fez que eu sentisse um ligeiro calafrio. Passei a mão e senti a casquinha fina comprida que tinha se formado em meu corte.

A aparição!

Suponho que a aparição de um fantasma seja sempre um susto, e a chegada do Macarthur não foi diferente. De início, só o que percebi foi que os pelos do Roger tinham ficado eriçados, mas pensei que fosse por causa do "workshop de esfolamento" do Cachorro Doido. No entanto, lá estava ele: um fantasma muito pálido, de bigodes e olhos penetrantes. No escuro não dava para ver exatamente as feições, apenas o contorno, que emanava uma aura branca, meio embaçada. Mas tudo era tão espantoso, tão inacreditável, que sequer consigo me lembrar de todos os detalhes. O fantasma parecia estar sorrindo para a gente. Fiquei apavorado, e a julgar pelo silêncio absoluto ao meu redor, não era o único. Ele veio deslizando na nossa direção, ainda sorrindo, a mão esquerda estirada num gesto de amizade.

Olhou para todos nós, um de cada vez, e depois se deteve no Lagartixa, que começou a gemer baixinho ao ver o fantasma se aproximar. Então, como se tomado por um feitiço, o Lagartixa ficou de pé e andou ao encontro do

Macarthur. (A essa altura meu cérebro já tinha chegado à conclusão de que se tratava mesmo de um fantasma, e que só podia ser o Macarthur.)

Foi então que aconteceu a coisa mais extraordinária: o Macarthur passou direto pelo Lagartixa e sumiu. Uma janela bateu, e depois tudo ficou silencioso de novo.

Passos na escada. O Barril, de banho tomado, e o Esponja, com cara de alívio, chegaram de volta ao dormitório. O crédulo e o incrédulo. Ambos tinham perdido a passagem do Macarthur.

Sábado, 28 de outubro

8h Na mesa do café da manhã ninguém falava de outra coisa que não fosse fantasmas, espíritos e capeta. O Barril ainda custava a acreditar que tinha perdido a visita do Macarthur. O Esponja, como sempre, permanecia cético. Ninguém ainda sabia ao certo por que o Macarthur (se é que o fantasma era mesmo dele) tinha dedicado especial atenção ao Lagartixa. Segundo o Cachorro, o mais provável era que o Macarthur tivesse se sentido atraído pela brancura fantasmagórica do Lagartixa, confundindo-o com um colega do além. Quase todos os outros garotos à mesa ficaram achando que a gente estava zoando da cara deles, e, graças à reputação dos Oito Loucos, fomos descartados como um bando de cascateiros.

Eu não tenho dúvida alguma de que ontem à noite a gente viu o Macarthur.

18h30 Minha vontade era escrever aqui que massacramos a equipe do Kings College, que acabamos com a raça dos filhos da mãe. Gostaria de estar tirando a maior onda depois de ter derrubado pelo menos umas cinco casinhas e contribuído devidamente para mais uma vitória na nossa fenomenal campanha. Mas a verdade é que não posso escrever nada disso.

Apesar do discurso de Azincourt (e muitos outros) proferido pelo Guv, fomos esmigalhados pelos Kings: logo nos primeiros arremessos, eles foram abrindo caminho pelos nossos rebatedores como se fossem ratos gigantes cravando os dentes num queijo cottage. Assim que o Simon capitulou, perdemos todas as esperanças e capitulamos com ele; feito uma brigada de bombeiros de chocolate tentando apagar um incêndio na floresta, fomos eliminados por completo com apenas 66 pontos por corrida. Uma vergonha. Quanto a mim, fui eliminado por falta (perna no caminho entre a bola e a casinha) num arremesso que sequer enxerguei direito, e a única bola que tive a oportunidade de arremessar foi rebatida para fora do campo, dando aos adversários os seis pontos por corrida que fecharam o placar.

Os Kings, que jogavam em casa, vibraram com a nossa humilhante derrota. Voltamos cabisbaixos para o vestiário e lá ficamos, sem dar um pio. Dali a pouco ouvimos passos do outro lado da porta, acompanhados do toque-toque de uma bengala contra o chão de concreto. A porta do vestiário se entreabriu. Era o Guv. Ele entrou, olhou para gente e caiu na gargalhada. Todo mundo ficou olhando como se ele fosse um doido varrido (o que não estava nem um pouco longe da verdade). Depois ele começou a andar para lá e para cá, dando tapinhas nas nossas costas e dizendo coisas como: "Deixa disso, rapaz, amanhã é outro dia!"

Quando enfim voltamos para o ônibus, já estávamos até cantando o hino da escola. E a cantoria prosseguiu até que chegamos em casa, onde fomos recebidos com os aplausos de um monte de gente que supunha nossa vitória. Simplesmente acenamos de volta, erguendo o polegar: aquele não era um bom momento para explicar a realidade dos fatos.

Mas não estávamos sozinhos. Todas as outras equipes da nossa escola tinham sido atropeladas pelo rolo compressor dos Kings. A equipe principal, por exemplo, tinha conseguido uma merreca de 101 pontos por corrida e perdido oito casinhas.

Tirei minha tralha do ônibus e me arrastei de volta para o assombrado dormitório, ainda cantarolando o hino da escola, estranhamente feliz depois da nossa primeira e vergonhosa derrota.

Domingo, 29 de outubro

Convencido de que precisa se preparar para as férias que vai passar nos rincões da selva africana, o Lagartixa me tirou da cama de madrugada para que a gente passasse um dia inteiro de "aventuras radicais".

A caminho da Visão do Inferno, assustamos um antílope das montanhas, que fugiu em disparada, assobiando colina acima. (É muito estranho que um antílope assobie feito passarinho.) Uma vez no alto do nosso promontório predileto, devoramos o lanche que tínhamos preparado e só então partimos para as aventuras.

Descobertas no nosso dia de aventuras

Uma cobra verde (não venenosa, eu acho)
Três iguanas de cabeça azul
Um faisão (o Lagartixa acha que era uma perdiz)
Vern (que estava andando de gatinhas no bosque com o Roger)

Também descobrimos um conjunto de pedras com um monte de pintinhas brancas. O Lagartixa tinha certeza de que eram pinturas rupestres de uma tribo (já extinta) de caçadores. Fiquei achando que era cocô de alguma ave grande. Ainda não chegamos a um acordo.

Passamos a tarde papeando sobre o Macarthur e sobre os fantasmas em geral. O Lagartixa estava todo metido só porque o fantasma tinha dado atenção a ele. Falou que vai tentar conversar com o Macarthur se ele voltar. Talvez até perguntar se ele foi assassinado.

O Bert machucou a lombar depois de levar o Julian de cavalinho até o refeitório na hora do jantar. O Simon falou que o Julian foi visto fazendo uma massagem nas costas do Bert na sala comunitária.

Segunda-feira, 30 de outubro

Mal acreditei no que vi. O Pike se encontrava estatelado no chão do banheiro, confuso e gemendo de dor, cercado por uma rodinha de curiosos. O olho esquerdo tinha inchado até ficar do tamanho de uma bola de críquete, e o Julian (que parece querer tomar o lugar da irmã Collins na enfermaria) aplicava uma compressa de gelo. Assistindo a tudo meio de longe estava o Vern, com cara de Rain Man, um fiapo de sangue escorrendo dos nós da mão esquerda, o Roger a seus pés, miando e dando cabeçadas na sua perna.

Não precisava ser nenhum gênio para deduzir o que tinha acontecido: o Vern tinha acabado de nocautear o Pike.

16h A título de recompensa, comprei um cachorro-quente para o Vern na confeitaria. Ele ficou todo feliz, e apertou minha mão com formalidade. Depois tirou a salsicha do pão, partiu em pedacinhos bem miúdos e deu tudo ao Roger para comer. Por fim, meu vizinho doido devorou o pão vazio; sem mais dizer, apertou minha mão novamente e foi embora, o Roger atrás dele, o rabo apontando para o céu.

Terça-feira, 31 de outubro

A televisão da nossa ala foi roubada. O Luthuli ficou de tal modo irritado por não poder assistir ao noticiário da manhã que soltou um palavrão e saiu pisando duro para a ala Barnes. Dali a pouco uma pequena multidão de alunos e professores se formou em torno da caixa vazia onde antes ficava a TV. É um mistério completo. O prédio estava trancado durante a noite toda.

21h Pela segunda vez neste ano o Costelinha trancafiou nossa ala inteira na sala comunitária. Não sei direito aonde ele achou que ia chegar com isso, pois, assim como da outra vez, todo mundo ficou olhando para as paredes, e ninguém confessou porcaria nenhuma. Essa é a terceira vez que ficamos detidos como reféns (teve também o caso das bananas no carro do Marimba), e é sempre a mesma coisa: o professor no comando da coisa acaba ficando com cara de tacho. Acho que eles deviam tentar algo diferente.

23h30 Depois de uma rigorosa busca empreendida pelos monitores, enfim fomos libertados.

O único momento engraçado aconteceu por volta das onze horas, quando o Greg Anderson mandou o Cachorro Doido ligar a televisão. Distraído, o Cachorro levantou de um pulo e foi direto para a caixa vazia; de repente se deu conta do mico e voltou para o lugar, balançando a cabeça envergonhado.

Quarta-feira, 1º de novembro

7h45 Cantarolando e assobiando como quem não queria nada, o sr. Harrisunder, da manutenção, entrou na sala comunitária com o nosso aparelho de TV e ligou na tomada. Bem-vindo ao hospício.

Mamãe ligou contando que o Pretinho tinha caído na piscina enquanto perseguia o aspirador novo. Papai falou que, apesar da ausência de miolos, o cachorro tinha se revelado um excelente nadador. Acontece que o Pretinho teve de ficar nadando durante horas porque não achou um jeito de sair da piscina.

Feliz da vida, o Rambo contou que finalmente conseguiu matar a cobra Celeste. Deu o rato Albert para ela comer, mas não sem antes embebê-lo numa mistura de parafina, amônia e cola de madeira. Gavin, o monitor que mora debaixo da escada, ficou arrasado com as duas mortes, mas nem desconfia de que foram dois assassinatos. Ele não quer de jeito nenhum se desfazer da cobra morta. O Rambo falou que ele se trancou no quarto e está lá até agora, fazendo barulhos esquisitos com o *didgeridoo*.

Quinta-feira, 2 de novembro

8h30 O Simon entrou para a história da escola ao ser o primeiro calouro agraciado com um diploma de honra ao mérito pelo desempenho no críquete.

Recebi um convite da Amanda para a festa de fim de ano da St. Catherine's. Não pude evitar o rufar dos tambores no peito, mas logo em seguida tive uma pontada quase fatal de culpa quando a carinha da Sereia brotou de repente na minha cabeça. Por que será que a Amanda me convidou? Ela já deixou bem claro que sou novo demais, ou que ela é velha demais. Será que ainda gosta de mim? Será que vai me beijar? Será que eu vou beijá-la? E a Sereia? Fiquei apavorado (e excitado). Com a mão tremendo, marquei o quadradinho confirmando minha presença.

Infelizmente parece que a Christine convidou o Greg Anderson em vez do namorado Lagartixa. Meu pobre amigo fez o que pôde para parecer que não estava nem aí, mas sei que ficou arrasado.

Sexta-feira, 3 de novembro

Dia da palestra

E... o feriadão.

9h30 Parece inacreditável, mas os velhos trouxeram a Wombat para um dos eventos mais importantes do calendário da escola. Diante de um monte de colegas, ela jogou os braços para o alto e berrou: "David, como você está bonitão!" Minhas bochechas arderam em chamas quando começaram os risinhos à minha volta. Ouvi o Esponja dizer: "Olha lá, a avó do Cotoco é pirata!"

Antes de chegarem ao anfiteatro da escola (decorado com uma enorme tenda vermelha e branca), quase todos os garotos que passavam por mim me chamavam de David e diziam que eu estava bonitão. Por que eu, logo eu, fui nascer numa linhagem de gente maluca?

O palestrante convidado era o ex-ministro das Finanças da Grã-Bretanha (o Marimba fez questão de frisar que o homem era muito importante). A Wombat aplaudia empolgada toda hora que ele parava para respirar. Por azar, o tal ministro parecia um contador e desandou a falar sobre a necessidade de responsabilidade fiscal no mundo inteiro, bem como o fomento de economias de mercado. Aposto que o Linton Austin estava babando de prazer em algum lugar da multidão.

Depois veio a distribuição de troféus e medalhas. Eu saí com duas medalhas (inglês e história) e o troféu de ator-revelação. O Dodge recebeu o troféu de melhor interpretação do ano. O Rambo ganhou a medalha de melhor aluno de teatro, mas eu acho que foi por causa de seu desempenho depois das aulas!

O ponto alto da cerimônia foi a divulgação do porta-voz do ano que vem. A tradição manda que esse posto seja ocupado por um aluno do último ano. Marshall Martin, o atual porta-voz, ficou de pé para anunciar o nome. A multidão ficou em silêncio.

"E o novo titular do posto de porta-voz é... Mbulelo Paul Johannes Luthuli!"

As pessoas inicialmente ficaram mudas, assustadas, depois aplaudiram com educação. Luthuli será o primeiro negro a ocupar esse posto. Ele sorriu, acho que pela segunda vez este ano, e apertou a mão de todos os figurões. Ano que vem será um figurão também, o porta-voz da escola! Meu peito inflou de tanto orgulho. Papai balançou a cabeça, preocupado, e conferiu o bolso para ver se a carteira ainda estava lá. Terminada a cerimônia, os velhos e a Wombat foram para o coquetel do Costelinha a fim de bater papo com o chefe da nossa ala e com outros pais (ou talvez só para encher a lata por conta da escola). Aproveitei a oportunidade para arrumar minhas coisas e me despedir do Lagartixa, que ia pegar um voo para se encontrar com os pais em Moçambique. Depois de prometer que traria algo da selva para me dar de presente, ele fez uma continência engraçada e saiu marchando pelo pátio até desaparecer nas arcadas.

Por sorte mamãe não tentou roubar nenhuma comida do bufê, e papai ficou só um pouco chapado. Infelizmente, o comportamento exemplar da família Milton foi interrompido quando a Wombat entrou no banheiro dos homens e teve de sair de lá às pressas, quase empurrada pelo sr. Lennox. Dali a pouco a tortura chegou ao fim, e voltamos para Durban na nossa perua recém-turbinada. O vento lambia meus cabelos e espetava meu rosto (lembrança da nossa viagem de pescaria). Papai falou que o vidro traseiro, importado da França, ainda não tinha chegado. Olhando as coisas pelo lado bom, a ventania até que serviu para secar a baba que não parava de escorrer da boca da Wombat.

O Pretinho ficou tão feliz quando entrei em casa que caiu de costas na piscina e teve de ser resgatado com a rede de catar folhas do papai. Não saiu da minha cola o dia inteiro, e à noite foi dormir ao pé da minha cama, lambendo meus dedos de vez em quando só para deixar claro que gostava de mim.

Sábado, 4 de novembro

Fui estudar com a Sereia na casa dela. (Ainda estou me sentindo culpado por ter aceitado o convite da Amanda, mas resolvi que não vou contar nada.) Os pais dela estão tentando se reconciliar e saíram para fazer um piquenique, deixando a gente sozinho com os livros. Mas ninguém estudou droga nenhuma: passamos o dia todo rindo e trocando histórias. Tomei especial cuidado para não deixar escapar o nome da Amanda.

Domingo, 5 de novembro

12h O infalível churrasco de domingo da família Milton foi o mesmo circo de sempre. A Wombat imediatamente antipatizou com o Pretinho. Ficou assistindo com olhos esbugalhados enquanto ele perseguia o aspirador da piscina, e depois diagnosticou que o animalzinho tinha um parafuso a menos. (O mesmo que o roto falando do esfarrapado, né?) Para complicar as coisas, disse que a Sereia tinha um belo par de melões e que devia fazer bom uso deles. Enquanto nos despedíamos, ela perguntou baixinho se eu estava pensando em constituir família. Sorri para ela e disse que um filho não estava nos meus planos agora. Ela fez um carinho na minha cabeça e disse que eu era muito responsável.

Segunda-feira, 6 de novembro

A Sereia me convidou para passar o Natal com a família dela na Cidade do Cabo, num lugar chamado Wilderness, na Garden Route. Também me deu um anelzinho de prata para simbolizar nosso compromisso. Guardei o anel no cofre de casa e tentei não pensar mais nele.

Já de volta à escola. Os fins de semana e os feriados têm passado tão rápido que às vezes acho que foram um sonho. Pena que o inferno das provas já esteja se aproximando. É sempre uma grande pressão ter de provar que a bolsa de estudos que eles me deram não foi um equívoco.

Quem fez o que no feriado

Rambo	Dormiu e estudou
Esponja	Estudou
Barril	Jogou uma partida de Banco Imobiliário que durou 31 horas
Lagartixa	Ainda não voltou de Moçambique
Cachorro Doido	Foi fazer rafting radical no rio Tugela
Vern	Não se lembra do que fez
Cotoco	Brincou com o cachorro e com a namorada

Terça-feira, 7 de novembro

Ainda nenhum sinal do Lagartixa. O Luthuli falou que ele chega amanhã.

O Costelinha convocou nossa ala para uma reunião. Primeiro parabenizou o Luthuli pela importante nomeação. Nosso chefe foi aplaudido de pé, e mais uma vez vimos um sorriso em seu rosto sério.

Depois foi realizada uma votação para escolher o novo fiscal sanitário. (O Minhoca tinha ocupado esse posto por três anos, mas andava apertado demais com os estudos.) Ninguém sabia ao certo o que fazia um fiscal sanitário; provavelmente alguma coisa a ver com pias, privadas, mictórios e vazamentos. O Rambo nomeou o Vern (que agora é a piada predileta em todas as eleições). E como ninguém mais foi nomeado, o Vern venceu por unanimidade sua primeira votação. Levou um susto, mas pelo jeito ficou lisonjeado e, sem perder tempo, partiu para fazer uma rigorosa inspeção dos banheiros.

Quarta-feira, 8 de novembro

Meu amigo finalmente voltou de sua aventura na floresta; parecia um daqueles exploradores antigos, vermelho feito um camarão, chapéu de abas largas na cabeça e um punhado de histórias para contar, a maioria de veracidade duvidosa. Falou que o avião havia tido problemas técnicos e fizera um pouso de emergência no aeroporto de Lanseria, perto de Johannesburgo. O intrépido Lagartixa não teve um pingo de medo e seguiu inabalável para sua excursão na selva. Ao longo da difícil escalada rumo à Visão do Inferno, ele foi passando a longa lista de animais e pássaros exóticos que tinha visto na floresta ao norte de Moçambique. Depois me deu de presente um pedacinho de bosta de um macaco de rosto vermelho, acondicionado num potinho de plástico. Falou que esses macacos estão quase extintos e que a bosta deles é raríssima. Agradeci a gentileza e fiquei pensando onde é que eu ia guardar aquilo.

Ainda não foi confirmado, mas tudo indica que o pai do Lagartixa descobriu um inseto novo. Vários testes ainda têm de ser feitos.

Passamos a tarde inteira papeando como se não nos víssemos há meses. Os dias agora estão bem mais quentes, e a gente ficou ali, na nossa pedra, até que a sirene do jantar ecoou no vale. Então lá fomos nós colina abaixo, ainda falando sem parar sobre cobras e escorpiões, enquanto a noite caía atrás da gente.

Quinta-feira, 9 de novembro

Os velhos passaram um aperto com a polícia ontem à noite. Segundo contaram, os tiras chegaram e pediram para inspecionar o barracão da Innocence. Mamãe ficou fazendo hora, conversando com eles, enquanto papai escondia as garrafas de bebida caseira na garagem. Não havia a menor chance de eles quererem revistar nossa casa também, já que papai e mamãe são brancos, e os brancos não fazem nada de errado. Os policiais falaram que era para os velhos avisarem caso percebessem alguma coisa suspeita e depois foram embora.

14h30 Ensaiei meu solo para a missa de Natal com a sra. Roberts. Ela falou que o governo deveria decretar luto oficial no dia em que eu perder minha voz de pré-adolescente. Retruquei dizendo que esse seria o dia mais feliz da minha vida. E ela olhou para mim como se dissesse: "Espera só para você ver..."

O Minhoca está doido de pedra. As provas finais começam na segunda, e ele não está mais falando coisa com coisa. Uma hora ri feito um imbecil, e dali a pouco mal consegue respirar, e morre de medo de sair do quarto. Tentei acalmá-lo dizendo que ele já tinha estudado o suficiente, mas o cara simplesmente balançou a cabeça como se fosse eu o destrambelhado. Botei ele para dormir contando um monte de histórias sobre o *Oliver*, que de repente pareceu ter acontecido no século passado.

Sonhei que a Amanda me beijou e me pediu em namoro. Eu disse que sim.

Sexta-feira, 10 de novembro

O Barril está determinado a trazer o Macarthur de volta. Ainda não se perdoa por ter perdido a visita do fantasma que tanto se esforçou para encontrar. O coitado já tentou de tudo, de incensos a bolinhas de vidro, mas até agora não conseguiu nada. Tenho a impressão de que o Macarthur é um fantasma ocupado e só aparece quando consegue arrumar uma brecha na agenda. O Barril chegou a ponto de sugerir que a gente reproduzisse tudo que tinha acontecido naquela noite, mas isso implicaria repetir o peido dele, o workshop de esfolamento do Cachorro e a demonstração de cunilíngua do Rambo. Todo mundo achou que ia ser trabalho demais, e o Barril murchou feito um balão; acho que nunca vi o cara tão arrasado assim.

Não consigo dormir. Minha cabeça fervilha com imagens da Amanda. De repente quero que ela goste de mim, que me beije outra vez, que fique falando coisas inteligentes no meu ouvido, naquela vozinha rouca dela. Isso faz de mim um cafajeste?

Sábado, 11 de novembro

Pela primeira vez na vida estou aliviado que um jogo de críquete tenha sido cancelado por causa da chuva. Preciso estudar e me preparar para o que me espera hoje à noite, seja lá o que for.

Festa de fim de ano da St. Catherine

A St. Catherine é uma versão feminina da nossa escola. Os mesmos tijolos vermelhos, os mesmos pátios gramados, as mesmas fontes, os mesmos peixinhos obesos. No entanto, os prédios não metem tanto medo assim: não parecem de jeito nenhum mal-assombrados.

A Amanda estava linda. Fiquei tremendo nas bases. Os cachos ruivos contrastavam com o pescoço branquinho dela. Ela usava um vestido preto bem justo, que deixava ver as curvas do corpo, a perfeição das pernas. Eu mal conseguia respirar, quanto mais falar. Fiquei me sentindo um bocó no uniforme da escola, mas os convidados não tinham permissão para ir à paisana.

A Christine beliscou minha bunda antes de enfiar a língua na garganta do Greg Anderson. De repente fiquei morrendo de dó do Lagartixa, mas ao mesmo tempo aliviado que ele não estivesse ali para ver o amor da vida dele nos braços de outro cara. Quer saber? Tomara que ele acabe logo com essa história com a Christine. Só vai sofrer e passar vergonha se continuar nas mãos dela. A garota é uma piranha.

De repente tive a impressão de que a peça estava rolando de novo. As meninas só me chamavam de Oliver, e a animação ao meu redor era a mesma daqueles dias.

Aconteceu quando tocava "With Or Without You" do U2. Lembro que o salão estava escuro e que os casais dançavam juntinho. De um modo difícil de explicar, parecia que a letra da música falava justamente da minha vida. Talvez fosse por causa dessa sensação de desejar algo que a gente não pode ter e desprezar aquilo que já tem. Sei lá... também podia ser qualquer outra coisa.

E então a gente estava se beijando. Meu corpo tremia, sobretudo os joelhos. Aquela menina era pura magia, quase irreal — mais até que o Macarthur!

Dali a pouco estávamos no jardim, sentados num banco de madeira, a Amanda fazendo carinho nos meus cabelos, sussurrando coisas no meu ouvido. Olhei fundo nos lindos olhos dela. Olhos de fogo. Ou de mar. Será que ela era Deus? Será que eu estava sonhando de novo? (Ninguém estava me oferecendo um hambúrguer, então deduzi que era a vida real.)

A Amanda sorriu e disse: "Sou uma tonta mesmo, eu sei. Só queria mais uma noite com você. Uma espécie de despedida. Mas vai ser só essa vez. Essa é a nossa última noite juntos."

"Eu sei", respondi. E sabia mesmo. Aquele era o nosso fim, mas eu estava feliz. No dia seguinte, seria só da Sereia. Meu coração não estava mais batendo forte. Tudo não tinha passado de uma fantasia minha, embalada pela noite escura.

Domingo, 12 de novembro

2h Fui acordado por uma terrível gritaria. O Esponja e o Cachorro Doido já se encontravam junto da cama do Lagartixa. Os lençóis estavam ensopados. De início achei que ele tivesse mijado na cama, mas depois vi que era suor. O Lagartixa estava ardendo em febre e resmungava algo que não dava para entender direito. Uma história de avião.

Dava para fritar um ovo na testa dele. Eu e o Cachorro Doido levamos o cara para a enfermaria e tocamos a campainha de emergência. Depois de um tempo, a irmã Collins surgiu à porta com uma cara amarrada. Deu uma rápida olhada no Lagartixa, falou que era um vírus de gripe, entregou um xarope para a gente e mandou que o Lagartixa bebesse um litro de água. Demos três colheradas do xarope para o Lagartixa. De início ele se recusou a engolir, mas a gente insistiu e ele acabou cedendo. Falou que estava se sentindo melhor, e só então voltamos para a cama.

3h20 Mais gritaria. Dessa vez foi pior. A cama do Lagartixa estava encharcada de novo, mas agora o nariz estava sangrando, e ele berrava que a cabeça ia explodir a qualquer instante. Eu e o Cachorro Doido voltamos com ele para a enfermaria, prontos para encarar a ira da irmã Collins. Mais uma vez tocamos a campainha de emergência. Depois de uma aparente eternidade, a irmã nos recebeu com um "O que foi agora?". Já ia passando um pito na gente quando enfim reparou no Lagartixa. Um fiapo de sangue escorria da orelha dele, pingando no meu pijama.

"Santo Deus!", ela exclamou. "Tragam ele para cá. Depressa!" Deitamos o Lagartixa num dos leitos. A irmã telefonou para o Costelinha e mandou que ele trouxesse o carro. Depois disse que voltássemos para o dormitório. Tentei argumentar, mas ela disse que talvez a doença do Lagartixa fosse contagiosa. Fui embora a contragosto, sabendo que não ia mais pregar os olhos.

7h O Lagartixa foi hospitalizado. Ninguém sabe direito o que foi que ele teve dessa vez. O Costelinha não deixou que eu fosse visitá-lo. Tudo indica que o Lagartixa foi isolado.

O Minhoca entrou num estado de catatonia. Fica olhando para a parede e resmungando coisas com o livro de matemática aberto à sua frente. Certo de que ele teria alguma coisa para contar, perguntei se tinha notícias do Lagartixa, mas o cara simplesmente olhou para mim como se eu fosse de outro planeta e continuou falando sozinho.

Segunda-feira, 13 de novembro

6h30 O Luthuli falou que o Lagartixa está com malária cerebral. Seu estado é grave.

Depois do almoço, o Costelinha me chamou no gabinete dele para dizer que o Lagartixa estava piorando. Falou que ele tem sofrido alucinações e que às vezes chama meu nome. Perguntou se eu me importava de passar o dia no hospital amanhã. Claro que não me importava.

20h45 Depois das noturnas, procurei a irmã Collins para saber exatamente o que era malária cerebral. Ela me olhou com um ar grave e falou que se tratava de uma febre que atacava a membrana do cérebro e que, se o diagnóstico não fosse feito a tempo, o quadro podia ficar bem sério. Ela não se perdoava por não ter percebido logo de início e mandado o Lagartixa de volta para a cama. Depois preparou um chocolate quente para nós dois e ficou conversando comigo naquela voz rouca, que quase me botou para dormir. Pousou o braço nos meus ombros e disse que eu devia me preparar para o pior. Começou a chorar, assoou o nariz e sorriu.

"Lembre-se de uma coisa, menino", falou. "São misteriosos os desígnios do Senhor." Deu um beijo na minha testa e me despachou para a cama.

Sentei no parapeito da janela e fiquei olhando as estrelas, que brilhavam mais do que nunca. Fiz uma oração para o Lagartixa, esperando que Deus ouvisse e entrasse em ação o mais rápido possível.

Terça-feira, 14 de novembro

O Lagartixa estava com um aspecto terrível (não que o aspecto dele normalmente fosse bom). Os olhos se reduziam a dois risquinhos enquanto ele se debatia com a febre e com as alucinações. Sentei na beira da cama e fiquei ali, sem saber o que fazer; se percebia que meu amigo estava acordado, segurava a mão dele.

O dia se fez noite. O médico falou que eu podia dormir no hospital.

Quarta-feira, 15 de novembro

Lá pelas tantas, fui acordado por uma enfermeira. "Ele quer ver você."

Pulei da cama e fui cambaleando na direção do quarto do Lagartixa. Lá estava ele, apoiado pelos travesseiros, lúcido e bem-humorado. Sentei do lado dele, e a gente ficou conversando, eu mais do que ele. Graças ao surto do Minhoca, já estou acostumado a esses longos monólogos. Fiquei contando casos da peça, falando sobre a Christine, relembrando nossas aventuras na Visão do Inferno. Até que ele adormeceu com um sorriso nos lábios.

Quando voltou a acordar, parecia amedrontado. Agarrou minha mão e perguntou se eu achava que ele ia ficar bom. Falei que na sexta-feira a gente estava contando com a presença dele para mais um mergulho noturno na represa. Ele riu, apertou minha mão e pediu que eu cantasse alguma coisa. Meio cantando, meio rezando, logo mandei um "Amazing Grace": tanto ele quanto eu sabíamos que qualquer ajuda lá de cima seria mais que bem-vinda. Depois continuei cantando: comecei com os hinos de igreja que eu conhecia, passei pelas canções do *Oliver* e fui parar no pop de rádio. Tinha a impressão de que a música trazia certo alívio para o meu amigo, que ficava ouvindo de olhos fechados, quase sorrindo, e tremendo por causa da febre.

Já era madrugada quando senti uma mão pesada no ombro. Com certeza eu tinha adormecido junto da cama. Virei o rosto e me deparei com o Reverendo Bispo. Ele sorriu para mim e pediu que ficasse sozinho com o Lagartixa. Apertei a mão do meu amigo, mas ele não acordou.

No corredor, o Costelinha conversava sério com um casal visivelmente aflito, na certa os pais do Lagartixa. O Costelinha fez as apresentações. A mãe se abaixou para me dar um abraço; o pai apertou minha mão e depois pousou o braço no meu ombro.

No caminho de volta à escola, o Costelinha contou a verdade sobre o leão que havia arrancado um pedaço do ombro dele. Não tinha leão nenhum. Ele havia sido atacado por algo bem pior: câncer nos ossos. Olhando para o nosso inspetor — os olhos esbugalhados, vesgos e tristes voltados para a estrada à sua frente —, vi que ali estava alguém que conhecia a dor de perto. Depois de um longo silêncio ele repetiu o que a irmã Collins já havia dito: que eu deveria me preparar para o pior, mas que não deixasse de esperar por um milagre de Deus. Esfregou a mão no queixo e passeou os olhos pelas colinas verdes que se esparramavam ao nosso redor. Fiquei contente que esse homem finalmente tivesse se entendido com a mulher. Ele merecia ser feliz.

23h40 Mais uma vez fui acordado por uma mão pesada. O Luthuli. "Vem comigo para a sala dos monitores", ele disse. Levantei da cama e, arrastando os chinelos, meio esperando alguma brincadeira de mau gosto, desci as escadas.

Na sala dos monitores, o fogo crepitava na lareira. As anotações do Luthuli se espalhavam pelo chão. Ele mandou que eu me sentasse numa poltrona velha e confortável e plantou uma xícara de chá bem quentinho na mesa ao meu lado. Fiquei olhando para o fogo, ainda meio tonto e desorientado.

"O Lagartixa se foi." O Luthuli falou com a voz firme, porém carregada de tristeza. "Morreu meia hora atrás."

Sacudi a cabeça feito um zumbi. Meu cérebro inútil não me deixava acreditar.

O Luthuli continuou falando, mas não ouvi nada. Fiquei ali, encarando o fogo, vendo as toras que se reduziam a cinzas pelo furor das chamas.

Quinta-feira, 16 de novembro

Pulei da cama no meio da noite e vasculhei o escaninho do Vern até encontrar a lanterna dele. Aquilo não era possível. O Lagartixa tinha mostrado aqueles comprimidos enormes para malária. Arrombei o escaninho dele, e lá estavam, ainda na caixa de sapato. Doze cápsulas verdes, intocadas na embalagem. O Lagartixa tinha cumprido sua promessa. Nunca mais tomou um comprimido na vida.

Segunda-feira, 20 de novembro

Seria ótimo se eu pudesse dizer que estou reagindo bem. Na verdade, nem tenho muito o que dizer sobre esses últimos dias. Lembro-me de uma partida de críquete, de ter tentado estudar, de ter arrumado a mala do Lagartixa. Só consegui chorar na chamada de ontem à noite, quando, sem querer, o Bert chamou o nome do Lagartixa e rapidamente passou para o nome seguinte. Foi nesse momento que enfim a ficha caiu, a ficha de que meu amigo não ia voltar nunca mais. Saí correndo para o campo de rúgbi, deserto àquela hora, para poder chorar em paz. Mesmo ali parecia que eu estava fazendo algo errado, que alguém ia aparecer de repente para zoar com a minha cara.

Tenho a impressão de que hoje foi a primeira vez que me ferrei numa prova. Geografia é uma matéria difícil (sobretudo quando a gente não estudou). A prova de ciências também não foi fácil, é bem possível que eu perca mais essa média. Paciência. Nada disso tem importância agora.

Terça-feira, 21 de novembro

Mais duas provas em que me dei mal. Amanhã vou cantar no enterro do Lagartixa. A mãe dele falou que teria sido esse o desejo dele. Eu já sabia. Teve um dia, lá no alto da Visão do Inferno, que o Lagartixa falou exatamente isso, que queria que eu cantasse no enterro dele. Mas a gente nem desconfiava que esse dia pudesse chegar tão rápido.

Quarta-feira, 22 de novembro

12h Eu nem ouvia direito o que era dito na missa. Era como se eu estivesse em meio a uma neblina. Mal conseguia acreditar que meu amigo estava deitado num caixote envernizado, coberto de flores. Lembro que a Christine estava lá, de ter ficado com raiva dela. A Amanda também estava, mas nem liguei. Houve um tempo em que a gente só falava delas, das meninas, mas agora nada disso parecia ter importância.

Nós, os Sete Loucos, carregamos o caixão para dentro da capela enquanto todo mundo cantava o hino da escola. O Marimba fez um discurso, o reverendo fez outro, e por fim o Costelinha. Não prestei atenção. Eles ficavam falando de um Henry que eu não conhecia; meu amigo se chamava Lagartixa, e é com esse nome que sempre vou me lembrar dele.

O reverendo fez um sinal para mim. Com o potinho de bosta de macaco no bolso do paletó, subi ao altar e cantei o hino "Senhor Deus, Pai da humanidade". Me lembro do zumbido grave do órgão, bem como do silêncio ao meu redor, quebrado apenas pelo gorjeio dos pombos no beiral do telhado. E lá estava eu, cantando com minha voz de mulher que todo mundo adora, conversando com um Deus que tinha deixado meu amigo morrer sem dar a ele nenhuma chance.

Senhor Deus, Pai da humanidade
Perdoai-nos as nossas fraquezas
Em nossos anseios e desejos
Soprai o bálsamo da vossa paz
Aplacai-nos os sentidos e as carnes
E sobre as grandes tragédias
Deitai o manto da vossa paz
Deitai o manto da vossa paz

Quinta-feira, 23 de novembro

Não sei por que, mas a gente fica meio abusado quando faz um monte de provas para as quais não estudou. Voltando da prova de inglês, trombei com o dr. Zoo nos corredores e ele perguntou se eu estava precisando de mais uma sessão. Balancei a cabeça e falei que não havia nada nesse mundo que eu não fosse capaz de enfrentar sozinho.

O Simon está convencido de que o Macarthur sabia que o Lagartixa ia morrer e que por isso passou através dele quando veio nos visitar. Só agora o Vern se deu conta de que naquela noite na cripta o Macarthur não tinha falado "larga a lixa", mas sim, "Lagartixa". Mal podendo se conter de tanta excitação, o Barril convocou todo mundo para uma reunião no cubículo dele.

Fiquei na cama e fingi que estava dormindo.

Sexta-feira, 24 de novembro

Fim das provas.

Os alunos do último ano se reuniram no quadrado para apresentar o *haka* (uma coreografia maori que os neozelandeses fazem nos jogos de rúgbi) que vinham ensaiando fazia muitas semanas. Os aplausos estrondosos que receberam no fim davam uma boa medida do respeito que todos tínhamos pelos formandos de 1990. Na nossa ala, apenas o Luthuli (porta-voz) e o Greg Anderson (candidato a uma vaga na equipe estudantil de rúgbi da província de Natal) vão estar de volta no ano que vem. O Julian voltará para a missa de Natal, quando pela última vez ocupará o posto de líder do coro.

Apertei a mão do Minhoca. Ele sorriu e me deu um tapinha nas costas, antes de me presentear com uma nota de 20 pratas e um monte de roupas velhas. Parecia extremamente aliviado com o fim das provas. Olhou mais um pouco para mim, refletiu, e resolveu chutar o balde: tirou três lápis do estojo e me deu de presente também. Disse que os usasse com sabedoria.

Carreguei as malas dele até o carro dos pais, e essa foi a última vez que fui escravo de alguém.

Sábado, 25 de novembro

Nosso último jogo de críquete

10h O pessoal da St. Cyprians jamais seria páreo para o nosso rolo compressor. Eu, o Simon e o Cachorro Doido jogamos com uma braçadeira preta em homenagem ao Lagartixa.

Consegui derrubar quatro casinhas, e fiz as corridas que encerraram a partida; portanto, pela primeira vez em muito tempo tive a sensação de que tinha feito a minha parte.

O Guv estava a todo o vapor no vestiário. Fez vários discursos ótimos, cantou algumas coisas e despejou um monte de palavrões contra o Kings College. De uma hora para outra, fez suas despedidas e falou que ia voltar para casa e beber até entortar. Feito um velho ator shakespeariano, fez uma longa mesura e foi embora sem olhar para trás uma única vez.

Domingo, 26 de novembro

9h30 O Geoff Lawson prometeu que seria a melhor festa do ano, e fez o que pôde para cumprir a palavra. Sessenta garotos desembarcaram na fazenda dele. Para todo lado que a gente olhava tinha comida e música, e não demorou para que começassem a pipocar os jogos de críquete e rúgbi, além de um confuso campeonato de pescaria. O Vern foi o primeiro a ser jogado na represa, mas depois quase ninguém ficou de fora. Os Sete Loucos venceram uma guerra de lama, mas logo em seguida perderam uma corrida de barco, uma rodada de mau-mau e um campeonato para ver quem conseguia beber mais água.

Terminado o almoço, o Rambo ergueu um brinde ao "soldado desconhecido"; todo mundo brindou de volta e esvaziou os copos de Coca-Cola goela abaixo. Segundos depois já estávamos na represa outra vez, organizando uma caçada ao monstro que supostamente habitava uma caverna sob os juncos da margem oposta. Ninguém achou porcaria de monstro nenhum.

Segunda-feira, 27 de novembro

13h30 Último almoço com o Guv. Ficamos falando sobre a morte e a vida após a morte. O Guv leu vários poemas e trechos dos grandes clássicos. A certa altura, bradou: "Não devemos temê-la, Milton! Orgulhosa não sejas, Morte!" Eu não fazia a menor ideia de onde ele tinha tirado aquilo, mesmo assim gostei de ouvir. Fiquei pensando nas férias de verão que estavam por vir. Ando sempre tão cansado, bocejando o tempo todo... Só mais quatro dias e... cama!

Chegada a hora de ir embora, apertei a mão do Guv e desejei a ele boas férias e um feliz Natal. Ele me puxou para um abraço e disse: "Você é quase um filho para mim, rapaz. Vai superar essa dor, pode ter certeza, e ainda por cima se tornará um homem melhor por causa dela." E com um tapinha nas minhas costas, emendou: "Tenha boas férias você também, e lembre: em caso de dúvida, continue lendo. Os livros nunca deixam a gente na mão."

"Valeu", eu disse. Ele bagunçou meu cabelo e me despachou de volta para o dormitório.

Terça-feira, 28 de novembro

A escola ficou bem esquisita sem a presença do pessoal do último ano. O Luthuli e o Greg Anderson ficaram para trás para impedir que o caos se instalasse na nossa ala. Na verdade, todo mundo só pensa em voltar para casa. Onde quer que eu olhe tem alguém fazendo malas, planejando férias ou sonhando acordado. Até os prédios da escola parecem aflitos, doidos para que os próximos três dias passem num piscar de olhos.

Quarta-feira, 29 de novembro

19h A capela regurgitava gente e velas. O órgão começou a tocar. Lentamente fui atravessando o corredor, carregando a grande vela de São Miguel (não a original, é claro), o fogo tremeluzindo na ponta. Eu sentia o calor dele nas bochechas. Centenas de pessoas se viraram nos bancos para me olhar. Dessa vez eu não estava nervoso. Minha voz saiu segura e límpida, ecoando para todos os lados naquele templo sagrado. Assim que terminei meu solo e o coro começou a cantar a segunda estrofe, olhei para a viga onde o Macarthur tinha se enforcado. Fiquei pensando se aquela não seria a 46ª vez desde sua morte que ele ouvia alguém cantar "Once In Royal David's City" naquele mesmo lugar. Também pensei no meu amigo Lagartixa e fiquei me perguntando se o fantasma dele estava ali com o Macarthur. Talvez ambos estivessem no céu, me vendo cantar, o Lagartixa cutucando o professor e falando que estava arrepiado de emoção. Tomara que sim.

Quinta-feira, 30 de novembro

Enquanto esvaziava meu escaninho, encontrei um pequeno pacote embrulhado com papel de Natal, sobre o qual estava escrito: "Milton, 20/4/90". Era o presente de aniversário do Guv, que eu tinha escondido ali e esquecido por completo. Rasguei o embrulho e lá estava: "Poesia completa de John Milton (1608-1664)."

E assim que abri a capa, dei de cara com a dedicatória do Guv, escrita com aquela letra rebuscada dele: "A todos os começos e às possibilidades que encerram."

Abaixo disso ele havia escrito:

Quando medito em minha luz perdida,
Nesta tão vasta e mais sombria terra,
E que esse dom que só a Morte cerra,
Inútil mora em mim, embora a vida

N'alma me seja ao Criador rendida
E a mais prestar-lhe a conta que não erra...

"Sobre a sua cegueira"

Feliz aniversário,
Guv

Sempre tive dificuldade para captar o sentido oculto dos poemas, sobretudo os de antigamente, que muitas vezes parecem escritos numa língua estrangeira. Mas, por algum motivo, fiquei achando que esse poema do meu xará faz mais sentido agora do que fazia na época do meu aniversário.

23h45 Nem foi necessário votar. O último mergulho noturno era coisa mais do que certa. A noite estava quente e clara. Perfeita. A Lua cheia certamente ajudaria nessa nossa derradeira e divertida incursão no terreno da ilegalidade. Daria até para fazer tudo de olhos fechados: telhado, janela, sacristia, capela, cripta, roseiral, limoeiro, campo de rúgbi, cerca, e então mergulhar na água morna! Todo mundo pulando na represa, jogando água uns nos outros. Lá estava o Rambo outra vez, perseguindo o Vern que não parava de rir. O Esponja dando sustos no Barril e no Simon. O Cachorro Doido subindo na árvore para se jogar lá de cima. Nosso grupo não estava completo, mas Sete Loucos ainda eram capazes de muita maluquice!

Dali a pouco a gente já estava de volta ao campo de rúgbi, correndo e rindo e tentando derrubar uns aos outros. Algum cachorrão latiu ao longe... e o Cachorro Doido latiu de volta. Ninguém precisava mais ter medo. Éramos apenas um bando de garotos de cuecas atravessando um campo de rúgbi no meio da noite.

Sexta-feira, 1º de dezembro

O Dia D!

9h O Marimba fez seu discurso de despedida, distribuiu dezenas de medalhas, troféus e diplomas, e por fim marchou palco afora, a beca preta esvoaçando atrás dele.

Na plateia, todo mundo começou a trocar abraços e despedidas. Até o Pike estava de bom humor: chegou a ponto de me desejar boas férias, mas depois cuspiu no meu sapato.

Aos poucos a multidão foi se dispersando, cada um saindo rumo a um carrão diferente. Eu já sabia que papai chegaria uma hora atrasado, e até que achei bom: ainda tinha um lugar aonde queria ir.

Escalando a encosta íngreme da colina, senti o suor se acumular em diversos lugares do corpo; o verão africano é de rachar, especialmente para quem está embrulhado num uniforme escolar.

Eu vinha evitando subir à Visão do Inferno desde a morte do Lagartixa, mas de repente me deu vontade de dar uma última olhada naquela paisagem antes das férias, de rever aquilo tudo e lembrar.

Eu já tinha esquecido como era linda a vista lá em cima. Tudo ali parece ter mais vida, mais cores. Borboletas e passarinhos multicoloridos voavam para todo lado, e até já dava para ouvir o barulho estridente dos besouros australianos, que só dão as caras no verão. No vale, cercados pelos campos verdejantes, os prédios sóbrios da escola pareciam ter sido esculpidos diretamente na paisagem. Quase senti orgulho de viver num lugar tão lindo. Mais à direita ficavam os campos de críquete e o Trafalgar, o campo de rúgbi. Ao lado deles, o riacho e a casa onde morava o Crispo. Dava até para ver os copos-de-leite, os pontinhos brancos que salpicavam o verde. O velho tinha toda razão: só de olhar para essas flores a gente já se sente melhor. Ainda me lembro dele, sentado na cadeira de balanço junto da lareira. Falou uma coisa da qual nunca vou me esquecer.

"Lembre-se, menino: Deus nos deu o maior presente de todos. Não estou falando do amor, nem da saúde, nem da beleza, tampouco da vida. Estou falando do poder de escolha. É esse o maior presente que Deus nos deu."

Não sei direito por que me lembrei dessas palavras ali no alto da colina. Talvez quando eu crescer elas venham a mudar meu jeito de ver as coisas e o mundo, mas por enquanto tenho a impressão de que Deus muitas vezes não dá escolha nenhuma: distribui as cartas, e é com elas que a gente tem de jogar.

Lá embaixo, uma velha perua verde surgiu na Pilgrim's Walk. Um pássaro de penas brancas e pretas e crista alaranjada pousou na minha pedra: ficou me olhando durante um tempo, desconfiado, e depois levantou voo no encalço de um gafanhoto. Fiquei de pé, estiquei as costas e dei uma última olhada ao meu redor. Só então disparei colina abaixo, ao encontro do papai.

www.intrinseca.com.br

1ª edição	JULHO DE 2010
impressão	LIS GRÁFICA
papel de miolo	PÓLEN SOFT 70G/M²
papel de capa	CARTÃO SUPREMO ALTA ALVURA 250G/M²
tipologia	BEMBO